비단늑옷

비단 속옷[羅襦] 1

초판 1쇄 찍은 날 § 2005년 1월 24일
초판 1쇄 펴낸 날 § 2005년 2월 4일

지은이 § 이혜경
펴낸이 § 서경석

편집장 § 문혜영
편집 및 디자인 § 이종민
마케팅 § 정필 · 강양원 · 이선구 · 홍현경

펴낸곳 § 도서출판 청어람
등록번호 § 제1081-1-89호
등록일자 § 1999. 5. 31
어람번호 § 제5-0030호

주소 § 경기도 부천시 원미구 심곡1동 350-1 남성B/D 3F (우) 420-011
전화 § 032-656-4452 팩스 § 032-656-4453
http://www.chungeoram.com
E-mail § eoram99@chollian.net

ISBN 89-5831-399-4 (SET)
ISBN 89-5831-400-1 03810

羅襦

비단 속옷

I

이혜경 지음

도서출판
청어람

비단 속옷[羅襦]

서로 사랑하고 더 사랑하여
사랑을 깊은 곳에 맺으렷다
한 번 헤어져 떠나려거든
천 번 옷고름 맺어두렷다
아내는 홀로 기다릴 뜻 맺어두고
남편은 어서 돌아올 뜻 맺으렷다
옷고름 맺어두는 것보다야
마음을 맺어둠이 나으렷다
앉아서 맺고 떠날 때 또 맺어
백 년 세월 다하도록 맺으렷다

—사랑타령. 맹교

*우선, 이 글에 또 다른 주인공으로 등장하는 정사와 알려지지 않은 새로운 역사는 조선왕조실록 숙종, 영조, 정조, 순조 편, 탕평박사라 불리우는 박광용 교수님의 저서 〈영조와 정조의 나라〉와 이덕일님의 저서 〈사도세자의 고백〉, 그리고 가장 최근에 새롭게 발표되는 논문들과 각 역사 평론가들의 글에서 발췌한 것임을 밝혀둡니다. 이렇게 새로운 시각을 받아들인 것은 역사는 늘 새롭게 조명되어 살아 숨 쉬고 있어야 한다는 생각에 근거해서입니다. 이 글의 기본 구도는 역사적인 사실과 사건을 중심으로 그려가고 있지만, 각 실존 인물의 성격 분석은 요즈음 발표되는 역사 논문과 평론들에 맞춰 새롭게 하였습니다. 실존 인물이며 논문에서 재해석된 창령 성씨에 연의 인물 설정을 하였습니다. 소설의 진행에 필요하다고 생각해서 연의 성격에는 또 다른 허구의 색깔을 덧입혔습니다. 세자익위사들의 인물 분석도 소설의 진행상 허구를 덧입혔습니다. 그러니 '역사 판타지로맨스' 소설로 흥미롭게 읽어주셨으면 합니다.

一. 난가의 여울

쏴아아 내리는 가을비에
졸졸 흐르는 바위틈 여울
솟구치는 물결, 튀는 물보라
백로도 놀라 다시 내려오더라
—왕유

비가 오고 나면 세상은
다시 물빛으로 살아난다. 시원한 빗줄기에 졸고 있던 대지는 기
지개를 켜고 선들선들 부는 바람에 나무들은 제 몸에 맺힌 이슬
을 털어낸다. 갑자기 물이 불어 놀란 개울은 생기가 넘쳐흘러
거칠 것 없이 흘러간다. 평소에는 돌아가던 바위도 타넘고 어르
고 지나던 자갈도 굴리며 간다. 비를 피해 몸을 피했던 토끼가
뛰면 놀란 노루도 따라 뛴다. 제 흥에 겨운 작은 새들도 둥지 위
에서 노래하고 해동청 보라매는 무지개가 펼쳐진 창공을 향해
커다란 날개를 펼치며 비상한다.

"아악! 살려줘!"

발을 헛디딘 몸이 천 길 아래로 끝없이 떨어져 간다. 살아야만 한다는 욕망에 팔을 허우적거리다 어찌어찌 하여 벼랑 끝에 삐죽이 튀어나온 나뭇가지를 잡았으나, 그 나무 역시 뿌리가 흔들리는 모양이었다. 치마끈이 떨어졌는지 붉은 비단 치마가 흐느적거리며 날아갔다. 희미하게 정신을 잃어가는 가운데 훤하고 기품있는 남정네의 얼굴이 떠올라 온다.

"나으리…… 뱃속의 아기만은 보살펴 주셔요, 나으리……."

갑자기 우지직! 하는 소리와 함께 한 손으로 악을 쓰며 쥐고 있던 연약한 나뭇가지가 뿌리째 뽑혀 나락으로 떨어져 갔다. 주위는 온통 운무(雲霧)만이 자욱할 뿐 천 조각이 날려가듯 몸은 아득히 떨어져 내린다. 차가운 물이 몸에 닿는가 싶더니 의식을 잃은 여인네를 쓸고 내려갔다. 철퍼덕 하며 몸뚱이가 돌에 걸리는가 싶더니 속치마 자락이 서서히 물이 흐르는 대로 둥글게 부풀어 오른다.

마침 지나던 산 위의 스님이 여인을 발견하고는 건져 내어 급한 마음에 배가 만삭인 여인을 안고는 산사로 달려갔다. 짧은 해는 벌써 산 너머로 사라지고 없다. 산 그림자에 가리워 산사는 더욱 갑작스럽게 어두워졌다. 방 밖에 만월스님은 서성서성 오고 가기만을 거듭하다 답답한지 방 안에 대고 묻는다.

"보살님, 좀 어떠합니까?"

"아악! 악!"

"여보게, 힘을 주게. 더! 한 번 더! 그렇지!"

"응애! 응애!"

"아이고! 여보시게, 계집아일세. 정신 좀 차려보시게."

아기의 울음소리가 들리기 시작할 무렵, 이상하게 비바람 치며 울어대던 숲의 울음소리가 가라앉고 비가 잦아들었다. 푸른 기운이 방을 감싸고 돌았다. 산사의 늙은 보살은 등불에 비친 그 여인의 얼굴을 찬찬히 들여다보았다. 평범한 아낙 같아 보이지는 않으나, 그렇다고 양반댁 마님 같지도 않았다. 여인은 이미 기력을 다했는지 가쁜 숨을 몰아쉬고 있었다.

"아기의…… 이름은…… 연, 사모할 연(戀)으로…… 보살님……."

"무에 그리 그리움에 사무쳐 아기 이름을 그리 짓는가. 아기의 아비는 뉘신가?"

"이미, 이 세상 사람이 아니니…… 알아도 역적의 핏줄. 게다가…… 첩의 자식이니…… 모르는 것이 나을 성싶소. 보살님…… 아기를 절에서 맡아주소……."

"보시오! 보시오, 정신 차리게. 애기 엄마!"

결국 여인은 핏덩이를 세상에 던져 두고 새벽닭이 우는 소리를 듣지 못했다. 여인을 구해온 스님은 뒤늦게 들어와 이불에 대충 싸여 바닥에 누워 있는 아기를 들여다보며 고개를 흔들었다. 그리고는 아기를 조심스럽게 안아 들었다. 아기를 가슴에 품어 안으니 오랫동안 잊고 살았던 가슴의 온기가 살아나 가슴이 저몄다.

"너의 운명이 예사롭지 않구나. 어찌 너는 네 어미가 너를 위해 죽게 하고야 태어나느냐? 네 어미가 너를 지켜준 것처럼 너도 누군가를 지켜주기 위해 살아야 할 운명. 이 산중에 무엇으로 이 핏덩이를 키울꼬. 나도 하늘이 정해준 운명을 위해 무언가를 해주어야 할 터인데…… 마침 성 대감 댁 마님이 와 계시니 거기에 부탁해야겠구나. 쯧쯧!"

보살은 여인의 치맛춤 안에 고이 간직되어 있던 주인의 이름이 수놓아진 수동곳 주머니(남자들의 동곳을 넣어두는 주머니)를 들여다보며 한숨을 내쉬었다.

"귀하게 컸을 대감 댁 애기씨인데…… 쯧! 저를 어찌할꼬!"

영조 재위 이십팔년 오월이 되니 전년도 발생한 온역(瘟疫: 유행성 열병)이 전국에 창궐하여 민심이 흉흉하였다. 칠월이 되어 세자빈(혜경궁 홍씨)의 산달이 다가오자 대신들은 산실청(産室廳: 중전과 세자빈이 아기를 낳을 때 잠시 설치되어 모든 일을 총괄하는 기관)을 설치할 때가 되었음을 알리고 윤허를 청하였다. 왕은 온역으로 나라가 힘든 시기였으므로 무거운 마음으로 산실청 배설 문제를 논의하라고 명하였다.

"원량은 나라의 근본이다. 원손(元孫)을 얻는다면 얼마나 기쁘겠느냐?"

그리고 구월 원손은 흉흉한 시기에 민심을 가라앉히고 왕실의 권위를 세우며 태어나셨다. 위로 의소세손이 있었으나 어려서 죽었다. 원손(훗날 정조)에 대한 왕의 사랑과 교육열은 유별났다. 아버지인 장헌세자도 어려서부터 영특하였으나 세손은 백일 이전에 섰고 일 년도 채 못 되어서 걸었으며 돌 때는 돌상으로 걸어가서 붓과 먹을 만지고 책을 펴 읽는 시늉을 하였다. 아버지이신 장헌세자가 직접 써준 글씨본을 가지고 놀면서 글을 익혀 서너 살에는 세손이 쓴 붓글씨로 병풍을 만들기도 하였다. 또 효자도(孝子圖), 성적도(공자의 일생을 그린 그림)를 좋아하였고, 어린 나이에도 몸놀림은 민첩하고 근엄해서 무예에도 관심이 많았다. 그런 영특한 원손을 세자는 극진히 아끼고 사랑하였다.

이제 원손이 여덟 살이 되니 그 영특함에 사람들이 혀를 내두를 지경이었으며, 이에 왕세손에 책봉되었다. 하지만 이때는 왕을 대신하여 장헌세자가 대리청정을 하던 시기로, 세자는 왕의 지지 기반이었던 노론을 견제하고 소론을 가까이 두었으므로 노론들과 왕(영조)의 계비 김씨(정순왕후)와 후궁 숙의 문씨 등과의 갈등이 점차 심해지고 있었다.

왕(영조)의 둘째 정비 정순왕후 김씨는 여주 고을에서 태어나 열다섯 살이 되던 해에 왕과 혼인하여 왕비로 책봉되었다. 이때 왕의 나이 예순여섯이었다. 임금은 아무리 나이가 많아도 처녀만 아내로 맞이할 수 있는 법이라, 열다섯 꽃다운 처녀가 노인에게 시집을 오게 된 것이었다. 정순왕후 김씨의 간택 시에 왕이 삼간에 오른 왕비 후보들에게 직접 질문을 하며 간택을 하고 있었다. 여러 재상가의 처녀들이 황홀하게 치장을 하고 즐비하게 수놓은 방석 위에 앉아서 왕의 간택을 기다리고 있었다. 온갖 준비가 다 되어 있었음이 왕에게 알려지자 왕은 좌우에 시신들을 거느리고 아름다운 처녀들을 간택하기 시작하였다. 즐비하게 고개를 숙이고 얌전히 앉아 있는 여러 처녀 가운데 어찌된 일인지 한 처녀만 앉지 않고 서 있었다. 김한구의 딸이었다. 왕은 그 처녀의 행동을 이상하게 생각하였다.

"저 처녀는 뉘 집 딸인데 저렇게 서 있느냐? 무슨 까닭이라도 있는가 물어보라."

나인들이 다가가서 서 있는 규수의 귀에다 대고 재촉을 하였다.

"임금께서 친히 간택을 하시는 자리에서 이렇게 서 있는 법이 아니오. 좌정하시오."

독촉을 받았으나 그 처녀는 여전히 서 있는 것이었다. 이상하게 여긴 왕은 직접 하문을 하였다.

"그대는 어디 몸이라도 불편하여 앉지를 못하는고."

임금의 하문이 있는 연후에야 그 처녀는 나인에게 가만히 귓속말을 하였다.

"아무리 간택하는 자리라고 하지만, 방석 위에 어버이의 성함을 써놓았으니 그것을 어떻게 깔고 앉을 수가 있사오리까?"

나인이 아래의 방석을 내려다보니 과연 각각 규수들의 아버지 이름을 써놓았던 것이다. 그것은 간택하는 자리에서 누구의 딸인가를 왕이 알아보기 위한 것이었다. 이 말을 임금께 아뢰자 왕도 고개를 끄덕이었다.

"그렇겠다. 아무리 방석이라 하더라도 부모의 이름을 감히 어떻게 깔고 앉을 수가 있겠느냐? 뉘 집 규수인지 모르겠으나 과연 예를 잘 알고 있도다."

그리하여 다시 간택이 진행되었는데, 법도에 따라서 사찬을 내리고 음식상을 들여왔다. 그리고 왕은 규수들의 뜻을 떠보기 위해 또 물으셨다.

"무슨 음식이 가장 맛있느냐?"

왕의 이러한 질문에 대부분의 처녀들은 모두가 자신의 식성에 맞게 아뢰었다.

"떡입니다."

"국수입니다."

"식혜입니다."

그런데 오흥부원군 김한구의 딸만은 또다시 돌출적인 대답을 하였다.

"소금인 줄로 아옵니다."

뜻밖의 대답이었다.

"그대들은 무슨 꽃이 제일 좋다고 생각하는가?"

왕의 질문이 계속되었다. 이번에도 다른 처자들은 매화, 국화, 모란, 연꽃 등 각기 자신이 좋아하는 꽃을 들이대었다. 그런데 김한구의 딸의 대답은 역시 달랐다.

"사람의 의복을 만드는 면화가 으뜸이옵니다."

왕은 또 다른 질문을 하였다.

"세상에서 가장 깊은 것이 무엇이냐?"

다른 소저들은 산이 깊다, 물이 깊다고 대답하였다. 하지만 김씨는 지혜롭게 이렇게 대답하였다.

"사람의 마음인가 하나이다. 인심이 가장 깊사옵니다."

왕은 크게 감동하여 김한구의 딸을 왕후로 삼으니, 이 왕후가 영조의 둘째 정비 정순왕후였다. 그녀는 왕의 눈에 한눈에 들 만큼 지혜롭고 영특했으나 야욕이 많았다.

왕비로 뽑힌 후 침방상궁이 옷의 치수를 재기 위해 잠시 돌아서 달라고 하자 단호한 어조로 '네가 돌아서면 되지 않느냐'고 추상같이 말하였다. 열다섯 어린 나이에 왕비의 체통까지 생각할 만큼 만만치 않았던 여인이었다. 그러나 간택이 되는 순간 더 이상 집으로 돌아가지 못하고 곧바로 별궁에 가서 혹독한 왕비 수업을 받아야 했으니, 어찌 보면 고행의 길이었다. 하지만 그녀는 열다섯 꽃다운 나이로 예순여섯의 신랑에게 시집을 가는 만큼 무엇인가 큰 보상이 따르리라 기대하였다.

유월 아흐레에 왕비로 간택이 되고 유월 스무이틀에 혼례를 올렸으니, 불과 십삼 일 만에 교양학문과 예절 등 그 복잡하고 엄격한 왕실 법도를 익혀야 하는 강행군이었다. 왕은 손녀뻘 되는 귀여운 새 중전 김씨에게 한동안 푹 빠져 있었다.

어스름하게 해질녘, 교태전으로 왕이 듭시는 시위 소리에 중전 김씨는 놓고 있던 수틀을 물려놓았다. 얼른 바늘을 뽑아 빨간 바늘겨레에 꽂은 뒤 반짇고리를 밀쳐 두고 일어났다. 왕은 대청으로 맞으러 나서는 어린 중전이 귀여워 죽겠다는 듯 중전의 고운 손을 덥석 쥐고는 방으로 이끄신다. 방으로 든 왕의 눈은 반짇고리 위로 흘렀다. 그곳에는 조금 전 중전 김씨가 수를 놓던 황학과 백학이 날아갈 듯 베갯모 위에 수놓아져 있었다.

"우리 중전, 수놓았구나?"

왕은 베갯모를 들었다.

"묘하다, 손재주가 참 용하구나. 이런 것은 언제 다 배웠을꼬?"

왕은 왼팔을 벌려 어린 중전을 걷어 안았다. 그 모습은 마치 인자한 할아버지가 어린 손녀를 품어 안은 듯이 보였다. 왕의 품에 안긴 어린 중전의 얼굴은 다홍물을 들인 양 부끄럽게 취하여 새빨갛게 물들여졌다.

"아하! 요것이야?"

왕의 수염 많은 뺨이 부끄러움에 취한 중전 김씨의 얼굴을 가져다 비벼대었다. 어린 중전은 몸둘 곳을 몰랐다. 소리없이 비비적거리며 왕의 팔에서 벗어나려 하였다. 그런 중전이 귀여워 왕의 입이 절로 벌어졌다. 늙은 왕은 요즈음 어린 중전의 양기를 받았는지 회춘하는 중이어서 그 맛이 색달랐다. 마지못해 가만히 안겨 있는 중전의 뽀얗고 여린 젖가슴으로 들어오는 늙은 왕의 손길을 허락할 수밖에 없었다. 어리고 지혜롭다 못해 영악

한 중전은 대궐에 들어오기 전부터 생각하였다. 자신이 중전이 되면 최대한 이 어린 몸을 장점으로 만들어 수없이 많은 후궁들과 대항하겠다고, 그래서 결코 지지 않겠다고 다짐했다.

왕은 서두르지 않고 중전의 옷을 조심스럽게 벗겨낸 후에 옆에 앉아 자신도 허리춤을 푸르고 옷자락을 젖히며 벗겨 내렸다. 중전의 알몸은 비단 금침 위에서 밝은 분홍빛으로 보였다. 늙은 왕의 몸은 깊은 주름이 잡히고 뺨에서 목 아래로 검은 검버섯이 피어 있었다. 중전의 눈앞에 보이는 왕의 옥경은 축 늘어진 채 어린 중전을 바라보고 있었다.

왕의 주름살투성이인 손이 중전의 목덜미에 닿았다가 가슴으로 스쳐 내려간다. 스쳐 내려가는 길에 잠시 들러 겨드랑이에 솟기 시작한 검은 털들도 간질인다. 중전은 간지럽다는 듯이 몸을 살짝 비틀어 보인다. 늙은 왕은 서두르지 않고 천천히 물처럼 가녀린 허리와 그보다는 탱탱하지만 부드러운 허벅지 안쪽 살을 만지며 내려가다 중전이 이를 악물며 붙이려 하는 청결하고 은밀하게 드러나 보이는 검은 방초며 방초 사이로 벌어져 보이는 연분홍 꽃술 사이를 쓰다듬어 내려갔다.

"요것이 어여쁘지 않은가, 중전?"

중전은 눈을 질끈 감으며 다리를 벌려 보였고 왕의 손가락이 꽃순을 비집고 쑤욱 들어가 헤집고 다녔다. 중전의 그곳은 불두덩이가 되어 있었다. 중전의 몸을 만지는 동안에도 늙은 왕의 옥경은 꿈쩍도 하지 않는다.

왕은 더워진 손발에 힘을 입어 이제 무릎을 굽혀 양쪽으로 벌리고 어린 중전의 몸 위에 닿지 않도록 두 팔로 버티고는 엎드린다. 왕은 숨을 가라앉히고 머리를 숙여 중전의 몸에 입술을 갖다 대고는 흡, 하고 기를 빨아들이기 시작했다. 왕의 입술이 중전의 목덜미에서 뺨으로 입술로 턱으로 가슴으로 내려갔다. 입술은 봉긋한 젖가슴을 돌다가 젖꽃판으로 올라간다. 혀끝으로 돌기와 젖꼭지 부근의 꽃판을 빨고 입 안에 넣고 굴리다가 배꼽으로 내려간다. 중전의 배꼽에 입을 대고도 숨을 길게 들이마신다. 그리고 이번엔 중전의 다리를 벌리고 머리를 숙여 입술을 음문에 갖다 댄다. 왕의 혀는 떨면서 음문 주위에 부풀어 오른 살갗을 핥다가 음핵의 끝을 파고든다. 촉촉하게 흘러나오는 물기를 늙은 왕은 귀하다는 듯 빨아먹었다. 어린 중전의 온몸은 뜨거워지고 밑살은 흥건하게 젖었다. 왕은 다시 거꾸로 상체를 돌려 중전의 발가락 사이사이를 긴 시간 정성껏 빨기 시작했다.

"아!"

어린 중전의 몸이 미리 한번 터져 저 스스로 파정을 할 때까지 늙은 왕은 중전의 몸 구석구석을 맛있게 빨았다. 중전이 입에서 터져 나오는 신음을 삼키지 않고 내지르자 왕은 중전의 배 위로 올라와 조금씩 몸을 부빈 다음 구불거리는 옥경을 힘 주어 밀어 넣었다. 어린 중전의 눈에는 어느새 볼을 타고 굵은 눈물이 흘렀다.

'언젠가는 내 권세와 영광을 이 한 손에 거머쥘 것이다. 그러

기 위해 지금은 참을 것이다. 참고 이겨낼 것이야.'

열다섯 살의 어린 중전 김씨는 이를 악물고 참았고 더욱 어린 미모를 가꾸어 자신의 막중한 정치적 임무를 수행하였다.

당시 세손의 아버지인 장헌세자와 그 부인 혜경궁 홍씨보다 열 살이나 아래였던 왕비 김씨가 왕에게 시집왔을 때 조정은 소론 측에 동정적인 장헌세자가 대리청정을 하고 있었다. 이에 잔뜩 긴장한 노론 측은 왕의 계비로 들어온 김씨를 중심으로 장헌세자 폐위 작전에 들어가 있었다. 조정의 상황이 이런 중에도 장헌세자의 친여동생인 화완옹주는 남편을 잃고 홀로되어 대궐을 드나들며 왕의 총애를 얻고 있었다. 화완옹주는 왕의 총애를 믿고 권세를 얻고자 하여 새로 들어온 중전 김씨와도 가까이 지낼 뿐 아니라 왕의 총애를 받고 있던 숙의 문씨와도 친밀하게 지냈다. 당시 왕은 수많은 후궁들을 거느리고 있었는데 그중에서도 숙의 문씨를 특히 총애하였다.

한동안 새 중전 김씨에게 빠져 있던 왕은 어느 날 문숙의 처소를 찾았다. 화려한 단청으로 화초를 아로새긴 길고 긴 궁장을 감돌아 몇 개 협문을 지나신 왕은 아담한 별채에 당도하였다. 문숙의의 처소였다. 이때 문숙의는 완자 쌍창을 밀어젖히고, 턱을 괴어 문지방에 기대앉았다. 먼 산을 보는 양 따뜻한 볕에 해바라기를 하며 가무잡잡 처연한 맵시는 수심에 잠긴 듯도 하고 그렇지 않은 듯도 하다.

"무에냐, 숙의! 왜 수심에 잠긴 얼굴이더냐?"

"상감마마!"

문숙의는 야윈 듯한 몸에 늘어진 치마를 걷어잡고 왕을 맞아들인다. 날 듯한 몸맵시로 왕에게 절을 올렸다. 왕은 반색을 하며 반기는 문숙의를 품에 안은 채 보료 위에 용체를 부렸다.

"무엇을 그리 생각하고 있었더냐?"

"호호, 상감마마께서 하도 안 찾아주시니 마음이 산란하옵니다. 신첩은 이대로 마마의 품에서 죽어버리고 싶사옵니다."

생긋 문숙의 입술이 열리며 그 웃음을 따라 가늘게 감겨지는 눈자위에는 파르스름한 색이 돌았다. 처염하고 고운 문숙의이었다.

"어허! 문숙의 네가 투기를 함이더냐? 심려치 말아라. 너는 너대로 어여쁘고 중전은 중전대로 귀여운 것을, 내가 어찌 너를 멀리하겠느냐?"

"참말이시옵니까?"

"그럼, 참말이고말고."

중전 김씨가 채 피지 않은 꽃이라면 문숙의는 만개한 꽃에 요염까지 하여 어린 중전과는 전혀 다른 운우지락(雲雨之樂)을 느끼게 하는 것이었다.

대궐 안에서의 여인들의 권력 투쟁은 남자들의 정치 세계 이상으로 치열하였다. 왕과 세자의 사이가 소원한 것을 틈타 왕의 뒤를 이을 왕자를 내세우려는 욕심으로 문숙의 또한 그의 지지 세력과 간계를 부리고 있었다. 장헌세자를 지지하는 세력 중에 이종성이 있었다. 그는 숙종 삼십칠년 사마시에 합격, 영조 삼년에 증광문과에 병과로 급제한 후 전적(典籍)·정언(正言)을 거쳐 경상도 암행어사가 되어 민폐를 없앴다. 또 대사간·이조참의·대사성을 거쳐 이듬해 홍문관 부제학이 되어 양역(良役)의 폐를 상소하였다. 그가 이조판서로 있을 때 왕의 탕평책을 반대하여 파직되었다. 이종성이 현직에서 물러난 뒤에도 도성을 떠나지 않고 낚시를 하면서 지내던 중 시골 젊은이를 통화문(通化門) 수문장으로 추천하였다. 이때가 왕이 막 둘째 정비 김씨를 맞아 왕자 대군을 두고자 하였으나, 왕비 김씨는 자신이 아이를 가지려 노력하면 다른 야심이 있는 것으로 견제받을 것을 우려해 무자식이 상팔자라 하며 포태할 약을 다려주면 쏟아 버리곤 하였다.

이러한 낌새를 안 문숙의는 임금의 총애를 기회로 상상회임을 하였는데 내친김에 거짓말을 하고 민가에서 아이를 데려다가 아이를 출산한 것으로 꾸미는 음모를 진행하였다. 하루는 이종성이 통화문 수문장을 불러 '오늘 밤 파루에 궁녀(宮女)가 후궁에 들어가는 음식인 양 함지를 이고 들어오면 무조건 단칼에 두 동강을 내야지 그렇지 않으면 살아남지 못하리라'고 엄명하였다. 과연 이날 밤 궁녀가 함지를 이고 들어오자 수문장은 무조건 일도량단(一刀兩斷)해 버렸다. 칼에 피가 묻어나오고 이상한 소리가 들려 풀어보니 아이가 동강나 있었으므로 온 궁중이 발칵 뒤집혔다. 치열한 궁궐 안의 암투는 한 치 앞을 구분하기 어려웠다.

　관악산 기슭의 한 자락, 따뜻한 봄기운에 이제 막 물이 올라 툭툭 터지는 진달래와 철쭉이 산자락을 붉게 물들이고 있었다. 여우고개 너머에서 허리에 패검을 한 한 무리의 사내들과 갓을 쓴 양반이 작은 사내아이의 손을 잡고 올라오고 있었다. 가파른 산길이라 아이는 걸음을 내디딜 때마다 작고 거친 숨을 토해냈다. 아침 일찍 출발했지만, 햇볕이 제법 뜨거운 점심때가 되어서야 겨우 여우고개를 넘고 있었다.

　"연아, 힘들지 않느냐? 아비가 업어주랴?"

　"아니어요, 아버님. 소자, 아무렇지도 않습니다."

　"이런, 이제 우리 연이 다섯 살이 되더니 제법 의젓해지는구나."

　이윽고 산 정상에 올라 넓고 평평한 바위가 나오자 안분당(安分堂) 성재겸은 연을 안아 올려 바위에 앉히고 곁에 있던 용호의 허리춤에 차고 있던 호리병에서 물을 가져다 먹였다. 연은 고사리 같은 손으로 호리병을 받아 들고는 또랑또랑한 눈망울로 안분당을 올려다보았다. 볼에 통통한 젖살이 분홍빛으로 물들었다.

　"아버님, 먼저 드세요. 소자는 괜찮습니다."

　안분당은 그런 연이 귀여워 웃어 보였다. 그리고는 연이 목이 마를 것 같아 얼른 한 모금을 마시고 다시 손에 쥐어주니 호리병을 건네받아 목을 축였다.

연은 산사에서 데려와 숨겨두고 키웠다. 처음 안고 온 연을 보았을 때 안분당은 얼굴을 찌푸렸다. 사내아이였으면 좋았을 것을 싶었다. 몇 달 동안 안분당의 부인은 뱃속에 베개를 넣고 다녔고, 어느 날 연을 세상 속으로 내놓았다. 연은 돌이 지나며 아장아장 걸음마를 뗄 무렵부터 아버지를 따라 목검을 질질 끌고 돌아다니기 시작하였다. 어찌 된 여자 아이가 하루 종일 아버지의 곁을 떠날 줄 몰랐고 언제나 목검을 끌어안고 잤다. 그런 연의 모습이 신통하기도 하고 아들이 하나 있었으면 하고 학수고대하던 안분당인지라 두 뼘 남짓한 활을 직접 만들어 연의 손에 쥐어주었다. 연은 안분당의 곁에서 검을 끌고 돌아다니고 활시위를 당기면서 하루를 다 보내곤 하였다. 연은 화살이 없는 활이 싫었던지 어느 날부터인지 화살 대신에 수수 빗자루 대를 부러뜨려 화살로 대신해 쓰곤 하였다. 그러자 안분당은 직접 수수대로 화살을 만들어주었고 연은 하루를 검과 활을 가지고 놀며 보내게 되었다. 그런 연을 안분당은 끔찍이 아꼈다. 곁에 있던 연에게 글을 가르쳐 본 뒤로 연의 영특함을 눈치채고는 글선생도 아버지였다. 외출을 할 때는 여식을 데리고 다닌다고 손가락질당할까 두려워, 아예 연을 남장을 시켜서 데리고 다녔다. 어린 연은 영특해서 밖으로 나오면 한 번도 실수하는 법이 없었다. 그러다 보니 자연 모르는 사람들은 성 대감 댁에 아들이 있는 것으로 알게 되었다.

"연아, 지금 우리가 어디로 가는지 아느냐?"

"모르옵니다, 아버님. 어디로 가는 것입니까?"

"너와 정혼할 수에게 가는 것이니라. 너, 정혼이 무엇인 줄 아느냐?"

"모르옵니다."

"네가 평생 좋아하고, 사모하고, 은애(恩愛)받아야 할 사이이니라. 연이의 지아비가 될 아이란 말이다."

"서방님 말입니까?"

"그렇지. 이 다음에 혼례를 올리면 그렇게 불러야겠지. 자, 너무 늦기 전에 가보자꾸나."

쉬익! 쉬익!

턱!

궁을 떠난 화살이 허공을 가르며 날아가 정확히 과녁의 중앙을 꿰뚫었다. 빨간 후기(後期)가 올라가더니 큰 소리가 울려 나왔다.

"명중이옵니다!"

신독재(愼獨齋) 홍순한의 활 솜씨는 과연 신궁의 그것이었다. 일 순(一巡)에 다섯 발씩 십 순을 도는 동안 도합 마흔일곱 발을 맞히는 것이었다. 사대에서 자세를 단정히 하고 다시 살을 메기는 순간 이마에 굵은 땀방울이 맺히고 있었다. 안분당은 가만히 벗의 그런 활 솜씨를 구경하고 있었고, 연은 정자 뒤로 그림자처럼 서서 활을 쏘는 아버지를 바라보는 수를 바라보고 있었다. 연이보다 조금 큰 수는 무술 연습을 한 것인지 검은 무복을 입고 검은 두건을 단정히 머리에 두르고 있었다. 홍순한의 손에서 마지막 화살이 떠나갔다.

"유(留)!"

라고 고함치는 소리가 들려왔다. 유란 과녁 위로 화살이 흘렀을 때를 말했다. 낙심한 듯 홍순한은 활을 내려놓고 돌아섰다.

"오셨는가? 안으로 들어가세."

어느새 하늘이 노을빛으로 물들고 있었다. 연은 안분당과 신독재가 사랑채로 들어가 버리는 것을 보고는 다시 수를 쳐다보았다. 수는 스승들과 함께였는데, 연이 앉은 자리에서 사선으로 한두 발자국 건너에 마주 보며 나란히 서 있었다. 수가 갑자기 연을 향해서 혀를 날름 내밀었다. 연이 너무 놀라서 갑자기 키득키득 웃음이 새어나오는 입을 마주 모은 두 손으로 막아야 할 정도였다.

수의 여동생이 아장아장 걸어나왔다. 그 아이는 수와 쏙 빼어 닮아 있었다. 수는 하얀 얼굴에 이목구비가 선명하고 얼굴 선이 갸름한 편이었는데, 아직은 어린아이라 연처럼 볼에 젖살이 통통했다. 연처럼 다섯 살쯤 되었을까, 지루한 듯 어리광을 부리는 동생은 수의 귀에다 대고 무어라 속삭였다. 그러다 수의 시선이 문득 연에게로 건너왔다. 수의 눈이 반짝 커졌다. 수는 연에게 가볍게 목례했다. 그건 연에 대한 친근함의 또 다른 표현이기도 했다. 수는 연과 큰 비밀을 공유한 사이이기라도 한 것처럼 다정하고도 격의없이 웃었다. 어린 연도 수의 그러한 태도가 싫지 않았다. 친구도, 형제도 없이 자란 연은 또래라고는 집안에 있는 유모의 딸 간난이를 본 것이 다였다. 친하게 지내고 싶은 마음이 들어 연은 다시 한 번 수를 향해 활짝 웃어 보였다.

수의 집은 하인들이 기거하는 행랑채가 집 바로 앞에 두 채 있고, 계단을 올라가면 솟을대문이 있고, 대문을 열고 들어가면 길게 사랑채가 나오고, 안채와 별채 사이에 담과 중문들을 두었으며 옆으로는 부엌이 있고, 안채 뒤쪽으로는 연못과 정원이 있었으며 정원은 잘 꾸며져 대청과 안방에서 내다볼 수 있었다. 부엌 뒤쪽으로는 다섯 칸 광과 마구간과 채소밭이 있고, 그 뒤로는 사당이 있는 제법 내력있고 규모가 있는 집안이었다.

사랑방에서는 홍순한과 안분당의 심각한 대화가 오가고 있었다.

"세자저하를 모함하는 노론들이 이제는 세손저하까지 위협하고 있네."

홍순한은 찻잔을 들며 침통하게 말했다.

"세손저하께서는 지금 외가에 피정 나오지 않으셨나?"

"환궁하셔야 하는데 그 길도 위험하기 그지없네."

"우리는 노론의 칼날로부터 세자저하와 세손저하를 보호해야 하네."

"어쩌면 우리는 만약을 대비해 세손저하를 더 철저히 보호해야 하는지도 모르네.”

“흠······.”

“그래서 말인데, 우리 뜻이 맞는 대감들이 세손저하를 위해서 자제들을 함께 보내기로 했네. 함께 대궐로 들어가서 세손저하를 그림자처럼 보호하는 것일세. 무예에 능한 이명집과 서명섭을 함께 보내 대궐로 들어갈 걸세.”

“수를 보낼 것인가?”

“대궐로 보낼 아이들에게 이야기를 하지는 않았지만 뜻을 같이하는 대감들의 자제들은 오늘을 염두에 두고 미리 훈련을 시켜왔네. 내 오늘 수에게도 이야기를 하려 하네. 연은 여아라 자네에게 오늘에야 이야기하는 것일세. 자네는 어찌하겠는가?”

“수를 보낸다면, 나도 여식이지만 연을 보내겠네.”

안분당의 대답에 홍순한은 고개를 끄덕거렸다. 그리고 다시 미소 지었다. 그들은 어린 시절 피로 맺어진 형제 같은 친구가 된 뒤로 서로에게 결코 왜, 라고 되묻는 법이 없었다. 친구가 하는 말은 뭐든 그대로 믿었다. 그런 맹목에 가까운 믿음이 어디에서 비롯되었는지 헤아릴 수 없었지만, 안분당은 자신에 대한 그의 전폭적인 신뢰가 미더웠고 한없이 의지가 됐다. 다행히 연은 총명하고 착한 아이였다. 세손을 보호하기 위해서 그들은 기꺼이 자식들을 내놓기로 한 것이었다.

수는 그날도 아버지와 함께 무술 수련을 하며 하루를 보내고 있었다. 아직 활이 익숙하지 않아 화살을 시위에 재고 풀기를 여러 차례 반복한 뒤에야 겨우 화살이 과녁에 꽂힐 수 있었다. 홍순한은 그런 아들의 끈기있는 모습을 묵묵히 지켜보고 있었다. 그리고 수가 드디어 과녁에 맞히기 시작할 때에는 흡족한 미소를 지었다.

"수야, 죽도와 활을 정리해 두고 들어오너라."

"예, 아버님."

수는 공손하게 대답했지만 아버지의 가라앉은 목소리를 듣고 뭔가 심상치 않음을 느꼈다. 수는 자신이 오늘 무언가 잘못한 점이 있어 아버지를 언짢게 한 것이 있었던가 곰곰이 생각하며 사랑채로 들어갔다. 수는 근엄하게 앉아 있는 아버지 홍순한 앞에 무릎을 꿇고 단정히 앉았다.

"수야, 올해 네 나이가 몇 살이더냐?"

"일곱 살이옵니다, 아버님."

"그래, 지난해 돌아가신 네 어머니는 너를 언제나 믿고 있었다. 그래서 동생을 네게 부탁하고 떠났지……. 그리고 이 아비 또한 너를 그리 믿는다. 너는 내 자식이라고는 하나 나보다 더 나을 것이라 믿는다."

수는 갑작스러운 아버지의 말에 당황했다. 어머니가 돌아가셨을 때에도 어린 여동생과 수의 손을 잡고 눈물 한 방울 보이지 않고 빈소를 지키시던 아버지다. 그렇게 늘 엄하시던 아버지가 갑자기 이렇게 살갑게 대하시는 연유를 알 수가 없었다.

"아버님, 소자가 무엇을 잘못하였사옵니까?"

"그런 것이 아니다. 수야, 내 오늘 너에게 긴히 할 말이 있구나. 아비의 말을 잘 새겨들어라. 알겠느냐?"

"예, 아버님."

"수야, 사람은 모름지기 어떠해야 한다고 배웠더냐?"

"나라에 충성하고 부모에게 효도하라 배웠습니다."

"그래, 수야. 네가 나라에 충성하고 사람의 도리를 다하는 것이 이 아비에게는 효도를 다하는 것이다. 아비는 네가 나라에 귀하게 쓰이기를 바란다."

"그리하겠사옵니다, 아버님. 실망시켜 드리지 않는 아들이 되겠사옵니다, 아버님."

"장하구나, 내 아들. 이제 때가 되어 네가 나라에 귀하게 쓰이게 되었다. 수야, 네가 세손저하를 알고 있겠다."

"예, 아버님. 세손저하께서는 세자저하의 뒤를 이어 보위에 오를 분이십니다."

"그래, 그런 그분의 곁에서 그분을 지켜 드리기도 하고 친구가 되어줄 사람이 필요하다. 어떠냐, 네가 가겠느냐?"

"예?"

수는 놀라 아버지 홍순한의 얼굴을 가만히 바라보았다. 어머니가 돌아가시고 여동생 아영만이 아버지와 남아 있는 집을 선뜻 떠나겠다 말이 나오지 않았다. 하지만 아버지가 결정하지 않은 것을 수에게 물어볼 리가 없다고 생각하며 수는 잠시 생각에 잠겼다.

"아영이 걸리는 것이더냐?"

"아영은 아버님께서 잘 돌보아주실 것이니 소자 걱정하지 않사옵니다. 아버님께서 허락하시면, 그리하겠사옵니다."

"목숨을 걸어야 하는 위험한 길이다. 어린 네가 할 수 있겠느냐?"

"나라에 충성하는 길이 아버님께 효도하는 길이라 하셨습니다. 소자, 아버님의 뜻을 따를 것이옵니다."

홍순한의 얼굴이 환한 미소가 피어났다. 사실 수가 아니 가겠다 하면 선뜻 보내기가 어려운 길이었다. 그 길은 어린 수가 목숨을 걸어야 하는 길이었기 때문이다.

"고맙구나, 수야. 그리고 네가 간다면 연도 함께 가기로 했다."

"예? 하오나 연은 여아이옵니다."

"지난번 보았듯이 연이 평상시 사내로 자라고 있으니 안분당 대감께서도 너와 함께 보내기로 결정하셨다. 수야, 연이 누구인지 알고 있느냐?"

"소자의 정혼녀이옵니다."

"그래, 연이 대궐로 들어가면 곁에 두고 은애하고 또 은애해주거라. 언제나 연을 네 몸처럼 보살펴야 할 것이다. 목숨처럼 아껴야 하느니……"

"명심하겠사옵니다, 아버님."

"수야, 내일부터는 누군가 너에게 너는 누구냐? 하고 물으면 너는 나는 이 나라의 세손인 이산이다. 예를 갖추어라! 하고 대답하여야 하느니. 알겠느냐?"

"예?"

수는 놀라서 아버지를 바라보았으나 곧 알겠다는 듯이 고개를 끄덕이며 대답했다.

"명심하겠사옵니다, 아버님."

"어디 해보아라, 너는 누구냐?"

"나는 이 나라의 세손인 이산이다. 예를 갖추어라!"

"잘하였다."

"명심하겠사옵니다, 아버님."

안분당은 아무런 말도 없이 서책을 펴놓고 앉아 있으나 시선은 저 멀리 보이는 산에 꽂혀 있었다. 연은 안분당의 곁에 앉아 활을 가지고 놀다가 아버지가 평소와 다르다 생각하곤 걱정스럽게 바라보았다. 이렇게 연이 활을 가지고 놀 때면 안분당은 언제나 연을 잔잔하고 부드러운 미소를 지으며 바라보곤 했다. 사실 연은 아버지가 좋아하시는 그 모습이 보기 좋아서 언제나 더 열심히 활쏘기를 하고 검을 가지고 놀았다. 늘 아들로 태어나지 못한 것이 아버지에게 미안한 연이었다.

"아버님, 어디가 불편하시옵니까?"

"오, 연이 심심하더냐?"

"그런 것이 아니오라 아버님께서 오늘은 어쩐지 언짢으신 듯 보이시니 걱정이 되옵니다."

안분당은 자신을 걱정해 주는 연이 대견해서 안아주마고 팔을 벌려 보였다. 연은 활을 내려놓고 안분당의 무릎 위로 올라가 앉았다. 안분당은 사실 연을 보내기로 하고 돌아와서는 후회하고 있었다. 이제 다섯 살짜리 어린 연을 보내놓고 연은 어찌할 것이며, 연만을 바라보며 사는 연의 어머니 신씨 부인은 어찌할 것인가 걱정스러웠다. 하지만 이미 결정한 일이었다. 말을 꺼내야 하는데, 어떻게 시작해야 이 어린아이가 이해할 수 있을 것인가 홀로 고심하고 있던 중이었다. 안분당은 연을 무릎에 앉히고 조근조근 이야기하리라 생각하고 있었다.

"연아, 나라에 충성하고 부모에게 효도해야 한다고 하였지."

"예, 아버님."

"너, 나라에 충성하는 일에 네가 필요하다면 가겠느냐?"

연은 안분당의 얼굴을 바라보다가 아무렇지도 않다는 듯이 이렇게 물었다.

"그것이 아버님을 기쁘게 하는 일입니까?"

"그래, 이 아버지를 기쁘게 하는 일이지. 그런데 그건……."

"그럼 연은 갈 것입니다. 어머니께서 언제나 아버님을 기쁘게 해드리는 일을 하라고 하셨습니다."

"그랬더냐?"

"예, 아버님."

성재겸은 그런 연의 대답에 할 말을 잃은 채 마음이 아파 꼭 안아만 주었다. 연은 아버지가 그렇게 안아주는 것이 좋아 생글 생글 웃고 있었다. 그날 안분당은 밤이 늦도록 연이 대궐로 들어가기 전 알아야 할 것들을 가르쳤다. 갑작스레 가르쳐야 할 것들이 너무 많아 걱정이었으나 영특한 연을 믿을 수밖에 도리가 없었다.

아버지 장헌세자가 보고 싶어하신다는 기별을 받고 세손이 급히 대궐로 돌아가던 날 새벽, 열 명의 아이들은 모두 세손과 똑같은 복장을 하고 현재 세손을 보호하고 있는 세손의 외할아버지 익익재(翼翼齋) 홍봉한의 집에 모여 있었다. 이제 막 여덟 살이 된 세손이 제일 상석에 앉아 있었고 그중엔 이제 일곱 살이 된 수와 다섯 살의 연도 있었다. 이 아이들은 어린 나이임에도 불구하고 오래전부터 목검을 손에 쥐고 자랐다. 지금도 아주 작은 검도 하나씩을 허리춤에 차고 있었으며, 눈빛 또한 어떤 장정 못지않았다. 홍봉한은 그런 아이들을 대견하게 바라보았다. 그리고는 수를 가리키며 물었다.

"네 이름이 무엇이냐?"

"네 이놈, 무엄하구나! 나는 이 나라의 세손인 이산이다. 꿇어라. 어서 꿇지 못할까?"

자신을 세손으로 철저하게 가장하며 자라날 수는 어젯밤 아버지 홍순한에게 특별히 교육받은 대로 정확하게 대답을 했고 곧 일어나 검을 뽑을 기세였다. 홍봉한의 얼굴에 비장한 미소가 피었다. 다음은 연을 가리켰으나, 수를 제외한 그 누구도 연이 계집아이인 것을 눈치채지 못하고 있었다.

"너는 누구냐?"

"나는 이 나라의 세손인 이산이다. 예를 갖추어라!"

지목을 받은 연은 침착하고 또렷하게 대답을 하였다. 홍봉한은 고개를 끄덕이며 다음 아이들을 지목했고 아이들의 대답은 한결같았다. 질문을 마친 홍봉한은 아이들에게 우렁찬 목소리로 마지막 당부를 했다. 세손은 조용히 고개를 끄덕이며 앉아 있었다.

"백성과 세손저하를 위해서 목숨을 다하거라. 너희는 세손저하를 위해서 살고 세손저하를 위해서 죽어라!"

열 명의 아이들은 일제히 검을 빼 들고 맹세했다.

"세손저하를 위해서! 목숨을 바치겠습니다!"

세손 이산은 일어나 아이들에게로 다가가 하나씩 두 손을 모아 잡았다.

"고맙구나. 내가 너희를 잊지 않겠다."

아이들은 모두 가마에 태워졌고 두 무리로 나누어져 출발하였다. 가마에 타기 전 수가 뛰어와 연의 손을 잡았다. 연의 큰 눈이 동그래졌다.

"연아, 내가 언제나 네 곁에 있다. 겁내지 마."

첫 번째 한 무리가 먼저 출발을 하였다. 두 번째 출발할 가마들 속에 수와 연과 세손의 가마가 있었다. 시간이 되자 다섯 대의 가마를 에워싸고 이명집이 다섯 명의 세손위종사 소속의 호위무사와 선두를 섰으며 서명섭이 또 한 무리의 무사들과 대궐에서 나온 내관들과 함께 가마를 에워싸며 뒤를 호위하고는 대궐을 향해 빠르게 걸음을 재촉하였다.

해는 이미 둥그렇게 떠올라 왔고, 연은 가마를 타고 대궐을 향해 길을 떠난다. 앞뒤로 장정이 어깨에 띠를 메고 가마 손잡이를 양손에 쥐고 날듯이 뛰어간다. 그래서 가마는 아래위로 사정없이 흔들렸다. 어린 연은 멀미가 나는지 한 귀퉁이에 놓인 놋요강에 잠시 토한 뒤에 뚜껑을 닫았다. 그리고는 살짝 가마 문을 열고 하늘을 보자 하늘엔 하얀 뭉게구름이 피어올라 있었다. 잠시 멍하게 구름에 흘려 있을 찰나, 한줄기 서늘한 바람이 불어갔다. 곧이어 까치 떼들이 푸드득 날아올랐고 고함 소리가 터져 나왔다.

"매복이다! 가마를 보호하라!"

숲을 지나 위험이 있을 만한 곳은 앞선 선두 호위대가 먼저 수색을 하며 오던 길이었기에 미리 매복을 알아차렸다. 피 냄새가 예리한 이명집을 자극하였다. 왕세손의 호위군사인 세손위종사(世孫衛從司)의 무사들이 황급히 검을 빼어 들고 가마를 에워쌌다. 앞서 가던 이명집과 서명섭은 검을 빼 들고 부리나케 앞뒤의 가마로 뛰어왔다. 첫 번째 가마에 타고 있던 연은 작은 검에 손을 대고 입술을 깨물었다.

한 무리의 궁사들은 활을 빼어 들었다. 처음 두 갈래로 길을 나누어 출발하려 하던 것을 일부러, 처음에 출발했던 한 무리의 가마의 뒤를 따라 길을 들었었다. 한 번 공격한 곳을 다시 공격하지 않을 것이라는 병법에 능한 서명섭의 예상이었으나, 적들은 이미 두 갈래 길 모두에 매복을 한 모양이었다. 앞서 출발한 다섯 대의 가마는 모두 깨어지고 아이들은 모두 베어진 뒤였다. 적들 역시 최고수들만 움직였는지 싸움이 격렬했던 흔적이 역력했다. 무사들 역시 모두 쓰러진 뒤였다.

이명집이 가마 앞에 서서 한눈에 주위를 살핀다. 움직임과 호흡 소리들…… 신기에 가까운 직감이 아니고는 찾아낼 수 없을 만큼 은밀히 숨어 있다.

"저 수풀 뒤에 다섯, 바위 뒤 셋, 언덕 위에 한 무리, 나무 뒤에 둘…… 쳐라!"

그쪽도 고수들이었으나 그들은 이미 일전을 치른 뒤였다.

쉬이익!

이명집의 검이 수풀을 향해 원을 그리며 스쳐 가자 놈들이 상황을 눈치챘으나 한발 늦었다.

푸욱!

수풀 사이에서 검은 복면의 살수들이 목에서 핏줄기를 뿜으며 쓰러졌다. 그를 시발점으로 일제히 매복된 곳으로 다섯 명의 궁수들은 활을 쏘아댔고, 무사들의 검도 춤을 추고 뛰어나온 적들과 치고 베었고 피가 사방으로 튀었다. 이명집은 근접전에 탁월한 효과가 있는 한성천류비결 제일공 비류흔을 전개하였다.

쉬이익!

"헉! 억!"

위에서 아래로 내리그은 팔 모양을 따라 살수의 복면이 벗겨지며 피가 튀었다. 잘려 나가는 눈에 익은 얼굴 반쪽을 흘깃 보고 있는 찰나! 서명섭은 이명집의 등 뒤에서 덮쳐오는 자에게 비수를 던졌다.

퍼억!

비수는 사내의 이마 한가운데를 뚫었고 한줄기 핏줄기가 흘러내렸다. 다시 서명섭은 이명집의 위에서 덮쳐 오는 두 명을 향해 두 자루의 단검을 던졌다.

쉬익! 쉬익!

허공을 향해 날아오른 단검 두 자루는 막 솟구쳐 뛰어내리던 두 사내의 몸통과 가슴팍을 꿰뚫었다. 이명집이 검을 휘두를 때마다 하나씩, 서명섭의 단검 하나마다 한 명씩 손도 써보지 못하고 절명했다. 위험하다고 눈치를 챘는지 살수들은 사방으로 흩어져 도망쳐 버렸다. 뒤를 쫓았으나 이미 놈들은 온데간데없이 사라지고 난 뒤였다. 그 자리를 수습해서 살피고 계속 길을 재촉했다.

"쫓지 마라. 그대로 간다. 가마를 보호하라! 따르라!"

살며시 가마 창문 틈 사이로 내다보니 앞서 간 다섯 대의 가마가 모두 피투성이로 깨어진 것이 보였다. 연의 고사리 같은 손이 부들부들 떨렸고 두려워 오줌을 질금거렸다. 두려움으로 얼굴이 하얗게 질려 있었다. 오로지 위안이 된다면 수가 무사하다는 것, 그리고 살아서 같이 대궐로 가고 있다는 것이었다.

가마들이 대궐 문 앞에 도착한 것은 해가 중천에 이르러서였다. 연이 다시 작은 문 사이로 살며시 눈을 내밀다 휘황찬란한 위용을 자랑하며 눈앞에 나타난 대궐을 보고 놀라 문을 닫아버렸다. 가마는 대궐 문을 지키는 수많은 병사들 사이를 지나 대궐 안으로 들어가고 있었다.

대궐로 들어온 세손 일행이 가마에 내리자 세손을 돌보려고 상궁과 나인들이 달려왔다. 그러나 똑같은 차림의 다섯 아이들을 보고는 눈이 휘둥그레졌다. 허나, 윗전에서 말하지 않는 것은 묻지 않는 것이 법도였다. 세손은 천천히 아이들에게로 다가와 다시 한 번씩 살펴보고는 조용히 읍하며 서 있는 이명집과 서명섭에게 작은 이마를 찡그리며 말했다.

"애쓰셨습니다, 사부님들. 놀라셨겠습니다. 이 아이들도 잘 보살펴 주세요. 내일부터 새벽과 강서원(講書院)에 들러서 오면 하루 두 번씩 이 아이들과 함께 수련을 받겠습니다. 저를 강건하게 만들어주세요."

세손은 이명집의 크고 단단한 손을 꼭 쥐고 힘을 주며 입술을 깨물었다. 멀리서 장헌세자의 서연에 참석했던 세손의 보양관

남유용이 급히 달려오고 있었다.

"세손저하, 어디 다치신 곳은 없사옵니까? 괜찮으십니까?"

"네, 사부님. 두 분 사부님께서 잘 지켜주셨습니다."

이명집과 서명섭의 공을 인정하여 세손위종사(世孫衛從司) 소속 좌종사(左從史: 조선 때 세손위종사에 속하여 세손을 호위하던 종6품 직)의 직위가 내려졌다.

수, 연과 함께 살아 대궐로 들어온 아이들은 여섯 살의 통통한 자애 강인한의 아들 윤, 파한 윤진선의 아들 용, 봉어 홍수항의 아들 어진이었다. 아이들은 모두 지친 얼굴이었으나 누구도 힘든 내색을 하지는 않고 있었다. 다섯 아이들의 처소는 각각 세손전 근처에 있는 작은 별궁에 방을 둘이서 하나씩 사용하게 되었는데 두 사부의 특별한 배려로 연이만 혼자 방을 사용하게 되었다. 큰 사부 이명집은 아이들을 자신의 방에 은밀히 불러 앉히고 당부했다.

"오늘은 힘든 하루였을 줄 안다. 하지만 이제 우리는 잠시도 마음을 놓을 수도, 쉴 수도 없다. 언제나 깨어서 세손저하를 보호해야 하는 것이다. 알겠느냐?"

"명심하겠습니다."

아이들은 다시 긴장해서 대답하였다.

"다시 기별할 때까지 방으로 돌아가서 쉬고 있거라."

아이들은 모두 일어나 각자의 방으로 돌아갔다.

"나는 윤이라고 해. 너는?"

"응, 나는 수, 이 아이는 연이야."

"수야, 연은 오늘 처음 보는데, 계집아이같이 곱살하구나. 그렇지?"

윤이 장난스럽게 연을 툭 치며 물었다. 연이 잠시 주춤하여 웃자, 수가 얼른 연의 어깨에 어깨동무를 하며 말했다.

"우리 중에 제일 막내라 그렇지. 잘 돌봐주어야지. 안 그래? 이제 우린 모두 피로 맹세한 사이 아니냐?"

"그렇지. 잘 부탁한다, 얘들아."

"나는 용이야. 잘 부탁한다, 얘들아!"

"나는 어진이야. 잘 부탁한다."

착하고 순해 보이는 어진이 말하며 앞장서 걸었다.

아이들이 기거할 작은 방 안에는 별다른 세간이 없이 작은 장롱 하나와 서책을 읽는 상만이 놓여 있었다. 연이 들어가 자리에 앉아 다리를 뻗고 쉬고 있을 때 수가 문 앞에 와 연을 찾았다.

"음음. 연아, 들어가도 되겠니?"

연이 화들짝 놀라 문을 열고 내다보니 수가 들어와 앉는다. 수는 또랑또랑한 눈으로 수를 바라보는 연을 가만히 들여다보다가 불쑥 연의 다리를 잡아끌고는 꼭꼭 주물러 준다. 연이 놀라서 발을 빼려 하자 수는 이번엔 아예 버선을 벗기고는 발을 주무른다.

"어릴 때부터 나를 가르치시던 사부님께 배웠다. 오늘 많이 놀랐지. 이제부터 이곳에서는 나를 형이라 불러. 알겠지?"

"네."

"네 발이 아주 작고 하얗구나. 내 누이의 발과 꼭 닮았구나."

연은 부끄러워 한참 동안 고개를 돌려 외면하였으나 슬며시 궁금해져서 고개를 들어보았다. 옆얼굴을 보니 더욱 귀태가 흐르는 수였다. 연보다 겨우 두 살 많은 수였으나 의젓하고 늠름하여 바라보고 있는 동안에 어느새 살며시 마음이 기대어졌다.

"연아, 두렵니?"

수가 어린 여동생과 동갑인 연이 가여운 마음이 들어 가만히 물어본다. 연은 가만히 고개를 저었다.

"아버님의 뜻을 받들고 나라에 충성하는 길인걸. 난 두렵지 않아요."

"연은 착하고 씩씩하구나. 그렇지? 그렇게 꼭꼭 존대를 하지 않아도 돼. 편안한 형처럼 대하면 되는 거야. 아마 다른 벗들도 다들 나와 잘 알고 있으니, 너를 막내처럼 대하여줄 거야."

수가 그렇게 따뜻하게 말하자 연의 얼굴이 환하게 밝아졌다. 어린 연에게는 이제 의지할 곳이라고는 든든한 웃음으로 마음을 따뜻하게 해주는 오라비 같은 수밖에는 없었다.

"응, 형!"

그날 저녁이었다. 저녁을 먹고 막 잠자리에 들려 할 때였다. 조용한 목소리로 사부 서명섭이 불렀다.

"연이 안에 있느냐?"

"예, 사부님."

연이 문을 열자 사부는 들어와 자리에 조용히 앉았다.

"연아."

"예, 사부님."

"한 번 궁에 들어오면 나가지 못하는 것을 알고 있느냐?"

"예."

"나는 처음 네가 들어오는 것을 반대하였으나, 안분당 대감의 충정에 설득당하였느니라. 아버님의 뜻을 잘 받들 수 있겠지?"

"예, 사부님."

"그래, 너는 이제 이곳에 있는 이상 튼튼한 장정으로 자라날 것이다. 절대로 봐주기를 바라거나 형들과 달리 대접해 줄 것을 기대해선 안 된다. 알겠느냐?"

"명심하겠습니다, 사부님."

말을 마치자 사부는 가만히 무명 보자기에 싼 옷을 꺼내놓았다.

"갈아입고 나오느라. 오늘은 너와 수가 번을 서는 날이니라."

"예? 아…… 네, 사부님."

연은 뭔가를 묻고 싶었으나 물어서는 안 된다고 배운 터라 사부가 나가고 난 뒤 얌전히 보자기를 풀었다. 그 보자기 속에는 뜻밖에도 세손의 잠자리 옷이 들어 있었다. 깨끗하고 부드러운 면으로 검소하게 지어진 그 옷을 갈아입고 위에 덧입도록 내려준 검은 겉옷을 입었다.

밖으로 나가니 어두워진 그곳에 수가 서 있었다. 수와 연은 세손의 잠든 곁을 밤새 지키는 것이 오늘 밤의 일이었다. 언제 살수가 들이닥칠지 모르고, 어디서 살수의 독화살이 날아올지 모르니 언제나 똑같은 복장을 한 또래의 아이들을 곁에 두고서 교란 작전으로 세손을 보호하겠다는 것이 그들의 생각이었다.

세손은 잠자리 옷을 입은 채로 서책을 읽고 있다가 들어간다 아뢰는 수와 연을 맞았다.

"어서 오세요, 사부님. 무슨 일입니까?"

세손의 앞에 이르자 서명섭이 조용히 아뢰었다.

"오늘부터 늘 두 아이들씩 세손저하 곁에서 번을 설 것입니다. 불편하셔도 세손저하를 위해서 이러는 것이니 참아주소서, 세손저하."

"그래요? 혼자 심심했는데 그것참 재미있겠습니다, 사부님."

세손의 얼굴이 환하게 빛났다. 아주 재미난 일이 생겼다는 얼굴이었다. 세손은 세 살이 되면서부터 왕이 설치해 준 보양청(輔養廳)에서 소학(小學)을 배웠다. 스승 남유용의 무릎에서 소학을 떼고 다음 해에는 별도의 사부를 두고 서지수, 김양택에게 동몽선습을 배웠고 다른 원자들은 열흘에 한 번씩 학습이 잘되었는지 시험을 했으나 세손이 원자 시절에는 사흘에 한 번씩 새로운 학습을 시험했다. 그러다 보니 여덟 살에 왕세손 책봉을 받을 때까지 학문과만 친해온 터라, 친구나 놀이라는 것을 해볼 틈이 없었다. 그런 세손이었으니 이 어린 또래의 아이들이 반갑기만 했다.

"너희들은 겉옷을 벗어 병풍 뒤에 숨겨두고, 세손저하를 모시거라. 소홀함이 없어야 하느니라."

"명심하겠습니다, 사부님."

서명섭이 나가자 수와 연은 마주 보고 생긋 웃고는 조용히 일어나 병풍 뒤로 돌아가 옷을 벗었다. 수는 밤이 늦도록 자지 못할 연이 안쓰러워 옷을 벗자 얼른 받아 착착 접어 자신의 옷 곁에 두었다. 두 아이는 다시 작은 검을 단단히 잡고 세손이 글을 읽는 곳에서 사선으로 떨어져 나란히 앉았다.

그런 두 아이들을 세손은 신기하게 구경하고 있었다. 세손은 책을 덮고는 턱에 손을 괴고 생각에 잠겨서 콧등에 작은 주름을 잡으며 수와 연을 찬찬히 살펴보았다. 수와 연은 꿇은 무릎 앞에 칼을 놓아두고 두 손을 모으고 단정히 앉아 있었다. 숨소리조차 크게 내지 못하고 있었다.

"네 이름이 무엇이니?"

갸름한 얼굴에 유난히 하얀 피부, 그리고 선한 눈을 가진 세손이 장난스러운 얼굴로 어린 연에게 물었다. 연은 아무런 망설임도 없이 대답했다.

"나는 이산이다. 이 나라의 세손이다. 예를 갖추어라."

수와 세손은 동시에 눈이 둥그레졌고 세손은 웃음보를 터뜨렸다.

"아하하하! 너 아주 재미있는 아이로구나?"

연은 자신이 무슨 큰 잘못을 했나 싶어서 그 통통한 볼이 빨갛게 달아올랐다. 수가 당황해서 그런 연을 바라보며 살며시 고개를 저었다.

"아니, 이름이 뭐냐고. 내 이름 말고 너의 이름을 말해 보라니까 그러니?"

연은 다시 한 번 수를 바라보았다. 수가 조그맣게 웃음을 띠며 가볍게 고개를 끄덕였다.

"연이라고 하옵니다."

"연이라! 생긴 것도 그러한데 이름도 꼭 계집아이 이름 같구나. 사모할 연을 쓰니?"

"그러하옵니다, 세손저하."

두 아이는 가슴이 철렁하고 내려앉는데, 세손은 고개를 갸웃거리며 가만히 바라보다가 수에게 물었다.

"네 이름은 무엇이냐?"

"홍민수이옵니다. 그냥 수라고 부르소서, 세손저하. 그리고 이 아이는 이제 겨우 다섯 살이 되어서 작아서 그리 보이는 것입니다, 세손저하."

"응. 아무튼 우리 앞으로 우리들만 있을 때는 친구처럼 지내자. 알겠니?"

"……?"

두 아이는 놀라서 서로 마주 보았다. 장난스러운 세손은 자리에서 일어나 가까이 다가와 두 사람의 손을 함께 포개어 쥐고는 흔들며 다시 말했다.

"우리 이렇게 벗이, 동무가 되자는 거야. 재미있지 않겠니?"

그러자 잡힌 손을 가만히 빼며 연이 난처하다는 듯이 코에 주름을 잡으며 모기만한 목소리로 속삭였다.

"그것이 별로 재미있을 것 같지는 않은데……."

그러자 세손이 짐짓 눈을 커다랗게 뜨며 윽박지르듯이 말했다.

"너 지금 뭐라고 하였니?"

그러자 다시 연이 뭐라고 종알거리려 하였으나 수가 얼른 연의 입을 틀어막았다.

"아니옵니다, 세손저하. 저희는 그저 세손저하를 위해 죽고 사는 것입니다."

"알았다. 그럼 우리 이제 아주 친한 벗이야."

연은 대답 대신 그저 고개만 정신없이 끄덕였다.

파루를 치는 소리가 들려오고 밤이 깊어갔다. 촛불도 꺼버리고 잠자리에 누워 있던 세손은 잠이 오지 않는지 살며시 눈을 뜨고 연이 꼬박꼬박 조는 것을 구경하고 있었다. 점점…… 고개가 앞으로 기울어진다. 그러다 옆에 졸린 듯 눈을 감고 있던 수가 살며시 세손이 잠들었는지를 살피다가는 자신의 어깨에 가만히 기대 재운다. 이번에는 다리가 스르륵 풀려 미끄러진다. 고개도 따라서 미끄러진다. 그 꼴을 지켜보던 세손이 우스워 죽겠다는 듯이 연에게 다가간다. 수가 놀라 연을 흔들어 깨우려 하자 세손이 손가락을 입에 대고 쉿! 한다.

"너희가 고생이구나. 조용. 다리를 잡아."

세손이 가만히 연의 어깨를 두 손으로 잡고 끌자 수가 가만히 두 다리를 맞잡고 들어 옮긴다. 이불 위로 옮겨놓아도 연은 세상모르고 잠들어 있다. 꿈을 꾸는 것인지 귀여운 미소를 띠며 입으로는 아직도 젖을 빠는 것인지 오물오물거리며……. 세손도 가만히 곁에 누워 잠을 청하였고 수는 그런 두 사람을 난감하게 내려다보며 다시 제자리로 돌아가 앉았다.

"음음……."

자다 눈을 뜨니 푸르스름하니 새벽이 밝아오고 있었다. 가슴이 답답해서 내려다보니 연의 다리가 세손의 배 위로 척 걸쳐져 있고 어느새 베개마저 빼앗아 베고 잔다. 살며시 다리를 내려놓고 둘러보니 수도 어젯밤 앉은 자리에서 엎드려 잠이 들어 있었다. 세손이 가만히 잠든 연의 포동포동한 손을 잡아보려 하는데 다시 연이 다리를 척 걸쳐 온다.

세손은 '잠버릇이 고약한 녀석이로구나' 하며 내버려 둔 채 다시 잠이 들었다.

二. 소나무 아래서

소나무 아래서 동자에게 물으니
스승은 약초 캐러 가셨다 하네
분명 저 산 어디엔가 계시련마는
구름 깊어 그곳을 알 수가 없네
—가도賈島

아이들은 새벽이면 일찍 일어나 세손과 함께 작은 모래주머니를 발목에 차고 뛰고 치고 내지르기를 연습하였고, 세손이 강서원에 다녀온 뒤에는 병법을 공부했다. 조금 특이한 구석이 있는 어린 연은 아버지 안분당이 언제나 잘한다 잘한다 하고 키웠으므로 남이 저보다 더 잘하는 것을 못 보는 습성이 있었다. 그런데 가만히 보니 사부님은 언제나 세손저하만을 칭찬하는 것이었다. 병법학습을 하러 가면 연은 언제나 사부로부터 귀가 아프도록 세손이 영특하다는 소리를 들어야 했다. 욕심이 많은 어린 연은 그것이 몹시 못마땅했다. 속으로는 은근히 세손이 얄미워 죽겠는데, 그것도 모르고 세손은 언제나 연에게 장난을 걸며 귀히 여겼다. 얄밉다 얄밉다 하면 더하다고, 세손은 어떻게 되어서인지 연과 수와 다른 아이들은 하나를 가르치면 그 하나도 제대로 모르는데 세손은 하나를 가르치면 네다섯을 아는 것이었다. 그러니 사부의 질문에 대답을 못하는 아이들은 종아리를 맞기 일쑤였다. 그것이 세손도 대답을 못하면 좋으련만 꼭 대답을 하고야 마는 것이었다.

그날도 세손이 문제였다. 그날은 둘째 사부로부터 조선에 대대로 내려오는 무예의 세법(稅法)을 배우고 있었다. 줄 맞춰 앉아 있는 그 줄에는 연을 가운데 두고 연의 오른쪽에는 세손이 연의 왼쪽에는 수가 앉아 있었다.

"세법의 그 세 가지는 봉두세, 호혈세, 등교세가 있다. 봉두세는 정면베기이며 호혈세는 훑어베기, 등교세는 올려베기이다. 또한 안법(눈싸움)과 격법(치는 법)도 중요하다."

훈민정음만 떼고 아직 한자를 잘 못 읽는 연은 그림을 걸어놓고 하지 않는 학습은 재미가 없어하는 데다가 그날의 학습은 특히 더 재미가 없어서 꼬박꼬박 졸고 있었다.

"연, 연!"

사부가 연을 벼락같은 목소리로 불렀다. 연은 졸고 있다가 발딱 일어섰다. 아이들은 키득거렸고 수는 안쓰러워 어쩔 줄 모르는 얼굴로 연을 바라보고 있었다.

"예, 사부님!"

"세법의 세 가지를 말해 보아라."

"그것이…… 잘 모르옵니다."

연이 대답을 못하고 쩔쩔매며 서 있는 것을 보자 세손은 지금의 사태를 얼른 무마시켜 연이 야단맞는 것을 막아주고 싶었다.

"봉두세와 호혈세, 그리고 등교세입니다."

연의 오른쪽에 앉아 있던 세손이 벌떡 일어서 널름 대답을 해주는 것이었다. 연이 은근히 어린 자존심이 상한 터라, 난처해하며 앉으려는데 세손이 바로 옆에 재빨리 풀썩 주저앉는 바람에 연의 저고리 고름이 쭉 찢어져 버리고 말았다. 드디어 부아가 난 연의 눈이 커지며 큰 소리로 악을 쓰며 울어버리고 말았다. 수가 얼른 잡고 입을 막으려 하는데도 막무가내로 뿌리치며 우는 것이었다.

"아아아앙!!"

"연아, 연아, 어찌 이러느냐?"

사부와 수와 세손과 아이들은 기가 막혀 바라만 보고 있었다. 어찌나 목청이 크고 서럽게 우는지 옆에 있던 세손은 미안하기도 하고 기도 막혔다.

"너, 왜 우는 것이냐?"

세손이 놀라서 물었지만 연의 한 번 터진 울음은 막무가내였다. 사부가 달려와서 말리고 아이들이 모두 달려들어 말려도 막무가내로 울더니 나중에 간신히 울음 그치며 연이 한다는 소리에 사부와 아이들은 우스워 모두 다 넘어가고 말았다.

"연은, 세손저하하고는 함께 학습 안 할 것입니다!"

누구보다 더 놀란 것은 세손이었다. 연의 커다란 울음이 도와
주려 한 자기 때문이라 하니 난감한 일이었다. 사부는 웃으며
연을 자리에 앉히고 말없이 다시 자리로 돌아가 서책을 펴고 잠
시 생각에 잠겨 있었다.

세손은 화가 잔뜩 나 볼이 부어 있는 연을 물끄러미 보다가
장난스럽게 연의 곁으로 더욱 바짝 다가앉았다. 연은 너무 화가
나서 연의 손을 쥐고 좋아라 하는 세손의 통통한 손을 꼬옥 꼬
집어주고는 한참을 부들부들 떨면서도 놓지 않았다. 세손은 아
파서 이마를 찌푸리면서도 연이 야단을 들을까 봐 걱정되어 아
프다고 소리도 지르지 못하고 있었다. 그런 두 사람의 모습을
수는 짜증스럽고 답답하게 바라보고 있었다.

어느 날, 경혈(經穴)에 대해 공부를 하고 지법수련을 하고 있
었다. 연을 유독 귀여워하는 세손은 그날도 연의 곁에 딱 붙어
앉아 슬쩍슬쩍 연의 손가락을 꺾고, 손목을 비틀어보고 있었다.

"십이경맥은 좌우 대칭으로 되어 있으므로 육백오십칠 혈이
있게 되는 것이다. 무공에서 중시하는 혈도는 모두 팔백열한 개
이다."

병법에 능하고 이론에 박식한 서명섭이 그림을 걸어두고 설
명을 하자 학구열이 높은 세손은 옆에 있는 연을 대상으로 그
혈을 찾아보고 있었다. 늘 세손이 귀찮게 하는지라 연은 포기한
채 그림을 열심히 보며 통째로 외우고 있었다. 연은 뭐든 무작
정 외워 버리는 반면 세손과 수는 머리를 곧잘 썼다. 세손은 그

렇게 자신과 전혀 다른 연을 귀여워했다. 수는 세손이 연을 예뻐함에 조금씩 샘이 나기 시작했지만 어찌할 방도가 없어 그저 지켜만 보고 있었다.

"지금 내가 만지는 곳을 잘 기억해라. 천추혈이다."

세손은 연의 목 뒤의 천추혈을 살살 만져 보고 있었다.

"음, 연아, 여기가 천추혈이야."

"살맞았다고 할 때 쓰는 그 절대사혈은 이곳이다."

사부가 그림을 가리키자 세손은 뒤에서 연을 껴안듯이 하고는 손을 앞으로 돌려 양쪽 젖꼭지를 만졌다. 그러다 젖꼭지 바로 아래를 살짝 건드렸을 뿐인데 연은 억! 소리도 못 내놓고 풀썩 쓰러져 버렸다. 세손의 얼굴이 하얗게 질렸고 동시에 수가 펄쩍 뛰듯이 일어났다. 서명섭이 급히 다가왔다.

"저하! 어찌 그 아이를 데리고 혈을 잡으십니까? 아니, 급살을 맞은 것이 아닙니까! 연아! 연아!"

"어찌해야 합니까? 연아! 연아! 사부님!"

수가 하얗게 질린 얼굴로 발을 동동 구르고 있을 동안 너무 놀란 세손은 말도 못하고 달려가 큰 사부의 손을 끌고 왔다. 다행히 세손이 절대사혈을 세게 친 것은 아닌지 경혈에 손상을 입지는 않았다. 기공이 높은 큰 사부 이명집이 혈을 풀어 연의 숨통을 틔웠다.

축 늘어진 연을 큰 사부의 방으로 옮겨가 이불을 깔고 누일 동안 미안하고 안쓰러워 세손은 쭉 연의 손을 잡고 놓지 않았다. 하지만 그 뒤를 쫓아가고 있는 수는 속도 상하고 애가 타서 죽을 지경이었다. 정혼자를 잘 돌봐주라는 아버지의 부탁이 없어도 너무 귀엽고 외로운 처지에 위안이 되어 연에 대한 마음이 애틋한 수였다.

"연아, 내가 잘못했다. 어서 깨어나거라."

"이제 돌아가 쉬시지요, 세손저하."

"아닙니다, 사부님. 제가 연을 이렇게 만들어놓고 어찌 돌아가 쉴 수 있겠습니까."

연이 누워 있는 곁에서 울 것 같은 얼굴로 꼭 붙어 앉아 있는 세손 때문에 다가가서 손 한 번 잡아보지 못하는 수였다. 수는 별수없이 궁리 끝에 세수간으로 달려가 소세를 할 때 쓰는 놋대야에 차가운 물을 부어 정신을 맑게 해주는 향이 나는 녹차 잎을 띄우고 무명 수건을 적셔와 가만히 내려놓으며 큰 사부에게 아뢴다.

"제가 연을 간호하겠습니다, 사부님."

그러자 사부의 대답이 떨어지기도 전에 세손은 야속하게도 얼른 대야를 받아 들고는 이렇게 말했다.

"내가 하겠다. 수는 얼른 나가서 다른 일을 하거라."

"수는 그리하거라."

"……네, 사부님. 나가보겠습니다."

수의 속 타는 마음도 모르고 큰 사부까지 그렇게 명하니 수는 그만 기가 죽어 고개를 푹 숙이고 쓸쓸히 밖으로 나갔다. 그러나 차마 돌아가지 못하고 조금 떨어진 마당을 서성이고 있었다.

어느새 해가 지고 밤이 찾아들었다. 높은 대궐의 담 안에도 까만 밤하늘엔 둥그런 보름달이 떠올라 그 달 속의 아버지가 수에게 웃으며 말한다.

"그래, 연이 대궐로 들어가면 곁에 두고 은애하고 또 은애해 주거라. 언제나 연을 네 몸처럼 보살펴야 할 것이다. 목숨처럼 아껴야 하느니……."

이런저런 생각에 서성이는데 사부의 방에서 연의 소리가 들려온다. 얼른 달려가 문 앞에 섬돌 위에 서서 귀를 기울이다 연의 목소리를 듣고 그렁그렁 눈물이 맺힌다.

"연아, 정신이 나느냐? 나를 알아보겠니? 사부님, 연이 깨어났어요!"

"다행이옵니다, 세손저하. 연아, 이 사부를 알아보겠느냐?"

그러자 모기만한 목소리로 가냘프게 연이 대답하는 소리가 들려온다. 수는 더욱 연이 무어라 하는지 귀를 쫑긋 기울인다.

"수, 수 형은……."

수는 연이 정신이 들자 처음 찾는 것이 자신임을 알자 이상하게 가슴이 두근거렸다. 연의 그 말을 듣자 수는 괜스레 코끝이 새큰해져 저도 모르게 기침이 나왔다.

사부는 빙그레 웃으며 문밖을 오락가락하는 어린 사제를 불

소나무 아래서 53

렀다.

"수, 게 있느냐?"

"예, 사부님!"

수가 득달같이 문을 열고 냉큼 들어가 연의 곁에 앉는다.

연일한 여름 땡볕에 태우며 무예를 연마한지라 새까맣게 탄 연이 무서운 사부를 가만히 바라보다 다시 수를 바라보며 희미하게 웃어 보인다. 세손은 자신은 아는 체도 아니하는 연이 아마도 화가 난 모양이라고 생각하고 있는 중이었다. 사부가 연을 편안히 쉬게 해주고자 자리를 피해주며 세손에게 읍하며 아뢰었다.

"세손저하, 이제 그만 가시지요."

"사부님은 나가보세요. 전 여기 좀 더 있을 것입니다."

수와 연은 그런 세손이 야속했지만 어쩔 수 없었다. 무서운 사부가 나가고 나자 수가 얼른 연의 통통한 손을 두 손으로 꼬옥 잡았다.

"연아, 괜찮아?"

그러자 연이 커다란 맑은 눈이 그렁그렁해져서는 말했다.

"형, 어머니가…… 어머니가 보고 싶어요."

수는 연의 손을 더욱 꼬옥 쥘 뿐이었다. 한창 어머니의 품에서 어리광을 부릴 나이인 연이었다. 곁에 앉은 세손의 마음도 아팠다. 자신을 위해 다섯 아이가 죽었고, 더 많은 사람들이 죽어가고 있고, 앞으로도 죽을 것이다. 어린 세손의 마음에도 자신의 운명이라는 것이 결코 평탄하지 만은 않을 것이란 걸 알고 있었다. 연의 그 한마디에 세 아이들의 머리 속에는 수많은 생각들이 스치고 지나갔다.

분위기를 바꾸고자 세손이 연의 손을 잡곤 장난스레 흔들며 말했다.

"연아, 얼른 일어나거라! 일어나면 내가 새벽마다 말을 태워 주마! 너 말 타는 것 재미있지 않겠니?"

그러자 그렁그렁하게 이슬이 맺혀 있던 연의 눈이 금세 반짝 반짝 빛나며 세손에게 물었다.

"우아! 우아! 정말이옵니까, 세손저하? 저 말 타고 싶어요. 아버님이 제게 말 타는 법을 꼭 가르쳐 주신다 하셨는데! 제가 말을 타는 모습을 아버님께 보여 드리고 싶사옵니다. 약속하셨사옵니다, 세손저하!"

연은 흥분해서 벌떡 일어나 앉아 세손의 손을 잡고 약조를 하였다. 곁에서 난감한 것은 수였다. 세손은 어느새 말타기와 활 쏘기가 뛰어나다고 소문이 난 터였고 다섯 아이들은 이제 말타기를 따로 배우고 있었다. 하지만 연은 아직 어려 구경만 하고 있었던 것인데 새벽마다 세손의 특별교습 시간에 따로 연만을 가르치겠다고 하니 연에게 말타기를 가르쳐 주리라 마음먹고 있었던 수는 기가 막힐 일이었다. 연이 뒤늦게 정신이 나는지 애매하게 수를 바라보며 세손에게 물었다.

"참, 세손저하, 수 형도 같이 가면 아니 되는 것입니까?"

그러자 세손은 매정하게 잘라 말하였다.

"음, 사부님이 둘씩이나 데려가는 것은 허락치 않으실 게야."

"아, 아니야. 난 괜찮아."

잠시 수의 얼굴을 살며시 살펴보는 연을 향해 수는 화가 나면서도 싱긋 웃어주었다. 웃어주는 수의 마음이 진심인 줄 알고 안심하며 활짝 웃는 철없는 연이었다. 언제부터인지 귀여운 연이 수와 더 친한 것이 은근히 싫었던 세손은 다행이라는 듯이 연의 손을 잡고 흔들며 즐겁게 말했다. 그러면서도 세손은 이상한 일이라고 생각했다. 왜, 수도 그렇게 좋은 아우인데 유독 연은 나눠 갖기가 싫은 것인지…….

"고것 보아라, 수는 괜찮다고 하지 않느냐?"

새소리에 잠이 깨어 맑고 청아하게 울려오는 풍경 소리를 듣다 보니 하염없이 누워 있었던 모양이다. 어느새 5경3점, 파루가 33번 치니 성문이 열리고 주시동(궁궐을 돌며 시간을 알리는 아이)이 돌며 시를 알리는 소리가 들리자 연은 자리에서 벌떡 일어났다. 얼른 소세를 하고 야무지게 머리를 만지고 옷을 챙겨 입고 뛰어나오니 벌써 수가 기다리고 있었다.

"형?"

"잘 잤어? 가자. 데려다 줄게."

수는 언제나 자신도 어린아이였지만, 연은 항시 아기 같아 보여서 늘 연보다 먼저 일어나 연을 챙겨주고는 하였다. 오늘 아침도 마음은 상하였으나 연을 챙겨주려고 일찍 일어나 나와 있었다. 연을 데리고 수가 나서려 하는데 어느새 세손이 큰 사부와 종사들을 거느리고 다가오고 있었다. 언제나 세손의 자적룡포(紫赤龍袍)를 입고 공정책(空頂幘)을 쓴 모습이 아니면 무예 연마를 할 때 편한 무복만 입고 있는 모습만 보다가 오늘 세손이 하얀 비단옷을 차려입고 늠름하게 웃고 있는 모습을 보니 새삼 위엄이 느껴졌다. 어린 연이 보기에도 세손이 잘나 보였다.

"가자, 벌써부터 기다렸느니."

여름 아침, 싱그러운 햇빛을 받아 검게 그으른 세손의 활짝 웃는 모습은 보고 있는 사람들의 기분마저 상쾌하게 했다. 수와 연도 따라 웃었다.

들짐승 날짐승들이 가득한 대궐 뒤편의 공터에서 두 마리의 말이 연과 세손을 기다리고 있었다. 하얀 말 혁(革)은 세손의 말이었고, 그 하얀 말 옆에 햇빛을 받아 검게 빛나는 말이 연의 말이었다.

"연아, 이 말은 내가 아끼는 말인데, 너에게 줄게. 아껴주며 타거라. 알겠니?"

"정말이옵니까? 정말이옵니까, 세손저하?"

"연아, 이 녀석의 이름을 네가 지어주렴."

"저하, 처음 갖는 저의 말이옵니다. 많이많이, 오래도록 생각해서 지을 것입니다."

연이 감격해서 말을 잊지 못하자 세손은 웃으며 다시 말했다.

"연아, 말은 가장 먼저 아주 빛나는 눈망울을 가진 놈으로 골라야 하는 거야. 눈빛이 살아 있어야 잘 달릴 수 있거든."

"우와! 저하는 정말 아시는 것도 많사옵니다."

세손은 연이 감탄하며 자신의 설명을 듣고 있는 것을 흐뭇해 뒤에 서서 조용히 웃고 서 있는 사부를 바라보고 눈을 찡긋거렸다. 사부는 자신이 일러준 것들을 연에게 자상하게 설명해 주는 세손을 흐뭇하게 바라보고 있었다.

"자, 이제 타보자. 내 앞에 타거라. 오늘은 내가 태워줄게."

연은 사부가 올려주는 대로 세손 앞에 올라앉았다. 세손은 연의 허리를 꼭 감아쥐고 말을 천천히 걷게 했다. 연과 세손을 태운 백마가 지나가는 그 길을 시원한 여름 숲의 바람이 지나가고 초록빛이 가득 쏟아져 내렸다. 풀잎에 맺힌 이슬이 보석처럼 반짝였다. 아침 햇살 속에 어지럽게 안개 섞인 공기도 상쾌했다. 연은 그 놀라움과 경이로움으로 눈이 빛났고, 세손은 무에 그리 흥겨운 것인지 흥얼흥얼 당시를 읊고 있었다.

"이른 봄, 버들 솜 작고도 가벼운데, 봄바람이 날아와 옷깃을 잡아끄네. 버들이야 본디 무심할 터인데 남으로 북으로 마음껏 날아가네."

"무슨 시입니까, 세손저하?"

"버들개지란 설도의 한시이다. 연아, 지금은 나도, 너도 버들개지이면 좋겠구나. 그럼 바람을 타고 날아가련만……."

"세손저하는 너무 무거워 날아가지 못하십니다."

"하하. 맞다. 가벼워야, 아주 작고 가벼워야 날 것인데 나는 너무 무겁지."

"하지만 아주 듣기 좋은 시입니다. 이른 봄, 버들 솜 작고도 가벼운데, 봄바람이 날아와 옷깃을 잡아끄네. 버들이야 본디 무심할 터인데 남으로 북으로 마음껏 날아가네."

연이 한 번 들은 시를 외워 읊어대자 세손은 놀란 듯 입을 딱 벌리고 감탄하며 연을 바라보았다. 연은 별것 아니라는 듯 씽긋 웃어 보였다.

"아니, 네가 신동이 아니냐? 한 번 듣고 외워 버리는 것이냐?"

"헤헤, 저하, 외우면 무얼 하겠습니까? 그 깊은 뜻을 알지 못하는 것을요."

"하지만 자꾸 외우다 보면 어느 날 뜻도 자연스레 알게 될 것이야."

세손은 지금 아주 작고 가벼운 연을 안고 날듯이 가고 있었다. 바람을 타고 날아가듯이. 지금은 아주 여린 버들개지이나 어느 날 아주 우람한 버드나무로 자라나 그 그늘에 만백성이 쉬리니……. 산천은 여름을 맞아 생명력이 한창이었다. 백마가 달려가는 그림자 뒤로 초록빛이 싱싱하게 부서지고 있었다.

"그게 무엇이야?"

세 아이들이 빙 둘러앉아 두런거리고 있다. 연과 세손 때문에 심통이 난 수가 다가가 보니 윤이 아주 묘한 방망이를 들고 있었다. 아이들이 이리저리 돌려 보면서 킬킬거리고 있는 그 물건은 남근목이라는 것으로 끝이 버섯 모양으로 생긴 길쭉한 방망이었다.

궁녀들이 몸에 지니고 있으면 승은을 입을 수 있다고 믿었다. 물론 그중에는 그것을 직접 사용하는 궁녀들도 있었다. 이 남근목은 궁녀들의 은밀한 대식(對食) 행위에도 사용되었다. 원래 대식이라는 것은 궁녀들이 가끔 가족이나 친지들을 불러들여 밥을 먹게 해주는 제도였는데 대식을 핑계로 동성연애가 이뤄지자 대식은 동성연애를 지칭하는 은어로 굳어졌다. 세종대에는 세자빈 봉씨가 비자 소쌍과 대식 행위를 할 때 사용하기도 하였다 하는데, 남근목을 사용하고 서로 목을 맞대고 혓바닥을 빨곤 했다고 기록되었다. 그 사건으로 세자빈 봉씨는 폐출되었다. 하지만 이 남근목은 여전히 궁녀들의 애장품 중 하나였다.

아마도 지나던 궁녀 중 하나가 흘린 것을 개구쟁이 어진이 재미있겠다고 주워온 것이었다. 어진은 둥글둥글한 얼굴에 코에 잔뜩 주름을 잡으며 키득키득 웃고 있었다.

"고것참, 묘하게도 생겼네?"

윤은 그 방망이로 자신의 손바닥을 툭툭 두드려 보고 옆에 있는 용의 볼도 쿡 찔러보았다. 한술 더 떠서 용은 그 방망이로 탁탁탁! 권법을 수련하기 위해 세워둔 인형을 공격하고 있었다. 둘째 사부 서명섭이 그 꼴을 보고 기절하며 날듯이 달려오고 있었다.

세손이 강서원에서 돌아오자 오후 수련 시간이 되었다. 수는
연이 새벽에 말을 타고 와서 이리저리 종알종알 자랑을 해대는
통에 잔뜩 부아가 나 있던 참이었다.

"자, 달리기 시합을 할 것이다. 모래주머니를 차거라."

세손과 나란히 선 수는 입술을 질끈 물었다. 세손도 언제나
승부욕이 강했고 이기기를 즐겼으므로 두 주먹을 불끈 쥐었다.

"시작!"

서로 날듯이 달렸으나 역시 빠르기는 세손을 당할 수가 없었
다. 다음은 씨름이었다. 이번에도 어찌 된 셈인지 수와 세손이
한판을 치르게 되었다. 하지만 이제 약이 오를 대로 오른 수는
제정신이 아니었다.

"자! 어서 덤벼보아라, 수야!"

세손이 아주 당당하게 다리통에 힘을 주고 딱 버티고 서서 외
치자 수가 다짜고짜 달려들었다. 수는 정신없이 달려가 마주 달
려오는 세손을 번쩍 머리 위로 들어 올렸다. 그 힘이 가히 어린
아이의 것이라고 하기에는 놀라웠다. 다른 아이들이 놀라 입이
쩍 벌어졌다. 사부들도 다들 놀라 눈이 휘둥그레졌다. 수는 눈
을 질끈 감고 세손을 바닥으로 집어 던지듯 내려놓았으나 사실
집어 던진 것이었다. 세손 역시 억! 소리가 났으나 자존심이 있
으니 어금니를 꾹 물고 참고 있었다. 막상 그러고 나니 슬며시

미안해지는 수였다. 의외로 싱겁게 끝나자 수는 손을 툭툭 털고 웃으며 뛰어가서 세손을 일으켜 세웠다.

"수는 힘이 장사가 아니더냐?"

그래도 세손은 웃음을 띠며 수를 칭찬했다. 그런 세손의 칭찬에 내심 흐뭇해 씽긋 웃으며 머리를 긁적이는 수였다.

큰 사부가 무섭고 엄격하게 수련을 시키는 반면 작은 사부는 괴팍하면서도 재미있는 구석이 있었다. 어린 연에게도 늘 예외 없이 가르치고 잘못하면 화를 내기도 하고 쥐어박기도 했다. 한바탕 겨루기가 끝나고 나자 오늘 하기로 한 활을 쏘는 수업이 진행되었다.

어린 연이 처음으로 나가 활을 쏘게 되었다. 연은 큰 나무 중간에 만들어놓은 둥그런 표적에 스무 발을 쏘아 열일곱 발을 맞히었고, 두 번째로 나선 세손은 열아홉 발을, 계집아이처럼 얼굴이 희고 가냘프게 생긴 윤은 열여덟 발을 맞히었다. 활을 잘 다룬다고 자신했던 연은 실망하여 입이 삐죽이 나오고 말았다.

"연아."

연은 화살을 거두다가 다정하게 들려오는 수의 목소리에 돌아보며 씽긋 웃었다.

"실망하여 화가 났느냐?"

"아무래도 저는 뭐든지 잘 못하는 것 같습니다."

"무엇이든 잘하고 싶으냐? 욕심이 많은 것이다. 지금도 넌 잘하는 것이 많지 않니?"

"그래도 저는 잘하고 싶습니다. 저하보다도, 윤 형님보다도 잘하고 싶습니다."

연은 다부지게 입을 꼭 다물고 말했다. 그런 연을 수는 물끄러미 쳐다보며 웃었다.

다섯 아이들은 아침에 눈을 뜨는 것과 동시에 내공의 일종이라는 호흡법을 시작으로 아침 식사 후 활쏘기를 하고 오후에는 검법 수련을 받았다. 연은 다른 아이들이 쉴 때에도 쉬지 않고 활시위를 당기며 연습하여 몇 달이 지나 겨루기가 있던 날은 드디어 세손과 나란히 활쏘기를 겨룰 수 있었다. 연과 세손의 실력은 겨룰 수 없이 막상막하였다. 둘째 사부는 연이 활을 쏘는 것을 곰곰이 살피다가 물었다.

"연아, 언제 세손저하의 궁도를 배웠느냐? 세손저하의 궁도는 왕실에서만 가르쳐 오던 것인데, 네가 그대로 하지 않느냐?"

"예? 저는 세손저하의 모든 동작을 외워 따라 했을 뿐입니다, 사부님."

"뭐라?"

연은 고개를 갸웃거리는 사부를 바라보며 기분 좋게 활짝 웃었다.

수가 든든한 사내 같은 성격으로 자라나는 반면, 연은 마치 아주 개구진 사내아이처럼 텀벙텀벙하고 덜렁대기 잘하는 소탈한 성격으로 자라났다. 얼굴은 언제나 새까맣게 그을러 있고 손은 거칠었다. 게다가 자고 일어나면 그 큰 눈은 물고기의 눈처럼 탱탱 부어 있기 일쑤였다. 하지만 세손은 언제나 몸놀림이 근엄하고 조심성이 많으며 모든 것에 치밀했다. 세손은 부지런하여 일찍 잠자리에 드는 법이 없었다. 언제나 밤이 늦도록 서책을 읽고 글을 쓰고 그림 그리기를 즐겼다. 하지만 어찌 된 영문인지 연을 골려먹을 땐 영락없이 개구쟁이 아이였다.

그날도 밤이 늦도록 세손은 조용히 앉아 먹을 갈고 있었다. 언제나처럼 수는 작은 검을 쥐고 번을 서고 앉았고 연은 세손의 곁에서 먹을 갈고 있었다. 세손은 작은 세필을 들고 무엇인가를 꼼꼼히 쓰고 있었다. 연은 그렇게 끊임없이 책을 읽고 글을 쓰는 세손이 신기하기만 하였다. 또한 세손은 검소하여 기름진 음식이나 화려한 음식도 멀리하였다. 놀이를 즐기지도 않았다. 연이 보기에는 세상에 제일 심심한 사람이 세손일 것 같았다. 하지만 세손은 무엇이 그리 재미있는지 밤이 늦도록 서책에 빠져 잠을 잊는 날이 많았다. 연은 먹을 갈다 말고 팔이 아파 은근히 세손을 바라보며 심통난 목소리로 물었다.

"세손저하, 궁금한 게 있사옵니다."

하지만 세손은 너무 골똘한 나머지 연의 목소리를 듣지 못했다. 연은 다시 심통이 나서 붓을 가져다 먹물을 적시는 붓끝을 살짝 잡고는 다시 세손을 쳐다보았다. 화선지에 눈을 두고 붓만 벼루에 먹물을 적시려 하던 세손은 붓이 무언가에 잡힌 듯 느껴지자 그제야 눈을 들고 연을 바라보았다.

"어찌 그러니?"

"저하, 매일 밤 무엇을 그리 쓰시는 것입니까?"

"궁금하니?"

"궁금하니 여쭙는 것이 아닙니까?"

"매일 밤 나는 금일 내게 일어난 일들을 기록해 둔단다."

"예? 금일 일어난 일들을 말입니까?"

"응."

"모다 말입니까?"

"음, 기억나는 것들은 모다 기록하지."

"왜요?"

"우선은 그렇게 기록하는 것이 재미있기도 하고, 또 그렇게 기록하면서 생각을 하면 옳은 일과 그른 일을 생각해 보게 되고, 그럼 같은 실수를 반복하지 않는다. 그리고 시간이 지나도 금일 있었던 일들을 잊지 않으니까. 모다 기억해 두려고 하는 것이지."

"오늘은 무얼 쓰신 것입니까?"

세손이 진지한 얼굴로 말하자 연은 아주 신기하다는 듯이 그 서책을 바라보며 고개를 끄덕거렸다. 그러자 세손은 다시 장난기가 동했던지 그렇게 말했다.

"음, 오늘은 이리 적었다. 못생기고 눈이 퉁퉁 잘 부어 물고기라고 불리우는 아이는 무식하게 글도 잘 모르고 쓸 줄도 모르면서 무지하게도 만사를 모두 외워 버린다…… 그리 썼다. 그 아이가 누굴꼬? 수야, 너는 누군지 알지 않니?"

그러자 연은 금세 그 큰 눈에 눈물이 그렁그렁 고인다. 수가 딱해서 보고 있는데 연은 먹을 탁 놓으며 샐쭉 돌아앉아서는 세손을 서럽게 노려본다. 세손은 그런 연이 귀여운 양 빙그레 웃으며 다시 물었다.

"연아, 너도 글씨를 써보련?"

"진정이옵니까?"

"그럼, 내가 볼 터이니 써보아라."

연이 언제 울었느냐는 듯 신이 나서 덜렁대며 붓을 적셔 화선지로 가져가다 잘못하여 벽에 검은 먹물을 뿌렸다. 당황한 연을 보다 수가 달려가 벽에 먹물을 지우려 하자 세손은 손을 저으며 만류했다.

"수야, 그냥 두어라."

"저하, 어찌 지우지 말라 하십니까?"

수건으로 벽에 튄 먹물을 지우려 하던 수가 의아한 눈으로 세손을 바라보았다. 그러자 세손은 웃으며 대답하였다.

"그냥 두어라. 그럼 나중에라도 벽에 얼룩진 저 자국을 보고 연이 내 앞에서 처음 글씨를 써 보이고 시를 지었던 날이라 기억하지 않겠니?"

"예……."

수가 고개를 끄덕이자 얼굴이 빨개진 연이 볼멘 목소리로 말했다.

"부끄럽사옵니다."

"사실은 연아, 내가 두고두고 너를 골려주려 함이야."

세손은 장난스럽게 웃었고 연은 부끄러워 얼굴을 붉히며 웃었지만, 수는 어쩐지 너무 척척 죽이 맞는 세손과 연을 보며 속이 상했다. 하지만 연은 두고두고 벽의 그 먹물을 볼 때마다 웃음이 나오고 가슴이 두근거렸다. 연은 붓을 들고 한 획을 삐딱하게 그어놓고는 세손의 얼굴을 빤히 들여다보고 세손이 싱긋 웃어주면 또 한 획을 긋고 하였다.

한 획 그을 때마다 마주 보며 웃고 있는 세손과 연을 바라보던 수는 심통이 잔뜩 나는 것이 속이 쓰렸다. 속 같아서는 '연은 내 정혼자요' 하며 냅다 소리라도 지르며 연의 손목을 잡고 나가고 싶었지만 그럴 수는 없는 일이었다. 그러자니 속이 부글부글 끓는 불쌍한 수였다.

지난번 남근목을 주웠을 때 사부가 달려와 그 물건을 빼앗기기는 하였으나 한참 호기심 많은 아이들은 점점 궁금증이 생겼다. 원래 하지 말라, 보지 말라, 하는 것에 대한 궁금증이라는 것이 참기 어려운 것인데다가 한창 궁금한 것이 많은 아이들이었다.

어느 날 밤 어진과 윤, 그리고 용은 방에서 살며시 빠져나와 세수간 나인들의 처소로 갔다. 세수간은 윗전들의 소세물과 목욕물을 담당하는 곳이었는데 간혹 상궁들 몰래 목욕을 하는 나인들도 있다고 했다.

　세수간으로 가까이 가니 두런두런 히히덕거리는 소리가 들려왔다. 세 악동들을 대표해서 어진이 먼저 문틈으로 눈을 들이밀었다. 세수간 안은 뿌옇게 수증기가 가득 차 있었고 벽 모서리에 걸린 등잔 불빛이 흐릿하게 흔들리고 있었다. 그곳에서 나인 둘이 서로 히히덕거리며 목욕을 하려는 참이었다. 어진은 놀라 입이 벌어져 용과 윤을 손짓으로 불렀다. 그리하여 세 악동들은 대궐의 어두운 그늘의 해괴한 구경을 하게 되었다.

　"나으리, 어서 의대를 벗으셔요. 제가 등을 밀어드리겠습니다."

　악동들은 눈이 동그래졌다. 약간 어려 보이는 나인이 나이 들어 보이는 나인에게 나으리라 부르며 존대를 하는 것이었다.

　"야, 저이들 무슨 놀이를 하는가 보다."

　"주인마님 놀이인가?"

　"재미있겠다. 쉬!"

　나인 둘은 웃으며 서로의 것을 벗겨주며 샐샐거렸다.

　"그리하여라."

　나으리라 불리는 큰 나인 아이가 속옷까지 벗고는 둥근 돌 위에 올라앉자 작은 나인은 박 바가지로 물을 퍼서 큰 나인의 등 뒤에서부터 천천히 끼얹었다. 큰 나인의 몸은 마른 편이었고 작은 나인 아이의 몸은 통통한 편인데 뽀얀 엉덩이는 물이 올라 팡팡했다. 작은 나인은 팥 비누를 큰 나인의 목덜미에서 등으로 칠하고 두 손으로 문질러서 거품을 내어 천천히 주무르듯이 등을 문질렀다. 그리고는 자신의 몸에도 물을 끼얹고 마주 앉았다.

"너의 피부는 어찌 이리 보드라우냐?"

"부끄럽사옵니다, 나으리이~"

두 나인은 서로의 몸에 비누 거품을 가득 만들어서는 서로 가슴을 부드럽게 문지르기 시작하였다. 두 사람은 천천히 서로의 몸에 물을 부어주더니 큰 나인 먼저 일어서 목욕통 속으로 들어가 앉았다. 곧이어 작은 나인이 큰 나인에게 안기듯 목욕통 속으로 들어갔다. 문밖에서 훔쳐보던 세 악동들이 숨을 꼴깍 삼켰다.

두 나인은 서로 바짝 껴안고 서로를 바라보았다. 큰 나인이 작은 나인의 젖은 머리를 풀어 뒤로 쓸어 넘겨주었다. 작은 나인도 큰 나인의 머리를 풀어 내렸다. 긴 머리카락이 어깨 위로 흘러내렸다. 그때 큰 나인이 갑자기 작은 나인의 허리에 팔을 감고 휙 끌어당기더니 우악스럽게 입을 맞추었다. 작은 나인도 더욱 힘 주어 큰 나인을 끌어안으며 거칠게 입술을 밀어붙였다. 서로의 목을 감고 입술을 빨면서 혀가 오갔다. 어느 순간 세수간에선 야릇한 열기가 뿜어져 나왔다. 내뿜은 야릇한 열기는 노골적으로 자극적이어서 아이들은 놀라 다리가 후들거렸다.

"저거 뭐 하는 거야, 어진아?"

"시끄러워. 조용히 해."

문밖에 악동들은 숨을 몰아쉬며 그 나인들이 이제 어떻게 할까 기대하며 눈동자도 꼼짝하지 않고 바라보고 있었다. 하지만 어진은 갑자기 두려워졌다. 두려운 마음이 들자 서 있을 수가 없었다.

한 아이가 뛰기 시작하자 다른 두 아이도 놀라 서둘러 우당탕거리며 도망치기 시작했다. 세 악동들은 자신들의 처소로 어떻게 돌아왔는지도 몰랐다. 그 밤 아이들은 충격으로 잠자리에서 헛소리까지 하며 꿈을 꾸었다. 대궐의 후미진 곳은 많은 이야기를 감추고 있었다.

세손이 열 살이 되자 관례를 올렸다. 세손의 자는 형운(亨運)이었다. 관례를 치르면 남자는 상투를 틀고 관을 썼기 때문에 다섯 아이도 동시에 모두 관례를 올렸다. 그리고 다음 해 세손은 가례를 올렸다. 여러 여인들로부터 오남 삼녀의 자녀를 두고 있었던 장헌세자는 스물여덟이 되던 비극의 해였다.

왕실의 혼사는 삼간택으로 이루어진다. 처녀단자에서 제외되는 대상은 모든 이씨 성을 가진 자와 대왕대비의 동성 오촌 이내의 친족, 왕대비의 동성 칠촌 이내와 이성 육촌 이내의 친족, 전하의 이성 팔촌 이내의 친족과 부모가 모두 생존하지 않거나 한 명만 생존한 경우였다.

간택령이 내려지고 초간택에 참가하는 처녀들이 송화색 저고리에 다홍치마를 입고 저고리 위에 덧저고리로 견마기(초록색 당의)를 입으며 치마 앞에는 4대조의 이름을 쓴 패를 차고 궁궐로 들어갈 때는 빚을 내서라도 사인교 가마를 타고 대궐 문에 당도했으며 신분이 높은 처녀는 몸종과 유모 이외에 수모(미용사)까지 따라갔다. 입궁의 순서는 부친의 관직이나 신분에 따라 순서대로 들어갔다. 대궐 문 앞에서는 처녀들은 대궐 문 턱을 넘을 때 꼭 미리 준비해 둔 솥뚜껑의 꼭지를 밟고 넘어 들어와야 했다.

일곱 살이 된 연은 그런 처녀들의 곱게 단장한 모습을 넋을 잃고 바라보고 있었다. 수가 안타까운지 그렇게 우두커니 서서 쳐다보는 연을 위로했다. 그럴 때의 수의 심정은 남이 먹는 것을 바라보며 침을 흘리고 있는 어린 누이에게 그 맛난 것을 가져다 줄 수 없을 때의 오라비 마음같이 안타까웠다.

"부러운 게냐?"

"아니야, 형! 그냥 예뻐서 보는 거야. 그런데 저 옷이 불편하기는 불편하겠어."

그 고운 비단옷이 한번 입어보고 싶다 부러우면서도 짐짓 연은 다른 말을 하였다.

"내 눈엔 까맣게 타서 이마는 반짝이고, 검을 잡아서 손이 거친 네가 훨씬 곱다."

"마음에 없는 소리 마오, 형. 설마 나처럼 시껌둥이가 어찌 저리 하얗고 고운 처녀들과 견주겠어."

"아니라니까 그러는구나. 나는 네가 세상에서 제일 곱다."

"하지만 지금은 형의 그런 말이 전혀 믿기지 않아."

"연아······."

초간택이 있던 날은 화장에 한계가 있어 명주니 모시 이상의 옷을 입지 못하고, 화장은 분밖에 바를 수 없었고, 이마를 각지게 보이도록 솜털을 뽑는 것도 금했기에 비슷비슷해 보이던 것이 이 주쯤 지나 재간택 때가 되자 처녀들은 몰라보게 고와졌으며 촌티를 벗고 다른 사람처럼 바뀌었다.

최종 간택된 김씨 처녀는 서울 가회방에서 태어났으며 열 살이었다. 아버지 김시묵은 명성왕후 김씨의 아버지 청풍부원군의 후손이며, 어머니는 좌찬성 홍상언의 딸이었다. 세손빈으로 간택된 김씨는 그 자리에서 세손빈 대우를 받아 다른 후보자들로부터 큰절을 받았다. 그리고 완전히 대례복 차림으로 견마기 대신 원삼으로 금사를 박고 칠보 족두리에 스란치마를 입었다. 왕은 현종대에 김씨 집안에서 왕통을 이어준 연유로 김씨를 간택했다고 했다. 왕은 손부 김씨를 맞아들이고 다음과 같은 글을 친히 써서 하사하기도 했다.

[오세 후에 옛날을 이으니 이제야 종사가 튼튼해지는구려.]

손부에 대한 왕의 기대는 자못 컸다. 간택이 된 김씨는 왕과 왕비를 뵙고 인사를 올렸으며 세자와 세자빈을 뵙고 인사를 올리고 별궁에 가서 머물렀다.

정작 세손은 별 관심이 없는지 특별한 기색이 없었지만 세손빈이 정해진 그날부터 연은 자꾸만 배가 아파오기 시작했다. 밥을 먹으면 배가 아파 설사를 하는 것이었다. 기운도 없고 밥맛도 없었다.

"연아, 어디가 아픈 게냐? 어디가 아프냐? 형이 사부님께 아뢰어 약을 짓겠다."

곁에서 가장 걱정을 하는 것은 수였다. 하지만 연은 파리하고 창백한 얼굴로 식은땀만 흘릴 뿐 아무 말도 없었다. 작은 입술에서는 쉴 새 없이 한숨만 새어나올 뿐이었다.

왕실의 혼례 절차 중에는 신랑이 신붓감을 맞이하러 가는 친영이 있는데 국왕이나 왕손이 일반 사가로 거동하는 것은 체통이 서지 않았고, 신부의 집이 좁을 경우에는 가례와 관련된 많은 인원을 수용하기 어려웠기 때문에 별궁을 신부의 집으로 대신하였다.

세손이 가례를 치르던 날, 연과 수를 비롯한 다섯 아이들도 의관을 갖추고 수행을 하며 구경하고 있었다. 의관을 갖춘 세손의 모습은 눈이 부셨다. 그런 세손을 바라보는 어린 연의 마음은 이상하게도 너무 슬펐다. 얼마간 앓고 난 터라 기운이 없어서이기도 했지만 마치 소중한 무엇인가를 빼앗기는 듯 마음이 허전했다. 이상한 일이었다. 정혼자인 수가 든든히 곁에 있는데 허전한 이 마음은 무엇일까. 연은 스스로에게 그리 물어보았으나 그 해답을 찾을 길은 없었다.

세손은 늠름한 모습으로 별궁 주인의 좌우통례의 인도로 입

궁하여 막차로 들어갔다. 종친과 문무백관도 입궁하여 자리로
나아갔다. 왕세손이 막차에서 나와 동벽단에 올라 서쪽을 향하
여 섰다. 그리고는 갑자기 얼굴을 돌려 연과 눈이 마주치자 싱
긋 눈웃음을 웃었다. 그뿐이었다. 세손은 다음 식순을 지키려고
얼른 고개를 돌려 세손빈을 바라보았다. 그 세손의 잠깐의 웃음
에 연의 눈이 시었다. 하지만 다음 순간 고개를 돌려 버리는 세
손을 보고는 어린 마음이 이상하게 서러웠다. 그 순간 연은 잠
시 숨이 막히는 듯 어지럽고, 팔다리에 기운이 빠져 버렸다. 작
은 이마에 식은땀이 흘렀다. 그런 눈치를 챈 것인지 수가 연의
거친 손을 꼭 잡아주었다.

"힘이 드는 것이더냐? 힘들어 보이는구나."

수가 연의 옆에 바짝 다가서며 농담처럼 말했다. 그러나 연은
입을 꼭 다물었는데, 그건 이를 악문 어린 마음의 버팀 같은 것
이었다. 철없이 화를 내지 않으려는, 어쩐지 저곳에 선 세손을
원망을 하지 않으려는, 허튼 눈물을 보이지 않으려는 버팀이었
다. 하지만 연은 왜 세손에게 섭섭한 마음이 드는 것인지……
서러운 마음이 드는 것인지 알 수가 없었다.

수가 고개를 조금 숙이고 연의 머리칼을 쓸어 올려 귀 뒤로
넘겨주었다. 그러한 손길은 연과 둘이 있을 때면 수가 보여주는
애정의 한 형태였다. 수는 늘 그렇게 해주는 것이 정인으로서
자신의 마음을 주는 것이라 믿어왔다. 지금도 연은 수의 손길에
서 수가 늘 보여주던 다정함을 느꼈고, 그래서 더욱 미안하고

아팠다. 자신의 지금의 슬픈 기분을 말할 수 없어 더 슬프고 아팠다. 아직 어린 연이지만 분명 수를 생각하면 세손에게 이런 마음이 들어서는 안 되는 것이었다. 수에게 미안하면서도 자꾸만 세손을 바라보게 되는 자신의 마음을 알 수 없는 연이었다.

곧이어 세손과 세손빈이 북북단에 올랐고 세손은 동쪽에, 세손빈은 서쪽에, 주인은 세손의 뒤에, 주모는 세손빈의 뒤에 자리를 잡았다. 그리고 세손이 기러기를 북벽단에 있는 전안석에 올려놓고 절을 하였다. 세손이 자리에서 내려와 막차로 들어갔고 전안석의 기러기를 물린 뒤 주모가 세손빈에게 덕담을 하였다. 세손과 세손빈이 자리에 오른 뒤 문무백관이 국궁례를 행했다. 세손빈은 작은 꽃처럼 곱고 어여뻤다. 조촐한 눈썹, 단정한 입매에는 한줄기 맑고 그윽한 향기가 고요히 일어나는 듯하였다.

안 보는 척했지만 연은 자꾸만 세손빈과 저의 모습을 비교해 보고 있었다. 세손빈의 희고 고운 얼굴이며 고운 손이 다시 보이고 자신의 검고 거친 손이 또다시 들여다보이는 연이었다. 곱게 단장한 세손빈의 모습은 눈이 부셨다. 치렁치렁 흐르듯 늘어진 남스란치마에서는 사각사각 사(紗) 옷 끌리는 소리가 고요하고 그윽하게 전상에 일어날 뿐 세손빈의 단아한 뒷모양은 한 폭의 절묘한 살아 있는 그림이었다.

첫날밤, 세손이 드신다는 시위 소리에 세손빈은 아연 긴장하고 두근거리는 가슴을 가누고 있었다. 방에 들어선 세손은 가만히 고운 분단장하고 붉은 적의에 비단 의대를 입고 대용잠 지른 머리를 하고 다소곳이 앉은 세손빈의 얼굴을 자세히 들여다보았다.

"오늘 힘이 드셨겠습니다."

이제 지아비가 된 세손이 낭랑한 목소리로 말을 건네주니 세손빈의 가슴은 두근두근 방망이질해 댔다. 세손은 아무 말도 없이 무거운 의대를 벗는 것을 도와주었다. 의대를 모두 벗기고 나니 세손빈 김씨는 부끄러워 어쩔 줄을 모르며 붉어지는 얼굴을 숙이고 있었다. 너무 부끄러워 볼이 화끈화끈 달아올랐다. 그러나 그런 세손빈의 마음에 찬물을 끼얹으며 세손은 비단 이불 속으로 들어가 누워버렸다.

"아함! 피곤하군요. 주무세요."

세손은 세손빈 김씨가 왜 저리 부끄러워하는 것인지 의아해하며 앉아 있는 세손빈을 재촉했다.

"안 주무실 겝니까? 그럼 불은 꺼주세요."

"네? ……예, 저하."

하루 종일 피곤했던 터라 세손은 금세 꿈나라로 가버렸다. 세손빈은 홀로 꿈꾸며 준비해 온 초야가 이처럼 허무하게 지나게 되자 망연자실해서 그림처럼 잠든 세손을 야속하게 바라보고 있었다.

하지만 그날 밤, 어린 연은 잠들기 전에 지금 세손과 그 꽃처럼 어여쁜 세손빈이 무엇을 할까 궁금했다. 이런저런 생각에 뒤척이다 잠을 설치고는 결국 새벽녘이 되어서야 등잔에 불을 밝히고는 일어나 앉았다. 경대를 가져다 놓고 얼굴을 들여다보고 있을 때 세손이 부르는 소리가 들려왔다.

"연이 자니? 나오너라."

벌떡 일어나 나가보니 세손이 어느새 일어나 뜨락을 서성이며 기다리고 있었다.

"저하, 언제 오셨습니까?"

"조금 전에, 아니…… 실은 조금 되었다."

"저하께서 오셔서 저가 잠이 깼나 보옵니다."

"그러게. 그냥 가려다가 불이 켜지길래……."

"추우셨겠습니다. 진작 불러주시지 그러셨사옵니까."

세손은 연의 두 손을 잡아 그의 뺨에 갖다 대고는 장난스럽게 웃었다.

"아이! 차가워."

연이 얼른 손을 다시 가져오자 연의 손으로 다시 세손의 손이 와서 감쌌다. 세손의 손은 훈훈했다.

"따뜻하니?"

연은 미소 지으며 고개를 끄덕였다. 긴 시간을 이렇게 마주 바라보고 서 있었던 것 같은 느낌이 들었다. 이런 걸, 이런 따뜻한 느낌을 무엇이라고 부를까. 새삼 세손의 존재가 살가워서 연은 코끝이 찡했다.

"오늘 하루 종일 무엇을 하였니?"

세손이 빙그레 그 훤하게 잘난 미소를 지으며 물었다. 연은 그런 세손을 빤히 건너다보았다. 세손은 궁금해서라기보다는 어쩐지 여유가 보태어진 표정을 하고 있었다. 조금 망설이다가 연은 어리광을 약간 섞어서 대답했다.

"그것이…… 저하의 은덕에 맛난 것을 많이 먹으며 지냈습니다."

"어디서? 누구랑 먹었더냐?"

눈동자에 가득 웃음을 담고 세손이 다시 물었다.

"어디서? 글쎄…… 사부님 방에서……."

대답을 머뭇거리는 연의 손에다 세손은 아까 세손빈 처소에서 나올 때 챙겨 든 중국에서 가져온 검은엿을 꺼내놓았다. 분명 그것은 왕만이 드신다는 그 귀한 중국의 검은엿이었다.

"이거…… 어디서 나셨습니까, 저하? 이걸 왜 저에게 주시옵니까?"

놀란 연이 더듬더듬 물어대자 세손이 웃음을 차분히 가라앉히고는 대답을 주었다.

"아까 방에서 나올 때 너에게 주고 싶기에 가져왔다. 이상하게 좋은 것을 보면 자꾸만 너에게 주고 싶구나. 연아…… 나, 참 좋은 형님이지?"

좋은 형님, 연은 잠시 생각을 했다. 좋은 것을 보면 자꾸만 너에게 주고 싶구나. 연아……. 저하, 어찌 그런 마음이 되시는 것인지요? 하지만 그런 말씀에 저는 왜 이리 마음이 따뜻해지는 것이옵니까? 저가 이런 마음이 되는 것은 무슨 일이랍니까? 이런 생각들을 하면서도 연은 그저 세손을 보는 것만으로도 기뻐 환하게 웃어 보였다.

"아까 저하는 너무 환하셔서 그림 같았사옵니다."

"어떻게 알고 왔어? 왔으면 나를 보고 가지 그랬니?"

"저하……."

"나도 너를 보았다. 나한테…… 서운하지 않았니? 너를 모른 척해서?"

연은 가만히 발끝만 내려다보았다. 서운하지 않았다면 거짓말일 테지만, 그렇다고 해서 서운함을 내세울 처지가 아니라는 것쯤은 연도 알고 있었다. 세손이 연의 손을 끌어당겨 쥐었다. 그리고 한참을 묵묵히 연의 손을 쥐고만 있었다. 그 손이 말하려고 하는 것이 무엇인가를 어린 연은 손에 담긴 온기로 어렴풋이 느꼈다.

"저하, 오늘 힘이 드셨을 터인데 어쩐 일이신지요."

연이 먼저 말문을 열었다.

"내 혼례 때문에 너희들이 더 많이 힘들었을 거야. 그래서 또 미안하고……."

"힘들긴 했지만, 오늘 저하의 가례를 잘 치렀으니 다들 안심이랍니다. 저는 저하께서 곤하시어 오늘은 말을 타러 나오시지 못할 것이라 생각했었사옵니다."

연은 다시 고개를 들어 세손을 쳐다보았다. 가례를 치르느라 몸과 마음이 지칠 대로 지쳐 있을 터인데도 세손은 투명한 얼굴빛이었다.

"이렇게 연이 네가 맨발로 뛰어나와 주었잖니."

연은 눈을 동그랗게 떴다. 그리고 천천히 자신의 발을 내려다보았다. 하얀 발이 부끄럽게 꼼지락거리고 있었다. 연의 얼굴이 다홍물을 끼얹은 듯 부끄럼에 취하여 새빨갛게 물들여졌다. 연의 맑은 눈동자는 불그스름한 뺨 위에 더욱 어여쁜 다정한 명모(明眸)다.

"보아라, 연아, 너 하얀 맨발이잖니."

자고 일어났으니 연이 버선을 신고 있지 않은 건 당연했다. 하지만 세손이 부르는 소리가 반가워 한걸음에 달려나오느라 태사혜도 신지 않고 있었다. 세손은 자신을 위해 연이 맨발로 달려나와 주었다고 어린아이처럼 행복해하고 있었다.

"고맙구나, 네가 나를 기다려 주었구나. 연아…… 응?"

"저하가 좋아하시니 앞으로 저하께서 부르실 땐 항상 맨발로 나와야겠사옵니다."

"진정이더냐?"

"아니옵니다. 농이옵니다."

쿡쿡, 연은 두 손으로 입을 가리고 웃었다.

"연아, 너는 발도 어여쁘구나."

"저하, 농을 하시는 것입니까?"

"하하하!"

하하하. 모처럼 세손이 소리를 내어 웃었다. 사실은, 하고 연은 생각했다. 사실은 이 몸이, 저하가 보고 싶었사옵니다. 늘 저하의 숨소리도 듣고, 저하 체온도 느끼면서…… 그렇게 지내다 보니 가례를 올리시는 저하의 모습이 몹시 낯설었사옵니다.

밖에서 호탕하게 웃어 젖히는 세손의 웃음소리에 놀라 옆방에 자고 있던 수가 문을 열고 달려나왔다.

"세손저하, 어찌 벌써!"

세손은 수를 바라보며 빙그레 웃었다. 수는 그런 세손의 모습이 황망하여 바라보았다.

"뭐가 달라져야 하니?"

수도 씨익 웃으며 읍하고 답했다.

"세손저하, 달라 보이십니다."

"뭐라? 수야, 네가 지금 농을 하는 것이더냐?"

"……그럴 리가 있겠사옵니까?"

"너도 말을 타러 갈 것이냐?"

"아니옵니다, 저하. 오늘은 제가 아침 청소를 해야 하옵니다."

새벽 먼동이 훤하게 터온다.

세손은 연과 함께 맑은 새벽 공기를 마시며 말을 달렸다. 하얀 옷에 백마를 탄 세손이 앞서 달리고 검은 말에 까만 옷을 맞춰 입고 작은 검을 찬 연이 바람처럼 따라붙어 달린다. 이젠 제법 바람을 가르며 씩씩하게 달려간다. 햇살이 환하게 퍼졌다.

三. 난초

초록 잎새 봄빛으로 아롱지니
싱그러운 향기 뭇꽃을 가리네
문 밖 섬돌에 이슬 젖은 잎새
연못길 따라 향기 이어지네
고요한 뜰에 바람 어지러우나
정자의 가을비에 잘도 자라네
옛 시인은 일찍이 난초를 따서
패옥처럼 옷섶에 달았다 하지
—무가

어여쁘고 착하며 조신하고 가냘픈 한 떨기 꽃 같은 세손빈은 혼례를 올린 이후 아침에 웃전에 문안 인사를 들 때를 제외하고는 세손을 구경도 할 수가 없었다. 아직 어린 세손빈이었으나 첫날밤부터 한눈에 반해 버린 지아비였건만 세손은 무슨 일인지 자신에게 냉랭하니 눈길 한 번 주지 않는 것이었다. 그래서 오늘은 세손에게 직접 가보기로 하였다. 상을 물리고 난 뒤, 상궁이 들어와 시중을 드는 가운데 면경을 꺼내놓고 분단장을 하였다. 아직은 어려도 사가에서 이미 분단장을 배운 터라 은은하게 치장하는 손길이 어여뻤다.

세손이 시강원에서 돌아올 시간이 되자 세손빈은 참이 될 만한 것을 상궁에게 들려서 시강원 앞으로 세손을 마중 나갔다. 세손은 마침 시강원 앞에서 지켜서 있던 연과 수와 함께 나오던 참이었다. 세손빈이 활짝 웃으며 달려가다 잠시 햇빛에 눈이 신 탓인지 어지러운 양 휘청거렸다.

"에그머니!"

"어찌 그러세요, 빈? 괜찮으세요?"

세손은 놀라 얼른 달려가 세손빈을 품어 안으며 부축하였다. 세손이 세손빈을 품어 안아주는 것을 보자니 연은 눈에서 불이 나는 것 같았다. 가끔 호기심에 세손빈 처소를 몰래 훔쳐보던 연은 까마귀 새끼 같은 제 모습과 비교해 보면 한숨만 나오던 터라 더욱 투기가 나 얼굴이 붉으락푸르락하였다. 그러자니 곁에선 수가 연을 보며 이상히 여겨 물었다.

"연, 어찌 그러느냐? 어디가 아픈 게냐?"

"그것이…… 배가 아픈지…….."

연이 배를 잡고 잠시 인상을 찌푸리자 수가 얼른 연을 부축하였다. 세손이 연을 보며 걱정스럽게 물었다. 연의 속도 모르면서 세손은 영 엉뚱한 말만 한다.

"많이 아픈 것이면 돌아가 쉬거라."

연이 더욱 오만상을 쓰며 바라보고 있는데, 세손빈이 세손의 팔을 끌며 방울 같은 목소리로 재촉했다.

"가시지요. 드실 것을 좀 내왔습니다. 드시고 수련하소서."

"그러셨습니까?"

곁에 선 세손빈이 세손의 팔을 끌고 가버리자 연은 울 것 같은 얼굴로 그 뒷모습을 바라보고 서 있었다. 수가 다시 연을 보며 물었다.

"괜찮겠느냐?"

연은 아무런 말 없이 고개를 끄덕였다. 그리고는 수를 바라보았다. 지금 세손빈이 지아비라고 보아란 듯이 세손의 팔짱을 끼고 가는 것처럼 연에게도 수는 그래야 하는 사람이었다. 하지만 어쩐지 수는 그런 마음이 들지 않는 것이었다. 수는 그저 오라비처럼 편안하게 팔짱을 끼고 싶었다. 하지만 세손의 사라지는 뒷모습에는 왜 이리 한숨이 나오는 것일까. 연은 곰곰이 생각에 잠겨 기운없이 걷고 있었다.

조선왕실 사상 가장 큰 이 비극의 시작은 뿌리 깊고 치열한 고도의 당파 싸움의 결과이었다. 그러한 데다 세손의 아버지인 장헌세자가 너무 영특했고 올곧은 성정을 가지고 있었다는 것이다. 세손의 할아버지인 영조는 숙종의 후궁 숙빈 최씨의 아들인 연잉군이었다. 숙종과 노론이 희빈 장씨에 대해 강경한 입장을 취해 사약을 내려 죽이자 그녀 소생인 세자의 처지는 궁색해질 수밖에 없었다. 노론은 자신들이 죽여 버린 여인의 아들이 국왕으로 즉위하는 것을 방관할 수 없었다. 연산군 시절과 같은 살육이 예견되었기 때문이다. 숙종 또한 모후가 사형당한 한을 품은 아들이 뒤를 잇는 것을 바람직하다고 생각하지 않았다. 그래서 숙종과 노론 대신 이이명은 숙종 사십삼년에 이른바 '정유독대'를 통해 세자 교체 문제를 논의하기에 이르렀다. 그러나 이 정유독대의 합의 사항은 숙종의 와병과 소론의 격렬한 반발로 실현되지 못하고 결국 세자가 즉위하니 그가 바로 경종이었다. 그러자 다급해진 노론은 경종을 무력화시키려 하였다. 그들은 경종의 이복 동생, 즉 숙빈 최씨의 아들인 연잉군(훗날의 영조)을 왕세자(王世子)로 밀었다. 경종이 즉위하자마자 노론은 연잉군을 세자로 책봉하라고 요구하였다. 노론이 연잉군의 세자 책봉을 주청한 까닭은 그녀의 어머니 숙빈 최씨가 노론이었기 때문이다.

그때 서른넷의 경종은 이미 어머니인 장희빈이 죽으며 부린 패악으로 하초를 다친지라 손을 보지 못하였다. 경종은 노론의 이 주장을 받아들여 연잉군을 세자로 책봉하였다. 하지만 노론은 여기서 그치지 않고 한발 더 나아가 세자 대리청정을 주장하였다. 이는 세자를 정사에 참여시키라는 말로 사실상 세자에게 정권을 넘기라는 주청이었다. 왕조국가에서 왕이 미성년이 아닌 한 '대리'라는 말은 신하가 입에 담을 수 없는 금언(禁言)이었다. 왕이 세자에게 대리시키겠다고 해도 신하들은 죽어도 안 된다며 자신의 충성심을 과시해야 했다. 헌데 이런 어마어마한 말을 신하들이 먼저 주청하고 나선 것이었다. 경종은 이를 받아들여 세자 대리청정을 허락했으나 소론이 격렬히 반발하고 나섰다. 소론 강경파인 김일경은 노론의 세자 대리청정 주장을 역모로 몰았고 경종이 이를 받아들여 정권은 소론에게 돌아갔다. 사태는 여기에서 끝나지 않았다. 소론은 연잉군을 감금하고 닭죽에 독을 넣어 올렸다. 기미를 보던 나인이 즉사하자 연잉군 또한 목숨을 내놓고 소론과 싸울 수밖에 없었다.

다음 해 남인가의 인물인 목호룡이 노론 쪽에서 경종을 살해하려고 했다는 이른바 '삼급수(대급수:칼로 살해, 소급수:약으로 살해, 평지수:모해하여 폐출) 살해사건'을 고변하면서 조정은 충격에 휩싸였다. 이 사건의 여파로 김창집, 이이명 등 노론 사대신과 많은 노론가 자제들이 사형당하면서 노론은 몰락하는데 이것이 바로 임인옥사다. 경종의 사인(死因)이 두고두고 의혹의 대상이 되는 것은 임인옥사 수사 보고서인 임인옥안에 세자 연잉군의 이름도 역적으로 등재돼 있기 때문이다.

노론 사대신을 제거한 소론 강경파의 공세는 이제 세자를 향하였다. 소론 강경파 김일경과 경종비 선의왕후 어씨는 세자를 제거하는 방법으로 경종에게 양자를 들여 그를 후사로 삼고 세자를 폐출하려 하였다. 그러나 이 방법은 성사되지 못하였다. 경종이 급서했기 때문이다. 경종의 급서는 효종, 현종의 사망과는 비교도 되지 않을 파문을 불러왔다. 경종이 독살당했을지도 모른다는 정치적·의학적 정황 증거는 한둘이 아니었다. 정치적 정황 증거는 소론 강경파와 경종비가 노론계인 연잉군 폐출을 계획하던 와중에 발생한 사건이란 점이었다. 의학적 견지의 정황 증거도 많았다. 그 하나가 게장과 생감이었다.

경종의 식욕이 부진하자 노론계인 대비와 연잉군이 게장을 진어하고 곧바로 생감을 올렸다. 그런데 게장과 생감은 의가(醫家)에서 꺼리는 상극이었다고 〈경종실록〉은 적고 있다. 우연의 일치인지는 몰라도 바로 그날 밤부터 경종의 가슴이 조이듯이 아파왔던 것이다. 그 후 심각한 병세에 빠진 경종의 처방을 놓고 연잉군은 다시 어의와 다툰다. 연잉군이 인삼차를 올리려 하자 어의(御醫) 이공윤이 '자신이 쓴 강한 처방약과 인삼은 서로 상극'이라면서 절대로 써서는 안 된다고 말렸다. 그러나 연잉군은 어의 이공윤을 꾸짖어가며 인삼차를 연달아 세 번이나 올렸는데 그 직후 경종이 세상을 떴던 것이다. 경종 왕비의 동생 심유현이 경종의 시신을 직접 보고 독살임을 확인했다고 하면서 알려지게 되었다. 정치적으로는 양자 입적 문제, 의학적으로는 게장과 생감, 그리고 인삼차 진어 문제 등이 경종 독살설을 진실로 믿게 만들었다. 더구나 소론과 노론이 격하게 대립하는 와중에 역안에 등재된 노론계 연잉군이 어의와 다투어가며 특별처방을 고집한 것은 이해관계가 없는 제삼자가 보아도 문제있는 처신임에는 분명했다.

의혹의 당사자인 연잉군이 즉위하자 전국 각지에 경종이 독살당했다는 벽서가 나붙었다. 심지어 군사 이천해란 인물은 즉위한 연잉군, 즉 영조가 능에 행차할 때 어가를 가로막으며 영조를 비난하고 나섰다. 영조는 이천해의 말을 '차마 들을 수 없는 말'이라며 사관에게 싣지 못하도록 명해서 실록에는 다만 '들을 수 없는 말[不忍之言]'이라고만 기록돼 있다.

영조는 이천해는 물론 경종 시절 자신을 핍박했던 김일경과 목호룡을 사형에 처했으나 파문은 가라앉지 않았다. 김일경과 목호룡은 영조가 '네 목을 베어 대행대왕(경종)의 빈전에 바치겠다'라고 꾸짖자 '나도 선왕(경종) 곁에 묻히기를 원하오'라며 반발하였다. 경종의 충신은 영조가 아니라 자신들이란 뜻이었다. 급기야 영조 재위 사년에 소론 강경파가 경종의 복수를 내걸고 영남을 중심으로 군사를 일으켜 경종의 복수와 영조 정권 타도를 주장하고 나섰다. 이것이 바로 이인좌의 난이다.

이인좌의 군사는 조석으로 경종의 위패를 모셔놓고 전군이 모여 곡을 했다. 영조의 정통성은 땅에 떨어질 수밖에 없었다. 영조는 가까스로 사태를 진압했으나 재위 삼십일년에 발생한 나주벽서사건과 토역경과 투서사건으로 경종 독살설은 다시 재연되었다. 국문당하던 소론 인사가 '나는 갑진년(경종이 사망하는 해)부터 게장을 먹지 않았소'라고 경종 독살설을 다시 꺼냈기 때문이다.

당쟁이 격화되면서 정계에서 소외된 소론 강경파와 남인들은 경종 독살설을 사실로 받아들였고 이 논쟁은 틈만 생기면 재연됐다. 경종 독살설을 둘러싼 노론과 소론의 갈등은 급기야 장헌세자에게까지 여파를 남겨 조선왕실 사상 가장 큰 비극이 발생하게 되었다. 결국 영조는 경종 독살설의 한가운데 있던 인물이었다. 영조는 비록 탕평책을 표방했지만 태생적 한계상 노론일 수밖에 없었다. 영조는 분명히 노론이 선택했기에 임금이 될 수 있었다. 영조는 즉위한 후 경종 때의 임인옥안에 자신이 역적으로 등재된 것에 부담을 갖고 이를 뒤집기 위해서 부단히 노력했다. 영조는 경종을 몰아내려 했던 노론과 함께 과거 음울한 기억을 공유하고 있었다. 만약 인원왕후의 지지가 없었다면, 또는 경종의 양자를 들여 후사를 이으려던 소론 강경파의 계획이 성공했으면 그는 왕위는커녕 사형당했을지도 몰랐다.

하지만 영조의 아들이며 훗날 정조가 되시는 세손의 아버지인 장헌세자는 부왕과는 처지가 달랐다. 세자는 노론과 소론 어느 쪽에도 정치적 부채가 없었다. 장헌세자가 보기에 부왕이 세제 시절 노론과 손잡고 경종을 몰아내려 했던 것은 분명 역모로 볼 소지가 있었다. 영조와 노론처럼 경종 때의 행위는 숙종과 영조에 대한 충성이었다고 강변해서 될 일이 아니었다. 그들의 행위는 경종의 위치에서 볼 때 분명 역모에 가깝거나 역모였다. 장헌세자는 노론에 불만을 느꼈다. 조선은 사실상 노론의 나라란 생각이 들었다. 부왕 영조가 힘겹게 이끌어오는 탕평책은 한계가 보였다. 부왕 자신이 경종 시절 노론에 부채를 지고 있었으며, 자신을 공격했던 소론에 증오를 갖고 있었기 때문이다.

결국 영조 삼십일년 발생한 나주벽서사건과 토역경과 투서사건으로 영조의 탕평책은 사실상 종말을 고하게 되었다. 두 사건은 소론에 대한 영조의 자제심을 무너뜨렸고 노론은 이 기회를 이용해 소론을 완전히 제거하려 하였다. 영조 또한 이에 동조해 두 사건을 역모로 처리한 후 그해 시월 〈천의소감〉이란 책을 편찬하는데, 그 내용은 경종 시절부터 두 사건에 이르기까지 노론을 포함한 자신의 행위를 정당화하는 것이었다. 경종 독살설의 한 재료인 '게장'은 대비전에서 나온 것이 아니라 주방에서 올린 것이라는 내용까지 들어 있다.

영조는 정실 왕비 두 명과 후궁 넷을 두었다. 첫 왕비는 정성왕후 달성 서씨이며, 서씨가 죽은 후 들어온 두 번째 왕후가 정순왕후 경주 김씨였다. 정성왕후 서씨는 아버지 서종제와 어머니 우봉 이씨와의 사이에 오늘날 서울 종로구 가회동에 있던 사저에서 태어났다. 열세 살이 되던 해 서씨는 연잉군 금(영조)과 혼인하여 달성군부인에 봉해졌는데, 그때 영조의 나이 열한 살이었다. 서씨는 혼인한 후 왕위에 뜻이 있던 영조와 동고동락한, 사실상의 동지였다. 경종 시절 서씨의 조카 서덕수가 노론인 연잉군을 국왕으로 추대했음을 전하고 또 이 때문에 사형당하기도 했을 정도로 서씨의 친정은 영조를 즉위시키기 위해 많은 노력을 기울였다. 영조는 드디어 경종 사년 소론의 반발을 무릅쓰고 왕위에 오르는 데 성공하지만, 불행히도 정성왕후 서씨는 아이를 낳지 못했다. 영조는 결국 세 명의 후궁들에게서 이남 칠녀를 낳았는데 제일후궁인 정빈 이씨가 효장세자와 두 명의 옹주를, 제이후궁인 영빈 이씨가 장헌세자와 화평옹주, 화순옹주를, 제삼후궁인 귀인 조씨가 화유옹주를, 마지막 후궁인

숙의 문씨가 화령옹주와 화길옹주를 낳았다.

일곱 명의 딸 중 맏딸은 유아기 때 사망했고, 둘째 딸 화순옹주는 남편 월성위가 죽자 그 뒤를 따라 굶어 죽었다. 다섯째 딸 화협옹주도 일찍 세상을 떠났고, 첫아들인 효장세자도 영조가 즉위하면서 세자로 책봉되었으나 열 살에 요절하고 말았다. 효장세자의 요절은 경종이 독살로 죽었다고 믿는 경종의 계비 선의대비의 경종의 복수를 위한 사주였음이 드러나 선의대비는 처소에서 유폐 생활을 하다 자살하였다. 그 다음 왕세자로 책봉된 왕자가 둘째 아들 장헌세자였다.

장헌세자는 두 살에 세자 책봉되어 조선왕조 사상 최연소 세자로 책봉되는 기록을 가지고 있으며 영조의 명으로 백일도 안 된 아기를 어머니로부터 떼어 동궁으로 보내어 길렀다. 그러니 친어머니와는 애틋한 정이 없었다. 장헌세자의 성장은 부모의 사랑 아래서가 아닌 내인들 사이에서 이루어졌다. 영조를 탐탁지 않게 여기던 나인들에 의해 장헌세자는 길러졌다. 여성들 사이에서 자란 장헌세자의 성격은 그의 부왕과는 정반대였다. 한 가지 일을 하려면 여러 번 생각하고 다시 고치어 행동하는 성격이었다. 소심하고 치밀한 성격의 세자는 불 같은 성격을 가진 영조의 앞에서는 더욱 그 소심한 면모가 드러났으니 이는 부자간의 사이를 더욱 멀게 하는 원인이 되었을 것이다. 영조의 꾸지람에 한마디 변명도 하지 않은 세자의 마음 한쪽에는 자신도 모르는 사이 아버지에 대한 반항 의식이 조금은 숨어 있었을 것이다. 하지만 정성왕후 서씨는 후궁들의 몸에서 난 소생들을 자기 자식처럼 애지중지했는데, 그중에서도 특히 장헌세자에게는 특별한 관심을 쏟으며 돌보았으며 세자와 영조 사이의 예견된 비극을 미리 짐작하고 막아보려고 애를 썼다. 하지만 서씨는 예순여섯 살을 일기로 장헌세자의 애통 속에 세상을 떠났다. 그로 인해 장헌세자는 든든한 지지 세력을 잃는 동시에 자신과 아들인 세손의 최대의 숙적인 새로운 적 정순왕후를 얻는 결과가 되고 말았다.

세손의 어머니 세자빈 홍씨(훗날의 혜경궁 홍씨)는 불과 아홉 살 때 세자빈에 간택되었지만 자기 임무를 누구보다도 더 잘 알고 있던 결코 녹록치 않은 여인이었다. 아버지 홍봉한이 언니의 혼수를 헐면서까지 간택에 임하게 한 것은 낙과를 거듭한 인생의 전환을 위해 승부수를 던진 것이었다. 과연 간택 다음 해 홍봉한은 별시에 합격해 국왕의 사돈이 된 혜택을 받았다. 장인의 합격 실을 세자빈에게 알려주며 기뻐할 때만 해도 장헌세자는 장인이 정적으로 등장할 줄은 몰랐다. 장헌세자는 소론이 연일 죽어나가는 두 사건의 와중에 노론의 사건 확대책에 반대했다. 그는 되도록 두 사건을 온건히 처리하려고 노력했는데, 이러한 처신이 노론의 결정적인 반감을 사게 되었다. 부왕 영조가 분노하는 나주벽서사건에서조차 장헌세자가 소론을 옹호하는 것을 본 노론은 세자의 정치 견해가 소론이란 결론을 내리고 세자 제

거의 길로 나선다. 장헌세자의 비극은 세자가 아버지에게 버림받은 데다 부인 혜빈 홍씨에게마저 버림받았다는 점에서 더욱 돌이킬 수 없게 되었다.

그의 부인 혜빈 홍씨는 누구 못지않은 노론 골수당원이었던 것이다. 세자빈 홍씨는 세자가 대리청정한 지 삼 년째 세손을 낳아 지위를 튼튼히 했고, 친정 아버지 홍봉한은 승승장구하였다. 세자빈은 부친을 따라 노론 당인이 되었는데, 세자빈이란 위치는 당내에서 상당한 영향력을 갖게 만들었다. 그러나 세자가 점차 반노론, 친소론의 정치 성향을 갖게 되면서 행복한 날은 끝났고 두 사람 사이에 갈등의 골이 깊어졌다. 그러던 중 일어난 나주벽서사건은 소론 온건파의 제거와 탕평책의 붕괴를 뜻했고, 소론을 지지하는 세자는 고립되어 갔다. 급기야 노론은 세자 제거를 당론으로 확정했다.

노론 영수 홍봉한은 세자빈에게 당론을 따르라고 요구했다. 그들은 세자 대신 세손을 세우겠다는 약속을 세자 제거의 명분으로 삼았다. *세자빈은 세자에게 가는 정보를 통제하고, 세자에 대한 정보를 노론에 제공했다. 그 무렵 열 살 이후 계속되는 모함과 계략, 그리고 무고로 세자는 성정이 급하고 의심이 많았던 영조에게 불려가 매일 꾸중을 들었고 그 탓에 우울병이 심해서 그 병이 깊었다.

----
*〈한중록〉에서 그녀는 영조의 연설(筵說: 경연 중에 한 말)이 사도세자에게 들어가기 전에 특정한 부분을 고치거나 내관에게 친히 말해 빼버리게 하고 이 사연을 선친께 기별했다고 스스로 밝히고 있다

세자빈 홍씨가 세손을 낳았을 무렵에 장헌세자는 열여섯 살의 나인 임씨를 우연히 만나게 되었는데, 편모 한 분만이 있다는 임 나인의 사연을 들은 장헌세자는 임 나인이 자신처럼 외로움을 느낄 것 같다는 생각에 야릇한 정을 느끼게 되고, 결국 그녀와 하룻밤을 보내게 되었다. 임 나인은 장헌세자가 세자빈 홍씨 외에는 처음으로 접한 여인이었으며 이 일을 계기로 나인 임씨는 세자 후궁의 품계인 '승휘'의 첩지를 받았다. 숙빈 임씨는 장헌세자와의 슬하에 모두 두 아들을 남겼다. 결국 이때부터 세자빈 홍씨 이외의 다른 여인을 알게 된 세자는 더욱 많은 여인을 품게 되었고, 자신의 답답한 심정을 잊기 위해 여인과 술을 가까이 하게 되어 세자와 세자빈의 사이는 점점 멀어졌다. 이제 세자빈 홍씨에게 세자는 정적 이상도 이하도 아니었다. 그녀는 자신의 정치적 역할만을 냉혹하게 수행하고 있었다.

　세손이 열한 살이 되던 정월, 유난히 찬바람 불고 눈보라가 매서웠다. 가례를 올리기 전부터 세손은 부쩍 생각이 많아졌다. 말을 탈 때와 강서원을 다녀올 때를 제외하고는 언제나 같은 복장으로 그림자처럼 함께 다니는 다섯 아이들에게도 더 이상 장난도 치지 않았고 점점 말이 없어져 갔다. 겨울이 깊어지자 궁궐 안의 분위기는 더욱 적막해져 갔다. 밤마다 거센 바람이 불어 쉬이 잠들지 못하고 뒤척이는 날이 많아졌다. 문득 바람이 딱 그치면 복면을 하고 발끝을 들고 단검을 지닌 채 숨죽여 살수들이 다가오는 듯한 느낌으로 치가 떨렸다.

한밤중에야 겨우 선잠이 들었던 연은 이상하게 적막한 느낌에 잠이 깼다. 문득 눈을 들어 밖을 보니 문풍지에 어른어른 그림자가 비치었다.

"누구? 형이어요?"

"연아…… 나오련. 말이 타고 싶구나."

"예, 세손저하."

밖은 어스름한 새벽인데 목화솜처럼 하얀 눈이 나폴나폴 춤추며 나리고 있었다. 맑은 공기는 차갑도록 싸늘하고 바람은 잠들어 천지가 고요했다. 면 옷차림으로 달려나온 연에게 세손은 자신의 솜을 넣어 두툼한 비단 누비 윗마기를 벗어 입혔다.

"춥겠구나."

"하오나…… 세손저하도 춥사옵니다."

"나는 마음이 더 추워 몸이 추운 것은 외려 시원하구나. 가자! 가서 시원하게 달려보자. 어서 오너라."

그렇게 어느 날부터인가 세손은 새벽에 몰래 연을 불러내 말없이 내처 말달리기를 즐겼다. 그런 사실을 옆방에서 잠드는 수도 알고 있었으나 궁내의 돌아가는 사정을 잘 알고 있는 눈치빠른 수인지라 연에게 정을 주는 세손의 마음을 이해할 수밖에 없었다.

"연아, 내가 바람처럼 달릴 것이다. 너 내 곁에 단단히 붙어와야 하느니…… 내가 너를 보지 않아도 내 곁에 달리고 있어야 하느니라. 약조할 수 있겠니?"

어린 연은 가끔은 세손이 뜻 모를 소리를 한다고 고개를 갸웃거렸으나 대답만은 또렷하게 했다.

그렇게 지치도록 말을 달리다 물가에 내려서 연을 곁에 나란히 앉히고 세손은 푸르스름한 새벽이 오는 그 하늘을 바라보며 말하곤 했다.

"연아, 나도 저 하늘을 나는 아주 작은 새였으면 얼마나 좋겠느냐?"

그런 세손을 연은 가만히 올려다보고 나지막이 속삭였다.

"하오나 세손저하께서는 새가 되시면 아니 되옵니다."

"뭐라? 하, 왜?"

"그러면 너무 빨라서 연이 저하를 따라갈 수가 없사옵니다."

"네가 농을 하는 게냐?"

"근심이 있으십니까, 저하?"

"귀여운 아우로다. 연아, 내가 너처럼 내 마음을 읽어주는 아우를 곁에 두어 얼마나 든든한지 아느냐?"

"저하, 이 아우는 이제 비수도 잘 쓰고 검도 잘 쓰옵니다. 소인이 저하를 지켜 드릴 것이옵니다."

그 즈음 아이들은 모두 하나씩의 무기를 정하고 신기에 가깝도록 수련하기에 들어갔다. 연은 둘째 사부의 신기에 가까운 비수와 표창 다루기의 비법을 전수받고 있었다. 그것은 창을 잘 다루는 윤이나 활을 잘 다루는 용, 검을 잘 다루는 수, 그리고 병법에 능한 어진보다 연이 언제나 세손과 가장 가까이에 있었기 때문에 둘째 사부는 연을 더 특별히 가르쳤다. 연은 누구보다 손과 발이 빨랐다. 그리고 탁월했다. 연은 어렸지만 둘째 사부의 격려로 자신이 사형들 못지않게 할 수 있다는 것을 믿고 있었다.

"정신나게 소세나 해볼까?"

서서히 새벽이 밝아오자 계곡에 내려선 세손은 차가운 얼음을 깨뜨려 그 물에 소세를 하였다. 연도 따라 씻었다.

"차갑사옵니다, 세손저하!"

소세를 하고 세손이 내미는 목면 수건으로 얼굴을 닦고는 고개를 드니 세손이 그런 연을 가만히 보고 있었다. 세손은 무엇에 놀란 것인지 연의 얼굴을 뚫어져라 보았다. 연은 얼른 두 손으로 얼굴을 만지며 물었다.

"저하, 소인의 얼굴에 무엇이 묻었사옵니까?"

그러자 세손은 장난스럽게 웃으며 말했다.

"오늘 보니, 네가 참 못나지 않았니? 사내처럼 굵게 생긴 것도 아닌 것이 그렇다고 계집처럼 곱살하게 생긴 것도 아닌 것이⋯⋯."

연은 세손의 그런 말에 한편으로는 심통이 나서 냉큼 앞서서 계곡을 올라갔다. 뒤따라오던 세손이 연의 어깨를 잡으며 묻는다.

"왜 그러느냐? 연이 언짢은 게니?"

연은 그런 세손의 말에 돌아보지도 않고 고개를 저었다.

물은 눈 덮인 얼음 아래로 흘러와 소에 고였다가는 또 그 얼음 밑을 흘러 내려갔다.

계곡에서 올라온 연과 세손은 하얀 눈이 쌓인 그 길을 세손의 백마와 연의 흑마를 나란히 걸리며 함께 걸었다. 그런 때면 어김없이 흥얼거리던 한시들도 이제는 그마저도 외지 못할 만큼 세손은 다급해져 있었다. 아버지 세자를 어린 세손인 자신의 힘으로 돕는다는 것은 어림없었다. 어두운 그림자는 몰려오는데 속수무책인 현실이 안타까웠다. 어린 세손의 속내가 바짝바짝 타 들어가고 있었다. 영특한 세손은 누구보다도 빨리 이미 자신과 아버지에게 시시각각 위험이 닥쳐오고 있으며, 이미 자신도 아버지와 마찬가지로 이 대궐 안에서 누구의 도움도 받을 수 없는 고립무원인 것을 느끼고 있었다.

세손은 혼례를 올리기 며칠 전을 생각햇다. 그날 세손은 조용하고 은밀하게 다섯 아이와 두 사부를 모이게 했다. 대궐이라는 곳이 듣는 귀가 벽에도 있는지라 모임은 오랜만에 말을 달린 후에 그 산속 계곡에 모두 둘러앉아 수라간에서 마련해 온 점심을 나누어 먹으며 자연스럽게 이루어졌다. 세손은 자라며 성정이 대쪽 같은 면이 있어 돌려 말하거나 쉽게 물러서는 법이 없었다.

"사부님, 사부님은 이 나라가 누구의 나라라고 보십니까?"

갑작스러운 질문에 큰 사부 이명집의 얼굴은 하얗게 되었다.

허나, 둘째 사부 서명섭은 세손이 묻는 의미를 헤아리고 있었기에 기다렸던 일이라는 듯이 안도의 한숨을 내쉬고 있었다. 한편으로는 그런 생각을 할 수 있는 세손이 대견스러워 고개가 숙여졌다.

"……."

"이 나라는 이미 임금과 백성의 나라가 아닌 노론의 나라입니다."

"세손저하! 그런 말씀을 하시면……."

이명집이 주위를 살피며 얼굴이 하얗게 질려 읍하고 만류했다. 그러나 세손은 개의치 않고 하던 말을 계속했다.

"나의 외조부 되시는 영의정 홍봉한 대감도 노론이시고 내 어머님도 그분의 따님이시지요. 사부님들과 나를 지켜주는 다섯 동생들도 나의 외조부님의 사람들입니다. 아니 그렇습니까?"

큰 사부 이명집은 더욱 당황하여 황망히 머리를 조아렸다.

"어인 말씀이시옵니까, 세손저하!"

"들으세요. 사부님, 나는 살아남아 강해지겠습니다. 그리고 나와 백성의 나라를 내가 백성을 위해 다스리겠습니다. 도와주시겠습니까? 가문을 모두 버리고, 당파를 버리고 나만을 도와주시겠습니까? 오늘 이 자리에서 결정하세요, 사부님과 아우들."

아직 어린 세손이었지만 이미 세손은 궁내의 돌아가는 모양새와 세상의 판세를 무섭게 똑바로 읽고 있었다.

큰 사부 이명집이 그 자리에서 일어나 사발을 가져다 놓고 약지를 단지하였다. 그리고 옷깃을 잘라 혈서로 충(忠)이라 써서 맹세하였고 돌아가며 차례대로 혈서로써 맹세하였다. 세손은 그 혈서를 받아 불태우며 천지신명께 고했다.

"천지신명이시여! 우리는 이제 죽는 날까지 같은 길을 가기로 피로써 맹세하였나이다. 굽어살피소서!"

열한 살의 세손은 그렇게 앞으로 닥쳐올 수많은 환란을 자신의 최측근 두 사부와 다섯 아우들과 싸워 나갈 것을 결의하고 있었다.

세손의 아버지 장헌세자는 점점 고립되어 갔다. 때로는 이런 상황이 장헌세자를 걷잡을 수 없이 만들 때도 있었다. 날이 갈수록 미행이 잦아졌고 그때마다 옷에 관한 집착이 심했던 세자는 옷을 갈아입자면 으레 한바탕씩 실랑이를 벌이곤 하였다. 이때에 세자의 총애를 받았던 나인 빙애(훗날 경빈 박씨로 추존)가 시중을 들다가 맞아 죽었다. 나인 빙애는 이미 장헌세자와의 슬하에 네 살 난 아들인 은전군과 옹주가 있었는데 이 일로 대궐 안에는 큰 풍파가 일기도 했었다.

소조(小朝: 세자궁)에서는 혜빈 홍씨가 노론의 간자(間者) 역할을 했으며 대조(大朝: 영조)에서는 왕비 김씨와 후궁 문씨가 세자를 헐뜯었다. 더 기가 막힌 것은 장헌세자의 생모인 선희궁까지 노론으로서 이에 합세하여 왕의 마음을 움직였다는 것이다. 조정의 노론 대신들은 호시탐탐 세자를 제거할 기회만 노리고 있었다. 이런 포위 속에 위험을 느낀 장헌세자는 자구책으로 병을 위장하였다. 미행(微行)을 통해 허점을 보임으로써 노론의 예봉에서 벗어나려 하기도 하였다. 하지만 그런 와중에도 초라하다 느껴지는 자신을 자제하지 못하고 색향 평양에 들러 거의 매일 밤을 술과 가무로 보내기도 하였고 마음을 달래려 대성산 광법사에 들렀다가 우연히 여승 가선을 만났고 그 가선과 많은 이야기를 나눴고 위로를 받았다.

그러나 장헌세자의 자구책은 이런 소극적인 방법만이 아니라 소론과 연합하는 적극적인 것도 포함돼 있었다. 세자는 우의정을 역임했던 소론 영수 조재호와 비밀리에 연합하는 데 성공한다. 장헌세자가 의문의 관서행에 나선 것도 소론과 결탁하기 위해서였다. 당시 평안감사 정휘량이 소론이자 사돈 사이였으므로 연합하려 했는데, 정휘량이 홍봉한에게 이 사실을 알림으로써 수포로 돌아갔을 뿐만 아니라 오히려 노론에 세자를 공격하는 빌미를 제공하게 되었다. 장헌세자는 관서행을 계기로 자신을 제거하려는 노론의 공세를 신속한 기동력으로 막아냈다. 그러나 노론은 문숙의를 동원해 왕의 귀에 세자의 평양행이 들어가게 하였다.

어느 날 숙의 문씨는 왕의 품에 안겨 아양을 떨고 있었다.

"마마, 신첩 소원이 있사옵니다."

"그것이 무엇이더냐?"

"신첩의 소원은 나라 안의 명승고적을 두루 구경하는 것이옵니다. 마마, 허락해 주소서. 네?"

"그 소원이라면 허락할 수가 없구나. 나라의 법이 궁중에 있는 사람은 함부로 밖에 나가지 못하는 법이니라."

"세자저하는 괜찮사옵고 신첩은 아니 된다 하시옵니까?"

"숙의, 그것이 무슨 말인고?"

"마마, 왜 신첩에게 숨기려 하시옵니까? 세자저하는 지난 사월 미행으로 평양을 왕반하시지 않았사옵니까?"

"그게 정말이렷다?"

진노한 왕은 세자빈의 아버지 우의정 홍봉한 외 관련자 열 명을 귀양 보냈으나 홍봉한만은 복귀하여 다시 영의정으로 승차하였다.

그 일이 잠잠해질 무렵 세자는 동궁 뒤뜰에 땅을 파고서 토굴 생활을 하고 지냈다. 무서운 아버지로부터 자신을 숨기고 싶은 심약한 마음에서였다. 이를 누이인 화완옹주가 보았다. 화완옹주는 달려가 왕에게 오라버니 세자저하는 주색에 빠져 있고 여승과 기생들을 끌어들여서는 분탕질을 하고 있다고 자신이 본 것을 조금 더 과장되게 고해 바쳤다.

어느 날 왕이 세자의 애기를 가지고 소곤거리기 좋아하는 숙의 문씨의 처소로 들자 문씨는 온갖 교태를 다 부려가며 왕의 마음을 얻으려 노력하였다.

"상감마마, 천첩을 버리지 마시고 오래오래 은애하여 주세요."

문숙의가 교태가 뚝뚝 떨어지는 눈동자에 함빡 정열을 담고 애운정을 넣어 속살거리며 몸을 틀어 왕의 품에 안길 때에는 왕비 김씨보다 몇 수 우위였다. 왕의 혼은 오로지 문숙의로 인해서만 녹을 정도였다. 왕은 완숙한 문숙의를 안으면 언제나 뿌듯한 포만감과 함께 불끈거리는 열정이 솟구쳐 올랐다.

"마마, 듣자 하오니 동궁에서는 명정을 세우고 빈소를 차렸다 하옵니다."

"아니, 뭐? 빈소를? 그것이 누구의 빈소란 말이더냐?"

"마마, 이는 마마를 저주하는 짓이 분명하옵니다."

왕은 이는 분명히 자기가 죽기를 바라는 방자일 것으로 여겼다.

"마마, 하오니 이 몸에게서 왕자를 보게 하여주옵소서."

숙의 문씨가 색기가 뚝뚝 떨어지는 간교한 목소리로 속살거리며 왕의 품으로 파고들어 스스로 제 치마를 들추니 뽀오얀 맨 다리가 드러난다.

"아니, 문숙의 너?"

"아이~ 기다리고 있었사옵니다, 상감마마."

문숙의가 슬며시 허리를 비틀었다가 상반신을 좌우로 뒤틀자 풍염한 가슴은 출렁거리며 왕을 희롱하였다.

"그것이, 금일은 과인이 조금 피곤한지라……."

"다 준비해 두었나이다."

"그랬더냐? 그랬더란 말이지?"

왕은 문씨의 풍만한 젖가슴을 덥석 움켜쥐었다. 문씨는 자지러진 비명을 내놓으며 왕의 의대를 벗겨 내렸다. 왕은 풍만한 육체를 더듬으며 차츰 도취되어 가고 있었다. 이를 놓칠세라 문숙의가 손뼉을 짝짝 치니 힘 좋은 나인 둘이 들어와 조용히 앉는다. 문숙의가 앉혀두고 옥경을 정성스럽게 빨아대니 늘어져 있던 왕의 옥경도 동하기 시작하였고 천천히 문씨의 위로 올라가 옥경을 깊숙이 찔러 넣었다.

"에이그머니, 크기도 하셔라. 도와드려라."

문숙의가 명하자 나인들이 붙어 늙은 왕을 양쪽에서 잡고 넣었다 빼기를 도와주었다. 왕이 만족하며 질펀하게 파정하자 문숙의는 왕의 귀에 대고 이렇게 속살거렸다.

"상감마마, 세자를 죽이소서."

그러자 노론은 드디어 마지막 수단을 사용하는데, 이것이 바로 나경언의 고변이다. 나경언의 고변은 주로 장헌세자의 개인적 비행에 초점이 맞히어져 있는 것으로 알려져 왔지만 고변 전후의 사정으로 볼 때 그 핵심 내용은 개인적 비행이 아니라 군사 행동에 관한 내용으로 추측된다. 세자가 군사를 동원해 쿠데타를 일으키려 한다는 역모 고변의 성격을 띤 것이었다.

운명의 그날은 시시각각 닥쳐오고 있었다. 홍봉한, 홍계희 등 노론 영수들은 노론 윤급의 청지기 나경언을 매수해 세자를 역모로 고변하는 승부수를 던졌다.

홍계희의 사주를 받아 나경언이 고변을 하던 날, 양반도 아닌

일개 서민이 대리청정하는 세자에 대해 고변을 했는데 진위 여부를 먼저 파악하는 것이 우선이었으나 형조참의 이해경은 자신의 직속상관인 형조판서에게 보고하지 않고 영의정 홍봉한을 먼저 찾았고 홍봉한은 자신의 사위의 일이었음에도 불구하고 진위 파악도 하지 않은 채 서둘러 왕에게 보고했다.

왕은 군사를 동원해 궁성을 포위하고 하궐(동궁전)로 통하는 문을 막았으며 군모대장 구선행으로 하여금 창덕궁 임직 군사의 삼분지 일을 감하라 명했다. *창덕궁 임직 군사의 임무 중 하나가 세자를 호위하는 것이었다. 이에 세자가 용서를 빌기 위해 당장 왕을 만나 용서를 빌려고 했으나 장인 홍봉한이 여러 가지 이유로 보름 뒤에 하라고 만류했다. 이미 세자는 신병 치료차 온양 행궁에서 돌아온 후 다시 관서행에서 돌아오기까지 여덟 달 동안 왕과 만나지 못한 상태였다. 세자는 궁지에 몰리자 원임 대신 조재호(풍육부원군 조문명의 아들 효장 세자빈의 오빠)를 불렀다. 죽음을 예견한 세자는 처가를 찾은 것이 아니라 형수의 친정에 도움을 요청해야 할 만큼 철저히 고립무원이었다. 이에 고변을 들은 왕은 이렇게 한탄하였다.

"오늘 조정 신하들의 치우친 논의가 부당(父黨: 영조의 당) · 자

----

*이는 세자로 하여금 군사의 동원을 막으려 한 것으로 보이며 영조는 세자를 〈한중록〉에서의 혜경궁의 주장처럼 정신병으로 본 것이 아니라, 세자가 따로 당파를 형성한 자신의 정치적 정적으로 본 것이었다. 당시의 내로라하는 명신들, 예컨대 이종성, 박문수, 조현명, 유척기, 채제공, 이천보, 원경하 등이 한결같이 장헌세자를 지지했음이 실록에는 나오고 있다

당(子黨: 세자의 당)이 됐다."

세자는 장인뿐만 아니라 아내인 세자빈까지 자신을 제거하는데 가담했다는 사실을 잘 알고 있었다. 세자가 마지막으로 학질을 핑계로 죽음에서 벗어나려고 혜빈에게 세손의 휘항(揮項: 방한모)을 요구하자 혜빈은 세손 것은 작다며 당신 것을 쓰라고 대답하였다. 이에 장헌세자는 혜빈 홍씨에게 이렇게 말했다.

"자네가 참 무섭고 흉한 사람일세. 자네는 세손을 데리고 오래 살려 하기에 오늘 내가 나가서 죽겠기로 그것을 꺼려 세손휘항을 안 씌우려는 심술을 알겠네."

세자가 세손의 휘항을 가져오게 한 이유는 영조가 이제는 자기를 죽이려는 것을 알고 있었기에 혹시라도 세손의 휘항을 쓴자기를 보면 왕조의 후대를 생각하고 세손의 아버지인 자기를살려줄 걸로 생각했기 때문이다. 하지만 혜빈 홍씨는 자칫하여세손과 자신까지 함께 벌을 받을 수 있겠기에 이를 거절하였다.

이때에 세손은 아버지인 세자를 구하기 위해서 동분서주, 노심초사하고 있었으나 이미 어머니 세자빈 홍씨는 그날 아침 세손에게 마음을 단단히 먹으라 이르고, 경거망동하지 말고 자중하고 있으라 했다. 이제는 세자를 구할 사람이 할아버지인 상감마마밖에 없음을 깨닫자 세손은 자신이 직접 나서기로 마음먹었다. 두 사부는 더불어 세손까지 위험해지겠기에 만류하였다.

"내가 직접 대전으로 가서 아뢰겠습니다."

큰 사부 이명집이 세손을 잡았다.

"아니 되옵니다, 저하! 저들이 이제 세자저하를 저리한 뒤에 가장 두려워하는 것이 무엇이겠습니까? 바로 자신들이 죽음으로 몰고 간 그분의 아드님의 등극이옵니다. 지금 가시는 것은 저들에게 빌미를 주는 것입니다."

하지만 세손은 단호하게 뿌리쳤다. 어린 세손의 눈에서 불꽃이 튀었다.

"사부님, 억울한 죽임을 당하시는 아비를 저 살자고 외면하는 자식이 있답니까? 가겠습니다!"

"세손저하, 훗날을 기약하옵소서! 세손저하!"

연과 수를 비롯한 다섯 소년들은 어쩔 줄을 모르고 서 있었다. 어린 그네들이 감당하기에는 너무도 큰일이었다. 어린 연은 걱정으로 가슴이 터질 것 같았으나 그저 세손의 고통을 지켜볼 수밖에 없었다. 하지만 세손은 사부들의 만류도 뿌리치고 기어이 대전으로 달려갔다.

세자가 대전에서 문초를 받고 있을 때에 왕은 대신들을 아무도 들어오지 못하게 하였다.

"못 들어가시옵니다."

"네 이놈들! 세손인 나와 대신들이 청대하겠다는데 너희들이 저지하니 그러고도 살아남기를 바라느냐?"

세손이 호통을 치자 문졸들이 울며 답하였다.

"상의 명령이라 우린들 어찌하리까?"

그런데도 따라간 대신 이광현은 결국 문졸들을 밀치고 세손과 대신들을 들어가게 하였다. 그러나 신만과 홍봉한은 들어가자마자 도로 나왔다.

"성교가 엄하니 어찌 다시 들어갈 수 있겠는가?"

하지만 신만과 홍봉한은 왕의 진노가 두려워 들어가 한마디도 꺼내지 못하였다. 이렇게 왕의 진노가 극에 달하였을 때 세손이 들어갔다. 세손은 아버지 장헌세자처럼 관과 도포를 벗고 세자 뒤에 엎드렸다.

"상감마마, 아비를 살려주옵소서! 마마! 할바마마! 아비를 살려주옵소서!"

그러자 진노한 왕이 대노하여 소리쳤다.

"누가 세손을 데려왔는가? 빨리 데리고 나가라!"

왕이 별군직에게 세손을 데리고 나가라고 명했다. 이에 별군직이 세손을 안으려 하자 세손은 발버둥 치며 피눈물을 흘리며 외쳤다.

"아비를 살려주소서! 아비를 살려주소서!"

엎드려 있던 세자가 이광현의 손을 끌고 물었다.

"저놈의 이름이 무엇인가?"

"이름은 무엇인지 모르겠으나 별군직으로 상의 명령을 받은 자입니다."

"세손에게 함부로 대하지 않더냐? 세손으로 하여금 걸어나가게 하는 것이 옳다."

장헌세자는 자신의 목숨이 경각에 달린 위급한 상황에서도 세손의 체통을 염려하였다. 그만큼 세손을 극진히 사랑하는 장헌세자였다.

"할바마마! 제발 소손을 가엾게 여기시어 아바마마를 살려주옵소서!"

"여봐라! 지금 당장 세자빈과 세손을 궐 밖 외가로 보내라!"

세손은 그 길로 끌려 나올 수밖에 없었다. 그날 왕은 세자에게 자결을 명하였으나 세자가 이를 거부하자 왕의 진노는 극에 달았다. 장헌세자는 처음엔 억울한 마음에 자진하기를 거부하였다. 하지만 곧 장헌세자는 억울하긴 했지만 왕의 노여움을 피할 수 없을 거라 생각하고 결국 모든 걸 포기했다. 그래서 스스로 목숨을 끊으려고 돌 바닥에 머리를 부딪치기도 하고 여러 방법을 썼으나 그때마다 세자의 시의인 내의원들이 달려와서 필사적으로 세자의 목숨을 살려냈다. 그것이 그들에게는 목숨을 걸고 해야 할 자신들의 일이었기 때문이다.

왕에게 세자를 뒤주에 가두도록 건의한 인물은 홍봉한이었다. 그 뒤주는 세자가 만들어 동궁 뒤뜰에 넣어둔 것이었다. 세자가 낮잠도 자고 심사가 울적할 때면 그 속에 들어가 마음을 가라앉히기도 하였던 뒤주였다. 홍봉한은 장헌세자를 평소 세자 자신이 즐겨 들어가 쉬는 뒤주에 가두고 근신하게 하라고 건의하였다. 차라리 왕이 장헌세자에게 세자의 자리를 박탈하고 사약을 내리거나 했다면 장헌세자는 더 편하게 죽을 수 있었을 것이었으나, 장헌세자에게는 이미 너무나도 영특한 아들이 있

었다. 만일 장헌세자의 세자 자리를 박탈하고 유배시킬 경우 왕
세손의 자리도 위태롭게 된다는 것을 너무나도 잘 알고 있던 왕
은 그래서 세자의 자리를 박탈하고 폐서인으로 강등시켜 사약
을 내리는 방법보다 세자의 자리에서 죽이기로 한 것이었다.

　이렇게 참혹한 비극을 담은 뒤주가 선인문 안마당에 놓였다.
왕은 옥당 홍낙순과 포장 구선복을 시켜 세자가 든 뒤주를 지키
게 하였다. 때는 오월이라 찌는 듯한 더위였다. 그러나 홍낙순
은 뒤주 앞뒤로 풀을 쌓아 올리게 하여 더욱 더운 기운이 오르
게 하였다. 세자가 뒤주에 갇혀 신음하는 여드레 동안 세자빈은
세자를 구하기 위한 아무런 노력도 기울이지 않았다. 뿐만 아니
라 다급해진 세자가 뒤주에 갇히기 직전 조재호를 부른 사실을
홍봉한에게 알렸다. 장헌세자가 노론의 정치 공세에 희생되었
다는 점은 세자와 연합한 소론 영수 조재호가 죽임을 당하는 과
정에서도 분명히 드러난다. 세자가 뒤주에 갇혀 있던 셋째 날
'조재호가 세자와 결탁했다'며 영조에게 고해 바친 인물은 다름
아닌 세자의 장인 홍봉한이었다.

　결국 세자는 아흐레 만에 숨이 끊어졌고 스무하루 만에 뒤주
의 문을 여니 두 눈을 부릅뜨고 있었다. 숨이 멎어 있는 세자의
앞가슴은 얼마나 쥐어뜯었는지 살이 모두 해어져 유혈이 낭자
하였고 이마의 피는 말라서 거뭇거뭇 변색이 되어 있는 모습은
처참하였다. 그때의 세자의 나이 스물여덟이었다. 장헌세자가
죽은 뒤에야 왕(영조)은 세자에게 사도세자라는 시호를 내렸다.

그해 삼월에 가례를 치르고 다시 오월에 아버지를 뒤주 속에서 굶겨 죽이는 것을 목격한 열한 살 세손의 심정은 처참함이 말로 다할 수 없었다. 세손은 어머니 혜빈 홍씨와 세손빈과 함께 외가로 내처져 먹지도, 자지도 못했다. 어찌나 비장하게 이를 악물고 있었는지 입술은 터져 피가 흘렀다. 혜빈 홍씨도, 세손빈도 그런 세손이 무서워 감히 다가설 수도 없었다. 오로지 연만이 세손 곁에 다가가 함께 먹지도, 잠들지도 못하고 엎드려 있었다. 그저 세손을 바라만 보고 있었다.

사도세자가 죽던 날, 세손은 위험에 무방비 상태로 노출된 채 미친 듯 말을 달려나갔다. 그 뒤를 연이 따라 잡으려 달려가고 있었으며 그 뒤를 수가, 그리고 그 뒤를 세 아이들과 둘째 사부가 함께 달려가고 있었다. 그러나 너무 빠른 세손을 잡을 수가 없었다.

비가 억수같이 쏟아져 내리고 있었다. 젖은 하얀 말을 타고 하얀 옷을 입고 달리는 세손 곁으로 검은 말의 검은 옷을 입은 연이 비에 젖어 함께 달리고 있었다. 거센 비바람이 치는 숲은 야수들이 몰려오는 것처럼 울부짖었다. 거친 바람결이 어린 세손의 마음을 갈가리 찢어놓고 있었다. 세손은 말을 달리며 울부짖었다.

"내가 잊지 않겠다! 잊지 않겠다! 죽어도 오늘의 원통함을 잊지 않겠다! 아버지! 아버지! 불쌍한 내 아버지! 소자는 어찌하옵니까! 아버지!"

"그리하소서, 저하! 잊지 마소서! 잊지 말고 살아서 이 한을 갚으소서, 저하!"

"연아! 나는 참을 수가 없구나. 연아, 어찌하면 좋겠느냐! 연아!"

"조금만…… 저하, 조금만 견디소서. 이 몸이 어서 자라 모다 혼내주겠습니다!"

"견딜 수가 없다, 연아!"

"저하, 이렇게 저하를 아프게 한 저들을 연이 모다 혼내주겠습니다. 제발 힘을 내소서, 저하!"

어린 연은 언제나 초조한 세손의 말속에 담긴 절박함이 어디에서 연유한 것인가를 알고 있었다. 이런 날이 오리란 것을 알기에 더 불안하고 초조했으리라. 이제 현실로 닥쳤으니 그 고통은 더욱 극심할 것이었다. 바로 곁에 죽을힘을 다해 달려 붙은 연이 분노로 터질 듯한 마음으로 함께 외쳤다. 그 분노는 세손이 고통으로 몸부림 칠 때마다 함께 커졌다. 어린 마음에도 할 수만 있다면 대신 아파주고 싶었다. 그때였다, 잠시 스쳐 가는 불온한 기운이 연에게 느껴진 것은. 연은 찰나이었으나 온몸의 소름이 돋는 기운을 느꼈다. 그리고 다음 순간, 바로 곁에 달리는 세손의 말을 향해 몸을 날렸고 그와 동시에 연의 어깨에 타는 듯한 통증이 느껴져 왔다.

"위험하옵니…… 헉!"

"연아! 연아!"

"위험하옵…… 몸을 낮추소서……."

그 빗속에서 본능적으로 위험을 감지한 연은 어깨에 화살을 맞아 타는 듯한 통증을 느끼면서도 죽을힘을 다해 세손을 꼭 껴안았다. 세손은 혼절하여 쓰러지는 연의 마지막 말처럼 연을 품에 꼭 안고 몸을 낮게 낮추고 미친 듯 말을 달렸고 뒤따라 주인 잃은 연의 흑마가 함께 달렸다.

미쳐 버린 세상을 슬퍼하듯 비가 억수같이 퍼붓는 밤, 돌봐주는 이 없이 이제 세상에 홀홀 단신인 세손이…… 다만 혼자라고 생각하던 세손이…… 숲길에서 멀리 떨어진 한적한 그곳, 새벽이면 함께 말을 달리다 보아둔 동굴로 몸을 피했다.

동굴에 들어선 세손은 그중 편편한 자리를 찾아 연을 내려놓고 말들을 데리고 들어와 감춰두었다. 연의 흑마도 주인이 다친 것을 아는지 연의 곁에서 연을 내려다보고 있었다. 살수들에게 들킬까 봐 불도 크게 피우지 못하고 간신히 작은 나뭇가지에 불을 붙여 연의 상처를 살펴보았다. 다행히 어깨 위를 화살이 스쳐 지나간 듯 피가 흐르고 있었다. 문득 살수가 쏜 화살이라면 독이 묻었을지 모른다는 생각이 들어 세손은 상처 부위를 입으로 빨아내고 또 빨아냈다. 그리고는 젖은 자신의 옷을 찢어 상처 부위를 묶었다.

사부님과 아우들이 살수들보다 빨리 우리를 찾아내야 할 텐데……. 불을 피워 연의 젖은 몸을 말려야 할 텐데……. 걱정스러운 마음에 연의 상처를 묶는 세손의 손이 떨렸다. 비바람에 숲의 나무들이 어지럽게 뒤채였다. 세손은 이대로 연에게 무슨 일이 생길까 가슴을 졸였다.

또다시 몰려드는 두려운 마음에 세손은 두 팔로 연을 감싸 안 았다. 사부님과 아우들은 지금 어디쯤 오고 있을까. 비 때문에 힘들겠는데…… 저 비 곧 그칠까? 그런 생각들을 하면서 연의 몸을 따뜻하게 해주려 쓰다듬다 문득 자신의 몸에도 미열이 오르는 걸 느꼈다. 비를 맞고 너무 오래 떨었던 것이다. 연의 얼굴에 대고 자신의 얼굴을 부비니 어느새 세손의 얼굴이 붉어졌다.

"으음……."

연의 입에서 고통스러운지 신음이 흘렀다. 연의 체온은 점점 떨어지자 세손은 별수없이 윗옷을 벗고 연의 젖어 달라붙은 윗 옷도 벗기고 다시 연을 꼬옥 껴안았다. 그리고 연의 몸을 손바닥 으로 빠르게 부비기 시작했다. 안고 있는 연의 숨결을 귓가에서 듣고 있자니 몹시 난처하였다. 그러다 우연히 연의 다리 쪽을 쓰 다듬어 주다가 세손은 이상한 느낌에 소스라치게 놀랐다. 다시 천천히 손을 뻗어 연의 그곳을 더듬어보았다. 이미 세손의 어린 몸은 타는 듯 뜨거웠다. 덜덜 떨리는 손으로 연의 젖은 속곳 사 이로 손을 넣어보았다. 마치 빨려 들어가는 느낌에 소스라쳐 손 을 뺐다. 온몸이 식은땀에 젖어 있었다. 부끄럽기도 하고 무섭기 도 하였다. 연의 볼에 자신의 볼을 부비니 눈물이 흘렀다.

"어이 이런 일이…… 있다더냐? 내가 어찌 너에게로만 마음이 흘러가나 저어하였더니…… 이래서였던 게냐……."

세손은 연을 다시는 곁에 두지 못하고 잃을까 두려워서 그대로 가만히 있을 수가 없었다. 사람들이 연이 여자 아이인 것을 알면 가만히 두지 않을 것이었다. 결코 세손의 곁에 있도록 둘리가 없었다.

주변이 조용해지는 듯하자 세손은 연을 데리고 밖으로 나가기로 하였다. 이대로 그냥 연을 방치해 두었다가는 스쳐 간 화살의 독을 세손이 빨아냈다고는 하나 자칫 상처가 덧나 풍독을 입을 수 있기 때문이다. 위험한 것을 모르는 바 아니었으나 우선은 연을 치료하는 것이 그 무엇보다 급했다.

찬바람에 희미하게 연이 정신을 차린 모양이었다.

"세손저하…… 괜찮으시옵니까?"

"정신이 좀 나니?"

"견딜 만하옵니다."

"연아, 고맙구나. 넌 내 생명의 은인이다. 네가 원하는 것은 무엇이든 들어주마."

연은 가녀린 한숨을 내쉬듯 중얼거렸다.

"세손저하와 둘이 말을 타고 들꽃 피어 있는 숲길과 한 번도 본 적 없는 바닷가 모래밭을 온종일 달려보고 싶습니다."

"넌 대궐에서만 자라니 가보고 싶은 곳이 얼마나 많겠니? 나으면 나와 같이 가자꾸나. 내 꼭 데려갈 것이다. 알겠니?"

"……멈추소서."

비가 잦아든 그 숲에 고요가 흘렀고 찰박찰박 빗물 튀기는 말발굽 소리만 들려오고 있었다. 축 늘어져 세손에게 안겨 있던 연의 몸이 순간 긴장하였다.

"쉿! 누군가 다가옵니다."

갑자기 두려움과 공포가 두 사람을 엄습해 왔다. 연은 몸에 느낌이 있었으나 다행히 뒷골이 서늘한 느낌은 아니었다. 그 느낌은 가까워지는 말소리와 함께 점점 위로 떠올라 왔다. 연은 고삐를 멈춰 세운 말을 움직이지 않았다.

"왜 그러니?"

"사부님인 듯싶사옵니다."

어둠 속에 서 있는 나뭇잎들이 뒤흔들리며 수의 창백한 얼굴이 먼저 나타났다. 뒤를 이어 둘째 사부, 그리고 윤과 어진, 용이 나타났다. 두 사람은 크게 숨을 들이쉬고도 한참 동안이나 숨을 골랐다.

"세손저하!"

"연아!"

"다치신 곳은 없으시옵니까? 오면서 살수들은 윤과 수가 모두 잡았습니다."

"산 채로 잡은 자가 있는가? 사부님, 나를 죽이려 했던 자가 누구인 것 같습니까?"

"그것이…… 사로잡은 자가 혀를 물고 바로 자결을 하는 바람에……"

"돌아가십시다. 오늘 일이 알려지면 또 저들에게 빌미를 줄 터. 둘째 사부님과 윤과 용은 뒤처리를 하시고 돌아오세요. 참, 큰 사부님은요?"

"사태를 파악하기 위해 대궐에 남았습니다."

세손과 사부의 대화가 긴박하게 오가는 동안도 수는 세손의 품에 꼭 안겨 늘어져 있는 연의 창백한 얼굴에만 눈이 꽂혀 있었다. 놀라움으로 수의 얼굴이 창백하였다. 그런 수의 얼굴빛을 읽으면서도 세손은 연을 쉬이 수에게 넘겨주지 않았다. 수가 연의 말고삐를 쥐며 다급하게 물었다.

"세손저하, 연이 많이 다친 것이옵니까?"

"나를 구하느라 어깨에 화살이 스쳤다. 오늘 연이 아니었으면 난 지금 살아 있지 못했을 것이다. 서둘러 집으로 돌아가자. 대궐에서 기별이 올지도 모를 일이다."

"세손저하, 연을 제가 데려가겠사옵니다."

"그리하라……. 어진은 연의 말을 데려오너라. 가자!"

세손은 말을 마치자 연을 수의 품에 안겨주고 앞서 달려나갔다. 수는 연을 가슴에 안고서 연이 무사한 것이 다행스러우면서도 한편으로는 무엇인지 알지 못할 서러움이 한줄기 저 밑바닥을 치고 지나가는 걸 느꼈다. 어진이 흑마의 고삐를 잡고 세손의 뒤를 따라 달렸고, 그 뒤를 연을 가슴에 품어 안은 수가 따라 달렸다. 앞서 달리는 세손의 여린 가슴에 한줄기 눈물이 흘렀다.

'처음에 모르더면 모르고 있을 것을…… 어이 사랑 싹나며 움

돋는가……'

　사도세자를 그렇게 보낸 충격이 커서였던지 세손은 누운 채
로 닷새를 꼬박 고열에 시달렸다. 그리고 세손이 기거하는 방과
붙어 있는 작은 방에서는 사부에게 상처를 치료받고 있는 연과
그 연을 돌보는 수가 있었다. 그 즈음에는 하늘도 슬퍼하는 것
인지 밤마다 비가 내리고 번개가 쳤다. 가위에 눌려 잠이 깬 세
손은 방문을 왈칵 열어제치고 비바람 치는 어둠을 노려보았다.
세손은 이를 악물었다.

　'나는 굴하지 않을 것이다. 반드시 이겨낼 것이다. 지금은 참
기 힘든 고통이 나를 짓누르지만 머지않아 불에 달구어진 쇳덩
이처럼 단단하게 정련되리라!'

　비바람에 기왓골마다 낙숫물이 주렴처럼 흘러내리고 숲의 댓
잎들이 어둡고 슬픈 바람에 쓸려 울었다. 어린 가슴에 분노는
세손의 몸뚱이를 모두 태워 버릴 것처럼 활활 타올랐다. 안채에
혜빈 홍씨와 있는 세손빈이 가끔씩 나왔다가도 그런 세손이 두
려워 아무런 말도 못하고 발걸음을 돌리고 말았다. 하지만 그런
속에서도 세손을 일으켜 세우는 것은 죽은 아버지 사도세자의
밝고 호탕한 웃음과 연의 걱정스러운 눈빛이었다.

　세손은 모두가 잠든 밤이면 몰래 연이 홀로 잠든 방문을 살며
시 열고는 달빛 아래서 연을 가만히 들여다보곤 하였다. 연은
회복이 되지 못한지라 늘어져 죽은 듯이 누워 있었다. 몇 날을
함께 굶고 속 끓이며 고생한 터에 얼굴은 해쓱하고 새까맣게 탔

다. 여아인 것을 속이고 이곳으로 들여보냈을 연의 아버지와 그 어머니에게도 미안하고 연에게는 더욱 불쌍하고 가련한 마음이 들었다. 세손이 곁에 들어와 앉은지도 모르고 연은 깊은 잠에 빠져 살며시 입가에 웃음을 걸고 있었다. 슬며시 손을 내밀어 연의 야윈 볼을 쓰다듬어 보는 세손의 초췌한 얼굴에서도 작은 한숨이 흘렀다. 그리고는 세손 자신은 식음을 전폐하고 있었으면서도 연에게만은 약을 달여 먹이고 음식을 먹이도록 했다. 하지만 모두에게 하루하루가 살얼음판 같았다.

"연아, 죽 먹자."

겨우 좀 나아지는 연을 위해 안방에서 죽을 쑤어주어 수가 상을 들여오는 길이었다. 아직도 해쓱하니 이부자리에 누워 있는 연을 일으켜 앉혔다. 연은 숟가락을 들다 말고 수를 바라보며 물었다.

"형님은 드셨습니까?"

"그래, 우린 먹었다. 어서 좀 먹어보아라."

수는 연의 앞으로 반찬을 가져다 놓으며 빨리 식으라고 죽 그릇에 대고 후후 불었다. 연은 죽을 한 숟가락 떠서는 입으로 가져가려다 말고 다시 수에게 물었다.

"저하는 드셨습니까?"

"아니다. 벌써 며칠째 물도 드시지 않으니 걱정이구나."

"아니, 며칠째 드시지 않았더란 말입니까?"

연이 놀라 숟가락을 내려놓고는 수를 보며 말했다. 수는 걱정 스럽게 되물었다.

"어찌 그러는 게냐?"

"저를 저하께 데려다 주십시오."

"아직 움직이면 안 된다고 하셨다."

"형님, 부탁이어요. 제발……. 그럼 저도 안 먹을 것입니다."

"……알았다. 그럼 업히어라. 그래야 데려다 줄 것이다."

연이 너무 조르는 바람에 수는 등을 내밀고 연을 업고 세손이 머무는 방 앞으로 데려갔다.

세손이 곡기를 끊고 있다는 수의 말에 연은 홀로 죽을 먹을 수는 없었다. 죽이 넘어가지 않을 것 같았다. 수의 등에서 내려 와 부축을 받아 기어가다시피 세손의 방 앞 대청마루로 들어갔 다. 마침 세손빈과 혜빈 홍씨, 그리고 둘째 사부까지 몇 시간을 세손을 설득하다 상을 물리려던 길이었다. 연은 수에게 말했다.

"형님, 고하여주세요."

"저하, 연이 뵙기를 청합니다."

"연이 어찌 일어난 게냐? 아직 움직이면 위험하니 어서 방으 로 데려가거라."

문을 벌컥 열어제치며 사부가 뛰어나와 연을 데려가려 하자 연은 돌아서 열린 방문으로 보이는 세손을 바라본다. 서럽고 처 량한 세손의 눈빛과 마주치자 연은 울컥 가슴이 뜨거웠다. 세손 또한 연이 힘겹게 일어나 건너온 것을 알기에 눈시울이 뜨거워졌다.

"들라 하세요, 사부님."

"예, 저하."

"건너들 가세요. 연과 할 이야기가 있습니다."

세손빈과 혜빈 홍씨가 자리를 피하고 수와 사부도 나간 뒤에 방문이 닫히자 세손은 일어나 연에게로 가 부축해 상 앞에 앉혔다. 하얀 죽 그릇에서는 아직도 김이 올라와 따뜻한 기운이 서렸다. 세손은 연을 차마 빤히 볼 수 없어 죽 그릇만 들여다보며 물었다. 연이 계집아이인 것을 알고 보니 연의 눈을 마주 보기가 두려웠다.

"죽은 먹었니?"

"먹으려다 저하께서 아니 드신다 하여 이리 왔습니다."

"……공연한 짓을 했구나."

연은 초췌하게 눈만 빛나는 세손을 서글프게 바라보았다.

"저하……."

"……."

"작년 겨울 후원을 거닐다 제가 아직 매화가 피지 않는다 아뢰었더니 저하께선 이리 말씀하셨지요."

"……."

"긴 겨울을 지나온 사람들은 꽃을 빨리 보고 싶어하지만 꽃 계절이 그리 쉽게 오는 것은 아니다, 하셨습니다."

"연아, 너는 언제나 그리 다 기억하는구나."

"저하, 겨울은 지나갈 것이고 꽃은 꼭 필 것입니다. 연은 그리 믿습니다."

세손의 눈에서 이제껏 보이지 않던 눈물이 툭 떨어졌다. 한 번 떨어진 눈물은 뒤를 이어 툭툭 떨어지기 시작했고 그 모습을 보던 연도 따라서 눈물이 흘렀다.

"저하, 차라리 저처럼 한번 울으소서. 참지 말고 통곡하소서."

"연아……."

연과 세손은 한참을 끌어안고 울었다. 방 밖의 수와 사부도 눈시울이 뜨거워졌다. 한참을 울고 난 연이 세손의 손에 숟가락을 쥐어주었다. 세손은 연의 손에 숟가락을 쥐어주었다.

"우리 같이 먹고 힘내자꾸나. 네가 나를 지켜주겠다 하지 않았니? 네가 모다 혼내주겠다 하였다."

"약조하였습니다, 마마. 연이 얼른 자라서 모다 혼내주겠사옵니다."

죽을 떠서 연의 입에 넣어주는 세손과 그 죽을 받아먹으며 다시 죽을 떠서 세손의 입에 넣어주는 연이었다.

얼마 후 왕은 세손 내외와 혜빈 홍씨를 대궐로 다시 불러들였다. 왕은 세자를 죽인 것을 후회하면서 세자의 죽음에 일조한 김상로를 파직, 귀양 보냈다. 전(前) 우의정 조재호에게는 사약을 내렸다. 그리고 세손을 불러서는 애통해하면서 이렇게 말했다.

"네 아비의 원수는 김상로이니라."

"……."

하지만 왕의 그 말을 믿기에는 세손은 사태를 너무 분명히 파악하고 있었다. 그리고 어느 날 아침, 세손이 혜빈의 처소로 아침 문안 들었을 때였다.

"세손은 이 어미를 원망하십니까?"

"……."

"요즈음도 매일의 일을 기록하십니까?"

"예……."

혜빈은 세손을 불러 앉혀놓고 측은한 마음에 물었다. 아홉 살에 대궐에 들어와 지난 시간 살얼음판을 걸으면서도 현명하게 처신해 온 그녀였다. 죽은 사도세자가 처음처럼 자신을 살갑게 대하고 친정과 정적이 되지만 않았다면 이런 비극은 결코 없었을 것이다. 하지만 노론의 당수인 친정 아버지와 사도세자를 지지하는 소론 사이에서 갈등하던 그녀는 친정을 따를 수밖에 없었다.

그녀의 친정 아버지 홍봉한은 정치적인 의리는 의리로 개인적인 애통은 애통으로 하라고 말했다. 어차피 친정이 몰락한 왕후란 폐서인의 길을 걸을 수밖에 없다는 것을 윗대에서 너무나 잘 보여주었기 때문이다. 자신마저 대궐에서 세력을 잃는다면 누가 세손을 보호하겠는가. 이제 남은 길은 세손을 보호하고 보위에 올리는 길밖에 없다고 생각하면서 세손의 왕위 계승을 위해서 모든 애통을 참고 견디리라 결심하는 것이었다. 살쾡이 같은 젊은 시어머니 중전 김씨로부터 세손을 보호해야 하는 것이었다. 하지만 역시 세손을 바로 보기는 힘이 들었다. 세손은 아직도 역시 거의 식음을 전폐하다시피 하고 있었고 초췌한 얼굴에 눈만 살아서 빛나고 있었다.

"세손, 마음을 강건히 하세요. 이 어미가 목숨을 걸고 지켜 드릴 것입니다."

"……소자 이만 물러가겠사옵니다."

세손은 결국 혜빈의 말을 묵묵히 듣기만 했을 뿐, 일언반구도 없이 조용히 일어나 나왔다. 아직 연은 자리에 누워 있었고 이제는 제법 여름이 깊어가고 있었다.

사도세자가 죽은 후 대궐은 다시 한바탕 휘몰아칠 태풍 전야처럼 팽팽한 긴장이 감돌고 있었다. 혜빈은 자신의 아들인 세손에게 위협이 몰리자 노론당과도 맞섰다. 뒤주에서 죽은 세자의 아들에게 대권을 줄 수 없다고 판단한 노론은 세손 제거를 당론으로 정했다.

크게 반발한 혜빈은 세손 대신 사도세자의 후궁이었던 양제 임씨 소생 은언군을 추대하려는 숙부 홍인한에게 편지를 보내 중지를 요구했고, 당내에 상당한 세력이 있는 혜빈의 반발은 노론의 일사불란한 당론 집행을 어렵게 했다.

사도세자가 죽고 홍봉한이 왕의 신임을 얻어 중책을 받자 이제는 중전 김씨 집안에서 긴장하였다. 풍산 홍씨 집안과 경주 김씨 집안은 사도세자를 제거할 때는 같은 노론의 입장에서 함께 일을 추진했으나, 막상 이권 다툼이 발생하자 바로 정적으로 그 입장을 바꾸었다. 중전 김씨와 그의 동생 김귀주는 세손이 즉위하면 김씨 집안이 몰락할 것을 잘 알고 있었기 때문에 양자를 들여 김씨 집안의 정권을 강화하고 홍봉한을 정계에서 실각시켜려 하고 있었다. 정세는 이제 한 치 앞을 가늠할 수 없었다.

세손에게 세상은 온통 뿌연 안개에 싸인 것 같았다. 그나마 단 하나의 위안이 있다면 연이었으나, 연이 계집아이인 것을 알고는 마음이 혼란스러웠다. 만약이라도 자신이 연에게 다른 마음이 있는 것을 안다면 사람들은 연을 그냥 두지 않을 일이었다. 결국 세손은 연을 모른 척 덮어두기로 결심하였다. 마음도 멀리하리라 입술을 깨물었다. 그러다 보니 세손은 더욱 마음의 빗장을 걸어 매고 침묵할 수밖에 없었다.

세손의 침묵은 다섯 동생에게도 침묵을 강요했다. 세손의 고립은 그들에게도 고립이었고, 세손의 위태로움은 그들에게도 위태로움이었다. 처음처럼 떠들고 웃어대고 여유 부릴 수 있는 상황이 아니니 그들도 더욱 무술에 정신을 모았고 세손의 안전에 모든 것을 걸 수밖에 없었다.

대궐로 돌아온 둘째 사부는 조용히 연을 불러 물었다.

"어찌 살기를 느꼈더냐?"

"그저 몸에 서늘한 기운이 느껴졌습니다, 사부님."

"그냥 몸으로 알았단 말이냐?"

"예."

서명섭은 가만히 생각에 잠겼다. 가끔씩 연의 방에 들어서면 알 수 없는 기운이 느껴졌다. 그 기운은 시간이 갈수록 강해지고 있었다. 오래전에 그런 강한 기를 지니고 태어난 자에 대해 들은 적이 있었다. 그런 강한 기운을 가진 자들은 자신이 가진 강한 기운에서 빠져나오지 못한다 하였고 몸에 더워지는 기운으로 인해 그냥 두면 필경 미쳐 버리거나 폐인이 된다고 들었다. 허나, 둘째 사부를 가르쳤던 사부에게 듣기로는 그 기운을 가진 자의 기를 잘 닦아 다스리면 유용하게 무기로 사용할 수 있는 살수로 키울 수 있다 하였다. 지금 연의 말을 듣자면 연은 타고난 살수의 자질이 있는 것이 아닌가. 느낌보다도 더 빨리 몸이 위험을 알아차린다는 것이다. 어쩌면 하늘이 세손을 보호하기 위해 연을 보낸 것인지도 몰랐다. 서명섭은 갑자기 등골이 서늘해지는 것을 느꼈다. 그날 이후 서명섭은 이명집과 연의 문제를 의논하였다.

수는 한동안 마음이 편안하였다. 세손이 무슨 생각을 하고 있는지 알 수 없으나 대궐로 돌아온 이후, 연이 자고 있을 때 단 한 번 연을 들여다보고 간 후에 다시 연을 보러 오지 않고 있었다. 약재를 보내거나 수라간에 부탁하여 음식들을 보내기도 하였고 연산군이 즐겨 먹었다는 중국의 검정엿을 구해 들여보내기도 하였으나 직접 찾지는 않았다.

"연아, 밥 먹자."

"형, 이제 그만하니 제가 같이 나가 형들이랑 먹겠습니다."

"아니야, 아직 몸이 완전치 않으니 조금만 더 조리하자. 너, 하마터면 큰일날 뻔하지 않았더냐. 뼈에 좋다는 소꼬리이다. 세손저하께서 수라간에 부탁해 들여보내셨구나."

"세손저하는 한 번도 아니 보이십니다."

"근심하실 일이 많은 분이시잖아. 왜? 서운한 것이냐?"

"그럴 리가 있사옵니까. 그저 궁금해서……."

내심 서운했는지 연은 일어나 문을 열고 멍하니 밖을 내다보기도 하였다. 정혼자인 수를 생각하면 왠지 미안한 마음이 들었다. 더 이상 세손을 특별하게 생각은 하면 안 된다 하면서도 세손의 행동 하나하나에 마음이 슬펐다, 기뻤다 하는 연유를 알 수 없어 연은 작은 속을 끓였다.

수도 세손이 갑자기 연에게 데면데면한 것이 이상하다고 생각은 되었지만 그저 일단은 한시름 놓고 무공 수련에만 전염할 수 있게 되었다.

어느 날, 세손은 작은 보자기를 상궁의 손에 들려 연의 방을 찾았다. 얼마 사이 세손의 아름다운 얼굴은 미소년의 애티를 벗어버리고 있었다. 세손이 방에 들어서자 연이 급히 일어섰다. 세손은 상궁에게 보자기를 받아 들고 문을 닫았다.

"앉거라. 괜찮니?"

"예, 세손저하. 평안하셨사옵니까?"

늘 연을 보면 귀여운 웃음부터 지어 보이던 세손의 얼굴에서는 웃음이 가시어 있었다. 연은 왠지 세손의 냉랭한 얼굴이 천 길만길 멀어진 마음처럼 느껴졌으나 그저 웃고 있었다.

세손은 가져온 보자기를 펼쳐 놓았다. 하얀 명주 속옷이었다. 보통은 빈이나 첩지를 받은 여인들이 쓰는 비단으로 남자의 속 옷을 지어온 것이었다. 달리 마음을 전할 길 없어 보모상궁을 불러 입이 무거운 침방상궁 하나를 데려오라 이르고 그 침방상 궁에게 은밀히 비단 속옷을 지으라 부탁한 것이었다.

"고마운 마음에 달리 줄 것도 없고, 그날 보니 네가 면 속옷을 챙겨 입더구나. 내가 앞으로 너의 속옷을 특별히 지으라 일렀 다. 꼭 이것으로 챙겨 입어라. 네 몸을 보호할 것이니……."

"예? 세손저하!"

연이 무어라 물으려 하였으나 세손은 더 이상 말을 잇지 않고 일어나 나가 버렸다. 그것으로 끝이었다. 세손은 어려서부터 검 소한 성격이라 비단옷을 거의 입지 않았다. 그런 세손이 자신에 게 비단옷을 지어주다니…… 그것도 앞으로 계속 지어주겠다 한다. 연은 그저 세손이 생명의 은인에게 하사하는 선물이라 생 각했지만 그래도 입가에는 행복한 웃음이 보슬보슬 피어올랐 다. 연은 그 보드라운 비단 속옷을 볼에 가져다 대어보았다. 온 기가 따뜻하게 전해오는 것 같았다.

'내 옷이 너무 누추하였나?'

연은 그저 그렇게만 생각하고 그 비단 속옷을 일어나 좋다고 입어보았다. 세손에게 묵(墨)이라 이름 지은 흑마를 하사받은 뒤로 뭔가를 받기는 처음이었다. 기쁨이 마음속에서부터 차랑차랑 차 올라왔다. 연은 비단 속옷을 입어보고는 면경 앞에 서서 휘이 돌아보았다. 하지만 연은 세손이 지난밤 그 비단 속옷을 설레는 마음으로 꼭 껴안고 잠든 뒤에 보자기에 곱게 싸서 가져왔으리라고는 상상도 하지 못하였다.

연이 어느 정도 기력을 회복하고 일어나 무술 수련에 참석하려고 하던 날 아침 일찍 두 사부가 연의 방을 찾았다. 그날따라 두 사부의 눈매가 무서웠다.

"앉거라."

"어인 일이…… 소인이 무엇을 잘못하였습니까?"

둘째 사부가 조용히 말을 꺼냈다.

"연아, 아직 어린 너에게 이런 말을 하기에는 어려운 일이나……."

"무슨 일이신지 잘 모르겠사옵니다."

"우리는 네가 특별한 운명을 타고났다고 믿는다, 연아……."

"예?"

"어째서인지, 네 몸에는 특별한 피가 흐르는 것 같구나. 차차 설명을 할 것이나, 네가 특별한 기운을 몸에 지녔으니 평범한 여인으로 살 수 없을 바에야 네가 살수가 되는 것이 좋을 것 같다. 어쩌면 살수가 되는 것이, 살수로부터 세손저하를 가장 잘 지킬 수 있을 것이다. 이미 세손저하께서 너를 신뢰하시니 우리가 너를 특별히 교육시키겠다. 할 수 있겠느냐?"

"그것이 세손저하를 위하고 사부님들의 뜻이라면 저는 따를 것입니다."

연은 잠시도 주저하지 않고 망설임없이 대답하였다. 세손을 그토록 아프게 한 자들을 모두 혼내줄 수 있다면 잘된 일이라고 생각했다.

그날부터 두 사부는 연을 따로 불러 특별한 무공 수련을 시켰다. 이상한 일은 연이 바위 위에서 작은 부채 하나를 들고 깡충거려도 그 몸짓이 예사롭지 않은 것이었다.

이듬해 이월 왕은 세손으로 하여금 일찍 죽은 맏아들 효장(孝章)세자의 뒤를 이어 종통을 잇게 하였다. 세손은 왕세자에 책봉되지는 않았으나 거처를 궁궐의 중심 건물 근정전의 동쪽 문안에 있는 자선당으로 옮기고 동궁 생활을 시작하였다. 두 사부와 연과 수, 그리고 윤과 용과 어진도 모두 자선당의 부속 건물인 비현각 곁의 익위사(계방)로 거처를 옮겼으며 모두 세자익위사(世子翊衛司) 좌종사(左從史)의 대우를 받았다.

----

*조선 시대에 왕세자 책봉 없이 등극하신 세 분의 왕은 단종(6대. 이홍위/1448. 왕세손 책봉. 1452. 5 등극), 정조(22대. 이산/1759. 왕세손 책봉. 1776 등극), 헌종(24대/1830. 왕세손 책봉. 1834(8세) 등극)이다. 호칭은 세손저하, 혹은 세손합하이다. 정조가 당시 왕세자 책봉은 받지 않았으나 동궁으로 거처를 옮기고 보위에 오를 준비를 하는 제왕수업을 받기 시작했고 〈한중록〉에서 동궁으로 칭하고 있으므로 동궁마마와 병행해서 호칭하는 것으로 보인다.

四. 목련꽃 언덕

나무에 피어난 연꽃이려가
붉은 꽃송이에 산이 물든다
시냇가 빈집은 인적이 없고
꽃들만 무성히 피고 또 진다
—왕유

훈풍이 불다가도 꽃샘 추위 몰아치기를 몇 차례, 겨울잠에서 깨어난 대지가 아직 나른한 햇살에 졸고 있고 산의 나뭇가지마다 봄물이 올라 햇살 속에 푸른 그림자가 졌다. 연과 세손이 새벽마다 말을 달리는 뒷산에도 목련이 활짝 피어 봄처녀 얼굴처럼 아리따웠다.

이제 세손의 춘추 어느새 열아홉이 되었다. 몸은 한참 물이 올라 씩씩하게 젊었으며 풍채는 마치 화사한 봄날, 가지가지 무르녹은 향기를 찾아 떨기떨기 아련히 붉은 꽃잎술로 너울너울 입을 대며 넘실거리는 범나비 같았다. 연도 어느새 달거리를 경험한 열여섯, 물이 올라 피는 나이가 되었고 나머지 소년들도 이제는 훤한 청년이 되었다. 연은 그동안 그 무예가 일취월장(日就月將)하여 그를 인정받아 세자익위사들을 이끄는 우익위가 되었고, 수는 좌익위가 되었다. 명실 공히 세자익위사인 다섯 익위사들은 미소년 시절부터 정복을 갖추어 입고 훤한 대장부가 된 세손을 수행할 때면, 궁안의 온갖 생각시 나인부터 궁녀와 상궁의 마음을 뒤흔들어놓았다. 사내답게 생긴 수와 용, 어진과 윤도 물론 사모하는 이가 많았지만 그 모든 이를 제치고 어린 생각시들에게 상사병까지 안겨주는 것은 역시 계집처럼 곱살하게 생긴 다섯 익위사의 통솔자인 연이었다.

그날 아침도 연이 자선당에 딸린 소주방에서 세손의 조간 수라상을 준비하는 것을 보고 있었다. 아침을 거르는 것은 학습 진도가 떨어진다 하여 왕이 언제나 신경 쓰는 일 중의 하나였다. 그러므로 세손이 끼니를 거르기라도 하면 동궁전 내시들은 큰일이었다. 연은 익위사들과 함께 세손의 수라에도 신경을 곤두세우고 있었다. 그러다 보니 자선당 소주방의 생각시 나인들은 자연히 좌익위들을 자주 보게 되었다. 그중 유별스럽게 눈에 돋보이는 외모를 가진 나인 향은 우익위 연을 향한 마음이 지나쳤다. 언제나 남몰래 주전부리를 챙겨 연의 방에 가져다 두었으며 몰래 청소도 해두었다. 그러다 보니 자라며 특히 여색에 관심이 많아진 훤한 장부 어진이 만날 연을 놀리며 농하기를 즐겼다.

"연이 이러다 궁안의 여심을 모다 휘어잡는 것이 아니더냐?"

"형님도. 농을 하시오?"

그럴 때면 난처해하는 연을 수가 나서 두둔하였다.

"잘난 것이 죄이더냐?"

"우리 다섯 익위사가 못난 이가 있답디까?"

용이 웃으며 한몫 거들었다. 그러자 곁에 있던 윤이 한술 더 떠서 제안을 하나 하였다.

"우리 다음에 기생집에 들러서 한번 겨누어보지, 무에 어려운 일인가? 아니 그런가?"

"그거 아주 좋은 생각이네. 하하핫!"

세손이 시강원에 다녀온 뒤에 조용히 동궁에 앉아 먹을 갈고 있었다. 그날은 수가 동궁의 순찰을 도는지라 연이 홀로 앉아 세손의 곁을 지키고 있었다. 연은 멍하니 반듯한 이마에, 야물게 빚어놓은 듯 쭉 내리뻗은 콧날, 호수같이 맑고 깊은 눈매에, 그리고 꼭 다물어진 입술의 전체적으로 갸름한 선을 가진 관옥 같은 세손의 얼굴을 바라보았다. 학문에 몰두하고 정적들과 싸움에 물러서지 않은 탓인지 어느 날부터 연에게 따뜻한 웃음을 거두어 버린 세손이었다. 철마다 비단 속옷을 지어주는 것을 제외하면 쌀쌀하기까지 했으나 연은 다른 불만은 없었다. 다행히 아직까지는 위풍당당하게 나날이 늠름해지는 사내 같은 수의 전폭적인 지원과 겨루기에 승리한 뒤로 깨끗하게 대장으로 모셔주는 익위사들 덕분에 연 자신도 스스로가 여자라는 것을 잊고 살았다.

"연이 새로 알아온 시가가 있더냐?"

세손은 먹 갈기를 멈추고 가만히 앉아 오래도록 연을 아래에서부터 천천히 바라보았다. 단정히 꿇은 무릎 위에 차분히 얹은 손과 섬세한 콧날, 갓 아래 상투 튼 검은 칠흑 머리와 둥근 이마와 상념에 젖어 깊은 그늘이 진 맑은 눈과 오뚝한 콧날, 꼭 다물린 도톰한 입술과 고운 턱 선……. 보고 있는 혈기왕성한 세손은 피가 끓었다. 앞에 앉은 연 때문에 아직 후사는커녕 세손빈과의 잠자리조차 못해본 세손이었다.

"떠도는 아녀자의 시를 들어 외었습니다. 애닯고 그 마음이 절절하기에……."

"읊어보겠니?"

소슬한 달밤 무슨 생각하시온지
뒤채는 잠자리는 꿈인 듯 생시인 듯
님이시여, 제가 드린 말도 기억하시는지
이승에서 맺은 연분 믿어도 좋을지요.
멀리 계신 님 생각, 끝없어도 모자란 듯
하루하루 이 몸을 그리워하시나요.
바쁜 중에도 돌이켜 생각함이란
괴로움일까, 즐거움일까.
참새처럼 지저귀어도 제게 향하신

정은 여전하신지요.

열아홉 피끓는 사내일 수밖에 없는 세손의 눈이 노래하듯 상
념에 젖어 시를 읊는 연을 바라보았다. 이제 막 열여섯, 세손빈
의 고혹적인 자태와는 사뭇 다른 연의 풋풋한 향기에 뜬금없이
마음이 설레 맑고 슬픈 세손의 눈빛이 흔들리었다.

돌아서면 목숨을 노리는 적들이었지만 그에 굴하지 않고 세
손은 시강원 교육을 열심히 받았다. 효경, 소학, 논어, 맹자, 시
경을 차례로 독파하면서 학문이 나날이 발전했다. 세손은 열한
살 때에 이미 〈소학〉 제사에 나오는 명명혁연(明命赫然)이라는
구절을 짚으며 시강관에게 그 뜻을 물었다.

"밝은 명이 내 몸에 있다는 것은 과연 어떤 경지를 가리킨 것
이며, 그것이 훤히 빛나게 하려면 무슨 공부를 어떻게 해야 합
니까?"

그러나 시강관은 대답을 못했고 주위에서 구경하던 이들은
세손의 총명함에 감탄했다. 시강원(侍講院)의 궁료이며 사부이
었던 홍국영(洪國榮), 정민시(鄭民始) 등도 이런 세손의 자질에 감
동하여 반하였다. 세손은 끼니도 제때에 대지 못하면서 틈만 나
면 좌우에 책을 두고 밤낮으로 사색에 잠겼다. 그런 세손 덕에
연도 어깨너머로 세손이 글을 읽는 것을 외고 있었고, 세손은
가끔은 연을 골려줄 양으로 어려운 질문들을 던지곤 하였다. 그
럴 때면 연은 은근히 골이나 고개를 흔들곤 했다.

"연아, 네가 도를 아느냐?"

"예? 어인? 글의 뜻도 다 깨치지 못한 미천한 이 몸이 어찌 도를 알겠습니까?"

그러면 세자는 연을 골려먹는 것이 즐거워 죽겠다 웃으며 다시 눈가에 주름을 잡으며 묻곤 했다.

"그도 저도 모르면 정은 아니?"

"모르옵니다. 정이란 무엇입니까, 동궁마마?"

"그러게 말이다. 고놈이 알 듯 말 듯하구나."

'에구, 못 말리는 동궁마마! 이 몸이 그렇게 한가한 줄 아시나 보옵니다.'

세손은 공부만 하는 것도 아니었고 가끔은 공개적으로 민생 시찰을 나가기도 하였다. 그럴 때면 우익위 연과 좌익위 수와 다른 세 명의 익위들은 초긴장 상태였다. 말을 타고 세손의 가마를 호위하고 나갔으나 때때로 세손은 문득 가마를 세우고 내려서 백성들과 이야기를 나누기도 하고 백성들의 손을 잡기도 하여서 늘 주변에 사람이 끓었다. 사람이 다가오지 못하게 막는 것을 금하는 세손이니 호위하기가 몹시 난처하였다.

그날도 세손은 문득 가마에서 내려 백성들의 손을 잡고 이야기를 들어주고 있었다. 세자익위사들도 모두 말에서 내려 세손을 감쌌고 군졸들도 긴장하였다. 세손의 곁에 바짝 붙어 있는 연은 긴장하였다. 여러 주변의 사람들을 숨을 죽이고 바라보았

다. 느낌이 나빴다. 등골이 서늘한 기운이 돌아 연은 주위를 스
윽 살펴보았다. 좌측으로 한 길이 채 못 미처 행색이 초라한 시
정잡배쯤으로 보이는 위인이 가슴에 손을 대고 서 있다. 연은
검에서 손을 떼고 가만히 그 살수를 응시했다. 연은 검을 믿지
않았다. 연의 안에 있는 마음의 검을 믿었다. 연의 마음의 검이
스르륵 떠는 소리를 내고 있었다.

세손은 한참 아낙과 이야기를 나누다 연을 흘낏 바라보았다.
연은 쭈욱 원을 그리듯 스쳐 지나가는 듯하다가 어느새 그 살수
의 목 뒤의 아문혈을 눌러주었다. 연은 대담하게도 그 살수의
아문혈을 살짝 눌러 전신을 마비시킨 상태로 상대의 어깨에 팔
을 걸치고 친한 척 툭툭 쳐주고 있었다. 주변의 백성들은 눈치
채지 못하였으나 익위사들과 수, 세손까지도 연의 행동을 눈치
챘다. 가마에 오른 세손은 빠르게 궁으로 환궁해 연과 익위들을
불렀다. 연은 담담한 마음으로 들어가 세손 앞에 읍하였다. 세
손은 연을 노려보았다.

"무엇을 어찌하였더냐?"

그러자 세손의 노여움을 막아보고자 수가 급히 읍하고 아뢰
었다.

"그자가 가슴에 비수를 품은지라 연이 잠시 움직이지 못하게
한 것이옵니다."

"좌익위는 가만히 있으라. 우익위가 말해 보거라. 무엇을 어
떻게 하였느냐?"

연이 조용히 답하였다.

"그자의 목 뒤에 아문혈을 눌러 잠시 멈추게 하였나이다."

세손은 노여움을 멈추고 형형한 눈으로 연을 바라보았다. 연의 얼굴에는 아무런 표정이 없었다. 언제나 고집이 세고 성격이 딱 부러지는 연인 것을 아는 세손이었으나 자신을 호위하는 일이 좀 지나쳤다. 언제나 세손의 몸에 사람들의 손이 닿는 것 자체를 꺼리는 연이었다. 그것은 아마도 혹시라도 생길 사태에 마음을 졸이며 호위해 온 연이었기 때문일 것이다.

"네가 경솔하였다. 만약 그자가 살수가 아니었으면 어찌하였을 것이냐? 곧 풀어주었다고는 하나 무고한 백성일 수도 있으니 앞으로 확실한 증거가 없으면 무고한 양민들을 해하지 마라."

"명심하겠나이다, 세손저하."

대답하는 연의 목소리가 불만스럽게 착 가라앉았다.

"차후에 이런 일이 다시 있을 시에는 너에게 죄를 물을 것이다. 알겠느냐?"

그리 말하는 세손에게서는 찬 기운이 뚝뚝 떨어졌다. 연도 마음이 상한지라 얼굴이 차갑게 굳어 있었다.

자선당을 물러 나오는 연은 내심 마음이 착잡하고 서러웠다. 그런 마음을 아는지 어느덧 이제는 연이 올려다보아야 하는 훤한 장부가 된 수가 연의 어깨를 감싸온다. 연도 여인으로서는 큰 키였으나 수의 큰 체구 앞에서면 가냘프게 보였다.

"마음에 두지 마라. 세손저하야 워낙에 백성들을 아끼시는 터라 그러시는 것이다."

"그러게 뭐라 한답니까. 다만 왜 백성 아끼시는 만큼 저희는 아니 보아주신답니까. 언제나 저리 엄히 하시니……."

"맞아, 늘 우익위에게는 차갑게 대하시니 알 수가 없어. 농도 즐겨 하시고, 골려 주기도 잘하시는데 왜 순간순간 차게 대하실 꼬? 그것참."

곁에 따라오던 용이 그렇게 거들자 늘 사내처럼 털털한 연도 우울하게 대답하였다.

"그러게 말입니다."

우울한 얼굴을 하는 연을 보고 있던 수가 위로해 주려고 한 가지 제안을 하였다.

"오늘은 우리가 번도 아니고 하니 용과 더불어 궁 밖 구경이나 다녀오겠느냐?"

그러자 연이 얼굴에 금세 홍조가 돌며 환하게 웃었다. 곁에 있던 용이 거들고 나섰다.

"수야, 우리 이참에 기생방이나 한번 가보자."

"예끼! 어디를 가자 하는가?"

수가 놀라 손을 저어대자 연이 웃으며 수를 말리며 말했다.

"아니오, 형. 우리 오늘 밤 한번 가봅시다. 나도 한번 가보고 싶었소."

"아니, 그럼 우리는 오늘이 번인데 어쩌라는 게요?"

잠자코 뒤따라오던 윤과 용이 펄쩍 뛰었다.

오랜만에 봄비가 보슬보슬 내리는 밤이었다. 복사꽃이 만발하여 바람에 날리는 꽃잎들이 이슬을 머금고 날아와 익위사들의 갓 위로 떨어졌다. 물기를 머금은 바람은 포근하게 연의 목덜미를 감싸고 수의 부드러운 눈길은 목면 졸잇말로 단단히 여며둔 연의 살풋한 가슴 위로 어루만지듯 스쳐 지나갔다.

궁을 나설 때 간편한 옥색 도포에 오량 상투관에 옥비녀를 꽂고 세손께서 하사하신 당상관들이나 사용하는 옥으로 만든 매화관자를 사용하고, 허리 장식으로는 연분홍 도포 띠로 멋을 한껏 부리고 태사혜를 맞춰 신고 길을 나섰다. 연도 소박하지만 요모조모 살펴보면 상당히 멋을 부린 구석이 많았다. 봄 밤 숫처녀, 숫총각들 가슴은 설레었다.

유흥가로 들어서자 용수에다 갓모를 씌워 긴 장대에 꽂아 세우고 그 옆에 조그만 홍등을 달아놓은 집들이 즐비했다. 이른바 삼패(三牌) 기생들이 나와 시중들고 술을 따르는 곳이었다. 그중 가장 크고 유명하다는 기생집 대문에는 천하태평춘(天下泰平春)이라고 쓰여 있었다. 그곳으로 세 사람은 들어갔다.

한바탕 싸움이 지나간 다음인지 기생방은 어수선했지만 활기에 차 있었다. 기방에는 날마다 주먹질이 끊이지 않았다. 기방 출입 풍속이 워낙에 까다로운 데다가 기방을 드나드는 이들 중에 무뢰배들이 많았기 때문에 먼저 온 손님들과 나중 온 손님들 사이에 기 싸움이라도 벌어질라 치면 힘깨나 쓰고 권세있는 손님에게 먼저 온 손님이 자리를 내어줄 수밖에 없었다. 수와 연이 서로 마주 보며 활짝 웃었다.

기방에 들어서면 인사법도 따로 있어 손님들끼리는 '평안 호?' 하고 물었고 기생에게는 '무사한가?' 하고 묻는 것이 기생 방 인사법이었다.

"어머! 어서 오소서, 도련님들."

"무사한가?"

안으로 들어서자 반반한 기생들이 버선발로 뛰어나왔다. 기 녀들이 재잘거리는 소리가 사내들 풋가슴을 녹여주기 딱 좋았 다. 앞장서는 기생 은랑의 손에 인도되어 방 안으로 드니 뒤를 이어 떡 벌어지게 차려진 술상이 한상 나왔다. 그리고 기생 서 너 명이 따라 들어섰다. 조선 최고의 기생들이라 모두 어여뻤으 나 유독 초련이라 와서 절하는 기생의 미모와 기품이 돋보였다.

고쟁이 위에 속바지를 입고 단속곳을 입고 일곱 층 무지기를 입어 아래를 항아리 모양으로 한껏 부풀렸다. 그리고 백 비단 속치마와 속적삼을 입고 연꽃이 수놓인 새하얀 졸잇말로 가슴 을 꽉 틀어 묶고 그 위에 주름을 촘촘하고 풍부하게 잡은 붉은 비단 치마를 오른쪽으로 여며 입었다. 황의청상삼회장 저고리 는 어깨와 가느다란 팔을 조일 만큼 좁은 일자형 배래인데다 겨 드랑이가 보이도록 도련을 깊이 판 작은 저고리였다. 분꽃으로 만든 분을 얇게 바르고 작은 입술에 잇꽃잎을 으깨 만든 붉은 연지를 발랐다. 그리고 머리엔 아주까리 밑기름을 바르고 참빗 으로 눌러 한 올 흐트러짐없이 곧게 뒤로 모아 총총하게 땋아 검은 자주색 댕기로 묶어 낭자를 만들고 트레머리를 하여 떨잠과 범랑잠, 장식을 꽂고 백옥초롱영락비녀를 꽂았다. 이 가체머리가 한때 얼마나 유행하였는지 머리 장식을 위해 드는 돈이 자그마치 칠팔만 냥에 이르렀으며, 열세 살 난 며느리가 자기가 치장했던 가체가 얼마나 높았던지 방에 들어서는 시아버지를 보고 일어서다 목뼈가 부러졌다고 하였다. 왕이 워낙 검소하기를 주장한지라 가체를 금지하고 보니 양반가의 여인들도 사치를 하지 못할 때이었으니 외려 기생들의 화려함이 더욱 돋보였다.

"너희 둘은 남고 나머지는 물러가거라."

은랑이 말하며 두 명의 기생을 고르자 나머지는 밖으로 나갔다.

"어서 오소서, 도련님들. 초련이라 하옵니다."

초련은 날아갈 듯 살폿 절하고는 교태스럽게 수를 꿰차고 앉는다. 연과 눈이 마주친 수의 얼굴이 민망해 붉어졌다. 어인 일인지 붉어지는 수의 얼굴을 보자니 은근히 부아가 치밀어 오르는 연이었다. 그런데 어라, 요 여우 같은 초련의 교태가 심상치 않다. 어느새 날름 수에게 술을 따르고는 재게 안주를 대령하고는 수의 입에 쏙 넣어주는 것이 아닌가. 민망하면서도 좋다고 허허 웃는 수가 바보 같다. 어라, 표정에서도 확연히 차이가 났다. 쑥스러워 어쩔 줄을 모른다. 곱살한 서생 같은 어진은 한술 더 뜬다. 어느새 옆에 앉은 기생 은랑의 손을 덥석 잡은 것이 아닌가. 연은 어진과 수가 하는 양을 보자니 울화가 치밀어 올라 술을 급히 들이키니 곁에 앉은 기녀가 술을 따르며 새새를 떨어 온다.

"아휴, 우리 도련님은 어찌 솜털도 없답니까. 이 뽀오얀 얼굴 좀 봐. 어머, 손가락도 이리 가늘고…… 홍이라 하옵니다. 언제 든지 오셔요. 잘 모시겠사옵니다."

분 냄새를 풍기며 홍이 연의 옆구리에 찰싹 붙어 술을 따랐다. 초련이가 수에게 아양을 부리기 시작했다. 그러자 체구에 어울리지 않게 수의 얼굴이 또 붉어졌다.

"어머, 어머! 젊은 오라버니, 어이 이리 수줍답니까?"

'이 사람들이! 그리 군자를 논하더니, 기생집에 앉으니 그저 입이 헤벌어진다 이 말이지. 쯧.'

"뭐 하는 게냐, 술 안 따르고?"

"네, 도련님."

연은 일부러 수에게 보이기라도 하는 듯이 홍의 가는 허리를 획 낚아채 안으며 끈끈하며 질척하고 은근한 목소리로 말하였다.

"홍이라 하였더냐? 네가 아는 시가 있더냐?"

"한 수 외울까요, 도련님?"

"그래 보자꾸나."

뜻밖의 연의 모습에 어진은 허허 웃었고, 연의 하는 양을 지켜보는 수는 기가 막혔다.

동짓달 기나긴 밤을 한 허리 베어내어
춘풍 이불 아래 서리서리 넣었다가
어른님 오신 밤이거든 구비구비 펴리라.

"그것도 명월이라는 기녀의 시이더냐?"

"도련님이 어떻게 명월이를 아시어요?"

"좋구나. 그렇게 자유롭게 살았다지, 그렇게 도도하게 살았다지. 어찌해야 그리 훨훨 날아다니며 사는 게냐?"

"도련님이 풍류를 아십니다. 오마나, 오늘 밤 이 몸이 모시리까? 만리장성을 쌓아보시렵니까?"

"하하하! 네가 지금 만리장성이라 하였더냐?"

연의 호탕한 웃음 속에 잠긴 홍의 교태가 뚝뚝 떨어졌다. 두 사람의 모습에 수는 어이없어 멀뚱하게 바라보고 있었다.

분위기가 무르익자 평상시에도 농을 즐기고 풍류를 즐기는 어진이 호탕하게 웃으며 말하였다.

"내 패설을 한마디 하려는데 들어볼 것이냐?"

"하여보시오. 듣고 싶습니다, 도련님!"

"그거 좋지. 자, 술잔 채우고."

어진은 편안한 자세로 술을 한 잔 들이키고는 은랑을 껴안듯이 당겨 앉히며 이야기 보따리를 풀어놓았다.

"어느 고을에 선비 하나가 예쁜 첩을 하나 두었는데, 하루는 그 첩이 고향에를 잠시 다녀오겠다고 하는 것이야. 선비가 곰곰이 생각하니 남녀간의 음사(淫事)를 알지 못하는 자로 첩을 호행하게 하여야겠기에 종들을 불러 시험을 하였겠다."

"무어라 물었사옵니까?"

"너희는 옥문이 어디에 있는지 아느냐?"

"호호호, 망측하여라. 그랬더니요?"

"여러 종놈 중에 한 어리석은 종놈이 있었는데, 이놈이 어리석은 것이 아니라 실상은 엉큼한 놈이었거든."

"그래서요?"

은랑이 어진의 빈 술잔에 술을 채우며 다시 재촉하자 어진은 술 한 잔을 쭉 들이키며 기세등등 이야기를 계속하였다.

"그 음흉한 종놈이 대답하기를 '그것이야말로 양미간에 있습지요' 하는 것이야. 이에 선비가 기뻐하며 그 종놈에게 첩의 호행을 맡기게 되었는데, 첩과 종이 집을 떠나 큰 냇가에 당도하여 잠시 쉬게 되었을 때 종놈이 덥다 하며 벌거벗고 개울 속에서 미역을 감거늘, 첩이 보니 종놈의 양물이 워낙 크고 좋음에 반하여 희롱하여 말하기를 '네 두 다리 사이에 고기로 된 막대기 같은 것이 있으니 그게 대체 무어냐?' 하고 물으니 종놈이 대답하기를 '날 때부터 혹부리 같은 것이 점점 돋아나니 오늘날 이만큼 커졌습니다' 하니, 다시 첩이 샐쭉 웃으며 '아이, 그래. 나도 날 때부터 양다리 사이에 작은 옴폭이 생기더니, 점점 커서 지금은 깊은 구멍이 되었으니 우리 네 그 뾰족한 것을 내 옴

폭 패인 곳에 넣으면 즐겁지 아니하랴?' 하니 어! 이 잡것들이 곧 통하게 된 것이었지. 그런데 선비는 어리석은 종놈에게 첩을 호송시키기는 했지만 또다시 의심스러워 살살 따라가다 산꼭대기에 올라보니 그 첩이 종놈과 함께 숲 속에 가려 운우가 무르익을새, 분기가 탱천하여 크게 고함치며 산을 내려갔거든."

"어머나, 큰일나지 않았사옵니까? 그래서요?"

"그래서 이 선비가 종놈의 멱살을 잡고 '방금 무슨 짓을 하였느냐?' 하니, 종놈이 태연자약하게 울면서 이러는 것이야. '아씨께서 저 끊어진 다리를 건너다 혹시 물에라도 빠지시면 귀한 몸에 어느 한곳이라도 상처가 없게 해서 받들어 모실새, 오직 배꼽 아래 두어치 되는 곳에 한 치쯤 되는 구멍이 있으니 그 깊이를 가히 측량할 길 없는지라 혹시 풍독이라도 입으시면 어쩌나 하고 지금 보철하는 중이로소이다' 하고 대답하니, 그 선비가 혀를 차며 '진실한지고, 네 어리석음이여! 그것은 천생의 구멍이거늘 앞으로는 삼가하여 손대지 말라' 하고 대답하였단다."

"하하하! 그것 재미있구나! 어진이는 어찌 그리 재미있는 이야기를 잘도 하느냐?"

수가 그리 어진을 칭찬하자 곁에 붙어 앉아 있던 초련이 웃으며 수의 빈 잔에 술을 따르고 말하였다.

"이번엔 이년이 아는 우스개를 해볼까요?"

"그리하여 보아라."

어진이 초련에게 하라고 재촉하자 초련도 옆으로 돌아앉아 술을 한 잔 비우고는 이렇게 말하였다.

"귀도 먹고 눈도 혼혼한 늙은 재상이 어느 무더운 여름밤 달은 휘영청 밝아 잠을 이루지 못하자 집 사면을 도는 중에 보니 안방 뒷면에 한 살평상이 놓여 있고 그 위에 어린 여종 하나가 벌거숭이로 피로를 이기지 못한 채 쓰러져 자고 있는 것이었습니다."

"호오, 그래서?"

"늙은 재상이 가만가만 다가가 그 하체를 들여다보니 과연 일색이었습니다. 그러자 별안간 늙은이 가슴에 불꽃이 일어 늙은 재상은 곧 용기를 내어 아랫도리를 벗고는 어린 종의 다리 사이로 노물을 집어넣었습니다. 허나, 어린 여종이 사내 경험이 없고 재상의 노물도 힘이 없고 보니 그 노물이 살평상 밑으로 축 늘어졌습니다."

"호오! 그래서!"

음담패설이 이쯤 돌아가면 숫처녀인 연의 얼굴이 화끈할 테지만 연은 자신이 사내라 여기고 있어서인지 술잔만 비울 뿐 부끄러워하는 기색이 없다. 그런 연을 바라보는 수가 오히려 부끄러워 얼굴이 붉어질 뿐이었다. 초련이 술잔을 비우며 다시 이야기를 이었다.

"때마침 갓난 강아지 한 마리가 그 평상 밑에 있다가 그 노물이 제 어미의 젖인 줄 알고 연하고 보드랍게 쪽쪽 빨았더니 늙은 재상은 자신이 아직도 쓸 만하다 여기며 크게 기뻤습니다.

그 이튿날 노 재상이 그 어린 여종을 보고 연모해 마지않는 기색이 보이자 자식들이 이를 눈치채고는 여종을 불러 '오늘 밤 네가 대감마님의 수청을 들라' 하였답니다."

"저런, 그 자손들이 효자가 아니더냐?"

"그래서 그날 밤 어린 여종이 몸을 깨끗이 씻고 들어갔더니 노 재상이 어린 여종을 눕혀놓고 질펀히 희롱하다 노물을 밀어넣으며 묻기를 '그것이 들어갔니?' 하니 어린 여종이 대답하기를 '잘 들어오지 않았나이다' 하고 대답하니 다시 노 재상이 이상하다 고개를 갸웃거리며 '잘 들어갔니?' 물으니 '아니오' 여종이 대답하고 결국 노 재상은 밤새 고개를 갸웃거렸다 합니다."

"하하하, 재상도 늙으면 별수없는 것이 있다는 이야기지! 하하핫! 은랑, 어떠냐 내가 열두 번도 더 들어가 줄 수 있겠거늘. 하하하!"

"아이, 도련님도! 호호호!"

기생방에서 한참 연이 즐겁게 웃고 있을 때 세손은 동궁전에서 책에 빠져 있었다. 오늘도 세손빈이 보낸 상궁이 다녀갔건만 세손은 공부할 것이 많다 이르고 자선당에 앉아 책에 빠져 있었던 것이다. 아주 재미있는 대목을 읽다 보니 문득 낮에 야단쳐 섭섭하게 한 연이 생각났다. 게다가 번을 서지 않을 때도 한 번씩 들러보던 연이 오늘따라 한 번도 보이지를 않았다. 세손은 앞에 앉아 있는 윤에게 말했다.

"윤은 나가서 우익위를 들라 하라."

"……예? 마마!"

아무 생각 없이 앉아 지금쯤 재미나게 놀고 있을 연과 수와 어진을 생각하고 있던 윤은 얼굴이 아뿔싸! 못 먹을 것을 입에 문 것처럼 찡그리며 창백해지고 말았다. 세손이 의아한 얼굴로 다시 윤에게 일렀다.

"무얼 하는 게냐? 나가서 연을 들라 하지 않고."

윤의 얼굴이 점점 창백해지더니 무릎을 꿇은 채 머리를 조아리고 울며 고하였다.

"소인을 죽여주옵소서, 동궁마마!"

"무슨 일이냐?"

"죽여주옵소서!"

"무슨 일이냐 하지 않았더냐? 연에게 무슨 일이 생겼더냐? 앞서거라. 가자!"

세손이 자리를 박차고 벌떡 일어났다. 놀라 다리가 후들후들 떨렸다. 그러자 윤이 세손의 다리를 부여잡고 말렸다.

"동궁마마! 그것이 아니옵고 연과 수와 어진이 궐 밖으로 나갔사옵니다."

세손이 그 자리에 멈춰서 의아한 얼굴로 윤을 다시 바라본다.

"뭐라? 궁을 나가 어디로 갔단 말이냐? 똑바로 아뢰거라."

"그것이…… 저…….."

"똑바로 아뢰지 못하겠느냐?"

"그것이…… 기생방을 구경한다고……."

"뭐라! 지금 뭐라 하였느냐? 기생방을 갔다?"

세손은 기가 막히고 답답하여 당장 화를 버럭 내며 쫓아가 보고 싶은 마음을 간신히 누르고 오락가락하다 나가려 하던 차였다.

"동궁마마, 세손빈 저하 드셨나이다."

세손은 숨을 고르고 다시 돌아가 자리에 앉았다.

"드시라 하세요."

세손빈이 웃으며 상궁에게 다과상을 들려 들어온다. 고개를 조금 숙이고 방긋 웃으며 들어오는 세손빈을 세손은 난처하게 바라보았다.

"어서 오세요, 빈."

"마마, 저녁 수라도 아니 드셨다 하여 시장하실 듯하여 다과 상을 준비하였습니다."

세손빈은 행복한 얼굴로 앉아 정성껏 차 한 잔을 따라 올렸다. 그 차를 한 잔 받아 마시면서도 세손의 생각은 온통 나가 있는 연에게 가 있었다.

"요즈음 들어 윗전 마마들의 분부가 빈을 괴롭히는 것을 잘 압니다. 모두 내 탓입니다."

"아니옵니다, 마마. 저는 다만 아직도 신첩이 마마의 마음을 얻지 못하와…… 멀리하시니…… 소첩이 무엇을 잘못하였나이까? 마마, 잘못이 있다면 고치겠나이다."

고운 세손빈의 눈에서 눈물이 방울방울져 내렸다. 열 살에 궁에 들어온 세손빈에게 대궐은 무서운 여인들 천하였다. 지독히 괴롭히는 왕비와 고모 되는 화완옹주, 그리고 결코 녹록치 않은 시어머니 혜빈…… 혹독한 시집살이에 눈물 마를 새 없건만, 이 마음 알아주어야 할 세손은 마음을 어데 두고 오셨는지 늘 자애롭게 웃기만 할 뿐 마음을 내려놓지 않았다. 오늘 밤도 은근히 애닯다 하소연이라도 하러 왔건만 이도 저도 못하고 일어나야 할 것 같다.

"빈께서 생각하시는 그런 것이 아닙니다. 빈은 아무런 잘못도 없으시니 이만 돌아가 쉬세요. 책을 좀 더 보아야겠습니다."

세손빈은 마지못해 일어나 고개를 숙이고 조용히 돌아갔고 세손은 다시 자리에 앉아 서책을 폈다.

"좌익위는 나가 우익위가 오면 알리라."

봄비 오는 고즈넉한 밤, 자정을 알리는 파루가 쳤고 거리엔 인적조차 드물게 끊겨졌는데 연은 돌아오지를 않고 있었다. 세손은 시름에 잠겼다. 냉정하게 대하려 하면 할수록 마음은 점점 더 다가가 연만을 바라보게 되는 세손이었다. 눈을 뜨는 새벽이면 오늘은 연과 몇 마디 나누지 말아야겠다 마음을 다져도 어느새 연과 말을 달리다 보면 저절로 장난을 하고 연을 골려주고 있는 세손이었다. 촛불은 꺼지지 못한 채 세손의 한숨 소리와 함께 새벽빛에 바랬다. 그날 자선당의 밤은 적막했고 금침은 펴

지지도 않았다. 세손은 책을 펴놓고 오도카니 앉아 밤을 새우고 말았다.

그밤 홀로 밤을 지새우며 세손은 뼈저리게 느끼고 있었다. 자신이 그 긴 밤을 견딜 수 있는 것은 연이 함께하고 있기 때문이었다는 것을⋯⋯. 마음의 강가에는 애닮은 수십 마리 백학이 훨훨 날고 있었다. 열아홉 건장한 사내의 피가 끓건만⋯⋯ 이미 돌아오지 못할 강을 건너가 버린 마음 전할 길 없으니 서러워 애달팠다. 결국 새벽이 오기 전에 세손은 간편한 하얀 의대를 차려입고 이마에는 하얀 건을 두르고 놀라 다가와 무릎을 꿇는 윤에게 나지막이 속삭였다.

"말을 달릴 것이다."

"마마, 아직 날이 밝지 않았사온데⋯⋯."

세손이 앞서 나가자 윤도 놀라 따라나섰다. 세손의 마음속엔 부아가 치밀기도 했고 서럽기도 하였다.

'내가 그리하였기로 다른 사람도 아니고 연이 네가 내게 말도 없이 궁 밖으로 나갔다 말이더냐? 나를 내쳐 두고 나가 버렸단 말이지.'

말을 달려나가는 세손의 옷깃에 스치는 새벽바람이 맵싸하게 코끝을 스쳐 갔다. 획획 달려가는 말발굽 소리가 새벽 숲을 가르고 있었다. 그러다 문득, 돌돌돌 시냇물 흐르는 그 골짜기 폭포 아래 바위에 수와 어진을 앉혀놓고 맞은편 바위 위에서 홀로 나르는 희디흰 기러기 한 마리를 발견하였다.

모랫벌에 뜬 달을 사랑하나니,
한밤에 술잔 멈추고 앉아보네.
강물은 씻은 거울처럼 밝게 비치고
은하수는 구름 한 점 없구나.
울어대던 귀뚜라미 소리 그치고
아득히 들려오는 학의 울음
맑고 텅 빈 기운 타고 따라오를 듯한데
먼지 낀 속세는 멋대로 어지럽네.

산 위에서 떨어지는 폭포는 시냇물을 잡아당겨 산벼랑에 걸쳐 놓은 것 같다. 어슴푸레 푸른빛에 밝아오는 그 새벽, 반짝이는 무수한 물빛 포말은 오색 무지개 물빛으로 빛난다. 냇물 가운데 연이 시를 읊으며 바위 위에 올라서 작은 부채를 펴 들고 훨훨 날듯 춤을 추고 있었다. 옥색 도포를 벗어버려 봄 보슬비에 젖은 바짓저고리가 달라붙어 몸의 굴곡을 드러냈으나 그 모습은 깃털 젖은 기러기처럼 아련하고 신비롭기도 하였다.

세손은 말을 멈추고 넋을 잃고 그 처연한 기러기 한 마리를 바라보았다. 저 기러기의 날갯짓이 서러운 것은 갈 길이 멀어서가 아니라 혼자라는 두려움 때문이리라. 간밤 그것을 느꼈던 세손이기에 숨이 탁 멎을 것만 같았다. 안개비 속을 날며 춤을 추는 연의 혼이 마치 유리같이 투명한 공기의 면을 뚫고 흘러들어가는 듯했다. 그 고운 모습에 세손의 메마른 영혼이 촉촉해지고 마음도 푸르러지는 듯하였다. 연은 춤사위와 함께 완전히 동화되어 있었고 열아홉 불타는 사내의 애간장까지 씻길 듯 맑은 노래 속엔 이슬처럼 서러움이 반짝이고 있었다.

'연아…… 너를 향한 마음이란 늘 함께하고픈 마음이다. 기쁨과 슬픔을 함께 나누고 싶다면 이미 나는 너를 은애하고 있음이다. 아무도 없는 곳으로 가 너와 뒹굴며 살고 싶구나. 언제나 이 마음 네게 전할 수 있을는지…….'

가까이 다가가니 연은 술에 취해 한껏 흥에 겹다. 수는 그런 연을 달래고 말리다 에라, 언제 놀아볼 것이더냐. 술이 깰 때까지 기다리자, 하고 있었고 용은 좋은 술도 한잔했겠다 마냥 기분이 좋았다. 세손은 윤을 조용히 시키고 조심스럽게 다가갔다.

"형님들, 어떻습니까! 제가 제법 춤사위가 좋지 않습니까? 이리 와서 한번 놀아보시오."

"연아, 그만 돌아가자. 새벽이다. 더 늦으면 큰일이잖느냐."

수가 일어나 연에게로 다가갔다. 비에 젖은 연은 그런 수를 획 뿌리친다.

"왜? 초련이한테나 가보시구려. 날랑은 예서 어진 형님과 함께 놀 것이니. 형은 고것이 그리 귀여웠소? 나 아까 민수 형 입이 찢어지는 줄 알았다니."

수가 사람 좋게 허허 웃는다. 수는 은근히 연이 여자로 질투하나 싶어 기분이 좋기도 하였다. 이제야 연이 남녀의 정을 아는가 싶었다.

"내가 잘못했네. 아우, 이제 그만 하시고 가세."

"형, 지금이라도 나와 한번 겨뤄보시려오? 내 초련이 고것처럼 혀를 살살 놀리며 형을 웃길 재주는 없으나 겨루기를 해서 때려눕힐 자신은 있소."

"연이 나를 혼내주려는 모양이야. 하하핫! 겨뤄보나마나 내가 못 이기는 것이 자명한 일! 내 실수했다, 연아."

연이 발에 물을 적셔서 수에게로 뿌려대고 있다. 세손이 가만히 보니 버선도 벗어버린 발이었다. 수는 그 물보라를 받으며 즐거워 환하게 웃고 있었다. 어진도 껄껄거리고 웃으며 이제 같이 물을 뿌리고 야단이었다. 세손의 눈에서 질투의 불꽃이 스쳐 갔다. 주먹 쥔 손에 땀이 배어나오고 있었다.

"또 그렇게 계집 치맛자락에서 헤벌쭉 하실 것이오? 또 그럴 것이오?"

"아니네, 절대로. 약조하지."

수에게는 눈에 넣어도 안 아픈 연이었다. 처음엔 저 아이를 언제 키워 품을까 하였다. 어찌어찌 하여 일이 이렇게 되었으나 이제 조금씩 피어나는 연이었다. 연을 볼 때마다 하루에도 열두 번씩 뜨거운 기운이 치솟아 가운데 다리가 불끈불끈 서니 걷기가 불편하여도 그저 참아야 하느니라, 참아야 하느니라, 다독거리는 수였다.

둘이 하는 양을 지켜보자니 저희들은 재미있을지 모르나 조용히 훔쳐보는 세손의 심기는 질투로 활활 타올라 불편하기 짝이 없었다. 세손이 일부러 말고삐를 휙 잡아당기니 백마도 세손의 기분을 아는지 말굽을 치켜들었다가는 히잉거리며 풀쩍 연이 노는 계곡으로 내리 뛰었다. 수와 어진이 그 자리에서 난감한 얼굴이 되어 무릎을 꿇었다.

"마마, 죽여주옵소서!"

수와 어진의 얼굴은 하얗게 질렸는데 연만은 아직도 취한 채 헤롱거리고 있었다. 그렇게 취한 연을 처음 보는 세손은 부아가 치밀었던 마음은 어딜 가고 슬며시 웃음이 났다. 늘 날카롭고 서러운 눈빛이 술에 취해 맥없이 풀어져서는 붉어진 볼이 복숭아 같아 한입 꼭 베어 물어주고 싶은 연이 재미있고 귀여웠다.

"나무라기는 대궐에 가서 할 것이니…… 수는 가서 속히 연의 말과 의관을 가져오라. 연이 술이 깨어야 들어가지 않겠느냐? 이대로 입궐했다가는 큰 분란이 생길 터."

수와 어진은 급히 대궐로 들어가고 세손은 젖은 채 물속에 있는 연에게로 다가갔다. 한바탕 놀고 난 연은 이제는 지친 것인지 바위에 가만히 앉아 고개를 숙이고 졸고 있었다.

"연아, 많이 취했더냐?"

그러자 고개를 숙이고 꼬박꼬박 졸고 있던 연이 눈이 동그래지더니 무릎을 탁 치며 깔깔거리고 웃었다.

"어! 동궁마마? 어찌 마마께서 기생방엘 오신 것이옵니까? 아! 마마도…… 그러니까! 아아! 에이! 남정네들은 그리 고운 여인들이 좋으신 겝니까?"

"뭐라? 하핫!"

연이 술주정을 하는 바람에 세손은 뒤에 서 있는 윤에게 멋쩍어 실소를 터뜨렸다. 세손은 이대로는 안 되겠다 싶어 연을 달랑 끌어안고 언덕을 올라가기 시작했다. 연이 버둥거리자 세손은 아예 연을 어깨에 메었다.

"어! 어, 동궁마마! 내려놓으소서!"

"연이 오늘은…… 몹시 시끄럽구나."

그리고 뒤따라오는 윤을 보고 당부하였다.

"연을 잠시 재울 터이니 윤은 예서 있다가 수가 오면 올라와 고하라."

"그리하겠나이다, 마마."

윤은 버둥거리는 연을 어깨에 메고 올라가는 세손을 멍하게 바라보다가는 돌아서 고개를 갸우뚱하였다. 평소 여인을 멀리하시는 세손이고 보니 윤이 엉뚱한 생각이 드는 것이었다. 세손 저하께서 미소년을 좋아하는 것이 아닐까. 그리고는 자신을 찬찬히 훑어본다. 외모가 수려하기로 하라면 자기도 한수려 하는 풍채인데……. 아뿔싸! 윤은 고개를 끄덕이고 서 있었다.

지난번 몸을 피한 동굴에 편편한 곳으로 연을 내려놓고 보니 연은 젖은 입술이 파르스름하니 변해오는 것이 부들부들 떨고 있었다. 세손은 연이 보는 앞에서 위의 저고리를 벗었다. 몸을 단련하려고 간편하게 입고 나온 터라 위에 저고리를 벗자 탄탄하게 벌어진 가슴이 고스란히 드러나 보이는데도 연은 전혀 고개를 돌릴 생각도 않는다. 외려 쑥스러워 얼굴이 붉어지는 쪽은 세손이었다. 그도 그럴 것이 수련을 끝내고는 늘상 하는 것이 냇가에서 웃통을 벗고 등목하는 사내들을 보는 것이었고, 그 틈에서 자란 연이었으니 크게 쑥스러울 것도 없었다. 하지만 마음에 품어둔 여인의 앞에서 가슴을 내보이는 세손은 가슴이 울렁거리고 얼굴이 화끈거려 식은땀이 났다.

"그 젖은 옷을 벗고 이것으로 갈아입거라."

세손은 옷을 건네주고 돌아앉았다. 연이 눈이 휘둥그레지며 혀 꼬부라진 맹맹한 목소리로 펄쩍 뛴다.

"아니옵니다, 마마!"

"내가 벗기고 갈아입히기 전에 어서 바꿔 입거라."

세손은 나뭇가지 부스러기를 모아 불꽃을 일으켜 조그만 모닥불을 피우며 부스스하게 풀려진 저고리 사이로 가슴을 모아 싸맨 연의 뽀얀 젖가슴을 흘깃 보았다. 세손의 숫가슴이 방망이질해 대고 있었다. 모닥불 옆에 풀잎으로 자리를 만들고 자신의 옷으로 갈아입고 동그마니 앉아 있는 연을 손짓해서 불렀다.

"연아, 이리 오너라. 오늘은 내가 형이 되어 너에게 무릎을 내어주고 싶구나."

아직도 몽롱한 눈빛인 연이 세손을 이상한 듯 바라보았다. 평상시의 세손의 모습이 아니었다. 항시 쌀쌀하고 근엄하던 세손이 어인 일일까, 의아해하는 연이었다.

"하오나 마마."

연이 망설이며 바라보니 세손의 그 깊은 눈이 모닥불에 어리어 축축이 젖어 슬프게 빛난다. 세손이 벗은 가슴으로 연을 향해 두 팔을 벌려 보였다. 연은 잠시 생각에 잠겼다. 밖에 수가 있을 텐데 그럴 수는 없는 일이었다. 아무리 아우 같고 형 같다 하여도 그리할 수는 없는 일이었다.

"이리 와 내 무릎을 베고 세상 시름 잊고 한잠 자거라. 언제나 네가 나를 지켜주었으니 오늘 아침은 내가 너를 지켜주고 싶구나. 왜? 싫은 게니?"

연은 아무런 말 없이 고개를 저으며 모닥불 앞으로 다가가 풀잎에 머리를 놓고 옆으로 몸을 뉘었다.

"마마, 소인 이렇게 잠시 누워 술을 깨겠사옵니다. 깨어나면 마땅히 벌을 받겠나이다."

세손이 조용히 고개를 끄덕이었다. 연은 눈을 감자 금세 나른한 기운에 깊은 잠에 빠져들었다. 세손은 연의 곁으로 다가가 연의 얼굴을 가만히 들여다보다가 자신의 무릎 위에 연의 머리를 올려놓고 가만히 분홍빛 볼을 쓰다듬어 보았다. 손가락으로 흩어진 연의 머리카락을 쓰다듬으니 연의 얼굴은 이슬을 머금은 한 떨기 매화꽃 같다. 세손의 얼굴에 잔잔한 웃음이 피어올랐다. 연은 천진하게 도톰한 입술을 조금 벌리고는 순한 미소를 띠고 있다. 세손은 손가락으로 가만히 연의 고운 입술을 더듬어 보았다. 연의 향기를 느끼자니 세손의 혼이 젖어드는 기분이었다. 열아홉 벗은 세손의 가슴이 더웠다.

'너는 내가 사내로 보이지도 않는 게냐? 네 눈엔 내가 그저 세손일 뿐이지. 나는 너를 보면 이렇게 마음이 설레는데…… 너는 그저, 나를 지키겠다는 마음밖에는 없다더냐? 그것뿐이란 말이더냐?'

세손은 연의 둥근 이마에 흘러내린 머리카락을 한올한올 쓸어 올리며 세상의 시름을 잊고 있었다.

수가 급히 연의 흑마 묵과 옷을 가지고 돌아왔을 때는 윤이 수를 올라가지 못하게 막아섰다.

"어찌 그러는가?"

"잠시 연을 재운다 명하셨네."

"시강원에 드셔야 하지 않는가?"

"동궁마마께서 그것을 잊으시겠는가?"

"아니…… 그럼 오늘 시강원에 아니 가신다는 말씀인가?"

"낸들 어찌 알겠는가. 그 의관은 이리 주게, 내 올라가 고할 것이니."

"무슨 그런 일이 있다는 말인가. 상감마마께서 무슨 날벼락을 내리시려고. 내 올라가 고해볼 터이니 자네는 여기 있게."

"그러겠는가? 허나, 마마께서는 내게 올라와 고하라 하였는데……."

"내가 올라가 보겠네."

수는 내심 속이 바짝바짝 탔다. 연이 술이 취했는데 자칫 실

수라도 하여 여인임이 알려지는 날에는 한두 사람 다칠 일이 아니었다. 게다가 아직 후궁도 없으신 동궁마마니 연에게 다른 마음이라도 가지시면 어찌 되겠는가.

수는 날듯이 한달음에 올라갔으나 차마 동굴로 곧장 들어가지는 못하고 동굴 앞에서 고했다.

"음음! 동궁마마, 수이옵니다."

고개를 조아리던 수가 조용한 발걸음 소리에 놀라 고개를 들고는 기암을 하였다. 위를 벌거벗은 세손이 우람한 가슴을 자랑하며 당당하게 걸어오는 것이 아닌가. 같은 사내인 수가 보아도 태우지 않아 희고도 단단한 가슴이었다. 사내가 보아도 가슴이 떨릴 정도로 잘난 사내, 바람처럼 허허롭고 산처럼 웅후한 사내가 자신의 앞에 서 있었다. 조용한 굴에서 세손이 윗옷을 벗고 술에 취한 연과 무엇을 하였다는 말인가. 가슴이 쿵쾅거리고 마음이 어지러웠다.

"쉿, 조용히 하거라. 연이 잠들었으니. 이리 주고 내려가 보라."

수는 놀라 눈이 더 커다랗게 되고 애꿎은 주먹이 덜덜 떨려왔다.

"마마, 시강원에 아니 가시옵니까?"

"연이 깨면 갈 것이니 좌익위는 가서 엄 내관에게 미리 일러두라."

"하, 하오나 마마!"

수가 붉어진 얼굴로 거의 울상이 되어 다시 읍하며 아뢰지만 꿈쩍도 않는 야속한 세손이다.

"어서 서두르라고 하지 않느냐?"

"예, 마마……."

세손이 다시 동굴 안으로 들어가 버리자 수는 애꿎은 자신의 말에게 화풀이하며 대궐로 돌아갔다. 가슴이 터질 듯 타지만 어찌하겠는가, 명하시는 일부터 할밖에…… 그리고 동궁마마의 인품을 믿을 수밖에…….

세손이 동굴 안으로 들어서니 마침 연이 부스스 일어나 앉는다. 세손이 연의 머리카락을 쓸어 올려주며 빙그레 웃어 보였다.

"춥지는 않은 게냐?"

연이 세손의 옷 속에 빠져서는 수줍게 웃으며 가만히 도리질을 하였다. 세손은 말없이 수가 가져온 옷을 내밀고는 돌아앉았다. 황급히 옷을 갈아입는 연에게 세손이 낮은 목소리로 물었다.

"내가 원망스러웠던 게냐? 그래서 그리하였니?"

"……."

"내가 잘못하였다. 그러니…… 두 번 다시는 나를 버려두고 말없이 가지 마라."

"……마마."

"약조할 수 있겠니?"

"……."

"약조할 수 있겠느냐? 묻지 않니?"

"그리할 것이옵니다, 마마……."

"연아……."

세손이 갑자기 돌아앉았다. 갑작스런 물음과 세손의 타는 듯 뜨거우면서도 시리도록 슬픈 눈길에 연의 얼굴이 빨갛게 달아올랐다. 세손의 몸과 얼굴은 땀으로 젖어 있었다.

"마마, 어인 일이시옵니까? 땀이…… 어디가 불편하신 것입니까?"

"연아……."

"마마, 하명하소서."

"연아……."

"마마……."

불안에 떨고 있는 세손의 눈을 바라보며 연의 가슴이 철렁철렁 천길만길 깊은 곳으로 떨어져 내렸다. 이제까지의 쌀쌀하게 차던 세손이 아니었다. 이상하게 연의 가슴도 두근거렸다. 세손은 그런 연을 터져라 품어 안았다.

"연아, 네가 돌아오지 않아서…… 내 가슴이 간밤 다 타버렸다."

"마마……."

"연아, 우리 약조한 것 잊으면 안 되느니……. 내가 바람처럼 달릴지라도 너 내 곁에 단단히 붙어와야 하느니……. 내가 너를 보지 않아도 내 곁에 달리고 있어야 하느니라. 약조하지 않았니?"

세손의 가슴에 안긴 연은 알 수 없이 가슴 한편에 구멍이 난 것처럼 휑하니 시렸다. 수를 생각해도 가슴은 답답하고 세손을 생각해도 가슴은 시렸다. 이런 마음이 들면 안 되는 것인데, 연은 그렇게 생각하며 눈을 크게 힘주어 떴으나 눈물이 방울져 떨어져 세손의 벗은 가슴을 적셨다.

"약조하옵니다, 마마. 이 한 목숨 다하는 날까지…… 언제까지나 동궁마마 곁에서 마마를 지켜 드리겠사옵니다. 약조하옵니다. 약조하옵니다, 마마……."

"연아…… 이제 나는 네가 없이는 안 된다."

해가 숲을 너머 불쑥 치올라왔다. 노곤한 봄볕은 울연히 두 사람이 쉬는 동굴로 비치었다.

연을 품에 안은 세손의 가슴속에 봄꿈이 짙었다. 그 아침 세손은 연을 안고 안식을 꿈꿨다. 자유로이 하늘을 나는 저 새들도 이제 곤한 나래를 접고 쉬어가듯이……. 밤새 잠들지 못하고 뒤채이던 세손의 마음도 이제 바람 거친 긴 강을 건너고 천 리 밖을 지나서 연의 어깨에 내려와 쉬리니.

으스름 조각달이 차가운 그믐밤이었다. 아직 익숙하지 않은 밤길이라 숨길이 거칠었다. 연과 어진은 검은 옷에 복면을 하고 바위 뒤로 납작 엎드렸다. 밤이 깊어갈수록 다리가 단단해져 아파왔다. 돌담 위에 높게 선 소나무가 유난히 크게 늘어져 있다. 연은 살며시 나무를 타고 올라갔다. 그 나무 아래 화완옹주의 양자 정후겸의 가택이 있었다. 잠시 전부터 하나둘씩 모여든 사내들이 그 집 앞에 서면 좌우를 살피며 경계를 하고는 빨려들어 가버리듯 뒷문으로 사라져 버렸다.

정후겸은 본시 인천에서 어업에 종사하던 서인(庶人) 출신이었으나 화완옹주(和緩翁主: 영조의 庶女)의 양자가 되면서부터 자유로이 궁중에 출입하고, 왕의 총애를 받았다. 영조 사십년에 장원봉사(掌苑奉事)가 되고, 정시문과(庭試文科)에 병과로 급제, 이듬해 수찬에 올랐다. 이어 부교리(副校理)·지평(持平)을 역임, 승승장구하여 승지가 되고 이듬해 개성부유수(開城府留守)를 거쳐 호조참의 및 호조와 공조의 참판을 지냈다.

사도세자가 죽고 나자 득세하기 시작한 화완옹주의 치맛자락에서 왕의 정사가 놀아나게 되자 홍인한(洪麟漢) 등과 손을 잡고 세손의 비행을 조작하는 한편 심상운(沈翔雲)을 시켜 세손을 옹호하는 시강원 궁료 홍국영(洪國榮)을 배척하는 등 호시탐탐 세손을 모해하려고 하고 있었다.

왕은 사도세자를 그렇게 보내고 느낀 바 있어 과거 시험부터 탕평과를 실시하는 획기적 조치를 단행했고 이른바 '동색금혼패(同色禁婚牌)'를 집집의 대문에 걸게 함으로써 당색의 결집에 대한 우려를 환기시켰다. 그러나 별 소용없는 일이었다. 그렇게 해결되기엔 골이 너무 깊은 당파였다. 구름에 반쯤 가린 달빛이 더욱 차 눈이 시렸다. 소나무 위에 올라앉아서 연은 이를 갈며 다짐하고 있었다.

"동궁마마의 앞날을 위해서 제거해야 할 살생부에 일순위로 내 너를 올려놓을 것이다, 정후겸이 이놈!"

정후겸의 사랑방 안에는 노론에서 사도세자를 죽이는 데 한몫한 벽파의 신료들과 그 추종자들이 모두 모였다. 오늘 밤은 유난히 눈빛들이 야수의 그것처럼 번들거렸다.

"어찌 되어갑니까, 대감?"

"오늘 이 자리에서 결정을 지읍시다, 대감!"

"그러시지요, 대감! 어차피 아비를 죽음으로 몰았는데 망설일 것이 무엡니까?"

"빠르면 빠를수록 좋을 것입니다."

"거사 일을 언제로 하면 좋겠습니까."

"저쪽 홍 대감과 의논해서 준비하겠습니다."

"그럼 다음 모임은 월향관에서 하십시다."

사도세자를 제거한 뒤에 그렇게 제거해 버리려던 세손이 보위를 이어갈 것이 명확해지자 가장 다급해진 것은 중전 김씨(정순왕후) 쪽의 김한구 일가와 화완옹주의 양자인 정후겸 쪽이었다. 물론 홍봉한을 비롯한 혜빈 홍씨 쪽인 풍산 홍씨 집안도 같이 일을 추진했으나 이권 다툼이 생기자 이들은 반목 중이었다. 결국은 세손을 위해 연이 막아야 할 적들이 분산되어 버린 꼴이었다. 이들은 벌써 수차례에 걸쳐 세손에 대한 암살을 시도했다. 두 사부와 익위사들이 미리미리 손을 쓰지 않았다면 세손의 안전은 보장할 수 없었다. 일단 홍봉한이 주도하는 쪽은 사부들이 맡고 있는 상태였고 정후겸이 이끄는 이쪽은 연이 맡았다. 연은 공격이 최대한의 방어라고 믿고 있었다. 이번에도 저쪽에서 보낼 살수를 미리 찾아내어 움직임이 감지될 때 미리 쳐버리는 것이 연과 사부들의 작전이었다. 연과 어진은 나무 위에서 미끄러지듯 내려와 방금 나온 병조판서의 뒤를 밟기 시작했다.

"연아, 너와 함께 움직일 짝을 네가 선택하거라."

연이 그동안 두 사부가 맡아서 하던 살수로서 첫 임무를 받던 날, 두 사부는 모두 둘러앉은 가운데 큰 사부가 물었다. 연은 아무런 망설임 없이 둥글둥글 호탕하게 생긴 어진을 바라보며 물었다.

"어진 형님이 저를 도와주시겠습니까?"

뜻밖의 부탁에 어진의 얼굴은 환하게 밝아졌고, 수의 얼굴은 너무 놀라 창백해졌으며, 다른 이들도 모두 의아한 얼굴이었으나 둘째 사부만은 가볍게 고개를 끄덕였다.

"나야, 뭐…… 연이 나를 택해주면야 너무 좋지."

수는 내심 서운하여 아무 말 없이 고개를 숙였다. 그런 분위기를 돌아보고 큰 사부는 조용히 말문을 열었다.

"그동안 우리가 해왔던 일들을 너희에게 이제 모두 맡기려고 한다. 너희들은 모두 문관으로 과거를 보고 등용이 되었어도 모두 큰 그릇들이 되었을 것이다. 그럼에도 모두 나라와 아버님의 뜻을 따라 이름없는 무인이 되었고, 그중에서도 가장 힘들고 위험한 일을 연이 맡아주었다. 언제나 우리는 세손저하 앞에서 맹세한 것을 잊어서는 안 된다. 세손저하께서 성군이 되시고 못 되시고는 우리가 보필하기에 달려 있다. 세손저하께서는 하늘이 내리신 성군이 되시어 백성들을 평안케 하실 것이다."

"명심하겠습니다, 사부님!"

"사부님, 그리고 사형들께 부탁이 있습니다."

모두 일어서려는데 연이 가라앉은 목소리로 부탁하였다.

"무엇이더냐?"

"세손저하께는 제 일을 알리지 말아주시지요."

"그리하겠다."

밖으로 나온 수는 쓸쓸한 마음에 잠시 연못가에 앉아 생각에 잠겼다. 당연히 연이 자신을 짝으로 지명할 줄 알았다. 그러면 수는 이제껏 그래 왔던 것처럼 연을 보호하고 지켜주려고 했었다. 수는 연의 뜻밖의 행동을 어떻게 받아들여야 할지 알 수가 없었다. 그런 수의 마음을 읽었는지 연이 웃으며 다가와 수의 어깨를 툭 쳤다.

"형! 예서 무얼 하는 것이오. 또 초련인지 하는 반반한 기생 생각을 하는 거요?"

장난스럽게 웃고 있는 연을 보자 수의 마음은 더 우울했다.

"연아, 너 어찌 그리한 것이더냐?"

"……형."

수는 웃고 있는 연의 손을 잡고 다급하게 물었다.

"어찌 그리하였나 묻지 않더냐?"

"그저……."

연은 고개를 숙였다. 그럴 때는 천상 이제 막 물오른 처녀였다. 연은 한참을 머뭇거리다 수줍게 수의 손을 잡고 말했다.

"형에게 제 그런 모습 보여주기 싫었소."

"응? 무엇이라 하였느냐? 그게……."

"그런 모습 보여 드리기 싫었사옵니다. 제 마음 아시겠사옵니까?"

연은 그렇게 말하고는 일어나 달려가 버렸다. 수는 일어나 그런 연을 잡으려 하였으나 연의 마음을 헤아리자 한숨이 나왔다. 마음에 품었고 하늘과 부모님이 맺어준 정인에게 살수로서의 모습을 보이고 싶은 여인이 이 세상 천지에 어디에 있을까. 수는 갑자기 달려가는 연의 작은 어깨가 가여워 견딜 수가 없었다. 답답한 마음에 하늘을 올려다보았다. 구름 사이로 자유롭게 날아가는 작은 새 두 마리가 오늘따라 부럽게 보였다.

"연아……."

월향관에 노론들의 모임이 있다는 그 전날 밤이었다. 연은 지난번 어머니가 한 달에 한 번 달거리에 쓰는 월경대를 몰래 빨아 들고 올 때 부탁해서 구해온 귀한 물건들로 수가 치장하는 것을 도와주고 있었다. 연의 어머니는 늘 수를 장래의 사위라 생각하고 귀하게 여겼다. 사위 사랑은 장모라고 언제나 귀한 물건이 생기면 수를 주고 싶어했다. 언월상투에 산호 동곳으로 상투를 고정시키고 호박 풍잠에 흑립을 쓰고 자수정 갓끈으로 치장한 뒤 옥색 도포에 쑥색 실띠로 허리를 묶어 맵시를 냈더니 그 모습이 광채가 나고 귀하였다.

"형, 또 기생들이 깜빡 숨넘어가겠소."

"그렇더냐? 하면 연은 어떠하냐?"

연의 칭찬에 수가 은근히 물어오자 화들짝 연의 얼굴이 붉어진다.

"자, 이만하면 준비가 다 되었는가? 그럼 가보세나."

봄이 무르익는 밤이었다. 산보하기에도 안성맞춤인지라 거리에도 드문드문 사람들이 보였고 걷고 있는 세 사람의 마음도 나른해졌다. 어느새 어진도 몇 번 구경한다고 출입했던 월향관이라 들어서자마자 어진을 알아보고 상을 내가던 기생 은랑이 버선발로 마중 나온다. 이미 가장 큰방에서는 논다는 한량들이 모였는지 기생들이며 술상이 바쁘게 드나들고 있었다. 어진이 평소에 익히 알던 은랑에 허리춤을 휘어잡고 조용히 속닥거린다.

"무사하더냐? 오늘은 찾는 이가 많더냐?"

"아휴, 오늘은 높으신 대감마님 서출 자제 분들께서 듭신지라…… 잠시 들어가 계시와요. 쇤네 곧 들어가 뫼시겠사옵니다."

"그래, 천천히 들거라. 내 기다릴 터인즉."

은랑이 그 방으로 사라진 뒤 수와 연도 방을 잡고 앉아 있자니, 곧 떡 벌어진 술상이 나왔다. 수와 연이 술잔을 한 잔씩 돌리고 있자니 은랑이 들어와 어진 곁에 찰싹 붙어 앉는다. 어진은 웃으며 은랑에게 술을 따르고 잔을 권하며 묻는다.

"저 방에 손님들은 어떤 선비들인고?"

"다 절름발이 양반이지요. 그러다 보니 술과 계집과 한탄만이 가득하지요."

"절름발이 양반이라! 그래? 자, 한 잔 더 하거라."

"도련님, 이 몸은 술만 주지 마시고 달큰한 정도 좀 주시와요~"

은랑의 은근한 손이 어느새 어진의 다리춤을 슬쩍 스치며 교태가 뚝뚝 떨어지는 미소를 띤다. 어진이 난감한 표정으로 은랑을 떼어놓았다.

"아니, 이 사람이! 내 오랜 벗들이 있는데 어찌 이러는가?"

그런 모습을 보며 연과 수가 마주 보며 빙그레 웃는다. 연은 다시 눈을 찔끔거리며 다리를 쭉 뻗어 어진의 다리를 쿡쿡 찌르며 가보라는 신호를 보냈다. 내일 회합의 정보를 얻으려면 오늘 밤 안으로 어진이 은랑을 휘어잡아 놓아야 했다. 그런 것을 잘 알고 있는 어진이라 숫총각 어진도 난감하기 그지없었다.

"여보게, 어진이. 우리 먼저 가봄세. 들러 갈 곳이 있으니."

"은랑이라 했더냐? 오늘은 특별한 날이니 도련님을 잘 모시거라."

수가 먼저 일어섰다. 연도 따라 일어서며 은근히 어진에게 옥

나비 노리개를 쥐어주었다. 연과 수가 나가고 문이 닫히자 바로 은랑은 어진을 데리고 뒷채로 갔다. 어진이 잠시 기다리니 은랑이 놋대야에 따끈한 물을 담고 향기나는 꽃잎을 띄워 들고 들어왔다.

"무엇이냐?"

"발 좀 이리 줘보셔요."

"발은 왜?"

"왜는요? 닦아드리려 하는 것이지요."

은랑은 싫다고 빼는 어진의 발을 당겨 버선을 벗기고 발을 뽀드득 소리나게 닦아주었다.

은랑은 놋대야를 방문 앞에 내놓고는 문 앞을 병풍으로 가려 놓았다. 은랑이 다시 어진의 앞에 오더니 살포시 치마를 들어 올리더니 속곳을 벗어 내렸다. 까만 방초가 어진의 눈앞에 펼쳐졌다. 어진이 입을 딱 벌리고 있자 은랑은 어진의 무릎 위로 엉덩이를 들이밀었다. 어진의 허벅지 사이로 은랑의 팡팡한 엉덩이의 감촉이 그대로 파고들었다. 어진은 저도 모르게 은랑의 허리를 꽉 끌어안았다. 어진의 바짓가랑이 사이로 딱딱한 것이 불쑥 솟아올랐다.

은랑이 능숙하게 어진의 뺨을 어루만지며 어진의 입술을 물고 빨았다. 어진은 은랑의 옷깃 사이로 손을 넣어 젖가슴을 움켜쥐었다.

"도련님, 사모하옵니다! 이년 이리 가슴이 두근거려 보기도 처음이옵니다. 이 몸을 거두어주옵소서. 어젯밤도, 그제 밤도 도련님 생각에 밤잠을 못 이루었습니다."

은랑은 신음하듯 그렇게 말하고는 교태스러운 제 손은 한 치의 망설임도 없이 어느새 어진의 허리춤을 열고 사이로 쏙 들어와 벌떡 놀라 일어서는 고놈을 손으로 움켜잡고 조물락거린다. 어진의 코앞에 빨갛게 술 냄새 달콤하게 풍기는 은랑의 입술이 교태스럽게 벌어져 있었다. 그 입술에 눈이 빼앗긴 어진이 껄껄 웃으며 물었다.

"내가 너에게 아무에게도 보인 적 없는 이놈을 처음으로 주면, 너는 내게 무엇을 줄 것이냐?"

은랑은 살며시 혀를 내밀어 어진은 입술을 쪽 빨며 속삭였다.

"아이고, 이년이 죽겠나이다양~ 도련님, 무엇이든…… 무엇이든 말씀만 하옵소서! 무엇이든 못 드리겠나이까?"

"그래? 네가 약조하였느니……."

은랑이 발딱 일어나 제 옷고름을 뜯듯이 풀어버렸다. 어진의 붉은 얼굴에 빙그레 웃음꽃이 피었다.

"아이고, 도련님~ 그럼 우선 맛이나 먼저 보여주옵소서!"

"예 있다!"

어진이 허리춤을 풀고 화가 잔뜩 난 물건을 놓자, 은랑은 어진의 아래로 기어 내려가 두 손으로 그 단단한 물건을 감싸 쥐고 제 뽀얀 젖가슴에 부빈다. 아찔해진 어진이 눈을 질끈 감았다. 은랑은 손으로 희롱하다 못하여 이번엔 거침없이 혀끝으로 희롱하다가 입 안에 넣고 질탕하게 빨아대기 시작했다. 어진이 오늘 밤 제대로 임자 만났구나, 생각하며 간신히 물었다.

"으음…… 그래, 그 맛이 어떠하냐?"

"좋사옵니다. 맛나옵니다. 아이고! 나 죽네."

어진이 은랑의 풍만한 젖가슴을 움켜쥐자 은랑은 냅다 치맛자락을 걷어내고 희고 풍만한 엉덩이를 흔들며 어진을 타고 올라앉았다. 무르녹은 향긋한 분 냄새 속에 은랑의 물오른 몸을 질탕하게 주무르며 봄밤은 깊어갔다.

"은랑아, 네 이름이 어찌 그리 유명한지 인제 알 것 같구나."

질펀하게 몸을 섞은 뒤, 더운 몸을 식히며 어진이 은랑의 귀에 대고 속삭이듯 말했다.

"어떠하셨사와요?"

은랑은 취한 듯, 홀린 듯 관옥 같은 어진의 얼굴을 쓰다듬으며 말했다.

"아휴, 어쩜 이리도 훤하게 생겼을꼬!"

"내 너의 불덩어리 같은 몸에 담뿍 취하지 않았더냐?"

"정말이시옵니까?"

"그렇다마다."

어진이 씽긋 웃으며 그윽한 눈으로 은랑의 가슴을 바라보다가 아쉽다는 듯 덥석 앞으로 당겨 안아 봉긋한 가슴을 손으로 거칠게 주무르더니 곧 쓰윽 아래로 내려가 어느새 방초를 쓰다듬고 있었다. 앙살맞은 신음을 뱉으며 몸을 배배 비틀어대던 은랑의 방초 사이로는 고새 습기 촉촉히 배어온다.

"아아…… 아무리 보아도 정말 잘생기셨어요!"

은랑의 가슴이 콩닥콩닥 요동치기 시작했다. 남정네를 보고 가슴이 뛰다니! 은랑 평생 처음 있는 일이다.

"내 너처럼 어여쁘고 입 안의 혀 같은 계집은 처음 보았느니."

어진은 실오라기 하나 걸치지 않은 은랑을 바짝 당겨 앞에 앉히고 한 손을 뻗어 그녀의 가슴을 어루만졌다. 그러자 은랑의 가슴은 더욱 크게 콩닥거렸다.

"도련님……."

아아, 정말 이처럼 멋진 사내는 처음이야. 은랑은 어진의 귀태나는 가지런한 미소를 홀린 듯 쳐다보며 생각했다. 하지만 다음 순간 어진의 손이 은랑의 다리를 벌려놓으며 방초 사이로 밀고 들어왔다.

"에그머니, 도련님도 짓궂으셔라. 아이…… 아이고, 나 죽네!"

은랑이 야릇하게 몸을 비틀며 신음 소리를 뱉어내자 그 신음 소리에 어진은 더욱 고무되어 거침없이 손가락을 밀어 넣어 휘저어댄다. 까르르 은랑의 숨이 넘어간다. 어진은 그 밤 은랑의 풍만한 여체 속에서 들끓는 뜨거운 밤을 보냈고, 다음날 새벽 눈이 횅해져서야 연이 원하는 정보를 가지고 돌아올 수 있었다.

五. 봄노래

곱게 단장하고 홍루를 내려온다
굳게 잠긴 후원은 봄빛도 서럽구나
뜨락을 거닐며 꽃망울 헤아리니
잠자리 날아와 비녀 끝에 앉더라
—유우석

수와 연은 기방에서 나와 나란히 그림자를 벗삼아 돌아올 때는 기분이 야릇하였다. 오늘따라 고개 숙인 연의 맵시는 월궁항아(月宮姮娥)다. 조촐한 눈썹, 단아한 입매에는 한줄기 맑고 그윽한 향기가 고요히 일어나는 듯하다. 수도 가슴이 설레고 쑥스러워 공연히 머뭇거렸고, 연도 그저 고개를 숙이고 걸었다. 적막한 하늘에 걸린 달만 두 사람의 어깨를 비추고 있었다. 수가 먼저 머뭇머뭇 말을 건네왔다.

"연아."

"예."

"마음이 어떻게 흘러가는지 아느냐?"

"모릅니다."

"나도 모른다. 연아, 허나 이것만은 알 것 같구나."

"무엇을 말입니까?"

"처음부터 내 마음은 너에게로 기울어져 나온 모양이다. 그리하여 언제나 끊임없이 네 생각만을 하는 것 같다. 지금 네가 무엇을 하고 있는지, 네가 무엇을 먹었는지, 무슨 생각을 하고 있는지 끊임없이 생각한다. 너는 그렇지 않느냐?"

"……."

"너는 그렇지가 않은 게냐?"

"……지금은 제 첫 번째 맡겨진 일만을 생각하옵니다."

"그, 그래…… 그래야겠지. 내가 달빛이 너무도 고와 괜한 말을 하였구나."

"어서 들어가시지요. 또 내일 할 일이 많습니다."

연은 말을 마치고는 공연히 휑하게 앞서 걸었다. 괜스레 수에게 죄스러운 마음이 드는 것은 무슨 일인지, 문득 세손의 얼굴이 떠올라 수의 마음을 외면하며 발걸음을 재촉하는 연이었다. 수가 다급하게 달려와 연의 팔목을 잡았다.

"연아, 잠깐만."

"어, 어찌 이러시는 겝니까, 형?"

"연아…… 부디…… 네 몸을 내 몸인 것처럼 아끼거라."

마음이 혼란스러워져서는 큰일을 그르친다고 스스로에게 타일렀다. 수의 정혼녀라는 사실을 잊어서는 안 된다고 다짐하고 또 다짐했다. 세손을 바라보는 일 같은 것은 해서는 안 되는 일이라고 스스로 타일렀다. 하지만 어쩐 일인지 세손을 향해 무너지는 한쪽 가슴은 일으켜 세워지지가 않았다. 연은 지금은 다만 첫 번째 맡겨진 책임을 다할 수 있기를 간절히 바랄 뿐이었다. 간혹 도망가고 싶다는 생각을 안 해본 것도 아니었다. 하지만 이 어려운 시기에 세손을 버려두고 도망가 떨어져서 있게 된다면, 그것이야말로 세손에게는 치명적인 절망이 될 것이다. 그럴 수는 없는 일이었다. 자신은 이미 살수의 길을 받아들였고, 목숨이 붙어 있는 한 세손저하를 보호하고 지켜주기로 맹세하였다. 연은 언제나 욕심인 줄 알면서도 수가 그런 자신을 잘 견뎌내 주기를 바랐다. 그리고 어쩌면…… 어쩔 수 없이 곧 다가올 자신과의 이별을 잘 감내할 수 있기를 바라고 또 바랐다. 참으로 쓸쓸한 살수로 한평생을 살아가야 할지도 몰랐다. 여인으로서의 삶과 살수로서의 삶 둘 중 어느 것 하나는 포기해야 할 삶이었다. 손에 피를 묻히는 여인이 어찌 누군가의 여인이 되어 살 수 있을까……. 어느 날인가부터 여인의 삶은 천천히 포기해 버리고 있는 연이었다.

"살수는 흔적을 남기지 않는다. 죽일 사람에게 아무런 증오나 원한이 없기 때문에 상대적으로 냉정해질 수 있다. 살수에게 표적이란 생명이 없는 나무토막과 진배없다."

사부는 연에게 언제나 흥분하지 말라고 가르쳤다. 처음부터 끝까지 얼음처럼 차가운 마음을 가지는 것이 살수의 기본이었다. 연은 차분하게 마음을 가다듬으며 호흡을 고르고 있었다.

　동궁으로 들어가는 가장 가까운 지름길은 두 개였다. 비교적 사람들의 왕래가 많은 대로와 사람의 왕래가 드문 소로.

　허나, 연은 두 길에 모두를 대비했다. 어떤 경우에도 단 하나라도 살려 보내면 안 될 터였다. 대로에는 어진과 윤을 매복시켰다. 창과 검이 뛰어난 어진은 길목에, 세자저하와 함께 신궁의 경지에 있는 윤은 나무 위에, 사람의 왕래가 비교적 적은 길에는 연이 매복했다. 어진이 알아온 정보에 의하면 적은 선두를 지휘하는 하나와 졸개가 스물, 하지만 몇 번의 실패를 거듭했으니 분명 이번에는 고수만을 추리고 추려 보냈을 것이다. 저들도 다급해졌으니 물불을 안 가리고 덤빌 것이었다. 정면으로 맞서면 모양새도 좋겠으나 굳이 살수들에게 그렇게 예의 바르게 대접할 필요가 없다는 것이 연의 생각이었다. 그리고 수와 용은 다른 날과 같이 세손의 번을 서야 했다.

　어두운 밤하늘 조각달이 서글펐다. 봄바람은 길목 끝을 돌아오고 연은 일격필살(一擊必殺)을 되뇌며 느티나무 위로 올라가 나뭇가지 사이에 은둔해 있었다. 연은 무공이 어느 정도 경지에 이르자, 마음속의 검이 우는 소리를 들었다. 그만큼 자신의 몸을 믿었다. 나지막이 검이 울려오고 있었다. 부드러운 봄바람이 복면을 한 연의 볼을 스쳐 지나자 눈썹 끝에서 바람에 묻어 기운이 오기 시작했다. 고수가 숨어드는 육감이 빠르게 다가오고 있다. 이제 온몸이 조여드는 느낌이 드는 것을 보면 더 확연히 알 수 있었다. 적은 이 길을 선택했다.

연은 호흡을 가다듬었다. 긴장은 금물이다. 혼을 싣고 마치 춤을 추듯이 부드럽고 명확하게 하나의 호흡으로 해야 한다. 길 끝으로 그림자가 어른거리자 연은 쥐고 있던 줄을 놓고 열 개의 손가락 사이에 네 자루의 비수를 뽑았다. 네 자루의 비수를 쥔 양손에 모든 진기를 운집시켰다. 처음 손을 놓은 끈의 끝에서는 자루에 모여 있던 뱀들이 빠르게 풀려나 골목으로 몰려 나오고 있었다. 살수들의 걸음을 잠시 늦추기 위해 택한 것이 뱀이었다.

쉬이익!

뱀들이 내는 소리는 어두운 밤을 가르며 살수들을 예민하게 자극했다. 골목으로 몰려 들어온 살수들의 걸음이 놀라 주춤거렸다. 그들이 그 소리의 제공자가 뱀임을 채 파악하기도 전에 연의 손에서 비수들이 공기를 가르고 정확하게 날아갔다.

쉬익! 쉬익!

비수는 앞서오는 네 명의 이마와 가슴을 꿰뚫어 박혔고 비수를 맞은 자들은 억 소리도 내지 못하고 그 자리에서 절명하였다. 절명하여 쓰러진 살수들의 시신 위로 피 냄새를 맡은 뱀들이 모여들었다. 나머지 살수들도 위기를 모면하기 위해서 뒷걸음질치기 시작하였다. 하지만 다음에 날아간 비수들 역시 살수들을 정확히 꿰뚫었다. 연은 담과 담 사이를 차고 날며 어느새 다시 잡은 열 자루의 비수를 모두 날리고 골목 끝으로 사뿐히 내려섰다. 어떤 자의 몸에 박힌 비수는 그 위력이 너무 커 가슴 뼈가 부서져 나가는 소리가 우두둑 들려왔다. 그 순간 가운데 하나가 뱀이 뿌려진 길 위를 회오리처럼 휘돌아 올랐다. 온통 검은 옷에 복면을 한 그자는 연과 맞은편 골목길 끝으로 내려서 뒤로 돌아 연을 한번 휙 돌아보고는 다시 날듯이 오던 길로 도 망치기 시작했다.

"저런!"

연은 허공으로 솟구쳐 올랐다. 마치 계단을 밟아 올라가는 형 상으로 살수가 사라진 골목 끝으로 날아올랐다.

휘잉!

바람을 가르며 날아 착지하였으나 살수의 모습은 맞은편 좁 은 골목길로 사라지는 끝이 보였다. 연은 그자의 뒤를 쫓았다.

휘익!

연은 한 마리 학처럼 몸을 활짝 펴고 날아올라 앞서 가고 있 는 살수의 앞에 사뿐히 착지하였다. 상대의 눈빛이 매섭게 번득 였다. 연은 검을 빼어 들고 숨 쉴 틈도 없이 비호처럼 눈부시게 검을 내려쳤다.

파바바박!

살수가 날아오르는 순간 연의 검이 내려쳐진 바닥에 불꽃이 일었다.

"음! 소문대로다. 대단하군! 오늘은 내가 졌다만 다음엔 다를 것이다!"

살수가 몸을 돌려 달아나기 시작한 순간 연은 입에 물고 있던 동곳(조선 시대 남자들의 상투를 고정시키는 물건)을 두 개를 빼어 들어 손가락에 진기를 모아 살수를 향해 날렸다. 동곳은 살수의 왼편 어깨로 날아가 두 개 다 박혔다. 순간 살수는 움찔했지만 이내 민가로 사라져 버렸다.

연은 그대로 우두머리를 놓쳐 버린 것이 마음에 들지 않았다. 마치 이제 도망쳐 버린 그자와 연의 싸움이 막 시작된 것 같은 느낌이었다. 하지만 끝난 일이었다. 돌아보는 것은 어리석은 짓이었다. 그자는 다시 돌아가 또다시 공격 준비를 할 것이고, 연은 이제 돌아가 또다시 그 공격을 막아낼 준비를 해야 하는 것이었다.

그 밤 수는 세손의 곁에서 연을 생각하며 노심초사하였다. 무사하기를 빌고 또 빌었다. 그저 무사하기만 하면 된다고…….

다음날 아침, 큰 사부는 세자익위사들을 불러들이고는 단정히 앉아 그다지 덥지도 않은데 답답한 듯 부채를 부쳤다. 다섯 익위사들이 들어와 그의 좌우로 앉았다. 큰 사부는 나직하면서도 부드러운 목소리로 말했다.

"연은 수뇌를 놓쳐 버림으로써 제대로 임무를 마치지 못하였고, 지난번 술을 마신 일로 세자저하를 시강원에도 못 드시게 하였으니 마땅히 책임을 물어야 할 터, 잠시 대궐을 나가 집으로 돌아가 근신하고 있거라."

"예, 사부님."

"하오나 사부님, 연은……."

수가 나서 뭔가를 말하려 하였으나 그동안 나직하게 속삭이던 사부의 불호령이 떨어졌다.

"네 이놈! 사사로이 역성을 드는 게냐! 수는 연이 하던 일들을 대행하도록 한다."

연은 아무런 말도 없이 순순히 집으로 돌아갈 차비를 차렸다. 꼭 십일 년 만에 돌아가는 집이었다.

이틀 뒤 아침, 연이 시강원으로 세손을 맞으러 나가니 세손은 언제나처럼 학습을 마치고 시강원 궁료이며 사부인 홍국영의 세상 이야기에 폭 빠져 있었다. 세손이 빙그레 미소를 띠며 홍국영의 이야기를 듣고 있는 것을 보면 꽤나 재미나는 일이 저잣거리에서 일어난 것이 틀림없었다. 홍국영은 세손에게 세상 이야기며 여자들의 은밀한 이야기도 알려주는, 다르게 말하면 사춘기의 세손의 호기심을 잘 맞추어주는 세상사의 친구였다. 그러다 보니 세손의 어머니인 혜빈 홍씨는 홍국영이 세손을 나쁜 물을 들일까 전전긍긍하여 홍국영을 아주 싫어하였다. 하지만 어찌 되었거나 세손도 피가 끓는 사내가 아니던가. 여인에 대한 경험은 없지만, 여인과 사내의 그 은밀한 밤의 놀이도 상당히 궁금하긴 한 것이었다. 그에 비해 홍국영은 한량에다가 장안의 기녀들에게 인기가 있었다. 오늘은 아주 은밀히 세손에게 춘화첩을 구해다 준 것이었고 한참을 설명해 주던 길이었다. 홍국영이 연을 발견하곤 연에게로 올라오기를 청했다.

"우익위가 오셨군요. 올라오셔서 차나 한잔하시지요?"

"아닙니다. 동궁마마를 뫼시러 온 것입니다. 이곳에서 기다릴 것입니다. 개의치 않으셔도 됩니다."

"어찌 뵐수록 더 곱상해지십니다."

"저희야 볕에서 항상 많이 타기만 하는데 그럴 리가요. 그럼."

연은 본능적 직감으로 홍국영이라는 자를 신뢰하지 않았다. 홍국영은 눈치가 빠르고 민첩했으며 얼굴 생김새가 준수했다. 그처럼 눈에 띄게 잘생긴 데다가 수완이 좋고 두뇌 회전이 빨라 임기응변에 능했다. 하지만 연이 쭉 지켜본 바로는 홍국영은 경망하고 공부도 제대로 하지 않는 듯하였다. 학문에 대한 큰 재주나 깊이는 별로 없으면서 글을 잘한다고 자랑하고 다니는 품새는 이마가 찌푸려졌다. 하지만 홍국영은 글을 다루는 잔재주는 출중하여 가벼운 글들을 능숙하게 지어서 늘상 사용하는 시와 문장은 재치가 있고 예리하기가 물 흐르듯 자연스러웠다. 그러다 보니 주변의 기녀들과 풍류를 즐기는 한량들은 홍국영이 학문이 높은 것처럼 추켜세웠다. 연이 홍국영에 대해 알아보니 그는 어릴 때부터 가까운 지기들에게 '천하의 모든 일이 내 손아귀에 있게 되리라'고 호언장담하고 다녔다고 한다. 연에게는 그만큼 야욕이 많은 인물로 보였다. 게다가 홍국영의 가문은 왕실과 연혼 관계를 맺으면서 유명한 문벌로 자리를 잡고 있었다. 세손의 외할아버지 홍봉한과는 10촌이 되고 세손과는 12촌이었다. 그래서인지 왕도 홍국영을 '내 손자다'라고 할 정도로 귀여워했다. 홍국영은 과거에 합격하자마자 왕의 측근에서 근무하는 예문관원과 동궁을 보좌하는 춘방사서를 겸해 세손을 보좌하고 있었다. 그런 홍국영이 세손의 신임을 받게 된 데는 그럴 만한 이유가 있었다.

사도세자를 죽게 만든 노론들은 세손이 승통할까 두려워서 왕의 판단을 어둡게 만드는 한편 세손이 마음의 눈을 뜨지 못하게 온갖 잔재주를 부리기에 여념이 없었다. 그래서 세손에게 음탕한 놀이에 쏠리게 하는 동시에 권선징악을 가르치는 책자를 멀리하도록 하였던 것이다. 특히 노론의 무리들은 왕에게 아뢰어 세손에게 〈시전〉의 요아편을 읽지 못하도록 하였다. 그러자 세손은 그 책의 내용이 무엇인가 알고 싶어 몰래 펼쳐 보았다.

[아버지 나를 낳으시고 어머니가 나를 기르셨으니, 그 깊은 은혜를 갚고자 할진대 하늘이 끝이 없음과 같이 다함이 없도다.]

이 대목을 읽으며 세손이 눈물을 훔치자 이를 본 대신이 어느새 왕에게 가서 이를 고해 바쳤다. 왕은 진노하여 세손을 불렀다. 세손은 책을 치울 겨를도 없이 어전으로 끌려갔다.

"너는 금일 무엇을 읽고 있었느냐?"

"시전을 읽고 있었습니다."

"왜 읽지 말라는 책을 읽었는고?"

왕은 내관에게 명하여 책을 가져오게 하였다. 그런데 내관이 갖다 바치는 책을 왕이 펼쳐 보니 요아편만은 잘려 나가고 없었다.

"요아편이 있을 것인데 오려낸 것은 무슨 까닭이뇨?"

왕의 물음에 세손은 얼른 꾀를 내어 대답하였다.

"그 편은 읽지 말라고 하신 분부이기로 그리하였습니다."

세손의 대답을 들은 왕의 얼굴에 웃음이 가득 피었다. 대전에서 나온 세손은 의아한 마음으로 동궁으로 돌아가 기다리고 있던 홍국영의 손을 잡았다. 그러자 홍국영은 책장을 세손의 손에 넘겨주며 말했다.

"찾으시는 것이 여기 있습니다."

"이게 어찌하여?"

"어전으로 급하게 불리어 나가시기에 이상하게 여겨, 보시던 책을 살펴보았습니다."

"참으로 고맙소."

그 후로도 세손은 왕위 계승을 위해 통감(通鑑)을 반드시 익혀야 했는데 그 내용 중에는 사도세자 사건을 빗대어 비난할 수 있는 부분이 많았다. 불한당들의 참소가 이어져 왕이 불시에 이를 확인할 때는 언제나 홍국영은 문제가 되는 부분을 칼로 베어

버리고 내주었다.

홍국영은 그렇게 하여 세손의 목숨을 구해주었다. 그 모든 사정을 알고 있었지만 그럼에도 연은 홍국영이 마음에 들지 않았다. 어쩐지 처음 마주치는 순간부터 자신과의 악연을 가진 것 같았다.

세손이 나오며 연에게 반가운 미소를 지어 보였다.

"연이 언제 온 게냐?"

"얼마 되지 않았사옵니다, 마마."

"무슨 일이더냐? 내게 하고 싶은 말이 있니?"

"소신은 저 홍국영이 마음에 들지 않사옵니다."

"어째서이지?"

"사람들이 가까이 하기를 꺼리는 자이옵니다."

"나는 그것이 더 마음에 드는 것이다, 연아. 저 홍국영이 곁에 아무도 없다는 것이 말이다."

"예?"

"나는 이곳에서도 홍국영에게서 세상 돌아가는 이야기를 듣지 않느냐. 그릇은 그 쓰는 사람에게 달려 있는 것이다. 내가 알아서 쓸 것이니 너무 심려하지 말아라."

"하오나 조심하소서, 마마. 저자는 느낌이 좋지 않습니다."

"연아, 그것은 알았으니 되었고, 내 너에게 긴히 보여주고픈 것이 있는데……."

"보여주고 싶은 것이라니요? 무엇을 말입니까, 마마?"

"연아, 김홍도를 알고 있겠다?"

"김홍도라 하면 마마께서 아끼시는 화원이 아닙니까? 재주가 뛰어나 열한 살 때 벌써 마마의 초상화를 그렸지 않습니까?"

화원 김홍도는 이른 나이에 궁중에 들어와 왕의 총애를 받았다. 특히 세손 자신도 그림을 그리는 것을 즐겨하였기로 김홍도에게 남다른 사랑을 보였으니 그 인연이 깊다. 김홍도의 나이 열한 살 때 이미 세손의 초상화를 그렸을 정도였다.

"홍국영의 말이 신윤복이라는 자의 그림이 내가 아끼는 김홍도와 견줄 만큼 그렇게 뛰어나다기에 한번 가져오라 하였더니 오늘에서야 구해왔구나. 한번 보지 않겠니?"

"예?"

"빨리 가자. 뭘 하고 있니? 어서 오래도!"

세손은 연을 끌다시피 하고는 동궁으로 들어가 고요히 책을 읽을 것이라고 주변을 물린 뒤에 연을 곁에 바짝 다가앉게 하고는 품에서 춘화첩을 조심스럽게 꺼내놓았다.

당시 김홍도보다 두 살이 많았던 신윤복은 참신한 색채 감각이 돋보이는 산수화를 그렸지만 산수화를 즐겨 그렸던 김홍도와 달리 신윤복이 그 재기가 번뜩이는 건 풍속화에서였다. 풍속화의 대상이나 내용은 한량과 기생을 중심으로 한 남녀 간의 애정과 낭만을 주로 다뤘다. 탈속적인 인격을 표현하는 정형산수에서 벗어나 독자적인 경지를 개척한 셈이었다. 여인을 빼어나게 그리다 보니 신윤복이 그린 춘화는 양반들 사이에서 최고의 작품으로 은밀히 거래되며 인기가 높았고 그 값도 비쌌다.

그 춘화첩의 처음 장에는 전통적인 양반집 안방에 여인과 양반 사내가 나란히 방에 앉아 이불을 덮은 채 창문을 열고 고하러 온 계집종을 보는 그림이었는데, 특별히 이상한 것은 없었다.

세손과 연이 마주 보며 싱긋 웃고 다음 장으로 넘겨놓고는 두 사람의 얼굴은 고춧물을 들인 것처럼 빨갛게 변하고 말았다. 그도 그럴 것이 다음 장 그림은 그 주인 양반 부부가 덮고 있는 이불 속을 묘사해 둔 것이었는데, 덮은 이불 속에서는 여인이 주인 양반의 양물을 한 손으로 주물럭거리며 태연하게 계집종을 보며 이야기를 하는 것이었다. 연은 고개를 푹 숙이고 말았으나, 세손은 귓불 끝까지 빨개진 연의 모습이 귀여워 우스워 죽겠다고 웃으며 연의 어깨를 툭툭 쳤다. 세손의 짓궂은 장난에 연은 살짝 눈을 흘겼다. 그 모습에 세손은 더욱 재미가 있는지 넌지시 연의 약점을 슬쩍 건드려 보았다.

"사내녀석이 부끄러워하는 것이더냐? 너 그래 가지고 사내 구실이나 하겠니?"

세손이 짐짓 연의 아래를 내려다보며 놀리니 연도 빨간 얼굴을 해가지고 되받아친다.

"그러시는 마마께서도 아직 세손빈 저하와 동뢰를 맺지 않으셨다는 소문이 자자한걸요? 저보다야 마마가 더 이상하지 않습니까?"

"그래? 내 물건이 제구실을 못하는지 의심스럽다는 게냐?"

"그거야 보지 않았으니 어찌 알 것입니까?"

"그래?"

연이 짐짓 딴청을 팔며 대답하자 세손은 갑자기 연의 손을 꽉 잡아끌고는 자신의 의대 속에서 벌떡 일어서 있는 옥경을 만져 보게 하였다.

"연아, 이것 보아라."

의대 위를 잡은 것이었으나 언젠가 보았던 남근목보다도 더 크고 딱딱한 것이 느껴졌다. 연의 눈은 왕방울만해지고 놀라 넘어질 뻔했다. 혼비백산해서 얼른 손을 치우며 연은 고개를 숙였다.

"마, 마마! 이런 것을 누가 보기라도 하면 어찌하려고 이러십니까?"

"어떠냐, 사내끼리? 어디! 네 물건은 얼마만하냐?"

"마마! 어찌 이러십니까요? 큰일나십니다."

"어찌 다른 일이면 펄펄 나는 네가 이리 소심한 것이냐?"

"하…… 하오나……."

"걱정하지 마라. 안 그럴 테니 어서 보기나 하자꾸나. 이 책 홍국영에게 빌린 것이라 돌려주기로 하였다."

세손은 속으로는 큭큭 터져 나오는 웃음을 간신히 감추며 일부러 난처해하는 연의 얼굴을 돌려 다시 춘화를 보게 한다. 연도 호기심에 마지 못하는 척 눈을 돌려서는 세손과 눈이 마주쳐

킥킥거리고 만다. 세손은 천천히 춘화첩을 다음 장으로 넘겼다.

뱃놀이를 하면서 여인을 희롱하는 장면을 묘사한 그림, 배 위에서 여인의 치마를 들추고는 무릎 위에 앉혀놓은 그림, 주모와 수작하는 남정네들을 그린 그림, 단오날 물가에서 목욕하는 여인들과 이를 훔쳐보다 벗은 채 정을 나누는 그림, 그림은 낯뜨거웠으나 세손은 신기한 듯 바라보고 있었다. 그런데 한 가지 재미있는 건 그림 속 등장 인물에 신윤복 자신을 꼭 포함시켰다는 점이었다. 등장 인물 가운데 주변 모습을 물끄러미 쳐다보는 이가 바로 신윤복 자신이다. 장난기 섞인 애정 행각을 즐겼다고 할 수도 있고, 세상을 관조하는 풍자적인 의미를 담아낸 듯싶었다.

"이자가 누구일꼬?"

"신윤복이라는 그 화공 자신인 듯하옵니다."

"그렇지? 연아, 보아라. 춘화라고는 하나 그 고고하고 재치가 있는 것이 격이 다르지 않느냐? 이 모습이 가히 추하지가 않다. 사람들의 자연스러운 행위를 그린 것이니 말이지. 아니 그러냐?"

다시 싱긋 웃으며 묻는 세손의 눈을 피하며 화들짝 놀라 찬바람을 쐬러 나가 버리는 연이었다. 남정네들과 지내다 보니 웬만한 농에는 끄떡도 하지 않는 연이었으나 이번에는 정도가 지나쳤다. 볼에서 불이 나는 듯하였다. 그런 연의 뒷모습을 바라보는 세손의 아랫도리가 묵직하고 뻐근해져 왔다. 세손은 슬며시 자신의 바짓가랑이 사이를 내려다보며 중얼거렸다.

"지금 네가 무엇을 어찌하자는 것이더냐? 네 신세가 가련하구나. 네 짝은 너를 몰라라 하는 것을. 쯧!"

연은 떠나기 전날 아침, 세손에게는 차마 알리지 못했다. 내일 아침이면 처음으로 세손과 헤어져 집으로 돌아간다고 생각하니 마음이 이상하게 허전하였다. 새벽에는 운무 가득한 숲길을 가르며 둘이 나란히 말을 달리고 오후에는 시강원에 다녀온 세손과 활을 쏘았다. 사대에서 자세를 단아하게 잡고 살을 메기는 순간 긴장 탓인지 세손의 이마에는 땀방울이 맺혔다. 언제나 잠자는 시간을 아까워하며 노력하고 최선을 다하는 세손이었다. 활을 잡고 있는 연의 이마에도 쌍방울이 송골송골 솟아났고 뺨은 상기가 되어 불그스름하다.

슈웅! 턱!

궁(弓)을 떠난 화살이 허공을 가르며 날아가 정확히 호랑이 형상을 한 과녁을 꿰뚫었다. 세자는 과히 신궁이라 일순에 다섯 발씩 단 한 발의 실수도 없이 정확하게 명중이었다.

"동궁마마, 대단하시옵니다!"

연이 하얀 목면 수건을 내밀며 칭찬하자 세손은 흐르는 땀을 닦으며 빙그레 웃어 보였다.

"어디 그럼 그대가 진 것이더냐?"

"그러하옵니다, 마마."

"그래? 그럼 약조한 대로 내기에 이겼으니 네가 나에게 뭔가를 주어야 하지 않겠느냐? 무엇을 줄 것이냐? 꼭 주어야 하느니…… 내 너를 이기려 애를 썼지 않았겠니?"

세손이 빙그레 장난스러운 웃음을 띠었다. 연이 담담한 얼굴로 물었다.

"마마, 무엇을 드리리까?"

"음, 글쎄. 네가 내가 원하는 것을 꼭 들어주겠니?"

"그리하겠나이다, 동궁마마."

"그래, 네가 약조하였다."

세손이 장난스럽게 웃었다. 연이 궁금한 얼굴로 다시 물었다.

"그런데 마마께서 원하는 것이 무엇이옵니까?"

"쉿, 오늘 밤 우리 아무도 몰래 별을 보러 가자꾸나."

"예? 별을 말씀입니까?"

세손이 빙긋 웃으며 고개를 끄덕였다. 연은 살풋 웃음이 나왔다. 가끔씩 연이 번을 서는 날 밤이면 세손과 연은 춘궁전(동궁, 자선당의 다른 이름) 정원에 앉아 별을 보곤 하였다. 그것이야 무엇 어려운 일이겠는가. 마지막 밤, 어차피 연과 어진이 번을 설 차례이고 보니 크게 힘이 들 일은 아니었다.

세손이 웃으며 앞서 걸었다. 붉은 노을이 먼 하늘을 물들이더니 앞서 가는 세손까지 물들여 왔다. 그런 세손을 바라보는 연의 눈은 서늘하였다. 연의 영혼은 황혼과 함께 깊어져 갔다.

그날 밤, 세손은 밤늦게까지 서책을 읽다가 가만히 앉아 번을 서고 있는 연을 바라보며 큰 비밀처럼 나지막이 말했다.

"연아, 그럼 약속을 지키러 가볼까?"

연은 미리 저녁나절에 동궁전 수라간에 들러 준비해 둔 다과가 든 바구니를 조심스럽게 꺼내 들었다. 바야흐로 밤 소풍을 가는 것이었다. 세손이 밤 소풍을 갈 때면 총애하는 우익위만을 데려가는 것을 알고 있었으므로 동궁전 엄 내관과 나인들과 어진은 멀찍이 떨어져 있었다. 밤 소풍하기엔 딱 알맞은 날이었다.

수는 못내 속이 부글부글 끓었으나 날이 밝으면 궐을 나갈 연이니 오히려 세손의 눈 밖에 있는 것은 잘되었다 싶었다.

하늘엔 별이 무리 지어 반짝이고 있었고 연못에 떨어지는 물소리가 청아하게 맑았다. 연은 바닥에 자리를 펴고 차를 따르고 다식을 내어놓았다.

"마마, 드셔보소서. 맛이 있사옵니다."

"너도 같이 들어라."

세손은 연이 준비해 온 음식을 기미를 해본 뒤에 권하자 맛있게 먹으며 시원한 밤 공기를 쐬고 있었다. 하지만 연은 그저 그런 세손을 바라보기만 했을 뿐 음식엔 손을 대려고도 하지 않았다. 눈에는 글썽글썽 눈물마저 맺혔다. 연은 마음이 아팠다. 어째서 공연히 마음이 아파오는 것인지 이유를 알 수 없었다. 하늘을 올려다보았다. 이 밤처럼 하늘이 넓고 깊게 보인 적은 한 번도 없었다. 별이 유난히 반짝인다고 생각하고 있을 때 세손이 연의 어깨에 머리를 기대왔다. 연이 잠시 놀라 흠칫하였으나 세손은 조용히 말하였다.

"잠시만…… 잠시만 내게 너의 어깨를 빌려주련?"

연은 대답 대신 작게 고개를 끄덕였다. 세손의 머리가 기댄 자리가 점점 따듯해져 왔다. 연은 그 따듯한 온기에 가슴이 벅차올라 왔다. 슬그머니 연의 손이라도 잡아 보고픈 생각에 연의 거친 손을 빤히 보았다. 세손의 가슴속 깊은 곳에서는 열정이 용솟음치고 있었지만 나쁜 생각이라 스스로 고개를 저었다. 달콤한 봄바람에 풀잎들이 몸을 뒤척이며 사그락거렸다.

두 사람은 아무 말 없이 나란히 앉아 하늘의 별을 바라보았다. 조용조용, 사람들은 모두가 잠들어가는 밤, 깨어 있는 두 사람의 주변으로 밤의 신비로운 세계가 깨어나고 있었다. 연못으로 흘러드는 물소리도 한층 맑은 목소리로 노래하고 연못 위에서는 작은 소금쟁이들이 장난을 쳐댔다. 공기의 밀도가 높아지며 바람은 더욱 상쾌해졌고 덩달아 나무와 풀들이 자라나는 소리가 들리는 것 같았다. 그때 갑자기 유성이 길게 꼬리를 늘어뜨리며 떨어져 갔다.

"저것이 무엇입니까?"

연이 세손의 귓가에 속삭이듯 물었다.

"누군가 이별을 하는 모양이구나. 유성이 아니더냐? 별이 지는 것이다."

"이별을 하는 것이랍니까?"

"그렇다고 하더구나."

"쓸쓸한 일입니다, 이별을 한다는 것은……."

"누구와 이별을 하느냐에 따라 달라지는 것이 아니겠느냐."

"누구와 이별을 하더라도, 이별은 쓸쓸한 것입니다. 이 몸은 이별없는 세상에서 살고 싶사옵니다. 꽃 피면 비바람도 심하게 분다지요? 인생 백 년이라지만 이별없는 날이 몇이나 될까요?"

"우리 이렇게 함께 앉아 별을 보는데 어찌 이별의 시를 읊는 것이냐? 이제 내겐 더 이상의 이별은 없을 것이다. 내 아버님 한 분이면 되었다, 연아."

"그렇겠지요, 마마……."

연은 한참을 하늘을 바라보며 생각에 깊이 잠겨 있었다. 어느새 세손은 연의 어깨에 기대어 평화롭고 고른 숨소리를 내며 살풋 잠이 든 모양이었다. 마치 하늘에서 금세 내려온 선비같이 귀태가 나는 옆모습이었다. 조심스럽게 더 편안하도록 어깨를 내밀어주며 연은 다시 하늘의 별을 올려다보았다.

내가 살수의 길을 가고 있음을 동궁마마는 아시는 걸까. 그저 그리하겠다고 받아들인 그 길이 한없이 길고 멀어 보였다. 점점 잠 속으로 빠져드는 세손의 모습에 대고 기원하는 연이었다.

'마마, 이 몸이 곁에 없는 동안 평안하옵소서. 행여 이 몸이 곁에 없어도 적적하다 하지 않으시겠지요.'

처소에서 홀로 무료하게 수를 놓고 있던 세손빈은 해가 지고 밤이 깊어가자 산보를 나가자 싶어 후원을 거닐다가 모르는 사이에 어느새 자선당까지 가고 말았다. 밤은 깊었는데 자선당은 텅 비어 있었다. 이상히 여겨 상궁에게 물었다.

"어디를 가신 것인가?"

"소풍을 나가셨사옵니다."

상궁이 허리를 굽히어 절을 하고는 아뢰었다.

"이 밤에 말인가?"

"그러하옵니다."

"그래?"

세손빈은 기왕에 예까지 들렀으니 세손이 바람을 쐬고 있는 후원으로 가서 함께 앉아 도란도란 이야기라도 나누면 얼마나 살갑고 좋을 것인가 싶었다. 그리 생각하니 공연히 가슴이 뛰고 발걸음이 빨라졌다. 어느새 저만치 세손의 호위무사인 좌익위와 동궁전 내관이 보였다. 반가운 마음에 달려가다시피 가까이 가니 어인 일인지 세손은 보이지 않았다.

"마마는 어디로 가셨는가?"

"예, 저쪽에 계시옵니다. 저희들은 이곳에 있으라 명하셨습니다."

"그래?"

세손빈은 조용히 뒤를 따르던 빈궁전나인들을 바라보며 일렀다.

"예 있거라."

그러나 세자빈은 몇 걸음 옮기다 이내 걸음을 멈추고 말았다. 저만치에서 도란도란 들려오는 소리는 마치 정인들의 다정한 속삭임같이 들렸다. 달과 별이 흩뿌려진 밤하늘을 이고 앉은 연의 어깨에 머리를 기대고 편안히 쉬는 세손의 모습이 보였다. 한 폭의 그림 같았다. 갑자기 가슴을 타고 차가운 얼음이 녹아내리는 것처럼 차갑고 서늘한 기운이 스쳐 갔다. 손을 뻗어 무어라 말하려다 세손빈은 다시 손을 거두어들이고 돌아서고 말았다. 눈에서는 뜨거운 눈물이 한줄기 흘러내렸다.

'내가 어찌 이럴꼬. 우익위는 사내가 아닌가? 마마께서 그러실 리가 있겠는가?'

"앗! 따가워!"

난희가 비명을 질러대자 목면실 두 가닥을 꼬아서 이마의 털을 뽑던 수모가 화들짝 놀라 뒤로 자빠져서는 엉덩이를 오지게 찧고 말았다. 면경에서 눈을 떼고 노여운 빛이 완연하게 흘겨보는 난희의 얼굴을 보자니 수모는 엉덩이가 아프면서도 웃음이 나서 죽을 지경이었다. 양쪽에서 유모 응삼이네와 수모(手母)가 찬 물수건을 가져다 난희의 빨개진 이마에 대어 아픈 자리를 식혀주었다.

시중을 받으며 고개를 꼿꼿이 들고 있는 난희는 올해로 꼭 열여섯이 되었다. 처녀로는 꽉 찬 나이였다. 요즈음 장안의 양가댁 규수들과 아낙들 사이에 한창 인기가 있는 이마를 각지게 보이는 머리 모양을 만들려고 아픈 것도 참아가며 이마의 털을 뽑고 있던 참이었다.

"아이고, 애기씨, 참으셔유. 내일 단오날 장안에 훤한 장부들이 모두 나오실 터인데 애기씨는 곱고 멋들어지게 보이고 싶지 않으셔유?"

"아프니까 그렇지!"

난희는 아직도 이마가 따끔거리는 통에 눈을 하얗게 흘기며 앙칼진 목소리로 수모에게 쏘아붙였다. 수모는 엉덩이를 어찌나 세차게 찧었던지 겨우 슬금슬금 기어와서는 다시 난희의 이마 털을 뽑기 시작하였다.

"수모! 정말 내일은 장안에 훤한 장부들을 모다 구경할 수 있을까나?"

내심 기대에 차서 얼굴 가득 발그레한 홍조를 띤 부끄러운 기색의 난희는 수줍은 얼굴을 하고 물었다. 요란한 외모와는 달리 아직은 소녀의 설렘을 그대로 가지고 있는 난희였다.

"그럼요, 애기씨! 필시 그럴 것이구먼유. 그네도 뛰고, 창포물에 머리도 감고, 생각만 해도 즐겁지 않은감유?"

"아! 내일 아주 훤한 대장부를 보았으면 좋겠다. 내 낭군은 지금쯤 어디에 있을꼬?"

"우리 애기씨 맞을 준비 하고 있을 것이구먼유."

"난 내 마음에 꼭 맞는 신랑을 찾을 것이야. 꼭!"

"하지만 애기씨, 어른들이 정해주시는 곳으로 시집을 가는 것이 법도인 것을유."

"그럼 내가 원하는 서방님으로 구해주시도록 하면 되는 것이야. 수모와 유모는 나를 이렇게 곱게 키워 얼굴 한 번 보지 못한 사내에게 시집을 보내고 싶소?"

쌩긋 미소 지으면서 수모에게 냉큼 대답하는 난희를 유모는 예뻐 죽겠다는 듯이 잠자코 바라보며 따라 웃는다. 유모에게는 눈에 넣어도 아프지 않을 것 같은, 마치 친딸 같은 애기씨였다. 이젠 맞장구쳐 주던 수모도 걱정이 되는지 말리는 시늉을 한다.

"에그, 애기씨는 참~"

"두고 보아요, 내 말이 틀린지."

요란하게 이마의 털을 뽑아 빨개진 얼굴을 한 난희는 기필코 멋들어진 사내대장부를 낭군으로 맞이하고야 말겠다고 생각하고 있었다.

"에그머니! 애기씨, 그런 말씀 자꾸 하시면 큰일나요. 마님 아셔보세요, 크게 걱정하시는구먼유."

이제껏 수모와 난희의 이야기를 들으며 수건을 적시고 있던 유모는 그제야 화들짝 정색을 하고 난희의 얼굴을 자세히 들여다보았다.

"어깨 굽어요. 애기씨, 몸을 반듯이 세우세요."

난희는 유모의 말에 깜짝 놀라 비뚜름히 숙이고 있던 몸을 똑바로 세웠다. 다시 한 번 난희의 모습을 찬찬히 뜯어보는 유모의 눈빛이 다정하고 따뜻했다.

아기 때부터 병치레가 많아 또래만큼도 자라지 못할까 봐 노심초사해서 키웠는데 이제는 유모 자신에 비해 키가 한 자는 더 커 보였다. 거기다 난희는 그 성격이 강해서 다른 여인들처럼 언제나 다소곳이 움츠러뜨릴 생각이 전혀 없는 듯했다. 언제나 목을 빳빳이 들고 어깨를 꼿꼿하게 세우고 있었다.

권문세족의 기와집, 객들이 묵는 여러 채의 행랑방이 즐비한 대문을 돌아 으리으리한 사랑채 담으로 막혀 옆으로 돌아선 별채에서 유모와 머리를 빗기는 수모까지 거느린 난희 애기씨는 왕비 김씨에게 호의적인 노론당 김상묵의 외동딸이었다. 난희는 차분하고 얌전한 어머니를 닮지 않은, 딱 부러지고 호탈한 성격이다 보니 늘 병약한 안방 마님의 걱정거리였다.

면경을 다시 들여다보며 얼굴을 살피는 난희의 뒤로 문이 열리는 소리가 들렸다. 난희는 단장하던 손길을 멈추고 다소곳이 일어섰다. 아버지 김 대감이 입가에 희미한 미소를 띠며 들어선 것이었다.

"아버님."

"밤이 늦었는데 아니 자고 무엇을 하더냐?"

대답을 선뜻 못하고 난희의 통통한 뺨이 붉어졌다. 그리고 또랑또랑한 눈도 난처한 빛을 띠었다. 김 대감은 그런 씩씩하고 당돌한 여식이 좋았다. 처음엔 아들이 아니어서 섭섭한 마음도 들었지만 자라며 신통하게 영특하고 당당한 딸아이가 예뻤다.

"우리 난희 오늘 보니 시집을 보내야 하지 않겠느냐? 그만 하고 이젠 자려무나."

"네, 아버님."

"곧 매파가 올 듯하니 항시 행동거지를 조심하거라. 명심해야
하느니?"

"예, 아버님."

발갛게 상기된 얼굴로 난희가 살풋 웃고 있었다.

연의 아버지 안분당은 점잖은 체면에도 연이 온다기에 이제
나저제나 몇 번이고 솟을대문 앞을 서성였다. 연을 보내고 단
하루도 편한 잠을 자지 못하던 부인을 곁에서 지켜보며 후회하
기도 했었다. 자신의 참 핏줄이었더라면 이렇게 미안한 마음은
덜했을 것이다. 언제나 부인의 눈길에는 원망을 담고 있었고 한
달에 한 번 대궐 앞으로 연을 만나러 가도 대궐에는 들어가 보
지도 못하고 잠시 빠져나온 연을 얼굴만 보고 오는 날은 어김없
이 자리 펴고 드러누워 버리는 신씨 부인이었다. 마침내 연의
말이 나타나자 체면도 잊고 달음질치는 안분당이었다.

"연아! 연아!"

"아버님!"

말에서 내려 연도 달렸다. 잠시 보는 눈이 많다는 것도 잊고
부둥켜 안은 안분당이었다.

"들어가셔서 소자의 절 받으시옵소서, 아버님."

"그래, 들어가자."

자리에 앉은 아버지를 보는 연은 가슴이 아파왔다. 열한 해가
되도록 아버지를 보지 못했던 연이다. 어머니는 한 달이면 한
번씩 만나기도 하였으나 아버지는 단 한 번도 보지 못했던 것이
다. 안분당도 이제는 머리가 희끗희끗해졌고 눈가에는 주름이
잡혔다.

　　"그동안 평안하시옵니까?"

　　"그래, 몸은 괜찮은 게냐?"

　　"예, 아버님."

　　"문책을 당한 것이더냐?"

　　"그것도 그리하지만, 다른 일도 좀 해야 하고……."

　　"알겠다. 내게 깊이 설명할 것 없다. 내 너를 믿거니와 나라의
중한 일이니 아비가 알 필요 없다. 네가 알아서 하거라. 부인,
연을 데려가서 쉬게 하세요."

　　"네, 대감."

　　연은 속 깊은 안분당의 마음이 느껴져 가슴이 따뜻해져 온다.
자식을 믿어주는 아버지란 얼마나 힘이 되는가. 마치 든든한 비
빌 언덕 같은 느낌인 것이었다. 연의 어머니는 앞서 걸으면서도
그저 돌아보며 미소를 지어 보였다. 보고 또 다시 본다. 그러고
도 모자라 손을 꼭 잡고 걸어가는 어머니다.

　　안방에 들어가 문을 닫자마자 연의 어머니 신씨 부인은 두 팔
을 벌려 연의 머리를 저고리 품속으로 끌어안았다. 좋은 차 향과
따스한 어머니의 내음이 스며 나오는 깊고 따뜻한 품속이었다.

연은 어머니의 가슴에 안겨 어머니가 가꾼 정원에 꽃에 앉아 잠시 쉬었다가는 팔랑팔랑 날아가는 노란 나비를 바라보았다.

"어머니, 그리 좋으십니까?"

"그래, 좋다마다. 좋구나, 연아. 좋아서 간밤 잠을 못 이루었다."

"어머니……."

"어이구, 내 새끼. 내 어여쁜 새끼. 얼마나 고생이 많았느냐?"

"어머니, 전 고생한 것 없사옵니다. 어머님께서 제 뒷바라지 하느라 얼마나 고생이 많으셨습니까."

"연아! 너 이제 대궐에 들어가지 말아라. 그냥 이 어미 품에 있다가 출가하여 수의 품에서 살거라. 응?"

"어머니……."

연은 그런 어머니가 가여워 차마 말을 잇지 못하고 주르륵 눈물만 삼킨다. 어머니는 연에게 눈물을 닦고 가만히 속삭였다.

"눈에 넣어도 아프지 않을 내 새끼를 어이할꼬? 밤이 깊었다. 어서 가서 쉬거라."

"네, 어머니."

"연아, 오늘은 어미 곁에서 자려느냐?"

"네, 어머니. 저도 그리하고 싶습니다."

그 밤 이불 속에서 연의 어머니는 연을 쓰다듬고 또 쓰다듬었다. 은은한 달빛이 창호지 사이를 뚫고 들어와 두 모녀를 다정히 어루만졌다. 집으로 돌아와 맞는 첫날밤이 고즈넉이 깊어가고 있었다.

이른 새벽녘, 자신을 안고 잠든 신씨 부인을 연은 물끄러미 바라보았다. 하루도 새벽 수련을 거른 일이 없었으므로 연은 살며시 일어나 소세를 하기 위해 우물로 가는 길에 부엌 앞을 지나가고 있었다. 부엌에서는 방에 군불을 지피는 모양인지 간난이와 간난이 어미가 두런대는 소리가 들려왔다.

"이노무 가시나, 해가 중천에 떠 있는데 솥뚜껑 안고 뭐 하는 게야?"

간난이네는 솥뚜껑의 따뜻한 기운을 안고 꼬박꼬박 졸고 있는 간난이를 재촉하며 불을 지피는 모양이었다.

"아휴, 애기씨는 얼마나 좋을까. 마님하고 꼭 안고 자는 것을 보니 얼마나 좋은지. 울 엄니는 어찌 저런지 몰러! 날 어서 주워 왔나 봐."

간난이네는 대답 대신 한번 '흥' 콧방귀만 뱉었다.

"이년아, 속 모르는 소리 말어!"

간난이네는 힘이 든지 부엌 한가운데 철퍼덕 주저앉아 아궁이에 불꽃을 막대기로 툭툭 건드렸다. 불꽃은 다시 빨갛게 불을 일으키며 힘차게 타올랐다. 간난이는 연기가 매운지 기침을 쿨룩쿨룩 해대며 한쪽 손을 들어 힘없이 휘휘 내저었다.

"엄니는 괜히 그러네?"

"시끄럽다! 법석 떨지 말고 얼른 쌀이나 씻어!"

"진짜 별일이구먼. 엄니, 왜? 누가 또 우리 애기씨가 이 집 애기씨가 아니라고 뭐라 해서 그래요?"

간난이의 두 눈이 똥그래졌다. 지나치게 관심을 보이는 간난 이를 보며 간난이네가 두 눈을 하얗게 흘겨본다.

"이 댁 큰어머니가 그러고 다니신다니…… 행여 애기씨랑 정혼한 홍 대감 댁 귀에 들어갈까 걱정이구먼."

그러자 금세 간난이가 입을 삐죽댄다.

"그게 무슨 헛소리라요? 우리 애기씨는 이미 나라에 공을 세워 벼슬까지 하시는걸!"

"입 다물어! 이 사실이 나라에 알려지기라도 하면 우리 애기씨는 제명도 다 못살게 생겼어. 아이고, 우리 애기씨 팔자도 기구하기도 하지! 어찌 여식을 사내로 키우신 겐지……. 하긴 기생 어미에다 게다가 첩실의 자식이 마님 덕에 저만하게 사시는 것도 애기씨에게는 복이여. 비단 같으신 우리 나으리하고 마님 덕이구먼."

간난이네는 땅이 꺼져라 한숨을 내쉬었다. 그러더니 갑자기 벌떡 일어나 앉아 간난이의 머리통을 쥐고 흔들었다.

"너, 입 잘못 놀려 이런 말이 새어나가기라도 하면 알아서 해라이! 요절날끼다!"

느닷없는 어미의 협박에 간난이의 눈이 똥그래졌다.

"뭐, 뭐야? 엄니는. 내가 그럴 리가 있우?"

그제야 비로소 간난이네는 간난이의 머리를 놓고는 다시 불을 때기 시작했다. 간난이도 머쓱해져서는 물 길어다 밥을 지을 요량으로 항아리를 이고 일어서 부엌문 앞으로 나오다가는 귀신처럼 하얗게 질린 얼굴로 정신이 나간 채 서 있는 연을 바라보고는 항아리를 놓쳐 버리고 말았다. 문득 정신을 차린 연이 바닥으로 굴러 떨어지는 항아리를 발로 가볍게 차 올려 바로 세워놓았다.

"도, 도련님!"

간난이가 자지러지게 놀라며 연을 불렀다.

"도…… 련…… 님……!"

간난이네는 벌렁 뒤로 나자빠져서는 입을 쩍 벌린 채 한동안 다물지 못하였다. 하지만 연은 창백한 얼굴로 짐짓 아무렇지도 않은 듯 인사를 건넸다.

"잘 잤는가, 간난이네? 간난아, 내 소세물 좀 가져다 주겠니?"

"예? 예, 애기씨…… 아, 아니…… 도련님."

소세물을 금세 준비해서는 걱정이 되어 쪼르르 달려온 간난이가 연의 기색을 살핀다. 창백해져서 바르르 떨고 있는 연에게 죽을죄를 지었다는 듯 간난이가 놀라서 말했다.

"도련님, 죽을죄를 졌구면요."

"아는 대로 고해보거라. 그럼 아버님께는 말씀 올리지 않을 것이다."

"그, 그것이…….."

"괜찮아."

"그것이, 애기씨를…… 그러니까, 이 댁에 아기가 없으셔서 애기씨 하나 점지해 주십사 기도하러 가셨던 절에서 데리고 오셨다고 합니다요. 하, 하지만 아는 사람은 얼마 없답니다! 애기씨의 큰어머님과 우리 엄니만 아시는 일이구만요."

"내가 기생을 하던 첩실의 딸이라 하더냐?"

"예……."

"……."

"도, 도련님!"

"괜찮다. 그만 물러가거라."

연은 이를 악물었다. 무어라 형언할 수 없는 감정들이 한꺼번에 들이닥쳤다.

'아, 첩실의 자식. 어미가 기생이었단 말이냐? 저 고운 어머니가 내 어머니가 아니더란 말이냐? 그렇지, 그러니까…… 그러니까…… 이 모든 것이 그저 한순간의 꿈에 불과했던 거였구나. 그랬구나…… 그랬던 거였구나……. 고작 유희에 불과했던…… 그런 것이더냐? 정녕 그런 것이더냐?'

"도련님……."

연은 딱딱하게 굳은 몸을 일으켜 세워 아무 생각 없는 사람처럼 서성서성 걸어갔다. 아무것도…… 그 어떤 것도 생각하고 싶지가 않았다. 걸으며 연은 조용히 시를 외웠다. 어릴 때 곧잘 세손이 들려주곤 하던 시를 읊었다. 대궐에서는 그저 막연한 그리움으로 집에 두고 온 어머니를 생각하며 외우곤 하던 시들.

[백옥당 앞에 한 그루 매화나무
오늘 아침 홀연히 꽃이 피었네.
우리 집과 창과 문 꼭꼭 닫혔는데
봄빛은 그 어디로 들어왔을까?]

'처음부터 나는, 혼자이었구나. 나를 이제껏 사람 구실 하도록 키워주신 분들이 계셨구나. 참으로 저분들이 아니었다면 사람으로 살기 어려웠을 목숨이었구나.'

시를 읊으며 서성이는 연의 눈에서 소리없이 눈물이 흘렀다. 눈물을 흘리며 그렇게 또박또박 가슴에다 슬픔을 아로새겼다. 마음이 순식간에 차갑고 쓸쓸해졌다.

그날 아침, 신씨 부인은 일찌감치 아침을 먹고 책을 읽고 있던 연의 방문을 호들갑스럽게 열고 들어왔다. 연은 애써 들끓는 마음을 달래고 있던 길이라 웃으며 신씨 부인을 맞았다.

"연아, 오늘이 단오날이다. 너도 분단장하고 나가 다른 처녀들처럼 그네를 뛰어볼 테냐? 그러거라, 응? 아이고, 내 정신 좀 봐. 어미가 무엇을 준비해 뒀는지 볼라느냐?"

"네에?"

어머니는 연을 목욕간으로 데리고 들어가 옷을 벗기고 씻긴 뒤에 다시 방으로 데리고 들어와 몸단장을 해주기 시작했다. 우선은 늘 가슴을 단단하게 여며둔 졸잇말을 베로 하지 않고 부드러운 목면으로 감고는 속적삼과 속저고리, 그리고 노랑저고리를 입히고는 아래는 속바지를 입고 일고여덟 겹 겹친 붉은 겹치마를 입어 아래를 한껏 부풀렸다. 연하게 분단장하고 고운 참빗으로 동백기름을 발라 곱게 빗고 땋아 내려 도투락댕기를 드리웠다. 그리고는 장롱 속에서 가죽으로 만들고 겉은 붉은 비단으로 씌우고 신코와 뒤축에 당초 무늬를 새겨 넣은 고운 당혜를 꺼내놓았다. 따가운 햇살 아래서 검게 그으른 딸에게 분단장을 시켜놓고 좋다 하는 연의 어머니였다.

"아이고, 곱구나, 내 새끼! 분단장하니 이리 고운 것을……."

곱게 차려입은 면경 속에 연의 고운 모습이 보였다. 그런 신씨 부인의 모습을 보며 서럽기도 하고 감사하기도 하여 절로 부끄러워 불그레 연의 볼이 붉어진다.

"어머니, 이러고 소녀가 어디를 나가겠사옵니까?"

"간난이를 데리고 나가 그네를 뛰고 오너라. 응? 이 어미 소원이구나. 너도 한 번은 그리해 보아야 하지 않겠니? 이대로 좋은 시절 다 보낼 셈이더냐?"

"아이참, 어머니도. 그런 것이 어머님의 소원이십니까?"

"그래, 나도 남들처럼 너를 시집보내고 손자 손녀도 보고 싶고 사위도 보고 싶구나. 우리 수가 얼마나 잘해줄 것이더냐? 아니 그러냐?"

"예, 어머니. 그러시면 어머니 뜻에 따를 것입니다."

"그래라. 내 꼭 너도 다른 집안의 여식처럼 어여쁘게 키우고 싶었거늘, 네 아버님 뜻 때문에 그러지 못한 것이 한이 된다."

연은 그런 신씨 부인을 물끄러미 바라보자니 가슴 저 깊은 곳에서부터 싸한 슬픔이 차 올라왔다.

"어머니, 소녀를 한 번만 안아주시와요."

"에구, 우리 딸이 어리광을 피우고 싶은 게로구나."

신씨 부인이 의아한 얼굴로 연을 바라보다가 빙긋 웃으며 연을 보듬어안고 등을 토닥토닥 해주었다.

연은 어머니의 손에 등이 떠밀리어 뒷산 나무에 매어둔 그네를 뛰러 나갔다.

오월 오일 단오라 하여 아녀자들과 남정네들이 모두 뒷산에 오른 모양이었다. 세시풍속에 따라 아녀자들은 더러는 그네를 뛰고 더러는 창포에 머리를 감았으며 남정네들은 씨름을 하거나 그네 뛰는 아녀자들을 훔쳐보며 즐겼다.

연도 나무에 달아둔 그네에 올라 힘차게 다리를 굴려 마치 물 찬 제비마냥 하늘로 차고 오른다. 처음에는 별 생각 없이 힘 좋게 차고 올라 댕기가 나무 끝에 아련했다. 아차 싶어 다음부터는 힘을 조절하여 조분조분 차고 오른다. 어느새 나비처럼 나풀거리고 제비처럼 날랜 연의 그네 뛰는 모습에 몇 명의 한량들이 모여들었다.

"아이고, 뉘댁 규수인지 곱기도 하지."

"그러게. 어찌 저리 그네를 잘 뛴다요?"

"오메, 고운 것! 한번 꼭 보듬어보고 싶구먼."

연은 그네 위에서 기가 막혀 사뿐히 내려와 노려보았다. 간난이는 얼른 연의 뒤로 돌아와 숨어버렸다.

"오메, 눈 좀 보시요. 무섭구면."

"무얼 하는 자들이기에 이리 행실이 방자한가?"

"허!"

"하핫! 이 아가씨 성질 보소요."

"경을 치기 전에 썩 물렀거라!"

연이 새파랗게 분을 뿜으며 노려보고 있을 때였다. 등 뒤에서 낭랑한 목소리가 울려왔다.

"너희가 예서 무얼 하는 게냐? 지금 양가댁 규수를 희롱하던 게냐?"

"아휴, 이게 뉘십니까요? 은조 도련님! 저희는 그저 아가씨가 어찌나 귀여운지…… 잠시 덕담을 나누었지요."

"썩 물러가거라!"

"예, 예, 도련님."

사내들은 줄행랑을 쳐버렸다. 수양버들 아래 눈이 부시도록 훤칠한 키에 백색 도포를 입고 붉은 실끈으로 맵시를 내고 수마노 갓끈을 허리 밑까지 늘어뜨려서 멋을 내고는 고급스러운 태사혜를 갖춰 신고 딱부채(쥘부채)를 펴 든 품새가 장안에 논다하는 한량이 틀림없었다. 그는 비단 부채를 펴서 얼굴을 반쯤 가리고 서서 연을 바라보며 웃고 있었다. 이목구비가 반듯하고 얼굴빛이 어찌나 고운지 꼭 계집을 보는 것처럼 곱살했다.

"괜찮으십니까, 아가씨?"

연은 매서운 눈초리로 그를 살피다 수줍다는 듯이 돌아서서 소매끝동을 백색으로 대고 가지색 깃고름, 겨드랑이의 삼각무를 가지색으로 댄 장옷을 머리에 쓰며 답했다.

"간난아, 도련님 덕에 괜찮은 듯싶다고 아뢰어라."

간난이가 냉큼 연의 앞으로 나서며 답을 하려 입을 벌리려는데 은조가 웃으며 다시 묻는다.

"간난아, 일개서생 은조, 아가씨께 인사 여쭌다고 아뢰어라."

간난이가 돌아서 연에게 아뢰려 하자 연이 다시 답한다.

"알겠으니 이제 그네를 뛰도록 물러가시라 여쭈어라."

간난이가 다시 돌아서는데 은조가 냉큼 미소를 띠며 답한다.

"꽃을 보고 날아온 나비가 어찌 그냥 가겠느냐 여쭈어라."

"내처 하시면 아녀자를 희롱함이라 여쭈어라."

"하핫! 아가씨를 사모함이라 여쭈어라."

"간난이는 잠시 자리를 피하거라."

간난이가 피식 웃으며 자리를 피하자 장옷을 쓴 연이 돌아서 은조를 쏘아보며 묻는다.

"보아하니, 양반댁 자제 같은데 어찌 이리 무례하게 구시는 겝니까?"

연이 새초롬하게 노려보며 차갑게 말하자 은조는 다시 빙그레 미소를 입에 걸며 대답한다.

"꽃보다 고운 사람이 나를 부르는데, 내가 그냥 지나치리오."

"농을 심하게 하시옵니다."

"어이, 진심을 말하는데 농이라 하신단 말이오?"

연은 난처하다는 듯이 흐르는 냇물에 눈길을 주고 있었다. 마음 같아서는 한 대 걷어차고 싶었으나 분단장하고 그럴 수는 없는 터, 난감한 노릇이었다. 그때였다.

"연아, 무슨 일이더냐?"

꿈처럼 수가 눈앞에 서 있었다. 연은 꿈인가 생시인가 하며 환하게 웃는 얼굴로 수를 바라보았다. 수는 언짢은 기색으로 은조를 노려보았다.

"어!"

갑자기 나타난 불청객에 은조는 얼굴에 웃음을 지우며 예사롭지 않은 눈매로 예를 갖추어 인사를 나누었다.

"아, 시생 은조라고 하옵니다."

"수라고 하옵니다. 제 정혼녀에게 무슨 볼일이 있으셨던가요?"

수의 웃음 끝에 묻어나오는 눈길이 매서웠다.

"아니어요. 이분은 저를 도와주셨습니다, 도련님."

연이 눈짓을 하며 말하자 수가 다시 고개를 숙여 감사의 표시를 했다.

"아하, 그러셨습니까?"

"정혼자가 계셨다니 미련한 이 마음이 안타깝습니다."

은조는 돌아서려다가 다시 연을 돌아다보며 말했다.

"그리하였더라도 꺾인 꽃은 아닌 겝니다. 나비는 시들지 않고 향기나는 꽃에 언제나 모여드는 법이지요."

수가 노려보며 말을 잘랐다.

"거리의 꽃이 아닌 것입니다."

"그러면 어이한다, 꽃보다 고운 사람이 울고 있으니……."

묘한 여운을 남기며 은조가 사라지자 수는 연의 손을 덥석 잡고는 근처에 인적이 드문 물레방앗간 앞으로 달려갔다. 연은 활짝 핀 꽃처럼 웃었다. 물레방앗간 안으로 연을 데려가자 수의 얼굴이 붉어지며 빙긋 웃는다. 연의 손을 꼭 쥔 수의 손에서는 땀까지 촉촉하게 배어나온다.

"형, 왜 이리 해괴망측한 곳으로 데려오시는 겝니까?"

"그것이 인적이 드문 곳을 찾다 보니…… 내 네가 너무 그리워 나오고 말았으니…… 어머니께서 이곳으로 갔다 하셔서……."

"어젯밤 나왔는데 어느새 그러십니까? 동궁마마는 평안하십니까?"

"말도 마라. 내가 너를 그리워하는 것이야 괜찮지만…… 동궁마마께서 너를 찾으시다 없다 아뢰었더니 두 사부님들께서 아주 혼이 나셨다."

"그랬군요. 호호!"

"연아."

"예?"

"너는 내가 보고 싶지 않았느냐?"

"하루 사이에 말입니까? 형은 제가 보고 싶었단 말입니까? 농으로 하시는 말이시지요?"

"연아⋯⋯."

수는 은근한 눈으로 슬쩍 연을 바라보았다. 연은 갑작스러운 수의 눈길에 멋쩍어 얼굴이 붉어졌다. 연과 눈길이 마주치자 고개를 푹 숙인 수가 가만히 연의 손을 잡아끌었다. 연이 숨죽이고 바라보자 옥가락지 한 쌍을 가만히 끼워준다.

"음, 흐음. 연아⋯⋯ 오늘 이렇게 보니, 네가 선녀 같구나."

연은 손가락에 끼워진 옥가락지를 만지작거리며 방긋 웃었다. 고개를 숙이고 옥가락지를 만지작거리는 모습이 이제 막 피어나는 수련 같았다. 연은 자신이 알게 된 일을 고백하려 생각하다 고개를 들었으나 수가 덜덜 떨리는 입술로 가만히 다가오고 있었다. 연이 갑작스러운 수의 행동에 눈을 동그랗게 뜨고 쳐다보자니 생뚱맞게 딸꾹질이 났다.

"딸꾹! 딸꾹!"

"어인 일이더냐?"

"그것이⋯⋯ 딸꾹!"

수가 제 결에 화들짝 놀라 연의 등을 쓸어 내리며 묻는다. 얼굴엔 난색이 가득하다. 연은 얼굴이 홍당무가 되어 고개를 살래살래 흔들었다. 무안해진 수는 다시 시도도 못해보고 뒤로 물러앉고 말았다. 입맞춤 한번 하려는 것이 무에 이리 안 되는 것이더냐. 마음 같아서는 다시 달려들어 입맞춤 한 번만 해보면 원이 없을 것 같았으나 서투르게 굴 일이 아닌 듯싶었다. 아쉽지만 다른 날 더 은근하게 해보리라 생각하며 한 걸음 물러나는 수였으나 마음은 그런 자신이 갑갑하였다.

"어서 궁으로 돌아가시지요."

"그, 그래, 그래야지."

물레방앗간에서 나오는 수는 자신을 멍충이라 탓하며 투덜거리고는 돌아가고 있었다. 물레방앗간에서 나와 연을 데려다 주고는 다시 아까 연이 그네를 타던 그네 터 앞을 지나가고 있을 때였다.

六. 봄비春雨

새 봄날 시름에 잠겨 겹옷 입고 누워 있소
쓸쓸해진 성문 생각에 가슴 더욱 쳐리오
비 사이로 그대 붉은 집 우두커니 바라보다
구슬비에 흔들리는 초롱 잡고 홀로 돌아왔다오
먼길 떠난 그대 생각에 밤은 더디고
새벽녘 꿈결에서 얼핏 그대를 보았다오
편지와 옥귀걸이 어떻게 전해주리오
저 멀리 비단구름에 외기러기 날아가네
—이상은

수가 연과 헤어져 물레
방앗간을 막 돌아 나올 때 마침, 가마 한 대가 물레방앗간과 큰
거리로 통하는 사잇길을 빠져나왔다. 수는 그 가마가 몹시 화려
하다 생각하며 가마의 뒤를 따라 큰길로 나가고 있었다.

가마꾼들은 좁은 길을 요리조리 빠져나가 천천히 큰 거리 쪽
으로 향했다. 그 화려한 색의 가마에는 한껏 설레고 들뜬 난희
가 타고 있었다. 난희는 흔들리는 가마 안에서 허리를 꼿꼿이
세우고 앉아 창을 조금 열어두고는 신기한 듯 밖을 내다보고 있
었다. 가마는 꼬불꼬불한 길을 지나가고 있는지 좌우로 심하게
흔들렸다. 가마에 달린 손잡이를 꽉 움켜잡고 난희는 꼿꼿이 세

운 등허리를 더욱 곧추세웠다.

조금 지나 그네 터에 도착할 무렵, 굳게 닫혀 있던 가마의 창문을 누군가가 가볍게 두드렸다. 난희가 천천히 창문을 열었다. 몸종으로 따라온 계집아이였다.

"애기씨, 이제 거의 다 도착하였답니다요."

"그래, 알았다."

난희는 흐트러지지도 않은 머리를 한 번 더 단정하게 매만지고는 계집종의 부축을 받아 가마에서 내렸다. 이미 주위에는 그네를 뛰러 나온 수많은 처녀들이 줄지어 서 있었다. 난희는 그들의 호기심과 선망에 찬 시선을 한몸에 받으며 천천히 허리를 폈다. 허리를 꼿꼿이 세우고 등을 곧게 편 한 치의 흐트러짐이 없는 자세로 그녀는 차례를 기다리며 늘어선 사람들을 도도한 눈빛으로 훑어보았다. 수군대던 사람들이 난희의 쌀쌀한 눈빛에 움찔하며 숙덕이던 입을 금세 다물었다.

"좀 비켜나거라. 김 대감 댁 애기씨다. 자리를 내어드려라."

응삼이를 앞세운 하인들이 난희에게 그네를 미리 탈 자리를 만들어 내어주려고 처녀들을 밀쳐 내고 있었다.

난희는 사람들을 한껏 오만하게 내려다보고 있었다. 한성에서도 가장 크고 그 세도가 당당하기로 소문난 김상묵 대감 댁 외동딸이었다. 아랫것들까지도 그 기세가 하늘을 찌를 듯하자 몹시 못마땅하다는 듯 난희를 막고 나서는 왈자패들이 있었다.

"그런 법이 어디 있소?"

"뭐라, 너희들은 좀 뒤에 타라 하지 않느냐?"

투덜대는 처녀들을 밀어내고 난희가 막 그네에 오르려 하던 참이었다.

"뉘댁 규수인데 행차가 이리 요란한고?"

"그러게, 헌데 어찌 저리 곱다요?"

"오메, 고운 것! 그란디 어째 고운 처녀가 하는 짓은 이리 극악스럽다냐!"

"무엇 하는 놈들이냐?"

"옛따! 이놈아 널랑은 썩 물러섰거라! 이 애기씨에게 볼일이 있느니!"

함께 온 응삼이가 얼른 난희의 앞을 막고 나섰으나 다섯 왈짜들에게는 한 줌거리도 되지 않는 형편이었다. 어느새 응삼이는 저만치 내던져지고 말았다. 우락부락한 왈짜 다섯이 한꺼번에 들이밀어 아랫것들을 모두 집어 던져도 난희는 기죽지 않았다. 눈도 깜짝하지 않고 노려보고 있었다. 구경하는 사람들은 오히려 신이 나는 모양이었다.

"오메, 눈 좀 보시요. 무섭구먼."

"너희들이 내게 이리 방자하게 굴고도 살아남을 성싶은가?"

"허! 가소롭구나. 시방 우리 걱정을 하는 겨? 애기씨 걱정을 해야 될 처지 아닌감?"

"네 이놈! 썩 물렀지 못하겠느냐! 내가 누구인 줄 아느냐?"

"하핫! 이 아가씨 성질 보소요."

"경을 치기 전에 썩 물렀거라!"

난희가 새파랗게 분을 뿜으며 노려보고 있을 때였다. 등 뒤에서 차가운 목소리가 울려왔다. 옥색 도포에 세손께서 하사하신 당상관들이나 사용하는 옥으로 만든 매화관자를 사용하고, 허리 장식으로는 연분홍 도포 띠로 멋을 한껏 부리고 나선 훤한 장부 수였다. 하지만 무엇보다도 난희의 눈길을 사로잡은 것은 그 사내의 눈동자였다. 그다지 크지 않은 그 사내의 눈동자에는 든든하게 버티고 선 풍채만큼이나 단호한 의지가 담겨 있었다.

난희는 그 황망한 경황 중에도 눈을 멀뚱히 뜨고 수를 빤히 바라보았다. 이게 무슨 일이란 말인가? 어떻게 밤이면 밤마다 상상하던 그 잘난 사내가 눈앞에 있을 수 있단 말인가. 난희는 수를 다시 멍하니 바라보았다. 갑자기 묵직한 바위를 올려놓은 것처럼 가슴이 답답했다. 천천히 눈을 감았다 다시 뜨고는 똑바로 수를 바라보았다. 하지만 수는 난희에게는 눈길도 주지 않고 앞에 선 다섯 왈짜에게 호령하고 있었다.

"너희가 예서 무얼 하는 게냐! 왜 평화로이 그네를 뛰는 양가댁 규수들을 욕보이는 것이더냐?"

"양반댁 자제는 썩 빠지시오. 내 오늘 걸리는 양반 놈들은 그냥 두지를 않을 터이니! 비켜라, 송장 치우기 전에!"

단오날이라 대낮부터 술까지 거하게 한 왈짜패들은 이미 눈에 보이는 것이 없었다.

"썩! 물러가거라!"

장안에 내로라하는 주먹패들이라 좀처럼 막아서는 자들이 없는 마당에 어디서 나타났는지 새파란 샌님 같은 양반 하나가 호령을 하며 막아서니 왈짜패들은 기가 막혔다. 몸집이 건장한 사내 하나가 쓱 나섰다.

"어떤 개 호로자식이 남의 일을 가로막는 게냐?"

말이 끝내기도 전에 사내는 수를 향해 주먹을 날렸으나 수는 가볍게 등으로 업어 매치고 뒤이어 달려드는 녀석들도 가볍게 들어 날려 버렸다. 그러자 한 사내가 재게 난희를 붙잡아 목에 칼을 들이밀고는 외쳤다.

"가까이 오지 마라! 네가 서툰 짓을 하면 이 계집의 목숨은 없다!"

난희는 새하얗게 질렸다. 하지만 그런 중에도 수가 어떻게 대처할 것인지 강한 호기심이 일었다. 그만큼 저 훤한 사내에게 믿음이 생기니 이상한 일이었다. 자신의 목에 칼을 들이밀고 있는 왈짜의 손등 너머로 그녀는 조심스럽게 눈동자를 굴려 놀라서 빽빽이 둘러싸고 있던 많은 사람들 가운데에서 걱정스러운 눈빛으로 자신을 뚫어질 듯 쳐다보는 그 훤한 사내를 바라보았다.

난희는 마치 마음이 그 사내의 눈빛 속으로 빨려 들어가는 듯한 기분을 느꼈다. 하지만 다음 순간 차가운 칼등이 목을 눌러 왔고 난희의 눈앞으로 뽀얀 안개가 빠르게 밀려들었다. 마주 선 훤한 사내의 미간에 주름이 깊이 패었다. 단아한 이마, 강하게 휘어진 눈썹, 고집스럽게 곧게 선 콧날, 그 밝은 대낮의 햇살 아래 그 사내는 꿈처럼 서 있었다. 옅은 안개 속에서의 그 사내는 인간의 모습이 아니었다. 하늘에서 내려온 선비 같았다. 난희는 서서히 의식을 잃고 쓰러졌다.

"이놈!"

고함 소리와 함께 수가 단번에 날아오르며 한 손으로는 난희를 안으며 다른 한 손으로는 그 왈짜의 가슴에 장풍을 가격했다. 퍽, 퍽 하는 소리가 연달아 들리며 왈짜는 그 자리에 처박히며 땅바닥으로 쓰러지고 말았다.

"아가씨! 아가씨, 괜찮으시오?"

수가 놀라서 난희를 안고 들여다보고 있을 때 그녀의 눈이 떠졌다. 난희는 큰 눈을 깜빡거리며 수를 바라보았다.

"아! 머리가 왜 이리 아프죠?"

"갑작스럽게 당하신 일이라 놀라신 게지요."

수는 하인들에게 난희를 넘겨주고는 일어섰다. 돌아서 가려는 수에게 난희가 급히 물었다.

"생명의 은인이시온데, 함자라도 알고 싶사옵니다."

수가 말없이 그냥 가려 하자 난희는 끝내 눈물을 흘리고 말았다.

"이대로 그냥 가시면 소녀는 송구스러워 잠을 이룰 수가 없사옵니다. 은혜를 모르면 사람도 아니지요. 소녀에게 사람 구실을 할 수 있게 하여주시지요, 도련님!"

수는 하는 수 없이 정중히 인사하고 말했다.

"저는 세자익위사에 좌익위 홍민수라 하옵니다."

"소녀는 김상묵 대감 댁 여식 난희라 하옵니다. 오늘의 이 은혜를 잊지 않겠사옵니다, 도련님."

"별말씀을, 당연히 할 일을 한 것입니다. 그럼 이만."

수가 돌아서 뒤도 돌아보지 않고 바쁜 걸음으로 사라져 갔다.

'저 도련님의 뒷모습을 보는 게 왜 이리 가슴이 아플까.'

돌아서는 그의 등으로 자꾸만 시선이 가 발걸음을 뗄 수 없는 난희였다. 처음 만났던 그 짧은 순간에 그 사내는 그렇게 강렬하게 난희를 사로잡았다. 그녀의 시선은 수의 등에서 쉽게 떨어지지 않았다.

연은 나온 김에 저잣거리를 돌아 거리 분위기를 살펴본 뒤에 집으로 돌아왔다. 사실 연은 사부들의 특별한 명을 받고 돌아온 것이었다. 궁에만 있으니 운신의 폭이 좁아 적당들의 정보 수집에 취약했다. 적당들은 이미 궁 안에도 많은 내관과 상궁들을 저들의 편으로 만들어두고 있는 터에 궁 안에서만 세손을 모시고 움직이는 세자익위사들의 운신의 폭은 상대적으로 좁을 수밖에 없었다.

둘째 사부는 대궐을 나오는 연을 불러 일렀다.

"사부님, 소인이 나가서 방법을 모색해 보겠사옵니다."

"나도 그리 생각했다. 사람들이 마음대로 속내를 터놓는 곳은 아무래도 술자리가 아닌가 싶다. 내 월향관 주인에게 서찰을 보낼 터인즉 너도 기녀 수련을 받아서 대궐에서 퇴궐을 하고는 월향관으로 들어가는 것이 좋을 듯하다."

"밤에는 여인이었다 낮에는 사내이었다, 하라는 것이옵니까?"

"어렵겠느냐?"

"그것이……."

"수를 생각함이더냐?"

"그러하옵니다."

"수를 생각해서는 아니 될 것이다."

"어인 말씀이옵니까?"

"너는 동궁마마를 위해 살고 죽기로 하였다. 아니 그러냐?"

"그러하옵니다."

"너의 운명은 호위무사로 정해졌다. 호위무사는 누군가를 은애해서는 안 된다. 그런 감정은 사람의 마음을 약하게 만들기 때문이다. 게다가 너는 살수다. 살수가 정인을 만들어서야 되겠느냐?"

"……."

"네가 할 일이 무엇인지 찾아야 할 것이다."

그렇게 말하고 둘째 사부는 연에게 비급을 한 권 내밀었다. 연은 떨리는 손으로 그 비급을 받아 들고 궁을 나왔었다.

연은 어렴풋이 언젠가는 수를 보내야 할 자신의 운명을 알고

있었다. 호위무사인 자신에게 정인이란 어울리지 않는 일이었
다. 어차피 세손을 위해 살수가 되겠노라 승낙했을 때부터, 아
니, 호위무사로 대궐로 들어온 그 순간부터 운명은 그렇게 스스
로 알아서 굴러가고 있었을지도 모른다. 수와 연의 인연은 그때
이미 끝난 것인지도 모를 일이었다.

그날 밤 연은 간난이를 떼어놓고 다시 장옷을 쓰고는 집을 나
와 월향관으로 향하였다. 유흥가가 즐비한 그 길목으로 들어서
자 용수에다 갓모를 씌워 긴 장대에 꽂아 세우고 그 옆에 조그
만 홍등을 달아놓은 집들이 즐비했다. 연은 다시 월향관 앞에서
숨을 멈추고 안을 들여다보다가 다시 장옷을 쓰고 머뭇거리며
들어섰다. 여인으로 이곳에 들어오기는 처음이었으므로 잠시
망설여졌다.

막 문을 들어서 방들을 살펴보려고 장옷을 벗어 들려는 찰나
였다. 갑자기 손이 나오며 작은 방으로 연을 휙 끌어들였다.

"누, 누구냐!"

연은 목과 가슴이 잡힌 상태였으나 누군지 돌아볼 수 없었다.
방심한 탓에 상대에게 아문혈을 잡힌 것이었다.

"헉!"

헉 소리가 나며 말이 목 안으로 가라앉아 소리가 되어 나오지
않았다.

'느껴지는 기운이 이리 강한 것을 보면 엄청난 고수야!'

연은 상대에게서 흘러나오는 기도를 감지한 후 숨을 죽이고

있었다. 기를 읽게 해서 연이 고수라는 것이 상대에게 느껴지면 큰일이었다. 그 상대와 부딪친 등줄기에 서늘한 기운이 타고 흘렀다. 아문혈을 살짝 눌러 전신을 마비시킨 상대의 손이 연의 목덜미를 부드럽게 쓰다듬었다. 거친 숨결이 귓불을 타고 흘렀다. 어깨를 두 손으로 부드럽게 쓰다듬는다. 겨드랑이 사이로 두 손이 쑤욱 들어왔다. 뜨거운 손이 옷섶을 헤치고는 가슴의 부드러운 맨살로 스치며 들어왔다. 연은 눈을 크게 떴다. 소리를 지르고 싶었지만 목소리가 되어 나오지 않았다. 미칠 것 같은데 이제 상대는 연을 편히 주저앉히고 부드러운 젖가슴을 어루만졌다.

'이 손 치우지 못하겠느냐, 네 이놈!'

소리를 지르고 싶었으나 목소리가 나오지 않았다. 이제 그 상대는 연의 저고리 고름을 풀고 저고리를 벗겼다. 어깨 위를 부드러운 입술이 지나가고 다시 촉촉한 혀가 빨며 지나간다.

이 쳐죽일 상대는 전혀 서둘지 않았다. 아주 천천히 연을 농락할 모양이었다. 상대는 드디어는 가슴을 꼭꼭 여며둔 졸잇말을 풀어내고 치마끈을 풀어냈다. 등 뒤에 앉은 자의 얼굴을 볼 수 없으니 연은 더 숨이 막힐 지경이었다.

"환이 예 있는가?"

문밖에서 부르는 소리가 있더니 문이 드르륵 열렸다. 환히 불을 밝혀둔 기생방으로 문을 열고 들어선 것은 다름 아닌 낮에 보았던 은조라는 선비였다. 은조는 백색 명주 바짓저고리 차림에 상투관만을 쓰고 있었다. 옷을 거의 벗어 반라로 앉아 있는 연을 기겁하며 노려보았다. 하지만 다시 마주친 눈빛은 아주 묘한 눈빛이 되어 연의 몸을 핥듯이 들여다본다.

은조가 술을 마시다 사라진 환을 찾아 방문을 열고 보니 반라의 여인이 방 한가운데 꼼짝도 못하고 주저앉아 있었다. 여인이 그 지경이 되도록 꼼짝도 못하고 있는 것을 보면 환이 또 혈을 잡아 여인의 육신을 묶어둔 탓일 것이다. 자주 있는 일이니 별스러울 것도 없었으나 은조가 놀란 것은 그 여인이 낮에 그네터에서 본 규수이었기 때문이다.

앉아 있는 규수의 가슴은 물이 올라 뽀얗게 찰랑이고 있었다. 크게 사단이 난 것 같지는 않았으나, 당황하여 비명을 질러대고 싶은 표정이나 소리가 되어 나오지 않는 모양이었다. 어쨌든 규수는 무사해 보였다.

내심 한숨 돌리는데, 규수가 휘둥그레 눈을 치뜨는 모양이 보인다. 창백한 두 볼이 빨갛게 물들기 시작했다. 그때서야 비로소 은조는 규수도 자신을 알아보았다는 사실을 깨달았다. 잠시 동안이 영원처럼 느껴져 속절없이 규수를 바라보는 은조였다. 촛불 아래 반라의 규수는 눈부신 빛을 뿜고 있었다. 규수의 하얀 속살이 훤히 보이는 만큼 은조의 가슴이 짐승의 것처럼 꿈틀거렸다.

"무슨 일이시오?"

규수는 몸을 전혀 움직이지 못한다. 놀라고 당황한 빛이 역력

하였으나 진정 놀라고 당황한 것으로 치면 은조에 비할까. 반라로 환의 앞에 앉은 규수의 모습을 보니 얼이 다 빠져나갈 판이다. 낮에 자세히 보이지 않았던 규수의 이목구비가 하얗게 빛나고 있다. 이슬처럼 맑고 영롱한 눈동자가 놀란 사슴인 양 두려움에 흔들리고 있다. 은조의 눈이 그처럼 타는 듯 훑어보고 있건만 규수는 눈을 내리깔고 받지 않았다. 반달처럼 고운 아미아래 기다란 속눈썹이 파르르 떨리고 있었다.

연은 속으로 이를 갈았다.

'이런! 쳐죽일 놈들이 있나. 내 오늘 당한 수모는 꼭 갚고 말 것이니!'

은조는 뒤에 앉아 있던 환의 비실비실 웃는 모습을 보니 울화가 치밀었다.

"양가댁 규수에게 무슨 짓인가?"

은조가 눈을 부라리며 호통을 쳤다. 그러자 뒤에 앉아 있던, 눈이 마치 매처럼 매서운 환이 비실비실 웃으며 앞으로 걸어나온다.

"은조로구나. 양가댁 규수라 해도 기생방엘 드나들면 다 뻔한 알조인 것 아닌가?"

"자네는 어찌 아무리 반쪽이 양반이라 해도 하는 짓은 시정잡배만도 못한 것인가? 어찌 아녀자의 혈을 잡는가? 그러고도 자네가 사내라고 그 물건을 단 것인가?"

"뭐라? 시정잡배라? 네가 죽고 싶은 게냐? 양반을 능멸하는 게냐?"

"그만 나가보시게. 절름발이도 양반입네 나서면 어디 천것들
은 살겠는가?"

"기생 놈의 자식이 눈에 뵈는 게 없다! 내가 나가지 못하겠다
면 어쩔 것인가?"

"내가 내보낼 수밖에. 아니면 자네의 그 물건을 아예 못쓰게
떼어주리?"

"네 이놈! 무어라 하였느냐? 절름발이라 해도 다 같다더냐?
내 아비가 뉘시더냐?"

"허어! 어차피 아비를 나으리라 부르기는 네놈이나 나나 마찬
가지 아니더냐? 게다가 네 아비도 절름발이이기는 마찬가지일
터. 지금 득세했다 하여 날뛰지 마라. 도토리마냥 튀지 말거라.
서글프구나."

"이놈이! 내 오늘은 결단코 너를 끝장내리!"

"사양치 않겠다."

"에라잇!"

마주 선 두 사람의 눈빛에 불이 튀었다. 다음 순간 환의 손이
은조의 왼편 어깨를 장풍으로 가격했다. 갑자기 당한 일격이라
서인지 순간 은조의 얼굴이 움찔하는가 싶었더니 돌려차기 한
번으로 보기 좋게 환의 턱을 날려 버렸다. 반듯한 환의 턱이 순
간 부서지는 듯 보였다. 환은 그대로 바닥에 쭉 누워버렸다. 그
모습이 어찌나 통쾌했던지 연은 자신의 현재 처참한 처지도 잊

고 웃고 있었다. 야단스러운 소리에 은랑과 초련이 뛰어들어 왔다.

"서방님, 어인 일이시옵니까? 몸도 안 좋으신 분이 어찌 이러십니까?"

이 기방에서도 도도하기로 이름이 높은 초련이 은조의 몸을 살핀다. 방문을 열고 뛰어들어 와 방 안의 상황을 보니 무참하기 그지없다. 은조는 얼른 연에게 다가와 엄지손가락 사이의 혈을 눌러 아문혈이 잡힌 것을 풀어주었다. 그리고는 연을 병풍 뒤로 몰아넣고는 옷을 던져 주었다.

"나가서 수하들을 불러 환을 들어내라 이르게."

"네, 서방님. 제발 몸조심하시와요."

초련이 나가 수하들을 불러들이고 그 환이라는 자를 데리고 나가는 모양이었다. 연은 병풍 뒤에서 얼른 졸잇말로 가슴을 동여매고 있었다. 병풍을 사이에 두고 은조의 비아냥거리는 소리가 들려온다.

"아가씨, 이 몸이 또 아가씨를 도와드렸음이옵니다."

"……고맙사옵니다."

"그런데 아름다운 규중의 꽃이 어찌 거리의 꽃들이 있는 곳으로 오셨는지요?"

"나를 도운 것이 고맙기는 하나 무슨 연유로 내게 관심을 갖는 것이오."

"그것은 아마도……."

연이 겨우 졸잇말을 다 감고 치마끈을 동여매는 중이었다. 오랜만에 입어보는 치마가 여간 불편한 것이 아니었다. 그런데 어느새 은조가 병풍 뒤로 뛰어들더니 연의 가녀린 허리를 날름 잡아끌고는 연의 입술을 빨아 삼키는 것이 아닌가. 연은 놀라서 발을 죽 뻗어 은조를 냅다 걷어차고 말았다.

"네 이놈! 퉤! 퉤! 퉤! 나의 정인께서도 아직 근처에도 오지 못한 입술이거늘! 네가 죽으려고 용을 쓰는 것이냐?"

은조는 병풍과 함께 꽈당 넘어졌고 연은 연신 자신의 입술을 더럽다며 손등으로 부벼 닦았다. 놀란 은조는 다시 엉금엉금 기어와 연의 코앞에 이르자 다시 입가에 묘한 웃음을 걸고 비아냥거린다.

"아이고, 아가씨, 어찌 이리 힘이 좋으신 겝니까? 아가씨와 함께 이 밤 뒹굴어보았으면 원이 없겠소."

연은 노여운 눈빛으로 은조가 들이대는 입을 뒤로 밀면서 뺨을 찰싹 소리나게 때려주었다. 마음 같아서는 장풍을 사용해 퍽! 하고 한 방에 고얀 놈의 뺨을 날려 버리고 싶었으나 간신히 참았다. 그런데 은조는 뺨을 한 손으로 부여잡고 다시 연의 무릎으로 얼굴을 들이밀면서 기어오른다.

"아가씨, 손바닥도 참 맵습니다그려. 그곳도 매울 것이라 사료되옵니다."

"네 이놈! 그 발칙한 입을 닥치지 못하겠느냐!"

다시 은조의 뺨을 찰싹 때렸으나 이내 은조는 다른 볼도 들이

대며 또 비아냥거린다.

"아가씨, 그 손바닥으로만 때리지 말고 입술로 좀 때려주면 아니 되올까요?"

그러고 있는 사이 초련이 들어섰다. 초련은 질투로 이글거리는 눈빛으로 연을 쏘아보았다. 연은 어느새 자신을 사내들과 같다고 여기고 있던 터라 오히려 여인네들에게 약했다. 초련의 이글거리는 눈빛에서 한기를 느꼈다.

"내, 오늘 이것이 무슨 봉변이란 말인가⋯⋯."

"보아하니 양가댁 규수 같은데 어인 일로 기방으로 와서 사내들을 휙까닥 뒤집어놓은 게요? 썩 가세요, 이년에게 경을 치기 전에! 그리고 남의 서방 뺨을 이리 만들어놓으면 어쩝니까?"

"저⋯⋯ 그것이⋯⋯ 그것이 아니라⋯⋯."

"에그머니! 서방님, 이 피!"

"조용히 하게. 아가씨는 이제 그만 돌아가시지요. 이 몸이 댁까지 모시오리다."

연은 은조의 왼편 팔에서 저고리로 스며 나오는 붉은 피를 보고는 문득 스치는 생각이 있어 놀라 다시 은조의 팔을 바라보았다. 조금 전 환과 다툴 때 가히 위력이 커 보이지 않았던 장풍 일격에 피가 날리는 없다. 분명 어깨에 남아 있는, 그전에 생긴 상처를 다시 건드리는 바람에 흐르는 피다. 연은 은조의 어깨와 눈빛을 번갈아 쳐다보았다. 지금은 비록 술에 취한 채로 몽롱한 눈빛이었으나 틀림없이 눈에 익은 눈빛이었다.

'저자에 대해 알아보아야겠다. 만약 저자가 그놈이라면 저놈이 월척이 아니냐?'

연은 갑자기 기분이 좋아져 저고리를 입으며 환하게 웃었다.

"전 가볼 테니 몸이나 돌보시지요. 그런데 선비님은 이곳에 사시는 것입니까?"

"아니오. 강가에 초라한 나의 집에 있지요. 이곳은 내 어머니가 운영하시는 기방이올시다. 놀라셨는지요, 아가씨? 하하하!"

"놀라기야 했겠습니까?"

"우습지 않습니까? 성은 아비를 따르고 신분은 어미를 따르라 하니."

초련이 날름 은조의 앞을 막아섰다.

"이만 이 방에서 나가시지요."

"예, 그럼 이만."

연은 다시 장옷을 챙겨 들고 자리에서 일어났다. 은조가 일어나 연을 따라나오려 하였으나 초련이 바짓자락을 당기며 늘어졌다.

"아이, 서방님."

"아이고, 이것이 어디를 부여잡는 것이더냐?"

"상처가 심한데 어디를 가시려는 것입니까? 지난번 다친 자리가 다시 터지는 것을 보면 상처가 깊은 것입니다."

분명 지난번 다친 자리가 터졌다 하였다.

연은 은조가 방에서 자신을 따라 나오려기에 방문을 닫아버렸다. 그리곤 홀로 나오며 곰곰이 생각에 잠겼다. 하고 다니는 행색을 보거나 하는 꼴을 봐서는 한량이 분명한데 그냥 다친 것을 내가 잘못 본 것일까? 하지만 나를 잡은 환이라는 자의 기가 그처럼 강했거늘 그자를 한 방에 때려눕히는 정도라면 틀림없이 저자도 무공이 강함이다.

"그나저나 사부님께서 서찰을 써주신 것이 저자의 어미이니 일은 모두 틀린 것이 아니냐? 이런!"

그때였다. 조금 전 연을 농락하던 환이라는 자가 집에 돌아갈 모양이었다. 연은 부리나케 뒷길로 들어가 축지법을 사용하여 자신의 집으로 숨어들어 가 숨도 돌리지 않고 검은 옷으로 갈아입고 복면을 썼다.

"네 이놈, 나를 잘못 보았다."

그리고는 지붕과 지붕 위를 날아 월향관 근처로 갔다. 환은 비틀거리는 걸음으로 걷고 있었다. 연은 학처럼 몸을 펴고 환의 앞으로 내려가며 생각했다. 연이 누구인가. 세손을 호위하다 까다롭다 싶은 자가 있으면 혈을 잡아 멈춰 세우는 것이 특기인데, 어린 시절 세손에게 당한 뒤로는 수련을 거듭해 혈에 관한 한 경지에 이르러 있었다. 연의 속내 같아서는 똑같이 해주고 싶으나 그랬다가는 연의 짓이라는 것을 눈치채이고 말 터였다. 연이 앞을 막아서자 환은 소리를 버럭 질렀다.

"웬 놈이냐?"

연은 대답 대신 돌려차기를 한 방 날려 환의 턱을 명중시켰다. 환은 바닥에 큰대 자로 뻗어버렸다.

"오늘 너의 턱이 심히 고통당하는도다. 쯧쯧."

연은 환의 손발을 특수 매듭으로 묶은 뒤에 옷을 홀딱 벗기고
는 아래 가리개만을 입혀둔 뒤에 나무에 거꾸로 매달아뒀다. 그
리고 걸음을 옮기려다가 다시 가 자수정 갓끈이 달린 흑립을 씌
어주었다. 그리고는 만족한 기분으로 지붕을 타고 날아 집으로
돌아와 조용히 잠들었다.

다음날 아침, 연이 안분당과 함께 아침을 먹고 의관을 단정히
하고 모처럼 붓을 들고 앉았는데 간난이가 쪼르르 달려와서 고
한다.

"아가씨! 아가씨!"

"쯧! 네가 그 입 다물지 못하겠느냐?"

간난이는 다시 제 머리를 쥐어박고는 아뢴다.

"아, 도련님!"

"무슨 일이더냐?"

"그것이…… 글쎄요, 간밤에 저잣거리가 발칵 뒤집혔답니다."

연은 먹을 갈며 다시 물었다. 간밤에 제가 한 일은 까맣게 잊
고 있었다.

"어째서?"

"글쎄요. 요즈음 나는 새도 떨어뜨린다는 정후겸 대감 댁 도
련님을 누가 나무에 홀딱 벗겨서는 거꾸로 매달았다는데요. 포

도청에서 그놈을 잡겠다고 장안이 뒤집혔답니다."

연은 그때서야 간밤에 자신이 한 일이 얼마나 큰일인지 알았다.

"이런, 벌집은 건드려 놓은 게야. 쯧!"

그렇다고 해서 저지른 일을 후회하고 싶지도 않은 연이었다. 속 같아서는 오늘 밤이라도 정후겸이 잠든 후에 그의 방 아궁이에 석탄이라도 몇 덩이 던져 넣은 뒤 슬며시 아궁이 바람구멍을 막아버려 그 독한 가스로 질식사시키고 싶었다. 그러면 그 무색의 연기에 질식되어 죽었으리라고 누가 생각하겠는가.

씁쓸한 입맛을 다시며 다시 자리잡고 앉아 고요히 붓을 드는 때에 대궐에서 엄 내관이 나왔다.

세손은 연이 사가로 나가 근신 중이라는 소식을 사부에게 전해 들은 뒤로는 밤낮으로 서성이며 수라도 들지 못했으나 차마 사부에게 연의 근신을 풀어주고 대궐로 다시 불러들이라 할 수는 없는 일이었다. 밤새 고민고민 하던 터에 엄 내관을 내보낸 것이었다.

"어인 일이시옵니까, 엄 내관?"

"평안하셨습니까, 우익위. 동궁마마께서 쌀가마와 비단과 씩씩이를 보내셨습니다. 참, 이 함도 함께 내리셨습니다."

"씩씩이를요?"

해동청 씩씩이!

해동청은 송골매라고 하기도 하는데 세손은 유독 씩씩이를 아꼈다. 사냥을 썩 즐기는 편은 아니었으나 때로 사냥을 나갈 때면 연과 함께 꼭 씩씩이를 데리고 갔었다. 씩씩이는 연이 어릴 때부터 키워왔기에 귀여워하는 해동청이었다.

씩씩이를 가만히 상 위에 올려놓고 보니 씩씩이 발에 대나무 서찰통이 감겨져 있다. 엄 내관은 빙그레 웃으며 돌아간다 하였다.

엄 내관을 돌려보내고 연이 함을 열어보니 그 함 속에는 청나라에서 들여온 나침반과 색깔이 들어 있는 안경알을 끼운 옥안경(지금의 선글라스)이 들어 있었다. 함 속에 물건들을 다시 고스란히 넣어두고 서찰통을 열어보니 작게 접힌 서찰이 나왔고 펼쳐 보니 딱 한 글자가 쓰여 있었다.

[연(戀).]

사모할 연이라 적혀 있었다. 연은 이렇게 마음을 적어 보낸 세손이 너무 귀여워 웃었다. 세손께서 사내인 나를 좋아하심은 호기심이 틀림없다.

[충(忠).]

연은 망설임없이 힘차게 한 자를 쓰고는 말려서 씩씩이 발에 채워 보냈다.

씩씩이는 단숨에 대궐 안의 동궁전으로 날아가 자선당에서 이제나저제나 설레며 글을 읽고 있던 세손의 책상 위로 날아 앉았다. 이른 아침 새소리가 맑고 고요하게 들려왔다. 세손은 떨리는 마음으로 씩씩이가 매고 온 연의 서찰을 들여다보고는 실망하여 이마를 찡그렸다.

"내가 사모한다 하였거늘 충(忠)이란 말이더냐?"

세손은 다시 붓을 들고는 서찰을 썼다.

[애(愛).]

다시 정성스럽게 말려서 연에게로 날려 보냈다.

연은 다시 세손의 서찰을 풀어 읽어보았다.

"애라? 마마! 망측하옵니다."

연은 쌩긋 웃으며 다시 서찰을 써보냈다.

[정(情).]

연의 서찰을 받아본 세손은 화가 나서 자선당을 몇 번이고 오락가락하였다. 언제나 차분하게 몇 번이고 생각하고 그대로 밀고 나가, 별반 실패나 후퇴를 모르던 세손이었지만 어인 일인지 연만은 마음대로 되지가 않았다. 그렇다고 네가 여인인 것을 내가 알고 있다. 그렇게 노골적으로 말할 수는 없지 않은가. 열번

백번을 생각해도 그 속을 모를 연이었고 연이 그러면 그럴수록 더 애가 타는 세손이었다.

"대체 연은 목석이란 말이더냐? 어찌 이리 무심할꼬? 내 저를 이리 그리워하건만……."

세손은 이미 마음을 준 터라 이러하지도 저러하지도 못하였다. 은근히 곁에 두고 품고 싶은 마음이 없지 않았으나 그것을 연이 어찌 생각할지 알 수 없었다. 연의 곧은 성정에 한번 마음을 상하면 떠난다 할까 두려운 세손이었다. 연이 집에 앉아 계책을 연구하고 있을 동안 세손 역시 해가 있을 때는 시강원에 나가 학습을 하고 바쁘게 보냈으나 곁에 있는 수를 볼 때마다 연이 그리웠다. 그것은 수도 마찬가지이었다. 애써 늠름하게 자신의 일을 하고 있었으나 연의 웃는 모습이 눈에 삼삼하였다.

다시금 해가 졌다. 푸른 밤바람이 산들산들 불어오고 있다. 세손은 뒤뜰로 난 창을 열어놓고 서안 앞에 앉았다. 세손은 눈을 감고 서늘한 미풍을 음미해 보았다. 파아란 달빛 잠긴 구중궁궐에 외로운 두견새 울음도 들려오고, 방문으로 향긋한 꽃향기도 들어오는 밤이었다. 세손은 나직이 시를 읊어보았다.

언제나 시는 연이 좋아하는 모습을 보기 위해 읊어주던 것이었는데, 연은 곁에 없었다. 그러고 보니 매 순간순간마다, 찰나마다, 숨을 내쉬고 들이쉴 때마다 연도 같은 공기를 마시고 함께 숨 쉬고 있었다.

'이처럼 달 밝은 봄밤에 고요히 앉아 서늘한 바람을 느끼며 홀로 이 시를 읊조리고 있노라니 그립구나……. 진정…… 연아, 이런 내가 우습구나. 그렇지 않더냐? 늘 목숨은 위태롭고 해야 할 일들은 많다.'

이미 평범한 범인으로 살아가지 않기로 한 것을, 잔잔한 사내의 마음 따위는 버리려 생각한 것을, 새삼 이러는 이유를 알 수 없었다. 애초에 길이 아니면 가지 말라 했거늘, 그럼에도 어찌 이다지 마음이 산란한가.

세손은 고개를 휘저었다. 온종일 연을 생각하지 않으려 애쓰지 않았던가? 시강원에만 있어 갑갑해서 이런 건지도 모른다. 내일은 새벽같이 말을 달리고 활쏘기를 하며 몸을 고단하게 하여보아야겠다고 생각했다.

마음을 다잡은 세손은 다시 서책을 바로잡으며 마음을 다잡고 큰 소리로 읽어 내려갔다. 허나, 몇 줄 읽기도 전에 서책 안에서는 연이 환하게 웃고 있었다. 세손은 불끈 주먹을 움켜쥐고 말았다. 마음이 이토록 산란하기도 처음이었다. 갑자기 연이 그리워 견딜 수가 없었다. 청아한 모습으로 저 문을 열고 들어설 것만 같았다. 이토록 마음이 산란한 것은 그 어떤 고통이 닥쳐왔을 때보다 힘이 들었다. 겪어보지 못했던 일이라 힘이 들었지만, 일찌감치 성현의 말씀으로 마음을 다잡고 옛사람의 시로 생각을 씻으려 했던 것이다. 하지만 그리움은 세손을 가만히 내버려 두지 않았다. 어느새 또다시 연이 씩씩이를 통해 보내온 서신에 손이 갔고 가슴은 또다시 벌렁벌렁, 심상찮게 요동치기 시작했다. 숨이 차 오르며, 이유없이 몸이 더워지고 방이 갑갑하게 느껴진다. 이 역시 연이 궁을 나간 뒤 요즈음 들어 매일 밤 겪는 증세였다.

"아무래도 깊은 병이 아니더냐. 상사병이라는 것이 있다더니…… 이를 어이할꼬."

당장이라도 대궐 밖으로 뛰쳐나가고픈 마음이었다. 연이 있는 곳으로 가 단 한 번이라도 그 서늘한 눈을 보고 오면 속이 시원해질 것 같은 욕망이 불끈 솟구쳤다. 이 어찌 병이라 하지 않으랴. 세손은 땅이 꺼질세라 한숨을 쉬며 벽에 기대앉았다. 그러자니 연이 어릴 적 글을 배우다 튀겨놓은 먹물 자국이 희미하게 보였다. 어느새 연과 함께한 나날들이 차곡차곡 마음에 쌓여 있었다. 눈물이 한줄기 흘렀다. 심장을 쥐어뜯고 싶었다. 보고 싶었고 그리웠다. 터져 버릴 것 같은 세손의 심정을 아는지 번을 서는 윤마저 오늘따라 별말이 없다.

탁!

"좌익위, 빈의 처소로 갈 것이다."

"예, 마마!"

더 이상 참지 못하고 세손은 책을 탁 덮으며 자리에서 벌떡 일어섰다. 오늘은 한 달에 두 번 세손이 꼭 세손빈 처소에 침수 들어야 하는 날이었다. 세손은 연을 잊어볼 양으로 무거운 걸음으로 세손빈 처소로 걸음을 옮겼다.

달은 탁한 구름에 가리우고, 물을 머금은 촉촉한 바람이 불어

오고 있었다. 구름 사이로 어두운 하늘엔 별들이 모두 숨었다. 비가 올 모양이었다. 빼꼼 구름 사이로 얼굴을 내민 달님 덕에 그 먹구름 드리운 하늘에 간간이 어둠과 어스름한 달빛이 교차하였다. 마치 연으로 인해 세손의 먹구름 낀 마음에도 간간이 은은한 빛이 교차하듯이.

'한마디 말도 못하다 저가 궐을 나갔기로 용기를 내어 연정의 서신을 보냈건만, 저와 내가 아끼는 씩씩이의 도움까지 받아가며 마음을 고백했건만 어찌 이리 냉담하더란 말이냐. 야속한 것……. 그런데도 어이 나는 단념하지를 못하는 것일꼬…….'

그래서 이처럼 속만 끓이고 있는 것이다. 애태우고 있는 것이다.

'어이할꼬? 대체 어쩌다 내 마음이 내가 어쩌지 못하는 이런 기막힌 꼴이 되었단 말인가? 연아, 나는 어찌하면 좋겠느냐?'

촉촉한 바람이 우르르 일었다. 어둠도 바람에 몰려 좌르르 비 바람을 일으킨다. 울어대던 소쩍새며 부엉이 같은 녀석들도 오늘따라 침묵을 지키고 있다. 앞이 보이지 않았다. 하늘도, 땅도 모두 캄캄하기만 했다.

울적한 마음으로 세손빈 처소에 들었더니 오늘따라 세손빈은 흰 얼굴을 더욱 꽃단장하여 고왔다. 주안상을 내온 세손빈이 세손의 곁으로 은근히 다가앉았다.

"윗전에서 술을 금하거늘 어찌 주안상을 보셨소."

"마마, 오늘 소첩이 여쭐 것이 있사옵니다."

"무엇입니까?"

"마마, 노엽다 마시옵소서."

"허허, 무엇이냐 묻지 않소?"

"허심탄회하게 대답해 주옵소서."

세손빈의 고운 눈에 눈물이 그렁그렁 맺혔다.

"마마, 마음의 정인이 누구이더니까?"

"무엇이라?"

"마마, 노여워 마소서. 소첩이 마마를 돕고 싶사옵니다. 그 정인을 마마 곁에 두소서."

"시끄럽소. 지금 내가 여인에게 마음을 줄 처지요?"

"하오나 마마! 상감마마께서는 원손을 기다리고 계시옵니다. 소첩이 제 할 도리를 못하고 있으니 이 자리가 바늘방석이옵니다."

"그만두시요. 내가 미안하오."

세손은 난감하여 술잔에 채워진 술을 들이키고 있었다. 흔들리는 불꽃 아래에서 입술을 깨물던 세손빈이 어느 순간 스스로 저고리 고름을 풀어 내렸다. 열아홉 한창 물오른 여체가 보얗게 드러났다. 얇게 비추이는 비단 속옷만 남아 세손빈의 아리따운 몸이 불빛에 비춰 보이자 눈이 부셨다. 한 떨기 꽃처럼 어여쁜 자태에 어떤 사내가 안 넘어올까만은 유독 세손의 속만은 알 수가 없었다.

"마마, 소첩의 무례를 용서하옵소서. 소첩은 이제 이리라도

마마를 모실 수밖에 없사옵니다, 마마. 소첩을 가련하게 여겨주
옵소서."

　다른 밤 같으면 싸늘하게 나무랄 일이었으나 세손빈의 처지
도 너무나 딱하고 안타까웠다. 연에게로 흐르는 마음을 막을 수
만 있다면야 무에 어려울까만은 그러지 못하는 자신을 세손도
어찌할 수 없었다.

　세손은 또다시 술을 따르고 술잔을 거푸 들이키고는 술의 힘
이라도 빌려볼 요량으로 보료 위에 비스듬히 쓰러졌다. 하지만
눈을 감는다고 떠오르는 연의 얼굴을 지울 수는 없는 세손이었
다. 어느 곳에 있던 그림자처럼 함께하는 연이었다. 남아인 줄
알았을 때는 귀여운 동생처럼 귀히 여겼고 여아인 줄 알면서부
터는 바라보게 되는 마음을 어찌할 수 없었다. 이성으로도 어떤
냉정함으로도 지워낼 수 없는 연이었다.

　세손빈은 그 밤의 끝을 이미 알고 있었다. 누가 들어앉아 있
는 것인지 오직 그네만이 들어오는 세손의 마음속이었다. 세손
빈은 언제나 세손의 마음이 한쪽이라도 자신에게로 흘러오기를
기다리고 또 기다렸다. 세손의 몸에 엎드려 세손의 입술에 자신
의 입술을 포개놓았다. 세손의 입이 열리자 마음이 물속인 듯
고요해지며 그렇게라도 받아주는 세손의 마음에 황홀해 정신이
아득해졌다. 세손빈의 입술과 혀가 세손의 입술을 열고 들어갔
다. 눈물 젖은 두 눈이 위를 향해 열렸다가 아래로 닫혔다. 세손
빈은 스스로 속치마를 걷어 올려 속곳을 아래로 내렸다. 세손이

고개를 돌려 세손빈과 눈이 마주치는 것을 피했다. 세손의 다리 사이로 얼굴을 파묻으려 했다. 세손이 몸을 틀며 돌아누우려 했으나 세손빈은 세손의 다리 사이로 파고들어 가 세손의 감각없이 있는 그것을 입 안으로 밀었다. 신음 소리를 내는 세손의 두 눈에 피가 솟구치듯 눈물이 끊임없이 흘러나왔다. 문득 놀란 듯 세손의 두 눈이 커다랗게 열리더니 목 안에서 창자를 끌고 올라오듯 깊고 날카로운 비명이 터져 나왔다.

"연아! 연아!"

세손빈이 놀라 후다닥 세손에게서 떨어져 나갔다. 세손이 한참을 술기운에 흐느끼다가 잠들자 세손빈은 일어나 등불을 다시 켰다. 세손빈은 세손에게 다가앉아 오래도록 바라보았다. 벗겨놓아도 군계일학 같은 이 사내, 희고 넓은 가슴이 슬퍼 보였다. 마마……. 세손빈은 그 가슴에 얼굴을 묻고 흐느꼈다.

"야속하옵니다. 야속하옵니다, 마마. 어찌 그 아이를 마음에 담고 계셨나이까?"

잠깐 눈을 부쳤다 일어난 세손은 옷을 입고 비의 처소에서 나와 엄 내관을 찾았다.

"엄 내관 게 있느냐?"

"어인 일이시옵니까, 마마?"

"내가 지금 미행 나갈 것이다. 수를 들라 하라."

엄 내관이 기가 막혀 멍하니 세손을 바라보다가는 얼른 수에게로 달음질쳐 가고 세손은 부슬부슬 나리는 가랑비 속을 서성였다. 덮으려 덮어두고 미뤄두려 해도 그리움이 사무쳐 병이 깊어지는 세손이었다. 봄날 달짝지근한 꽃바람에 연분홍 기운이 일기 시작한 숫총각 가슴이 시름에 겨운다.

번이 아닌 터라 잠이 막 들려던 참에 수는 미행 나갈 차비를 하고 불려왔다. 눈을 들어 하늘을 보니 여름을 재촉하는 봄비가 부슬부슬 내리고 있었다.

"어인 일이시옵니까, 마마?"

"미행을 나갈 것이다."

간편한 복장에 도포 안에 검을 감춘 수가 무릎을 꿇고 아뢴다.

"마마, 적당들이 호시탐탐 동궁마마를 무고하고 있습니다. 이런 때에 동궁마마께서 미행 나가신 것이라도 알려진다면……."

세손이 손을 들어 수의 말을 막았다. 수는 말을 끊고 조용히 일어나 읍하였다.

"수야……."

"동궁마마, 소인의 충성된 마음에는 한 치의 거짓도 없사옵니다. 준비하겠나이다."

수는 세손의 고집을 알던 터라 대궐 담을 넘어 나갈 생각이었다. 문을 통해 나갔다가는 금세 온 대궐이 알게 될 일이었다. 위험을 각오해야 하는 일이었다. 세손의 얼굴에 닿는 빗방울이 시원했다. 오늘 수는 간편한 검은 옷에 상투관과 건만을 두르고 있었고 허리엔 검을 빗겨 찼으며 세손 역시 수와 똑같은

차림에 활을 메었다. 시각을 알리는 파루 소리에 맞춰 두 사람
은 훌쩍 몸을 날려 담을 넘었다.

야심한 시각, 인적 끊어진 길을 걸어 종로 통 외곽을 지나고
있을 때였다. 으슥한 골목길에서 와장창 독 깨지는 소리와 함께
아녀자의 비명 소리가 들려왔다. 세손의 발걸음이 딱 멈춰졌다.
수는 황급히 세손을 막아섰다.

"아니 되옵니다, 형님! 위태롭사옵니다."

세손이 수를 바라보며 씽긋 웃었다. 그리고는 수의 어깨를 툭
쳤다.

"수야, 너는 이 형이 어떤 경우라도 비겁하기를 원하느냐? 재
미있겠구나, 수야."

"형님, 이것은 그리 나서실 일이 아니옵고……."

수가 막을 사이도 없이 어느새 세손은 몸을 날려 그 골목길로
달려들어 가고 있었다.

"수야, 어서 오너라! 우리 몸 좀 풀어보자꾸나!"

주막인 듯싶은 그곳에서 술 취한 한량패 다섯이 난동을 부리
고 있었다. 건장한 그들은 말리는 사람들을 패대기친 뒤 닥치는
대로 집기들을 부수고 있었다. 주모가 소리를 질러도 이제 사람
들은 모두 뒤로 물러나 말릴 엄두조차 못 내며 벌벌 떨고 있었
다. 그들이 양반 행색을 하고 있으니 더욱 그랬다. 세손이 그들
가운데로 다가섰다. 빗방울이 세손의 속눈썹 위로 떨어져 내렸
다.

"이보시게들, 야심한 밤에 어찌 이리 소란인가?"

"뭐 하는 놈인데 겁도 없이 나서는가! 너는 우리가 누군지 모르느냐?"

세손에게 손가락질을 하며 한량패 중 가장 덩치가 있어 뵈는 하나가 눈을 부라리며 말한다. 세손은 그자의 손을 툭 쳐서 치워 버리고 타일렀다.

"보아하니 양반집 자제들 같은데 주막에서 행패를 부려서야 쓰겠는가."

"네놈이 우리를 가르치려 드는 게냐?"

"죽고 싶은 게냐?"

다른 한량패들도 앞으로 나서며 한마디씩 거들었다. 처음 손가락질하던 자가 다짜고짜 몸을 날려 덤벼들었다. 세손이 그 자리에서 날아오르며 발로 올려 차 한 방에 날려 버리자 모두 떼거리로 덤벼들었다. 수는 옆에서 잠자코 보고 있었고 세손은 달려드는 놈들을 차례로 집어 던지고 발로 차버리다가 한 놈을 머리 위로 번쩍 쳐들고는 빙빙 돌렸다. 주막 안의 사람들은 입이 쩍 벌어졌다.

"아이구머니! 세상에!"

"장사구먼!"

세손 또한 그놈을 쳐들고 그저 서서 재미있다는 듯 바라보기만 하는 수를 보고는 눈이 휘둥그레져 묻는다.

"수야, 너는 뭐 하는 게냐?"

그러자 수가 오른팔을 가슴에 대고 고개를 조아리며 웃는다.

"형님께서 몸을 푸신다 하시기에 구경하는 것입니다. 하하하!"

"뭐라? 네가 이 형을 한 방 먹이는 것이더냐? 하하하!"

세손은 한량패들의 머리 위로 쳐든 놈을 집어 던졌다. 그러자 겁을 집어먹은 그들은 줄행랑을 쳐버렸고 수와 세손도 포졸들이 달려오기 전에 그 자리에서 빠르게 벗어났다. 그 골목에서 한참을 벗어나자 웃으며 수가 은밀하게 속삭였다.

"그런데 형님, 어디로 가시는 것입니까?"

"그냥……."

"그리하더라도 행선지가 있지 않겠습니까?"

수와 나란히 걷던 세손이 수를 바라보며 멋쩍게 웃어 보이며 말한다.

"그것이…… 사실은 연을 보러 간다."

"……그러셨습니까."

수의 한숨 소리가 무겁고 슬펐다. 짐작은 하고 있었지만 막상 연을 보러 간다 하니 가슴 한 켠으로 찬바람이 이는 듯 허전했다. 누구보다 세손의 마음을 분명하게 읽고 있는 자신이 두려웠다.

'세손께서 연이 여인인 것을 아시는 것인가? 그렇지 않고서야 어찌 저리 사모할 수 있겠는가. 그렇다면 나는 이제 어이해야 하는가. 연이 나의 정혼녀임을 밝혀야 하는 것인가, 아니면 더 지켜보아야 하는 것인가. 하지만 세손께서 연을 사모한다 하여도 연이 저리 꿈쩍도 않는 나무토막 같은 데야 세손인들 어쩌겠는가. 그러면 내가 정혼자임을 밝히면 괜스레 연이 여인인 것을 내가 나서서 밝히는 꼴이 아닌가.'

못내 속이 타면서도 이러지도 저러지도 못하는 수였다.

"연을 만나기엔 너무 늦은 시각입니다, 형님."

"그렇겠지? 그렇더라도 연의 방문이라도 보고 싶구나. 행여 먼발치에서라도 보고 싶구나, 수야."

"연을 그리 넘치게 생각하시는 것은……."

"무슨 연유냐고 묻는 게냐?"

"형님!"

"수야, 나는 너희를 형제같이 알고 있다. 너도 아느냐?"

"저희도 그리 믿습니다."

세손은 고개를 끄덕였다.

"수야, 나도 연에 대한 내 마음을 다 모른다. 하지만 나는 연을 보지 못해 나날이 야위어가는구나. 연이 떠난 후 무력감에 견딜 수가 없구나."

"형님!"

세손의 안색이 창백해 보여 마음 아픈 수였다. 그럼에도 선뜻 아무런 위로도 할 수 없는 수였다.

두 사람은 연의 집 뒤로 돌아가 섰다. 나무 위를 올려다보며 수는 조용하게 말했다.

"이 나무 위를 올라가시면 연의 방이 보일 듯하옵니다."

"네가 연의 집을 와보았더냐?"

"지난번 사부님의 전갈을 전해주려고 왔었습니다."

"그랬더냐?"

수는 말하고 싶었다. 여기가 제 정혼자 연의 집이라 저는 잘 알고 있습니다. 그리고 묻고 싶었다. 동궁마마, 연을 은애하시옵니까? 정녕 그러하신 것입니까? 하지만 수는 묻지 못했다. 세손의 입에서 흘러나올 그 대답을 감히 듣기가 두려웠다.

세손은 나무 위에 올라 연의 방을 내려다보았다. 풀벌레 소리도 고요하고 풀잎에 떨어지는 빗방울 소리만 들려오는데…… 그 고요를 뚫고 연이 시름에 겨워 시를 읊는 소리가 마치 소리 한 자락같이 들려왔다.

[소슬한 달밤 무슨 생각하시온지
뒤채는 잠자리는 꿈인 듯 생시인 듯.
님이시여, 제가 드린 말도 기억하시는지
이승에서 맺은 연분 믿어도 좋을지요.
멀리 계신 님 생각, 끝없어도 모자란 듯
하루하루 이 몸을 그리워하시나요.
바쁜 중에도 돌이켜 생각함이란
괴로움일까, 즐거움일까.
참새처럼 지저귀어도 제게 향하신

정은 여전하신지요.]

　담 안으로 따뜻한 불빛과 함께 보이는 방에서는 심란한 마음
다잡을 길 없는 연이 시를 읊으며 눈물을 삼키고 있었다. 시를
읊자니 함께 시를 주거니 받거니 하며 읊던 세손의 모습이 떠올
라 왔다. 수의 마음을 생각한다면 그러지 말아야 하는 것을 알
면서도 문득문득 생각나는 세손의 모습에 연의 마음은 더욱 혼
란스러웠다. 이제는 더욱 가까이 바라보아선 안 되는 세손이었
다. 그저 천한 목숨을 걸고 지키기만 해야 할 세손이었다. 목숨
을 걸고 지켜주겠노라는 어릴 적 작은 계집아이의 맹세만이 또
렷이 남아 있을 뿐이었다. 지금 담 너머에 큰 나무 위에 올라서
자신의 방을 내려다보며 연모의 정을 달래는 세손이 있다는 것
을 알지 못하는 연은 그렇게 시를 읊으며 마음을 달래고 있었
다.

　나무 위에 선 세손의 어깨 위로 잔 빗방울이 스쳐 떨어져 내
렸다. 너무 그리운 그 모습이 행여 문을 투영하여 비춰 보이기
라도 할까 봐 뚫어져라 바라보고 있어 눈이 아팠다. 그토록 사
무치게 그리운 그 모습을 눈에 담을 수 없어 세손의 눈이 아팠
다.

　'연아, 나는 너의 체취가 너무도 그리워 여기 서서 먼발치에
서나마 너의 그림자를 바라본다. 이제 허허한 발걸음으로 돌아
가야 할 터이지만 두고 가는 내 마음을 너는 알 수 있겠니. 내

오늘은 그저 너를 이렇게 마음에 담아 데려가 매일매일, 매 순간순간 들여다볼 것이다. 아마도 보고 또 보고 하겠지……. 새벽마다 우리가 함께 말달리던 그 숲길을 서성인다. 너를 보내고 내 마음이 이리 애달프고 허전한 것을 보면 나는 이제 네가 아니면 안 되는 것인지…… 연아, 나는 어찌해야 하느냐.'

온갖 시름에 잠겨 봄비에 젖은 채 한 여인을 사랑하는 두 사내는 그렇게 대궐로 돌아왔고, 다음날 연에게는 엄 내관이 다녀갔다. 세손이 보낸 선물 속에는 늘상 그리했던 것처럼 비단 속옷이 들어 있었으나 유난히 볼에 대어본 비단 속옷의 온기가 따스하였다. 그 비단 속옷을 안고 앉아 자신의 기박한 운명이 서러워 통곡하는 연이었다.

홍순한은 미리 기별을 넣고 찾아온 난희의 아버지 김상묵과 사랑채에 마주 앉아 있었다. 은은한 향내를 풍기는 차가 한 순배씩 돌아간 후 김상묵은 수의 아버지 홍순한을 향해 입을 열었다.

"대감, 내 미리 매파를 보내 잠깐 뜻을 비췄지만 나는 쇠락해져 가는 노론을 일으킬 방법을 찾기 위해 김귀주 대감과 뜻을 같이하기로 하였소."

홍순한은 왜 갑자기 내로라하는 김 대감이 찾아와 수를 사위로 삼겠다 하는 것인지 생각을 알 수가 없었다. 홍순한은 정색을 하여 김상묵에게 말했다.

"대감, 무슨 말을 하시는지 저는 도무지 알 수가 없습니다."

김상묵은 빙그레 웃어 보일 뿐이었다. 차를 마시고는 잔을 내려놓은 김상묵은 홍순한에게 자신있게 말했다.

"대감, 내 여식과 이 댁의 아드님의 혼사는 하늘이 정해준 듯싶으오. 홍 도령이 우리 난희의 생명의 은인이라고 합니다."

"저도 그 이야기를 전해 듣기는 했지만 우리 아이에게는 이미 정혼녀가 있는 터라 그것이 좀 어렵……."

홍순한의 말을 중간에서 막으며 김상묵이 침울하게 말했다.

"그것은 그대가 모르고 하는 말이오. 꼭이 정혼녀와 혼례를 올릴 필요가 없을 때도 더러 있지 않습니까? 그리 잘라서 말씀하시기는 빠르지요."

"글쎄요……."

"윗대의 저희 외조부님과 이 댁 조부께서 몹시 가까우셨더군요. 저희 아버님께서 얼마 전에 돌아가시기 전에 말씀하시더군요."

홍순한은 한참 놀란 듯 김상묵을 바라보더니 차분히 위로하여 말했다.

"대감 댁의 장인 되시는 어른은 저도 존경하는 분이신지라 늘 가까이 뵙고 싶었던 분이셨지요. 또 대감의 부친은 저도 몇 번 뵌 일이 있었던 터, 소식이 없더니 그리 일찍 돌아가실 줄은 정말 몰랐소. 사실 제 자식이 관직에 있다고는 하나 아직 뭐라 내세울 것은 없습니다만 사람됨만은 아주 반듯한 아이입니다."

김 대감 역시 공감하며 말했다.

"저 역시 자제 분에 대해 알아보니 그러하더군요. 하지만 어찌 과거를 보아 문관으로 나아가지 아니하고 무관으로 남아 있는 것인지 안타까울 뿐이오."

홍순한은 눈을 감고는 머리를 좌우로 흔들며 조용하게 말했다.

"그것은 그 아이의 탓이 아니지요. 모두 저의 탓입니다. 제가 영의정 대감의 뜻을 따르기 위해 그리한 것입니다."

"그렇다면 이제는 영의정 대감께서 세손과 등을 돌리신 이 마당에 수를 더 더욱이 세자익위사로 있게 할 필요는 없지 않겠습니다. 더 무엇을 망설인단 말입니까?"

"그럼 대감께서는 우리 수를 위해서 달리 생각이라도 있단 말씀입니까?"

"그런 생각 없이 무남독녀 외딸을 주겠다고 오겠습니까? 대감, 제 생각에는 수를 요직으로 들여 김귀주 대감과 중전마마의 최측근으로 있게 할 작정입니다."

"그게 사실입니까?"

홍순한은 그 말에 놀라 되물었다. 수많은 대신들이 하루살이처럼 나타났다가 사라지는 혼란한 시대에 자신의 뜻한 바를 펼치기란 얼마나 어려운 일이던가. 이제 중전의 세력이 가장 크게 부각되고 있는 이 시점에 수가 중전의 최측근이 되기만 한다면야 더 바랄 것이 있겠는가 싶었다. 아들 수는 아비인 자신이 보아도 무관으로 썩히기엔 아까웠다. 그런데 갑자기 이런 대단한 가문에서 직접 사위로 맞겠다는 말을 꺼내놓으니 놀라운 일이 아닐 수가 없었다.

"우리 노론의 앞날은 중점마마께 달려 있소. 어차피 대감도 우리와 생각이 같은 것을 무얼 망설이시오. 우리 한번 이리 인연을 맺어 앞날을 기약해 봄이 옳지 않겠소."

김상묵의 눈에서 이글거리는 불꽃 같은 안광이 쏟아져 나오는 것 같았다. 말없이 이야기를 듣고 있던 홍순한도 드디어 입을 열었다.

"말미를 좀 주시지요. 수를 설득해 보겠습니다."

"아, 그렇군요. 서두를 일은 아니지요. 좋은 소식을 기다리겠습니다."

김상묵이 돌아간 후에도 홍순한은 오랫동안 생각에 잠겨 있었다. 친구 안분당과의 오랜 우정도 중요했으나 집안의 명운이 달린 일이었다. 한참을 생각하던 홍순한은 결국 마음을 정하고 말았다.

七. 천만 리 머나먼 길에

천만 리 머나먼 길에 고운님 여의옵고
내 마음 둘 데 없어 냇가에 앉았으니
저 물도 내 안 같아서 울어 밤길 예놋다
　　　─왕방연

　　　　　　　　　　　뜰 앞에 한적한 봄볕이
긴 날, 난희는 낮잠을 자다 일어나 얼굴과 머리를 매만져 본 뒤
에 가벼이 하품을 하며 맥맥히 안석에 기대앉았다. 그날 수를
본 이후 난희는 모든 것이 시들해졌다. 앉으나 서나 수의 훤한
얼굴만 눈에 삼삼할 뿐, 모든 의욕을 잃어버렸다. 상사병이 난
것인지 가슴앓이가 심해 자리에 누워버리면서도 무서운 어머니
에게는 말도 못하고, 딸자식이 걱정이 되어 물어보는 너그러운
아버지에게 간신히 수의 이야기를 하였었다. 오늘따라 봄볕도
나른하다. 무슨 일인지 수모가 종종 걸음을 치며 달려온다.
　"애기씨!"

집안에 또 잔치를 치르는 것인지 수모까지 부엌에서 전을 부치다 만 듯 온몸에서 기름 냄새를 풍기며 종종걸음을 치며 뛰어들었다.

"무슨 일이오, 수모?"

"그 수라는 도련님에 대해 알아왔다는구먼유."

"그래? 아버님께서 내 부탁을 들어주신 게로구나."

"저가 어제 들은 이야기가 있었는데, 오늘 보니껜 확실하구먼유."

"뭐가? 어서 차근차근 일러보아라."

난희의 입에서 호기심이 가득 묻어난 재촉이 흘러나왔다.

"그 도련님 정혼자가 있다는구먼유."

"뭐라? 뭐라 하였니? 정혼을 했더란 말이더냐?"

"하지만 낙담할 일은 아닌 듯하옵구유. 집안이 많이 기울고 게다가 사람들이 그 처녀를 거의 본 일도 없다고 하니 필시 곡절이 있는 게지요. 그 도련님이 탐이 나신 모양인지 어제 대감마님께서 직접 그 댁 대감마님을 만나셨다고 하시는구먼요."

"그래서?"

"조부께서 이조판서를 지낸 그 가문이랑 혼례를 올린다는 게 쉬운 일은 아니잖어유? 그런데도 생각을 해보자는 것을 보면유, 잘될 것 같기도……."

수모는 말꼬리를 늘이며 길게 뜸을 들이자 몸이 달은 난희가 바짝 다가앉으며 수모를 재촉한다.

"그래서 어떻게 되었다는 거야, 수모?"

"그리곤 모르는구먼유. 고기까지 들었는데 청지기님이 부르시는 바람에⋯⋯."

"나원참, 궁금해 견딜 수가 있어? 한번 여쭤볼까, 수모?"

"그, 그만두서유, 애기씨. 그랬다간 이년이 엿들은 죄로 절단나는구먼유."

수모는 손사래를 치며 끔찍하다는 양 고개까지 도리질을 해 댔다. 수모는 정갈하고 엄한 안방마님께 낭패를 볼 생각을 하니 생각만 해도 끔찍하다는 듯 치를 떨었다.

"난 어떻게 하든 그 도련님과 혼인하고 말 거야. 안 되면 되게 해야지 뭐."

"그러지 좀 마서유, 애기씨. 누가 들을까 무섭구먼유."

"뭐가 그리 겁이냐? 수모는 덩치는 산만해 가지고는!"

난희가 쌩긋 웃으며 놀려대자 수모는 정말 누가 들을까 겁나는지 주변을 흘끔흘끔 둘러보다가 뒤에 어느새 왔는지 무심하게 서 있는 유모를 발견하고는 흠칫 놀랐다.

"예서 뭐 하고 있어, 전 부치다가 사라진 사람이! 찾고 야단인데, 원 말은 느린 사람이 몸은 그리 잰 것인가?"

"가는구먼유, 가유. 애기씨, 전 부치고 올 거구먼유."

수모는 마지못한 듯 눈길을 돌리고는 아직도 다른 이야기를 더 들으려는 난희에게 전을 마저 부치러 가야겠다며 줄행랑을 놓았다.

난희는 새초롬한 얼굴로 곰곰이 생각에 잠겨 있었다.

그 모습을 유심히 들여다보는 유모의 눈이 근심에 싸였다. 난희는 수가 정혼을 했다는 수모의 말을 다시 생각하며 아쉬움의 한숨을 폭 내쉬었다. 그런 난희의 모습을 보며 유모는 한바탕 웃음보를 터뜨렸다.

"어찌 그러세요, 애기씨? 내 이럴 줄 알았다니까요. 수모가 전해주는 말만 듣고 또 급하게 속을 끓이시는 것입니까?"

"그럼 어떻게 해. 그날 이후론 수 도련님의 얼굴이 삼삼해서 잠을 잘 수도, 먹을 수도, 누울 수도 없는걸……. 흑흑!"

수모와는 달리 유모 앞에 서자 난희는 속내를 털어내며 오열을 터뜨리고 있었다.

"애기씨! 아니, 한 번도 이런 일이 없으신 분이 어찌 이러세요."

"우리 수 도련님이…… 다른 처녀와 결혼한다는 거, 나 못 참겠어. 유모, 가슴이 너무 아파! 숨이 막히는 것 같아. 어떻게 해."

"아이고, 애기씨, 마님이 이 사실을 아시면…… 일나실 터인데……. 그만 하세요. 아버님이 나서셨으니 좋은 일이 있을 것입니다. 설마 그토록 어여뻐 하시는 우리 애기씨를 이리 내버려 두시겠어요. 기다려 보셔요. 네?"

"그럴까, 유모?"

"그럼요, 애기씨. 그나저나 마님께 좀 가보세요. 많이 편찮으신 듯싶사옵니다."

"그래요? 하지만 어머님 저러하신 것은 제가 다섯 살 때부터였어요. 곧 괜찮아지실 테지요. 이제는 아버님도 만성이 되신 것 같아 걱정이에요. 어머니께 가볼래요, 유모."

"네, 애기씨. 그러셔야지요."

난희가 바쁜 발걸음으로 안채로 들어서고 보니, 병약한 어머니가 머무는 안채에는 말만 안채였지 여름이 가까워 오는데도 쓸쓸한 찬바람만이 가득했다. 오랜 기간 병약한 안방마님을 제쳐 두고 사실상 실질적인 이 집의 안방을 꿰차고 있는 것은 김 대감의 소실이었다. 고운 미색에다 교태까지 갖추었으니, 입 안의 혀처럼 구는 첩실을 병석에 누워 있는 안방마님이 당할 길이 없었다. 언제나 난희를 슬프게 하는 어머니였다. 그런 가엾은 어머니는 보기만 해도 짜증이 났다.

'나는 무슨 일이 있더라도 아프지 않을 것이고, 내 낭군을 빼앗기지도 않을 것이다.'

난희는 안방 문 앞에서 새롭게 다짐하며 입술을 깨물어보는 것이었다.

"어머니, 난희입니다."

"들어오너라."

조용하고 차분한 어머니의 목소리에 방문을 열고 들어가니 자리에 누워 있어야 할 어머니 안씨 부인은 어느새 일어나 말끔히 빗질하고 앉아 부지런히 손을 움직여 수틀에 붉은 비단을 꼽고 수를 놓고 있었다.

"며칠간 병이 깊으셨는데 어느새 또 수를 놓고 계십니까? 어머니, 침모를 시키시면 될 일인 것을요."

"난희야, 너에게 줄 것들은 내 손으로 만들어주고 싶구나."

"며칠간 죽조차 못 드셨지 않습니까. 이런 수놓아주지 않아도 되옵니다. 어머니, 차라리 밝으신 웃음을 보여주세요. 난희는 그런 어머니가 더 좋습니다."

난희는 괜스레 궁상스러워 보이는 어머니에게 화가 치밀었다. 그저 착하기만 한 어머니가 미웠다. 여자다워야 한다고 엄하게 말하면서도 첩실에게 밀려나 뒷방부인 취급당하는 안씨가 오늘따라 한없이 미워 보였다.

연은 마음이 산란하여 마당을 서성이고 있었다. 해가 지기 전에 수의 아버님이 오셔서 사랑방에 들었는데 그 표정이 심상치 않았다. 마침 마당에 나와 있던 연이 달려가 예를 갖추고 인사를 하였으나 홍순한은 연을 바라만 보았을 뿐 인사를 받아주지도 않았다. 연은 직감적으로 상황이 미묘함을 알았다. 연은 이상하다고 생각하여 사랑방 문 앞에 앉아 있었다.

"어인 일이신가, 홍순한?"

"내 해괴한 소리를 듣고 물어볼 것이 있어 왔네."

"어인 말인지?"

"안분당, 자네와 나는 남다른 사이가 아닌가?"

"새삼스럽게 어찌 이러는가?"

"안분당, 연이가 누구인가? 누구의 자식인가?"

"자, 자네가!"

"내 자네 백부께 다 듣고 왔음일세."

"음……."

"안분당 자네가 제정신인가? 어찌하여 역모로 몰려 죽은 자의 딸을, 그것도 정실도 아닌 기생년의 여식을 양녀로 거두었더란 말인가?"

"홍순한! 무슨 말을 그리하는가? 자네도 알다시피 이 대감은 그저 학자이셨네. 모함을 받으신 게지. 언젠가는 모든 것이 밝혀질 걸세. 저 아이는 어찌 되었거나 이제는 누가 뭐래도 내 여식일세! 모두가 그리 알고 있는 일을 가지고 어찌 이러는가?"

"이 나라가 어떤 나라인가? 이 일이 알려지면 자네가 무사할 것 같은가?"

"홍순한, 이 사람!"

"자네에게 화를 내거나 언성 높이지 않겠네. 수와 연의 정혼은 없었던 것으로 하세."

"아니, 이 사람! 홍순한!"

"그만 가보겠네."

간난이가 내오는 다과상을 받아 들고 들어가려는데 방문을 박차고 나오는 수의 아버지와 눈이 마주쳤다. 그는 마치 연을 마당에 버려진 벌레 보듯이 노려보았다. 연은 눈을 피하며 고개를 숙였다.

"평안하시옵니까."

"음! 고얀! 네가 스스로 알아서 수를 멀리하도록 하는 것이 도리일 것이다!"

찬바람 소리를 쌩 내며 매몰찬 한마디를 쏟아내고는 가버리는 수의 아버지를 잡으려고 안분당은 버선발로 마당으로 달려 내려갔다. 그러나 연이 안분당의 팔을 잡았다.

"아버님, 그러지 않으셨음 합니다."

안분당이 연의 얼굴을 들여다보았다. 연은 살며시 웃고 있었다. 그 웃음이 너무 처연해서 안분당의 가슴이 아렸다. 연의 손을 잡고 들어가 곁에 앉히고 안분당은 하염없이 여식을 바라보았다.

"아버님⋯⋯."

"오냐, 그래⋯⋯ 알고 있었더냐?"

"어머니에게는 말씀하시지 마셔요. 심약하신 분이 충격받으실까 걱정이옵니다."

"오냐, 네가 알고 있었던 게다. 아니 그러냐?"

"언제나 저를 보시는 어머니의 눈길이 너무 애달파서 얼마 전에 간난이에게 물어보았습니다. 그 아이를 탓하지 마셔요."

"오냐, 오냐, 연아⋯⋯."

안분당은 그런 연이 가여워 가슴에 품어 안고 눈물 흘렸다.

"아버지, 우시지 마셔요. 소녀는 괜찮습니다. 아버님, 소녀 소원이 있사옵니다."

"그래, 그래, 내 다 들어주마."

"아버님, 저를 내치지 말아주세요. 어머님, 제가 없으면 힘이 드실 것이옵니다. 허면 소녀가 나라에 공을 세워 저를 키워주신 은혜 보답하겠사옵니다."

"어이고, 이것아! 네가 어찌 이리 어여쁜 것이냐? 그럼, 그렇고말고……. 나는 내 자식을 믿는다."

"아버님, 소자는 이제 여인으로 살지 않겠습니다. 그저 사람으로 살겠습니다. 저 빈 들녘에 바람처럼 거칠 것 없이…… 어느 굴레에도 매이지 않는 자유로운 사람으로 살겠습니다."

"그리하거라. 그리하거라. 바람처럼 살아보거라. 어디에도 매이지 않고……."

"아버님, 제 부모님을 모신 곳을 알고 싶습니다."

"네 어머니가 때마다 불공을 드리러 가는 사찰에 모셨다. 한번 다녀오너라."

수의 아버지 홍순한의 눈빛은 연의 가슴에 오금을 박았다. 연은 두 손으로 가슴을 지그시 눌렀다. 그러나 가슴의 쓰라림은 멎지 않았다. 연의 눈물 젖은 눈동자가 한결 깊어졌다. 세상이 원망스럽고 기가 막혔다. 슬픈 가운데에서도 부모님의 위폐를 모신 절에라도 들러 절이라도 올려야 할 것 같았다. 연은 여인의 옷으로 갈아입고 장옷을 쓴 뒤에 산으로 향하였다. 자신에게 다가오는 운명이 무엇이든지 연은 피하지 않을 작정이었다.

연의 눈동자가 고집스럽게 반짝이며 빛을 발했다. 금방이라도 비를 흩뿌릴 듯 낮은 구름이 무겁게 내려앉아 있었다. 습기를 머금은 대기는 슬픈 연의 발걸음을 무겁게 만들어놓고 있었다. 짐작은 한 일이었으나 아무것도 실감이 나지 않았다. 문득 자신은 왜 살고 있을까, 생각하다가는 고개를 저었다. 세손을 위해 목숨을 바치기로 맹세하였다. 어차피 살수의 길을 선택한 것이었으니 여인의 삶에 연연해할 것은 없을 일이었다. 살아도, 죽어도 큰 의미는 없을 것 같은 목숨이었다. 갑자기 세상 모든 것이 사소해 보였다.

그 즈음 수도 아버지의 서찰을 받고 집으로 달려갔다. 서찰을 보아서 대충의 내용은 알고 있었으나 아버지의 처사를 이해할 수 없었다.

홍순한은 자존심이 강하고 가문을 중시 여기는 사람이었다. 가뜩이나 수를 제치고 연이 우익위를 맡은 것부터가 마음에 들지 않은 터에 안분당의 핏줄이 아니라 하니 연에 대해 더 정이 없어져 버렸던 것이다.

"파혼을 하신다 함이 어인 말씀이십니까?"

"그럼 역적의 딸, 그것도 기생의 딸과 너를 혼인시킬 것이라 생각했느냐?"

"연은 나라의 녹을 받으며 벼슬을 하고 있습니다."

"그것도 마땅치 않다. 너보다 높으니 너를 우습게 보지 않겠느냐."

"억지시옵니다, 아버님."

"아무튼, 나는 곧 김 대감의 여식과 오가는 혼담을 성사시킬
것이다."

"그리는 못하옵니다."

"수야!"

"아버님께서 연을 제게 부탁하셨습니다. 지난 시간…… 단 한
번도 연을 내 몸이 아니라고 생각한 적 없었습니다. 이제 연은
소자의 목숨보다도 제게는 귀한 사람입니다. 그리는 못합니다.
아버님께서 하라시면 무엇이든 하던 저입니다. 하지만 연을 버
리라 하시는 것은…… 그것만은 못합니다."

"이런 어리석은 놈! 계집 하나 때문에 인생을 망칠 것이더
냐?"

"아버님, 이것이 어찌 계집 하나의 문제라 하십니까. 신의(信
義)의 문제이며 이미 하늘이 맺어준 인연을 지키는 문제입니다.
절대로 그리는 못합니다."

"음……."

"소자, 물러가 연을 만나봐야겠습니다."

"네가 지금 계집 때문에 부자지간의 정을 끊으려 함이냐?"

"아버님께서 그리하라 하시면…… 소자는 연을 데리고 떠날
것입니다."

수는 새파랗게 노여워 목침을 집어 던지는 홍순한을 뒤로하

고 말을 달렸다. 연의 집에서는 연이 절에 갔다고 했다. 말을 달리며 수는 생각했다. 어느 이름없는 산골로 가리라. 연을 함께 데리고 떠나면, 어느 산골에 이름없는 화전민으로 살아도 행복할 것 같았다. 연을 마음에 두고 괴로워하는 세손도 없고, 매일 부딪치며 살아야 하는 아무런 싸움도 없는 그곳으로 사랑하는 연을 데리고 떠나리라 다짐했다.

"동궁, 조선은 제나라와 초(楚)나라와 달리 삼한을 통합하여 하나가 되었다. 만일 영토 안에서 전쟁이 난다면 본토를 지키는 이외에는 다른 방도가 없다. 지금 비록 수비하기에 편리한 요새지가 있어도 가서는 안 되는데 전쟁이 일어나면 나라를 지켜야 하는가, 그러지 않아야 하는가?"

"나라를 지켜야 합니다."

"나라를 지켜야 한다는 데는 무슨 뜻이 있는가?"

"버려서는 안 되기 때문에 그렇습니다."

"나라를 세운 것은 임금을 위해서인가, 백성을 위해서인가?"

"백성을 봉양하기 위해서입니다."

주름이 가득하고 머리가 하얀 백발이 된 왕은 세손의 대답에 만족한 듯 활짝 웃으며 다시 물었다.

"네가 이제 모든 이치를 깨닫고 있음이다."

"지금 하문하신 것은 이미 소손이 열한 살 되었을 때 할바마마께서 회강에서 일러주신 것이옵니다."

"그래, 동궁은 그런 것들을 다 기억하느냐?"

"황공하옵니다."

세손이 물러가고 함께 문안 인사를 받던 왕비 김씨는 왕에게 새로 지은 붉은색 비단에 황색 단(緞)에 붉은색 안을 넣고 가슴, 등, 양, 어깨에는 보(補)를 달고 노란색, 또는 금실로 수놓은 오조룡(五爪龍)을 붙인 곤복(袞服)을 입혀주면서 여느 때처럼 또 세손을 헐뜯기 시작하였다. 세손에 대한 왕의 신임은 사도세자가 죽은 뒤로 더욱 애틋하게 되었고, 이를 보는 왕비는 속이 탈 수밖에 없었다. 왕비 김씨의 아버지 김한구와 그 일파인 홍계희, 윤급 등의 사주를 받은 나경언이 상소하여 사도세자가 죽은지라 막상 세손이 왕위에 오르면 제일 먼저 자신의 집안이 철퇴를 맞을 것이 불 보듯 했다.

"마마, 세손이 요즈음 미행을 다니고 술을 마시며 잡배들과 어울린다고 하옵니다."

늙은 왕은 눈이 휘둥그레져서는 젊은 왕비의 볼을 톡톡 두드렸다.

"중전, 세손이 그럴 리가 있소? 아비가 그런 일을 당한 지 얼마나 되었다고. 그렇지는 않을 것이오. 물론 내 또 그리했다 하면 엄히 다스릴 것이나 그럴 일은 없을 겝니다."

왕이 한마디로 중전의 말을 일축하고 방문을 열고 교태전에서 나가자 표독스럽게 앉아 생각에 잠겨 있던 중전은 바락바락 고함을 질러댔다.

"김 상궁, 냉수를 가져오너라! 내가 못 참아! 사가에 아버님은 무엇을 하고 계신다느냐?"

"그것이…… 오늘 중에 입궐하신다 하옵니다."

"아니, 불이 붙어 집안 다 태우겠거늘 무얼 하신다는 것이더냐?"

울화가 치밀어 야단을 치는 중전 때문에 그날 중궁전나인들은 바늘방석에 앉은 모양 바들바들 떨었다. 요즈음 들어 점점 잦아지는 일이었다. 중전은 속이 탔다. 요즈음 홍인환과 정후겸이 손을 잡고 중전의 오라비인 김귀주에게 대항해 온다는 소식을 전해 들었기 때문이다. 중전과 오라비 김귀주는 자신의 가문에서 세손을 보호해 주겠다고 은근히 제의했으나 세손은 외척 간의 대립에 이용당하는 것을 단칼에 거절해 버렸다. 더 이상 세손과의 타협이란 있을 수 없었다. 결국 세손은 좋든 싫든 싸울 수밖에 없는 상대였다.

세손은 새벽에 일어나 윗전의 아침 문안을 다녀와 수라를 들고 곧바로 시강원에서 오전 학습에 들어갔다. 시강원의 사. 부. 이사. 빈객은 국가의 최고위 관료로 학문적으로도 최고의 학자들이었다. 사. 부나 이사가 참석하는 수업 시작 전에는 항시 스승에게 예를 갖추고 절을 한 다음 답배를 받았다. 이것을 서연진강의(書筵進講義)라고 했다. 스승 남유용과 문답을 나누는 사이에도 세손의 마음은 가라앉지가 않았다.

오후에는 화선지를 펴고 단정히 앉아 먹을 갈아 매화를 치고 있었다. 어느새 소리없이 고요히 다가앉은 세손빈은 자신도 모르게 한참 동안 홀린 듯 그런 기품있고 단아하게 아름다운 세손의 모습을 바라보고 있었다. 세손빈은 언제나 세손만 보면 아직도 첫날밤처럼 가슴이 뛰었다. 그처럼 사모하는 마음 간절하건만 단 한 번도 정을 나누어주지 않는 세손이었다. 세손에 대한 세손빈의 외기러기 같은 연정은 애달팠다.

화선지에 피어난 매화꽃을 보며 세손은 시름에 잠겨 있었다. 아직 피지 않은 매화 봉우리는 가지에 달려 있고 그 빈 가지에 외로이 달린 매화꽃에서는 연의 수줍은 미소가 피어났다. 다시 한참을 골똘히 생각에 잠긴 세손은 붓을 내려놓고 천천히 먹을 갈기 시작했다.

툭!

문득 향이 좋은 먹이 뚝 부러져 반 동강이 나버렸다. 불길한 생각에 낯빛이 창백해졌다. 고개를 들어 앞을 보니 잠자코 앉아 있던 세손빈이 화들짝 놀란다.

"언제부터 와 계신 것입니까?"

"조금 전에 들었는데 너무 아름답게 매화를 치시는지라 소첩이 황홀해하며 구경하고 있었사옵니다."

"다과상이라도 내오게 하지요."

"들면서 준비하라 일렀습니다."

"그러셨습니까."

고개를 돌려 세손빈을 바라보며 웃어 보이는 세손의 얼굴이 어두웠다. 세손빈 앞에서 밝은 얼굴을 자주 보인 적도 없었고 자신은 물론 남들에게도 엄격하게 대하는 세손이었지만 지금 세손의 얼굴은 심상치 않았다. 곁에 있던 윤을 바라보며 세손은 물었다.

"수는 어디에 있느냐?"

"집안에 일이 생겼다고 잠시 다니러 갔사옵니다."

"무슨 일이 생겼더냐?"

"그것은 소신도 잘 알지 못하겠사옵니다."

세손의 얼굴이 시름에 겨웠다.

"스님께서 저를 받아주시고 제 어머님을 거두어주셨다고 들었습니다."

"갓난아기였던 아가씨를 받은 것은 암자에 머물던 보살님이었고, 아가씨의 어머니는 아가씨만을 걱정하셨습니다. 아가씨가 자신이 누구인지 알기를 원하시지 않았던 것 같습니다. 아마도 그것이…… 자신처럼 힘든 생을 살지 않기를 바랐기 때문인 것 같습니다. 이것이 아가씨에게 남긴 유일한 물건입니다."

스님은 죽은 연의 어머니의 치맛춤 안에 고이 간직되어 있던 주인의 이름이 수놓아진 수동곳 주머니를 내어주며 한숨을 내쉬었다.

"제 어머니의 마지막 모습은 어떠하셨습니까?"

"쫓기는 사람 같지 않게 이생의 인연의 손을 놓는 그 모습이 차라리 편안해 보였습니다. 그런 모습이셨습니다."

"어찌 그럴 수 있습니까?"

"아가씨를 사모할 연(戀)이라 이름 지어달라 하였습니다. 아마도…… 소승의 생각에는 사모하던 그분 곁으로 가는 길이어서 그리 편안해 보인 것이 아닐는지……."

"어머니……."

연은 걷잡을 수 없을 만큼의 눈물이 흘렀다. 갓난아기를 홀로 두고 떠난 어머니를 생각하니 어찌 눈이 감겼을까 싶었다. 그럼에도 웃으며 편안히 갔다는 어머니의 그 사랑이 서러워 눈물이 났다. 스님은 가만히 앉아 호수처럼 깊어진 눈과 문득 짓는 미소조차 애틋한 여자로 자란 연을 바라보았다.

"나무아미타불…… 아가씨의 운명이 야속하군요."

"처음부터 저의 운명을 보셨습니까?"

스님은 조용히 고개를 끄덕였다. 연이 자리에서 일어서려 하자 한마디 나지막이 덧붙이는 말속에 뼈가 있었다.

"누군가를 지켜주기 위해 태어난 운명입니다. 아가씨의 운명은……. 그 운명을 거스르지 마소서…… 그분은 하늘에서 내린 분이시니……. 아미타불……."

두 손을 모아 고개 숙여 절하고 연은 밖으로 나와 하늘을 올려다보았다. 맑은 하늘은 바람 한 점 없었다. 그리운 어머니의 온기가 온몸으로 전해져 왔다. 연은 코끝이 아파서 공연히 서성였다.

"어머니…… 저의 운명을 아시나요?"

불러보아도 아무런 대답도 없었지만 연은 그 편안한 침묵에 신뢰가 갔다.

"이런 마음이었을까, 어머니도. 그저 대답이 없어도 막연히 그곳에서, 저 먼 하늘에서 나를 내려다보며 내 곁에 계실 것이라는 믿음……. 어머니, 그곳에 계신가요?"

산사의 초저녁은 적막하다. 바람의 날카로운 호곡성과 숲의 서걱거림이 낡은 사찰을 감싸고 돌다가 어둠 속에 스러져 가곤 했다. 산에서 불어오는 물기 젖은 바람은 처마 끝에 달린 풍경을 울려놓고 산사를 휘돌아 빠져나간다. 그 풍경 소리에 어우러져 낭랑한 목탁 소리가 파도처럼 마음을 씻기운다. 제법 날씨가 후텁지근하게 무더워지는 터라 저녁 예불을 드리는 수행자들의 이마에도 땀방울이 맺혔다. 목어를 두드리는 스님의 눈에 어둑어둑해지는 어둠 속에서 말을 걸리고 힘없이 말고삐를 잡고 나타난 수가 보였다. 군계일학 같은 젊은 청년 수는 스님에게 고개를 깊이 숙여 예를 갖추었다.

"나무아미타불."

"스님."

"어인 일로……."

"연이라는 아가씨를 못 보셨는지요?"

"아, 대웅전에서 저녁 예불을 드리고 계실 것이옵니다."

"감사합니다, 스님."

회색 빛 장삼을 입고 단정히 정좌하고 목탁을 치며 독송하고 있는 스님들 뒤에서 연은 자비로운 미소로 내려다보고 있는 부처께 예불을 올리고 있었다. 연의 얼굴은 무념무상의 경지에 든 것인지 생각을 비운 것인지 얼굴이 백지장처럼 창백하게 바래 있었다.

수는 고요히 경내를 거닐며 연이 예불을 마치고 나오기를 기다렸다.

연이 문밖으로 나서며 마음을 가다듬기도 전에 마주친 수의 시선과 연의 시선이 많은 의미를 담고 허공에서 얽혔다. 잠시 뒤에 수의 앞에 와서 선 연은 수를 보며 금세 터지는 꽃봉오리처럼 활짝 웃었다. 수는 연의 그런 모습에 오히려 가슴이 아렸다. 얼마나 상심하고 시름에 겨웠을지 짐작이 가는 조그만 얼굴이 수를 보며 터지는 봉오리처럼 활짝 웃어주려면 얼마나 더 힘겨울 것인가. 수의 눈은 염려가 가득했고 언제나 따뜻했다.

"연아, 요기는 한 게냐?"

목이 메인 수가 차분하게 가라앉은 목소리로 물었다.

"형, 대궐은 어쩌고 오신 게요?"

"사부님께 잠시 다녀온다 말씀드렸다."

"필승이도 왔구나. 혁과 묵도 잘 있는지 모르겠다."

연은 언제나처럼 수의 손을 잡고 산사 뒤쪽으로 돌아가 한쪽에 서 있는 수의 말 필승을 쓰다듬으며 말을 걸었다. 혁은 세손의 백마의 이름이었다. 새로운 세상을 꿈꾸는 세손은 자신의 애마에도 그 의지를 불태우며 혁(革)이라 불렀다. 그 반면 연의 흑마의 이름은 묵먹 묵(墨) 자를 이름으로 하겠다 한 것은 연이었다. 오랫동안 생각한 끝에 지은 이름이었다. 먹은 갈아서 달아져야 붓에 의해 종이에 그 형체를 만들 수 있다. 연은 조용히 앉아 먹을 갈 때의 그 먹 향기도 좋았다.

"형, 이곳이 참 아름답습니다. 이런 곳에 묻혀 살아도 좋을 성싶지 않습니까."

연의 물음은 스쳐 가는 바람처럼 무심해서 굳이 대답을 듣지 않아도 상관이 없다는 어투였다. 어떻게 온 거냐던 첫 물음에 대해서도 그러했거니와 지금의 물음도 마치 아무런 뜻이 담겨 있지 않은 것 같았다.

"다른 형님들은 잘 지내고 계시지요?"

"응, 동궁마마를 제외하고는."

"동궁마마가? 무슨 일이 있으신 겝니까?"

"그리움이 병이 되는 것인지…… 늘 서성이신다."

연이 미간을 찌푸렸다. 그러나 그렇게 찌푸린 얼굴에서조차 고뇌의 흔적을 찾아보기가 어려웠다. 연은 갑자기 이 세상 모든 것이 너무 터무니없이 밝고 가벼워 보여 싫었다. 지금 이런 자신의 상황이 익숙해지지가 않았다. 도저히 적응이 불가능한 환경 속에 내던져진 듯 어색했고, 나아가선 다가오는 어떤 미래에도 아무런 느낌을 가질 수가 없었다. 지난 몇 해 동안 연에게 가까이 다가오려 했던 수의 마음을 알고 있었다. 연은 하지만 수를 마음에 들이지 않았다. 아니, 들이질 못했다. 수에게는 오라비 이상의 감정이 가져지지 않았던 때문이다. 수는 애틋한 무언가를 원했지만, 연의 마음은 언제나 무심하고 건조했다. 하지만 수는 언제나 그런 연을 보면 마음이 아팠다. 언제나 누구보다 강한 척해 보이지만 빈틈 같은 게 있어 보여 어쩐지 채워주어야 할 것 같은 느낌이 들었다. 어쩐지 안타깝고, 어쩐지 애틋하고…….

수는 연의 손을 잡고 한참을 말없이 어두워져 오는 산길을 따라 올라갔다. 물안개가 계곡과 산자락을 감싸고 뭉게뭉게 피어오르고 있었다. 수는 편편한 바위에 연을 앉히고 자신도 곁에 앉았다. 연의 두 손을 모아 잡으며 수는 연의 눈을 바라보며 말했다. 나무마다 물안개에 젖어 초록 잎들에 또르르 이슬이 맺혔다. 연은 수의 더운 눈길을 피하며 손가락으로 나뭇잎에 맺힌 물기를 훑어 내리고 있었다.

수가 그런 연의 어깨를 톡톡 건드렸다. 하염없이 내던졌던 시선을 다시 불러들인 연이 환하게 미소 지었다.

"괜찮으냐?"

"괜찮지 않습니다."

"너무 상심하지 마라, 연아."

"상심이 됩니다."

"연아……."

손에 맺힌 이슬을 들여다보며 연은 또 터지듯 웃었다. 연의
생각이 어디에 미쳐 있는지 몰라 수는 두려웠다. 늘 알고 있다
고 믿었던 연의 눈빛을 읽을 수 없어서 더 두려웠다.

"제가 역적의 자식이라 하옵니다."

"네 아버님, 이 대감께서는 학식이 높으신 선비라 들었다. 좌
찬독(세손 시강원 소속 종6품)이셨던 분이 무슨 정치에 관여하셨
겠느냐? 소론이셨던 터라 무고하게 희생되신 것이다. 동궁마마
께서 보위에 오르시는 날 규명을 하면 밝혀질 것이다."

"하오나 천한 첩실의 자식이었다 합니다."

"서출이라 천대하나 이 나라 조선조에만 있는 특이한 법이다.
선대 대왕 태조(이방원)께서 왕자의 난을 일으켜 등극하자 서얼
금고법을 만들어 과거도 보지 못하고 관직에 나가는 길을 봉쇄
한 것이다. 정도전이 정실의 자식을 제치고 강비의 소생인 이복
동생 방석을 세자에 책봉되도록 하면서 왕권 위주가 아닌 제상
중심의 정치를 꿈꾸었기 때문에 정실 자식의 정통성을 합리화
시키기 위해 생각하기 시작한 특수한 신분 제도라고 한다."

"세상은 언제나 기득권을 가진 자의 편입니다."

"동궁마마께서 보위에 오르시면 살피실 것이다. 연아, 마음을
단단히 하거라."

"왕 한 분이 세상을 바꿀 수 있는 것입니까?"

"우리도 있지 않느냐?"

수가 연의 어깨에 손을 얹자 연은 가만히 수를 바라보며 고개

를 저었다.

"사부님께서 왜 저를 선택하셨는지 알 것 같습니다."

"무슨 말이냐?"

수는 더욱 불안한 마음에 점점 어둠 속에 잠겨가는 작은 꽃망울 같은 연을 바라보았다.

"세상이 다 바뀐다 해도 가진 자의 머리 속은 바뀌지 않습니다. 저도 어쩔 수 없이 세상으로부터 버림받은 자들과 같은 족속인 것입니다. 슬픈 족속이란 말이지요. 정도전도 미천한 집안의 자식이라 언제나 천대받았다 들었습니다. 개혁하고 세상을 뒤바꾼 것은 정도전이었으나, 결국 자신이 만든 왕의 자식에 의해 제거되었지요. 이 모든 일이 무슨 소용이겠습니까? 세상이 다 변한다 해도 형의 아버님의 머리 속 뿌리 깊은 곳에 자리잡은 생각이 바뀔 것입니까? 어림없는 일입니다."

"동궁마마 곁에 있더니 점점 동궁마마처럼 생각하고 말하는구나. 어찌 두 사람은 날이 갈수록 닮아가느냐?"

"제 부모를 역적이라 내친 조정입니다. 이젠 아무런 미련도 없습니다. 모든 것이…… 헛될 뿐입니다."

"연아……."

연의 마음은 어느새 수가 알지 못하는 사이 철갑을 두르고 있었다. 수는 산으로 올라올 때 차분히 연을 설득하리라 마음먹었던 생각과 달리 초조해지고 있었다.

"너무 슬퍼하지 마라, 연아."

"형, 난 슬퍼하지 않을 것입니다. 내 슬픔과 싸울 것입니다."

"연아, 그럼 내가 너의 슬픔과 함께 싸울 것이다. 내가 언제나 너와 같이하겠다."

수는 연의 눈빛이 너무 무섭고 차가워 한기가 느껴졌다. 무엇이 어디서부터 잘못되었는지 혼란스러웠다. 연은 천천히 고개를 들고 수의 눈을 똑바로 응시했다. 그 시선이 얼마나 강렬하게 수의 시선을 사로잡았는지 가슴이 철렁했다.

"형…… 제 슬픔 속에는 형은 없습니다. 형에게까지 제 슬픔의 한자리를 내어주고 싶지 않습니다."

"그런 말이 어디 있느냐? 우리는 처음부터 하늘이 정해준 인연이었다."

"사람이 만든 인연입니다."

"나는 단 한 번도 사람이 맺어준 인연이라 생각하지 않았다."

"그렇다 하더라도 이제 형이 저를 버리세요. 천한 것입니다. 형은 이제껏 제가 양반의 규수라고 속은 것입니다."

"어찌 이러느냐, 연아……."

"제 어미처럼 기생이 되겠습니다. 그리고 더 뛰어난 살수가 되겠습니다."

연이 칼처럼 잘라 말하니 수의 입이 딱 벌어지며 기가 막혔다. 연은 조용히 한 걸음 물러나 그런 수를 바라보았다. 그 창백한 얼굴에 냉기가 내려 마치 한 송이 차가운 설빙화(雪氷花)를 보는 것 같았다. 거세어지는 산바람에 붉은 치맛자락이 연의 마음처럼 펄럭였다. 수가 조심조심 손을 내밀었다. 그리고 힘주어 애원했다.

"연아, 우리 그럼 이대로 멀리 가자꾸나. 응? 나는 너만 있으면 된다. 세상에 미련 같은 것은 없다. 이름없는 들꽃처럼 살면 되지 않겠느냐? 내가 이렇게 너를 아끼고 사랑하는 것만으로는 안 되느냐?"

"제가 어찌 이미 종6품 직에 계신 형의 앞길을 막는단 말입니까. 어린아이들이 피로 지킨 그 자리입니다. 동궁마마와의 피로 맺은 맹세는 어찌하고요."

"내겐 다 소용없는 일이다."

"제가 어찌 가나요? 어디로 갑니까? 이 세상 어디에 우리가 숨을 곳이 있습니까?"

"숨을 수 있는 곳까지 가자. 우리는 행복하게 알콩달콩 재미있게 살아갈 수 있다. 연아, 연아……."

"우리의 자식도 나와 똑같이 고통스러울 것입니다."

"제발, 연아……."

수는 절망적으로 손을 내밀었다. 연은 그런 수의 손을 뿌리치며 절벽 끝으로 달려가 섰다.

연은 이제 막다른 벼랑 끝에 서 있는 기분이었다. 지금껏 아무런 생각 없이 지내온 나날들이, 세손을 지켜주고자 살수로 살겠다 애써온 나날들이 모두 헛되어 보였다. 연은 이 모든 운명을 거스르고 싶었다. 평범하게 행복한 삶을 살 수 없다면 덧없는 삶 이대로 죽어버리면 모든 것이 끝나리라 생각했다. 어차피 아무런 미련도 없다고 생각했다.

수가 달려가 막으려 하자 연은 그 자리에서 예를 갖추고 큰절을 올렸다. 금방이라도 돌아서 절벽 끝으로 떨어져 내릴 것 같은 연의 비장한 행동에 수는 손을 놓고 바라볼 수밖에 없었다. 이미 힘으로는 막을 수 없는 연이었다.

"잘못했다, 연아! 내가 잘못했다, 연아!"

"도련님, 제 마음의 정인은 이제 이 몸이 죽을 때까지는 당신이셨습니다. 이제 제가 죽어서 우리의 연을 끊겠사옵니다. 천한 소녀는 잊고 부디 백성을 위해 크게 되소서."

"연아! 무슨 짓이냐, 연아!"

연은 돌아서 하늘을 보았다. 운명을 거스르고 싶었다. 자라나면서 어느 날부터인가 그저 평범한 여인으로 살아가고 싶었다. 평범한 여인의 삶을 부러워했다. 이대로 죽어버리면 어쩔 수 없으리라. 그래도 또다시 살아난다면, 그때는 운명을 받아들이며 살아가리라. 수의 뒤로 스님이 수를 잡으러 달려오는 모습이 보였다.

'조금만 기다려, 연아. 스님이 도련님을 잡을 때까지……'

차가운 밤하늘에 조각달도 기울었다. 바람이 치맛자락을 찢을 듯 드세게 불었다. 주저없이 허공에서 발을 굴렀다. 언제나 한마음으로 한자리에서 웃던 수의 얼굴이 먼 하늘에서 웃고 있었다. 비 맞은 흙 내음이 짙었다. 바람을 따라 나뭇잎들이 속삭였다.

몸이 천 길 아래로 그네를 타듯 미끄러져 간다. 주위는 온통 참담한 어둠. 머리 속에서는 수의 끊어지듯 고통스러운 절규의 비명 소리가 메아리친다. 문득 돌아보는 환한 미소의 세손의 모습.

"연아, 이 다음에라도…… 내가 이 백마를 타고 바람처럼 가더라도, 너는 내 곁에 바짝 붙어와야 한다. 알았지?"

[내 가슴 저 끝에 무언가가 살고 있었구나.
독하고 질긴 그 무엇, 차가운 설빙화를 닮은.
지그시…… 누르면 숨죽여 엎드렸다가도
다시 도발하듯 고개를 쳐들고
내 가슴에 비수를 찌르며 제 존재를 증명하는구나.
이렇게도 지독한 내 그리움의 가혹한 실체를.
어미를 죽이며 태어난 내 삶.
이제 연은 운명을 시험하나이다.
다시는…… 다시는…… 태어나지 말게 하여주소서.]

아득하게 멀어지며 정신을 차릴 수가 없었다. 끝도 없이 떨어져 내리던 작은 몸은 끝없는 절벽으로 떨어졌다. 떨어져 내리면서야 비로소 연은 자신의 마음속을 또렷이 들여다볼 수 있었다.

환하게 미소 지으며 떠오르는 세손의 모습이 화인처럼 눈에 박혀왔다. 그리고는 캄캄한 어둠이 몰려들었다.

풍덩!

물속으로 떨어진 연은 허우적거림도 없이 밑으로 밑으로 가라앉았다. 하지만 연은 마지막 순간 바닥을 박차고 올라오고야 말았다. 죽는 것은 결코 쉬운 일이 아닌 모양이었다. 연의 정신은 죽자고 하여도 본능적으로 몸이 살겠다, 바닥을 박차며 수면으로 밀어 올린 것이었다. 연은 그렇게 수면 위에 떠서 흘러가는 물에 몸을 맡겼다.

잠시 떠내려가던 연은 물속에서 어렴풋이 누군가가 자신을 끌어내고 있다는 느낌이 들었다. 연은 어느새 밧줄에 묶여진 채 질질 끌려 올라가고 있었다. 물속에서 끌려 나온 연이 눈을 뜨니 한줄기 빛이 은은하게 비추이고 있었다. 물이 뚝뚝 떨어지는 얼굴을 들고 올려다보니 그 달빛 속에 커다란 그림자가 서 있었다.

"뉘시오?"

그 그림자는 연의 질문에는 대답도 없이 연의 허리를 묶은 밧줄을 계속 끌어당기고 있었고 결국 연은 일어나 천천히 걸어서 그 그림자의 곁으로 다가가야 했다. 연이 가까이 다가갈수록 그 그림자의 기가 엄청나게 크게 다가왔다. 연은 계속 다가가 눈이 범처럼 푸른 빛을 쏟는 그 스님에게 공손히 절을 하였다.

"네가 누구냐?"

"소녀는 안분당 성 대감의 여식이옵고, 이름은 연이라 하옵니다."

"어찌하여 몸을 물에 던지는 것이더냐?"

"속세에 미련이 없어 몸을 던졌습니다."

연의 대답이 끝나기 무섭게 늙은 스님의 지팡이가 연의 정수리를 냅다 내려쳤다. 연은 순식간에 머리가 갈라지는 통증과 함께 뒤로 퉁겨져 나갔다.

"스스로 목숨을 끊는 것은 미련이 없어서가 아니라 쓸데없는 미련이 많아서이다. 이놈! 미련이 없이 담담하다면 어찌 네가 스스로 너의 운명을 받아들이지 못하는 것이더냐?"

"스님은 뉘시옵니까?"

"스승님이라 불러라."

"예?"

연은 자신의 앞에 선 노승을 바라보았다. 구름 같은 눈썹이 늘어진 눈꺼풀을 가렸지만 그 아래 자리한 형형한 안광까지 숨기지는 못했다. 지혜로운 얼굴이 가까이 갈수록 빛을 더했다.

"그런데 스님은 어찌하여 살기 싫어 죽자고 물에 뛰어든 놈을 살리신단 말씀입니까?"

"아, 이놈아! 그럼 죽지도 않을 놈이 물속에 오래 들어앉아 내 비급을 못쓰게 만드는 걸 지켜보란 말이더냐? 고얀 놈!"

"그럼 제 품에 든 비급이 스님의 것이옵니까?"

"그래, 이놈아!"

다시 한 번 번쩍 하고 노승의 지팡이가 날아왔으나 이번엔 허리를 줄로 묶인 채 재게 몸을 피하는 연이었다. 그리고는 발을 바꿔가면서 재게 피할 준비를 했다. 조금 전 죽겠다던 연으로는 보이지 않았다. 기가 막힌 모양인지 노승은 혀를 찼다.

"너는 이놈아, 죽겠다는 놈이 이 지팡이가 아프다고 피하는 것이더냐? 쯧! 그 꼴이 무엇이더냐?"

"스님, 아픈 거 하고 죽는 것이 어찌 같습니까? 저는 아픈 것이 더 싫습니다."

"예끼! 이놈, 다시 또 뛰어내릴 터이냐?"

"웬걸요, 스님. 물이 너무 차서 죽기는커녕 정신이 번쩍 들더군요. 다음엔 다른 방법으로 택하여보겠습니다. 그런데 스님은 뉘신가요?"

"네 스승들의 사부였다. 네 이미 너의 이야기를 듣고, 너를 기다리고 있었던 터이다."

"저를요? 그럼 스님께서 일엽 스님이십니까?"

"그놈, 참 말 많다. 그리 궁금한 것이 많은 놈이 어찌 죽으려고 한단 말이더냐?"

"스님, 그것이 죽는 것도 마음대로 안 되는 모양입니다."

"이놈아! 꼭 지켜야 될 것이 있는 놈은 쉽게 죽지도 못하는 것이다."

노승은 여전히 연의 허리를 묶은 채 앞서 걸으며 말했다. 연은 고개를 갸웃거리며 의미심장한 노승의 말에 의미를 짚어보며 걷고 있었다. 사부가 비급을 내준 이유가 바로 이것이었던 모양이다. 그렇다면 사부는 연의 운명을 내다보고 있었단 말이던가. 연은 곰곰이 생각하며 걸음을 옮기고 있었다.

늙은 사부의 거처는 초라한 암자였다. 혼자서 머물면서 해탈할 날만을 기다리고 있었다. 사부는 연을 앉혀놓고 조용히 말했다.

"내가 가르친 너의 사부들은 둘 다 이 비급을 익힐 수 있는 조건을 갖추지 못하였었다. 허나, 내 명부에 이름 올릴 날은 다가오고 시간이 별로 없어 너의 사부에게 이 비급을 전했더니 마침 조건이 맞는 너를 찾았다는 전갈을 보내왔다. 어차피 운명으로 정해진 것, 네 마음대로 되는 일은 아니다."

"저는 죽지 못하고 살았으니 서둘러 돌아가야 합니다, 사부님."

"그리 서두른다고 될 일은 아닌 것이다. 너의 내공은 아무리 천재라 해도 일 년이라는 단시간 내에 일취월장할 수 있는 것은 아니다. 내 죽기 전에 너에게 더 많은 것을 가르쳐야 할 터, 배우기를 게을리 하지 말거라. 알겠느냐? 그래도 저 비급을 익힐지 말지 알 수 없는 일이다."

"예, 사부님."

연은 그날 이후부터 뼈를 깎고 살을 발라내는 듯한 지독한 무공 수련을 받아야 했다. 하루에도 몇 번씩 쓰러질 것 같았으나 다시 세손을 만날 그날을 생각하며 그 고통을 이겨냈다. 그리고 밤마다 사부는 추궁과혈로 연의 혈도를 짚어주며 사부 자신의 내공을 연에게 조금씩 불어넣었다. 또 개정대법으로 연의 혈도를 타동하고, 사부 자신의 진원진기를 넣어주었다.

"사부님의 은덕은 잊지 않겠습니다."

"에라이! 이놈아, 내 은덕 운운하지 말고 네 몸 간수나 잘하거라."

"사부님은 꼭 말씀을 그리 나무토막같이 하셔야 하옵니까?"

양날의 검법 중 잘 다듬어진 조선세법은 안법(眼法), 격법(擊法), 세법(洗法), 자법(刺法), 격법(格法)으로 그 내용이 심오하고 폭이 넓어져 몇 대에 걸쳐 스승들이 받아들여 통합 발전시켜 완성한 검법으로 검술의 상승 경지를 이루었다. 그것을 보고 연구하는 과정에서 얻어지는 이득은 엄청났다.

연은 점차 가슴이 두근거리기 시작했다. 연은 마음을 가다듬고 비급을 한 자씩 읽어나가기 시작했다. 어지러웠던 연의 마음은 점차 예도의 도리에 빠져들었고, 시간은 흘러갔다.

얼마간의 시간이 흘러갔을까, 꼬박 이틀에 거쳐서야 한 번 정독을 할 수 있었다. 쉽지 않은 상승의 검법이었다. 연은 읽기는 하였으나 다 알 수는 없었다. 새로운 검법을 익힐수록 그동안 연의 검법의 약점을 분명히 알 수 있었다. 사부들의 기대가 가득 담겨 있는 최고의 검법이 들어 있는 비급이었다. 비급이 너덜너덜 해어질 만큼 읽었을 때에야 연은 결국은 그림을 외워 몸으로 익혀가기 시작했다. 몸으로 외워버리기로 한 것이었다.

여름이 되니 하얀 꽃들과 은은하게 비춰드는 문가의 빛과 비급 한 권만이 오로지 연의 동무일 뿐이었다. 그리움으로 흐려진 마음을 밀어내고 맑음을 데려다 놓아줄 시간들을 기다리며 연은 정진했다.

　암자에 머문 지 며칠이 지나지 않았을 때 연은 사부의 해동청으로부터 전갈을 받았다. 준비가 되었으면 기생 수업을 받으라는 것이었다. 연은 여인의 옷으로 갈아입고 서둘러 월향이 교방처럼 운영하는 곳으로 갔다. 연이 연화라는 이름으로 교방에 이름을 올릴 수 있었던 것은 어진을 극진히 연모하는 은랑의 덕분이었다. 첫날 기생어미 월향은 연을 앉혀놓고 물었다.

　"네가 어찌 기생이 되려 하는 것이냐? 어미가 기생 매향이었다지? 내 그 이름은 들어 알고 있다. 정 때문에 결국 모든 것을 망쳐 버린 재주가 아까운 아이였다."

　"어미처럼 정을 주지는 않겠습니다."

　"너는 노류장화에 해어화라는 기생이 되는 것이 어떤 것인지 알기나 하고 이러는 것이더냐? 그것은 그냥 거리의 꽃이다."

　"어차피 내 어미도 기생이었던 것을……. 깊이 생각해서 마음을 정한 일이니 거두어주시지요."

　"기생은 시, 서, 화에 모두 능해야 하며 창과 금(가야금)과 무에도 능해야 한다. 뿐만인 줄 아느냐? 소학과 논어를 읽어 교양이 높아야 하며 눈빛으로 사내를 후려 잡는 소살, 아양으로 사내를 후리는 유살, 마지막으로 밤에 사내를 사로잡는 방살에도 능해야 하느니…… 어려운 일이라 제대로 배우지 못하면 아무것도 아니니라."

"배울 것입니다. 모자람이 없이 배울 것입니다."

"교방에서 교육을 받겠느냐?"

"교방에서 교육을 받으라 하시면 받을 터이고, 따로 저를 가르쳐 주기겠다 하시면 그리하지요."

"그리하면 내 뛰어난 스승을 너에게 붙여줄 것이니 일 년 안에 제값을 하거라. 할 수 있겠느냐?"

"그리하겠습니다, 어머니."

연의 인물과 몸매에 반한 월향은 연에게 특별 스승을 붙여 월향관에 대표 명기로 만들 욕심에 부풀었다. 월향은 그날로 곧장 스승이 특별히 기거하는 강나루의 깨끗한 기와집으로 연을 데려갔다. 강나루에 도착했을 때에는 해가 어둑어둑 지고 있었다. 하지만 무슨 일인지 월향은 기와집이 보이는 곳에서 연에게 서찰을 쥐어주며 말했다.

"저 집 주인이 너에게 거문고와 가야금을 가르쳐 주실 분이시다. 들어가거든 이 서찰을 주면 될 것이다."

"어찌 같이 안 들어가시고요?"

"나는 아니 간다. 들어가 보거라."

"살펴가셔요, 어머니."

연은 사라져 가는 월향의 뒤에 대고 인사를 하였다. 그 기와

집으로 가는 길은 왼편으로는 언덕이 있었고 오른편으로는 멀리 옥빛 강이 보였다. 언덕에는 소나무와 소철 산뽕나무들이 자라는 울창한 숲이었다. 작은 돌담길을 따라 걸어가니 오래된 대문이 나왔고 대문을 열고 들어서니 늙은 하인이 나와 인사를 하였다.

"어찌 오셨습니까?"

"월향관에서 왔습니다."

"예, 저쪽 안채에서 기다리시지요."

늙은 하인이 가리키는 대로 작은 돌을 깐 길을 따라 들어가니 긴 툇마루가 나오고 그 툇마루를 지나 들어가니 그 툇마루는 넓은 대청마루로 연결되어 있었다. 아마도 이곳에서 교습을 하는 모양이었다.

연은 그 대청마루를 지나 깨끗하게 다듬어진 안채로 들어갔는데 안채에는 나란히 마주 보는 방이 두 개 있었다. 한쪽에 섬돌 위에는 태사혜 한 켤레와 고운 비단 당혜 두 켤레가 놓여 있었다. 그 방에 사람이 있는지라 맞은편 방으로 들어가 조용히 장옷을 벗고 앉아보니 맞은편 방에는 발이 드리워진 채 방문이 한쪽 열려 있었다. 별 생각 없이 보고 있자니 그 방에서 들려오는 소리며 창호지 문에 어른거리며 불빛에 흔들리는 그림자가 심상치 않았다.

八. 꿈을 꾼 후에

어젯밤 한밤에
꿈속에서 똑똑히 보았네
말할 때면, 예의 그 복사꽃 얼굴로
버들 같은 눈썹 자주 내리깔았네
수줍어하면서도 행복한 표정으로
떠날 때는 못내 아쉬워하였네
깨어나 보니 꿈이었네
슬픔 가누지 못하네
—위장

술상을 벽 쪽으로 물리
자 초련과 홍이는 이부자리를 깔았다. 초련이 술에 취한 은조를
부축하여 자리에 누이고 말했다.

"편히 누우시지요."

"그럼 한바탕 질펀하게 놀아볼까."

초련이 교태스러운 웃음을 띠며 은조의 저고리를 벗겼다. 그
리고 바지까지 말끔히 벗겨 내리자 실팍한 은조의 허벅지와 엉
덩이가 드러나 보였다. 초련도 스스럼없이 옷을 벗어버리고는
은조의 허리에 올라타고 두 손으로 등과 어깨를 부드럽게 주물
렀다. 홍 역시 서슴없이 옷을 벗어버리고 은조의 발을 무릎 위

에 올려놓고 발바닥을 주무르고 있었다. 초련에게서 나는 향긋한 개솔 향과 홍에게서 나는 모란 향이 은조의 기분을 자극하고 있었다. 흔들리는 불꽃 아래 잠자리 날개처럼 흰하게 비쳐 보이는 발 너머에서 세 남녀의 분탕질이 뜨거웠다.

연은 꼼짝 않고 앉아 그 모든 것을 보고 있었다. 발에 비쳐 그림자가 어른거리는 꼴을 고스란히 보고 있었던 것이다. 발 너머의 저 세 사람은 내가 있다는 것을 분명 알고 있을 것이었다. 그런데도 보아란 듯이 저럴 수 있다는 것이 놀라웠다. 어쩌면 겉으로 화려하고 도도해 보이는 기생들의 처량한 끝은 저것일지도 모른다 생각했다. 앞으로 얼마나 많은 일이 있을 것인가.

연은 그렇게 앉아 이 집 주인이 나오기를 기다렸다. 열린 방문으로 물기를 머금은 바람이 불어 들어와 정신을 차린 것인지 집주인으로 보이는 사내가 일어나 홑바지에 중치막만을 걸친 채 벗은 가슴을 드러내고 걸어나왔다. 연도 천천히 자리에서 일어났다.

"인사드리옵니다."

연이 앞으로 나서며 정중히 고개 숙여 인사를 한 후 얼굴을 들고 그 사내의 얼굴을 보고는 깜짝 놀라고 말았다. 연은 멈칫하며 그 사내를 찬찬히 바라보았다. 그곳엔 뜻밖에도 준수미려(俊秀美麗)하고 위엄있는 얼굴에 은조가 미소를 지으며 서 있었다. 은조의 파르스름한 빛을 머금은 날카로운 눈동자가 연을 향해 웃고 있었다. 연이 걱정을 하고 있다는 것을 알기라도 한 것일까, 은조가 먼저 한발 나섰다. 그의 발걸음은 연을 향해 다가오고 있었다.

"은조라고 하오. 어찌 온 것이오?"

"연화라고 하옵니다. 월향관에서 보내서 왔습니다. 많은 가르침을 얻고자 왔습니다."

연은 담담하게 서찰을 내밀었다. 인사를 받은 은조는 연의 담담한 모습을 보고 내심 상당히 놀라고 있었다. 조금 전에 방 안을 다 들여다보았다면 상당히 놀랐을 것이고, 그래도 특별한 사건을 겪은 것인데 저리 담담할 수가 있단 말인가? 은조는 더욱 연이 궁금해졌다.

"내게서 배우려면 수업료가 특별한데…… 할 수 있을까?"

"예, 할 것입니다."

선뜻 대답하는 연을 바라보며 은조는 말없이 생각에 잠겨 있었다.

"이곳에 어찌하여 오게 되었는지는 중요하지 않다. 이미 발을 들여놓은 것이니 내가 시키는 대로 모두 한다면 너는 틀림없이 명기가 될 것이다. 할 수 있겠느냐?"

"제게는 늙으신 할아버님이 함께 계셔서 지금은 병수발을 해야 할 처지이니 밤에는 집으로 돌아가게 해주소서. 그리만 해주시면 열심히 따를 것이옵니다."

"나를 경계함이더냐? 좋다, 그리하자. 나도 너 같은 미모를 곁에 두고 그냥 잠이 들 수 있을 만큼의 성인군자는 되지 못하니 말이다."

은조는 노론가 운암 김계항의 서출이었다. 기생 어머니를 둔 탓에 일반 서출의 취급도 받지 못하였다. 어려서부터 주먹패로 도는 것을 월향이 잡아다 앉혀 거문고와 가야금을 가르쳤고 그 재주가 높아 기생들의 스승이 되었다. 기생들 사이에서는 인기도 높았다. 웬만한 이름있는 장안의 기생치고 제 발로 스스로와 은조의 수청을 들지 않은 기생이 없었다. 그런 은조가 노론의 살수들의 우두머리가 된 것은 순전히 오매불망 운암을 기다리는 어머니 월향 때문이었다. 그리라도 자식 된 도리를 해야 어머니의 뒤를 봐줄 터이고 월향관이라도 꾸려갈 수 있기 때문이었고 후일 자신의 공을 인정해 벼슬길을 열어주기로 약속하였기 때문이다.

그날로 연은 수업을 받기 시작하였다. 은조가 볼 때 연은 먼저 말을 걸기 전에는 도무지 말을 걸어오지 않는 도도하고 차가운 여자였다. 가끔 고개를 들어 가야금을 연주하는 은조를 바라보는 연의 눈길 속의 감정은 언제나 은조의 기대를 비껴가는 듯했다. 물론 그동안 가야금을 가르치며 전혀 진전이 없었던 것은 아니다. 적어도 지금은 어느 정도 자연스럽게 이야기를 나누고 있으니……. 은조는 왜 연이 자신을 외면하는 것인지 정확히 알 수 없었다.

은조는 연의 가슴에 다른 사내가 있다는 것을 막연하게 느끼고 있었다. 가끔 멍하니 하늘에 별을 보는 모습을 보면 틀림없는 일이었다. 하지만 초련이 춤을 시범 보이며 연이 춤을 배울 때, 그리고 홀로 춤을 추는 모습을 대할 때면 느낌이 없는 차가운 얼음 같던 연의 모습은 온데간데없어지곤 하였다. 연에게 있어 가야금은 그저 악기에 지나지 않았으나 춤은 혼이 있었다. 연의 춤은 절제되어 있었고, 자존심이 있었으며, 넋이 살아 돌아다녔다. 초련도 인정할 만큼 마음이 살아나는 춤이었다. 은조는 연의 춤을 키우기 위해 노력했다. 초련은 은조가 그런 관심을 보이는 연이 미워 일부러 더 혹독하게 가르쳤다.

"네년의 춤은 아직 다듬어지지 못해 무당 년의 굿거리와 다름 없다. 자칫하면 스승님의 기예와 우리 기녀 전체를 욕보일 수도 있는 색기가 있는 춤이야."

은조는 조용히 그런 초련을 지켜보다 연에게 일렀다.

"기본을 배워라, 선은 내가 다듬을 것이니……."

"하지만 기본도 아니 되어 있으니 하는 소리 아니겠습니까?"

초련이 샐쭉하여 쏘아붙였다.

장맛비가 내리던 날 은조는 돌아가는 연에게 내일 이른 새벽에 갈 곳이 있으니 일찍 오라 일렀다. 해가 뜨자 줄기차게 내리던 장마는 거짓말처럼 그쳐 있었다. 동이 터오는 아침의 공기는 청명했고 바람은 맑았다. 맑게 갠 아침은 예전보다 더욱 싱그럽고 파릇했다. 정말 오랜만에 맞이하는 햇살 같았다.

비가 그친 새벽에 은조는 연에게 가야금을 싸서 들게 하고는 은조의 집을 출발하여 말을 달렸다. 은조가 연을 데려온 곳은 인적이 드문 강가였다. 양옆은 산과 갈대밭으로 둘러싸여 있고, 그 사이를 흐르는 물줄기는 비단처럼 아름답고 잔잔했다. 이른 아침의 강은 물안개와 산란하는 햇살로 신비한 분위기였다. 물줄기는 고기를 헤치며 흐르고, 배는 물에 뜬 채 설레었으며, 학들은 물가에서 한가한 듯 보였다. 해가 막 떠오르는 하늘은 붉은 빛으로 물들어 한층 그 아름다움을 더해주고 있었다. 뱃전에 앉아 있는 연의 시선은 하늘을 향해 있었다. 그러나 연의 표정은 세상의 아름다움과 고요함과는 무엇인가 이질적인 면이 있었다. 은조가 연의 곁에 다가와 앉으며 물었다.

"무엇을 보는 것인가? 내 눈엔 깊은 하늘만 가득한데."

연은 잔잔한 미소를 지어 보였다.

"아침 바람의 소리를 듣고 있습니다."

"아침 바람의 소리?"

연은 하늘에서 시선을 거두고 은조를 보았다. 은조도 연을 바라보았다. 맑은 물결만큼이나 맑고 수려한 얼굴이 은조의 눈에 들어온다.

"바람은 많은 이야기를 들려주지요."

"이곳이 마음에 드는 것인가?"

은조의 얼굴이 은은하게 붉어졌다. 그는 가볍게 한숨을 몰아 쉬며 연을 곁눈질하였다. 은조가 두려운 것은 연이 자기에게 무관심한 것이었다. 미워하는 것도, 좋아하는 것도 아닌 무관심한

것. 지금 연의 은조에 대한 태도는 무관심이었다. 마치 그녀의
존재 속에는 은조란 존재가 자리할 곳이 없어 보였다. 일반적으
로 여자들은 은조를 처음 만날 때부터 좋아하여 접근해 오곤 하
였다. 그러나 연은 전혀 그런 기색을 보이지 않았다. 반대로 날
이 갈수록 연을 보는 은조의 시선은 달랐다. 어느새 연을 가르
치며 스승과 제자의 사이는 변질되어 연모의 정이 싹트고 있었
다. 연을 볼 때마다 무엇인가 자신의 한쪽을 잃어버린 느낌이었
다. 은조는 가슴이 두근거리는 것을 느끼고 있었다. 여인에게서
이런 기분을 느끼리라고는 생각도 못했던 일이다. 설마 여자 앞
에서 자신의 마음이 설레다니…….

"좋은 곳입니다."

"운우지락을 느끼기에는 더없이 좋은 곳이지."

"춤사위를 배우기에 좋은 곳이었음 하옵니다."

"너는 언제나 단 한 마디도 빈틈이 없구나."

연은 은조가 자신의 춤의 선을 바로잡아 주기 위해 택한 곳을
바라보았다. 강가에서 멀리 보이는 숲은 물을 먹은 도토리 나무
와 거대한 소나무들이 양쪽으로 빽빽하게 들어서 있었고, 한양
으로 향하는 오솔길은 넓어졌다 좁아졌다 하며 연의 시선을 그
리움으로 어지럽혔다.

은조는 뱃머리에 앉아 연을 향해 조용히 말했다.

"치마와 저고리를 벗고 뱃머리에 서보아라."

연은 아무런 망설임도 없이 치마와 저고리를 벗어버리고 하

얀 속옷 차림으로 뱃머리에 섰다. 강에서 바람이 불어와 연의 하얀 속옷 치맛자락을 찢어버릴 듯 날리고 있었다. 연은 바람에 몸을 맡겼다.

"바람이 느껴지느냐?"

연은 조용히 눈을 감고 고개를 끄덕였다.

"물속에 몸을 담가보아라."

연은 주저없이 물에 뛰어들었다. 서늘한 물에 연의 몸은 젖어졌다. 하늘엔 구름 한 점 없었다. 투명한 물줄기가 유유히 물고기마냥 헤엄치는 연의 몸을 감싸 돌았고, 서늘하게 불어오는 바람엔 나비를 부르는 꽃의 자취가 그윽이 실려왔다. 태양이 무색할 만치 눈이 부신 연의 모습을 물끄러미 바라보는 은조였다. 순간 연을 살피느라 어정쩡하게 몸을 지탱하던 한쪽 발이 뱃머리 아래로 미끈 미끄러지고 말았다.

풍덩!

깜짝 놀랐는지 연이 물속에서 휙 몸을 틀어 은조를 돌아보았다. 놀라긴 은조도 마찬가지. 황급히 연의 곁으로 헤엄쳐 오고 있었다. 연의 곁으로 다가선 은조를 연은 이마를 찌푸리며 못마땅한 듯 바라보았다.

"도련님께서 이 몸에게 자맥질하는 법을 가르치고자 하시는 것입니까?"

난처한 듯, 두려운 듯, 퍼덕이는 어린 새 날개인 양 콩닥거리는 연의 맥박이 목소리에 묻어 있었다. 은조는 순간 숨을 멈추었다. 숨을 내쉬면 거친 숨소리가 뿜어져 나올 것 같고, 가슴이 두 방망이질해 대는 소리가 들켜 버릴 것 같았다.

"잠시 물결을 느껴보라 함이다."

물속에서 연의 얼굴은 하얗고 앳되어 보였다. 정순하게 뻗은 가지런한 눈썹과 크지도 작지도 않은 단정한 콧날, 도톰하게 꽃잎처럼 유혹하는 입술이 보였다. 그리고 한 쌍의 맑은 눈. 걱정과 근심으로 청초한 연의 눈동자가 흔들리고 있었다.

"내가 무서운가?"

"저는 스승님께 꼭 배워야 합니다."

"그냥 도련님이라 부르라. 네 스승이 되고 싶지는 않다. 나를 스승이라 부르면 내가 너에게 함부로 하기 더욱 어렵지 않겠느냐? 하하하!"

은조가 무엇을 원하는 것인지 알기에 나가지도 되돌아가지도, 이도 저도 못한 채 연은 물 가운데서 두 눈만 난처하게 떨리고 있었다. 은조는 연이 아무런 말도 못하자 곧바로 연에게 달려들었다. 은조는 엉겁결에 욕정을 참지 못하고 연의 몸을 하나 가득 보듬어 안았다. 부드러운 비단결 같은 연의 가슴의 살결이 은조의 얼굴을 스치는 동시에 달콤한 농익은 과일 향기가 코끝을 자극해 왔다. 기분 좋은 느낌이 그의 가슴에 가득 안겨왔다. 은조의 품에 갇힌 연이 혹 하고 놀란 숨을 들이쉬는 소리를 들으며, 은조는 자신이 안고 있는 연의 눈을 들여다보았다. 연의 눈은 물속에서도 반짝 빛을 발하고 있었다. 형언할 수 없는 분노를 애써 깊이 억누르고 있는 듯 노엽고 차가운 눈빛이었다. 하나 가득 그의 모습을 고스란히 되비치고 있는 연의 눈동자가 불안하게 흔들렸다.

은조는 가슴이 터질 듯한 답답함이 몰려들어서야 비로소 자신이 숨조차 쉬지 못하고 있다는 사실을 깨달았다. 그제야 들이마신 숨을 조심스레 내뱉으며 은조는 연에게서 몸을 떼어내었다. 연을 붙들고 있어 마주 닿았던 자리가 불에 덴 듯 화끈거렸다. 은조는 붉게 달아오른 자신의 뺨의 열기와 함께 여태껏 참고 있던 연을 향한 욕망이 훅 치밀어오는 것을 느끼며 가만히 뱃머리로 헤엄쳐 나왔다. 은조는 방금 자신에게 느껴졌던 느낌이 도무지 현실처럼 느껴지지가 않았다. 연을 아주 잠시 안았던 것이다. 하지만 그 느낌은 너무나 절대적인 것이어서 연을 안은 자리가 데인 것같이 몸에 낙인처럼 강하게 남아버렸다.

한참을 그렇게 멀거니 있던 은조는 비로소 가볍게 고개를 흔들며 가야금이 있는 곳으로 걸음을 옮겼다.

"올라와 이제 네 몸의 선을 들여다보며 음을 느껴보아라."

은조는 한쪽 입술을 살짝 들어 올리며 자조의 웃음을 지었다. 그리고 단호한 몸짓으로 몸을 낮춘 뒤 조금 전처럼 여유있는 몸놀림으로 가야금 줄을 골랐다.

시르릉. 시르릉.

연의 물에 젖어 더 가지런해 보이는 검은머리에서는 물이 뚝뚝 떨어졌다. 하얀 빛깔로 단정히 흘러내린 목선과 우아한 자태가 그리도 고울 수 없다. 물에 젖어 몸매의 굴곡을 그대로 들어내는 속옷 치맛자락 아래로 정결한 속바지가 비죽 나와 있는데, 치마며 저고리며 다 하얀 물빛이다. 팔뚝 밑으로 말려 올라간 저고리 소매 끝은 매끈한 팔목이 이어졌고, 가냘픈 섬섬옥수 끝에선 투명한 물방울이 맺혀 햇살에 영롱히 빛나고 있었다.

연은 일어나 조용조용 나비가 날갯짓을 시작하듯 춤을 추었다. 물에 젖은 흰 속옷 저고리 사이로 분홍빛의 풍만한 가슴이 살짝살짝 비쳐 보여 은조의 마음을 희롱하였다. 속치마가 달라붙어 둥근 엉덩이와 종아리의 굴곡을 드러냈으나 그 모습은 깃털 젖은 커다란 기러기처럼 서럽기도 하고 곱기도 하였다.

연의 몸이 빚어내는 선의 아름다움에 은조는 감탄하고 있었다. 강가에는 수십 마리 학이 훨훨 날고 있었다. 연이 뱃머리에서 춤을 추는 동안 더러는 연의 머리 위를 돌고 몇 마리는 물 위에 떠내려가는 나뭇가지에 앉고 그중 한 마리는 은조가 가야금을 타고 있는 뱃전에 날아와 앉았다.

연을 그렇게 떠나보낸 후에 수는 집에 머물며 얼마를 앓다가 대궐로 들어왔다. 그렇게 가까이 지내며 은애하던 연인데 한 번 헤어진 후로는 소식조차 알 수가 없었다. 점점 몸은 야위어갔고 연이 떠나간 후에 지독한 무력감에 몸조차 추스르지 못하였다. 그리고는 몇 달이 지나도록 대궐 밖을 나가지 않았다. 연을 잃은 마음에 세상을 외면하기로 한 사람처럼 기운이 없었다. 어차

피 떠나 버린 연이라면 이제 놓아주는 것이 도리일 것이나 이성
은 그리하라 하는데도 마음은 그에 미치지 못하였다.

그러던 어느 날, 수의 집 하인이 대궐 앞으로 기별을 가지고
왔다. 수의 어머니가 가마를 가지고 대궐 근처로 와 있다는 것
이었다. 수는 어머니가 오랫동안 보지 못해 오신 것인가 하고
대궐 문을 나가 어머니의 가마가 있는 곳으로 가보았으나 가마
는 텅 비어 있었고 따라온 몸종조차 없었다. 한참을 살피는데,
뒤쪽에서 조용한 목소리가 들려왔다.

"도련님, 그동안 평안하셨사옵니까?"

낯선 목소리에 수의 낯빛이 창백하여졌다. 어머니의 목소리
가 아니었다. 짚이는 이가 있어 돌아서니 그곳에는 분단장한 난
희가 서 있었다.

"아가씨가 예서 기다린 것입니까?"

"그러하옵니다."

"어인 일이십니까?"

"한 번 뵈옵고 싶어서……."

"무례하시군요. 그렇다고 대궐 안으로 거짓 기별을 넣는다는
말이십니까?"

수는 불쾌한 듯이 언짢은 감정을 감추지 못하고 두 주먹을 불
끈 움켜쥐었다. 수가 두말없이 획 돌아서서 들어가 버리려 하자
난희가 달려와 수의 앞을 막아섰다.

"이리라도 아니하면 한 번도 뵐 수가 없었습니다. 단 한 번

만이라도 뵙기가 소원이라 도련님의 어머님께 부탁드린 것입니다."

"제게 어찌 이러시는 겝니까?"

"절 받으소서."

수가 말릴 틈도 없이 난희는 그 흙바닥에서 큰절을 올렸다.

"어찌 이러시는 것입니까, 아가씨!"

"이 몸은 도련님을 지아비로 모시기로 결심하였사옵니다. 제 지아비가 되어주시옵소서."

"지금 무슨 말씀을 하시는 것입니까?"

"처음 뵈온 그날부터 은애하옵니다. 제 목숨을 구해주셨으니 이제 병들어 죽어가는 제 영혼도 구해주옵소서, 도련님⋯⋯."

수가 말없이 외면하고 돌아섰다. 각오했었던 일이라는 듯 난희는 일어서며 수를 향해 수줍게 웃었다.

"돌아가십시오, 아가씨⋯⋯."

"단번에 허락하리라 생각지 않았습니다. 내일 다시 올 것입니다."

"괜한 일을 하시려는 것입니다. 제 마음은 이미 다른 여인의 것입니다."

"오지 말라고만 하지 말아주십시오, 도련님. 보아주지 않더라도⋯⋯."

"먼저 들어가 보겠습니다."

수가 부리나케 대궐 쪽으로 사라지는 것을 보며 난희는 그래도 기쁜 웃음을 웃으며 중얼거렸다.

"그대와 함께할 수 없는 세상이라면, 제게는 아무런 의미도 없습니다. 기다릴 것입니다, 저를 보아주실 때까지……."

난희는 그렇게 수가 사라진 곳을 한참 동안이나 그 자리에 서서 눈이 아리도록 바라보고 있었다.

어느새 산사와 기방을 오가는 생활이 몇 달이 지나갔다. 은조의 인정을 받아서인지 연에 대한 경계가 풀어지자 환이 드나들었다. 은조의 집이 그들의 은밀한 집합 장소였다. 다행히 은조와 환의 동태를 살피며 그들이 노론의 사주를 받는 집단임을 확인할 수 있었다. 그간의 연은 살아 있다고는 하나, 산목숨이 아니었다. 기방에서는 기생 어미와 은조의 혹독한 특별수업에 시달리고, 산사에서는 사부의 지팡이 공격을 피하다 보니 연의 몸놀림은 어느새 땅에 발이 닿을 새가 없을 정도로 재빠르게 변해 있었다. 교방의 기생들도 연에게 트집을 잡기에 혈안이 되어 있었으니, 몸이며 마음이 편하기는 애초에 틀린 일이었다. 하지만 연은 본시 탁월한 적응능력을 가진지라 솜이 물에 젖어들듯 그렇게 그 두 가지 일에 젖어 들어갔다. 어차피 연에게 두려운 것은 적의 살수나 무사들 그 무엇도 아니었다. 연이 가장 두려운 것은 바로 수의 연정과 그런 수를 외면하며 자꾸만 다른 이에게로 달음질치는 연, 자신의 마음이었다. 절벽에서 떨어질 때야 뻔히 들여다보게 된 자신의 마음의 정인은 다름 아닌 세손이었다. 자나깨나 곁에서 함께하는 그분…… 숨을 들이쉴 때도, 내쉴 때도 같은 공기를 마시는 그분을, 자신의 목숨을 바치겠노라 맹세했던 그분을 언제부터 마음에 품고 있었던 것일까. 연은 문득 한숨이 났다. 그 어떤 사람도 이제는 두렵지 않았으나 막상 두려운 것은 자신의 가슴속에 또렷이 자리한 세손이었다.

아무리 붙잡으려 해도 시간은 일정한 보폭으로 걸어간다. 기방에서 돌아온 어느 밤, 보름이 가까워 달이 유난히 밝았다. 사부와의 수련을 마치고 연은 천천히 걸으며 양팔과 발에서 전해오는 무게를 가늠했다. 연은 양팔을 휘젓는 각도, 보폭, 내딛는 발에 가중되는 힘, 속도…… 축지법을 쓰는 것도 무작정 달리는 것이 다가 아니라는 것을 알게 되면서부터는 항상 계산대로 움직이려고 노력했다. 돌 주머니를 메고 무작정 달리지 않은 것도 그런 이유 때문이었다.

연은 가벼운 몸놀림을 위해 자신의 몸무게보다도 더 무거운 돌덩어리를 매달고 걷고 있었다. 연은 밤이면 무공을 익히고 아침이면 축지법을 써서 은조의 집으로 날아갔다. 문득 연의 시선이 하늘을 향했다. 조금씩 살아나는 별들이 연의 시선 가득히 들어온다. 가만히 푸른 달을 바라보며 걷고 있자니 가슴 안을 서늘한 어떤 것이 후르륵 훑고 지나가는 것처럼 슬픈 기운이 감돌았다. 아픈 것도 아닌 슬픈 것도 아닌, 그러나 자꾸만 돌아보게끔 하는 그리움.

'마마…… 그 밤, 빗속을 통곡하며 달려가던 당신의 아픈 맨

살을 만졌던 기억이 납니다. 당신 눈물을 마셨던 기억이 저 푸른 달빛을 올려다보는 이 몸의 속눈썹 끝에서 떨어집니다. 화살에 맞은 저를 말에 앉히고 제 등 뒤에서 얼굴을 파묻고 눈물 흘리고 있던 당신 때문에 이 밤 이렇게 등이 시립니다. 이 몸이 돌아보기에는 너무 버거운 곳에 당신의 자리가 있음을 압니다. 그리고 여기 다시 당신을 만나기 위해 서러운 곳에 내가 있음을 압니다. 그러니 저 푸른 달빛 아래서 이렇게밖에…… 그러니 이렇게밖에…… 그리워할 수밖에는. 마마, 그곳에 잘 계시옵니까…….'

그 밤 세손은 글을 읽다 일어나 자선당의 정원을 서성이고 있었다. 연이 없는 가을은 서러워서 투명했다. 창을 열면 서늘하게 스며드는 아침 공기와 눈동자에 담길 때마다 시리도록 푸른 물빛 하늘과 수만 갈래로 부서져 내리는 햇빛의 입자들이 모두 투명했지만, 지나간 가을 연이 곁에 있을 때에는 가을이 그처럼 맑은 것인지를, 그처럼 서럽게 투명한 것인지를 몰랐었다. 이른 새벽, 연과 함께 말을 달리고 돌아와 햇살이 고슬고슬 머무는 쪽문을 열어둔 방에 앉아 맑은 물을 부어 차분히 우려낸 차를 마시거나 잔잔하게 읊어주는 연의 시조를 듣고 있으면, 투명한 가을은 어느덧 가슴 안으로 따뜻하게 들어와 있었고 차가운 설빙화가 피는 겨울이 와도 추운 줄을 몰랐다.

눈빛 고운 연은 어디에도 없었다. 이렇게 아무 말 없이 훌쩍 떠날 줄은 생각도 못했건만, 웃음이 고운 연은 세손이 알고 있는 그 어디에도 없었다. 돌아올 것이라는 사부의 말만 믿고 그저 기다리기만 해야 하는 세손은 속이 까맣게 타버렸다. 어디로 간 것인지 모르는 채로 더 지나가다가는 피까지 다 말라 버릴 것 같았다. 그 밤은 세손이 올려다본 달빛마저 푸르고 투명했다. 연을 그리는 갈망에 목이 탔다. 세손은 곁에 번을 서는 수를 돌아보며 조용히 명했다.

"지필묵을 가져다 주겠느냐? 이 달빛 아래 매화라도 쳐보련다."

"마마, 밤기운이 차옵니다. 오늘은 세손빈께서 꼭 모셔오라 당부하셨사옵니다."

"빈에게는 아니 간다 하지 않더냐?"

"마마, 세손빈 처소에 아니 납신 지 너무도 오래되었사옵니다."

"되었다. 그만 하라. 내 마음이 더 차니, 오히려 시원하구나. 지필묵을 가져오너라."

또르르 뚜르르 풀벌레 소리 쓸쓸한 밤, 검푸른 하늘 저편에 복숭앗빛으로 둥글게 떠오른 푸른 달을 보며 세손은 매화를 그려내고 있었다. 꽃잎 한 장에 감미로운 연의 웃음이 하나씩 하나씩 피어난다. 그렇게 연모의 마음을 소중히 그려내는 사이에 밤은 깊어가고, 연과 세손이 함께 바라보는 투명한 푸른 달빛이 그리움으로 그 가을밤을 지켰다.

아침부터 조용하던 은조의 집이 어쩐지 번잡하였다. 무슨 일인가 하여 들어서니 초련이 일찌감치 온 모양인지 기방에서 가져온 음식을 차려놓고 있었다.

"무슨 일입니까? 일찍 오셨습니다."

"오늘 환이 도련님과 함께 은조 도련님께서 하루를 즐기신다 해서 준비하는 것이네."

"예……."

"서둘러 상을 내오라는 말씀이시네."

서둘러 상을 차려 나가고 다시 나오는 길에 보니 환은 어젯밤 이곳에서 밤을 새워 무엇인가를 한 것인지 잠자리에서 막 빠져나온 듯 의관을 제대로 갖추어 입지 못한 채였다. 갓을 쓰지 않은 머리에는 상투가 왼쪽으로 살짝 기울어져 있었고, 손에는 갓이 들려 있었다. 급하게 되는 대로 주워 입은 듯 두루마기 한쪽은 허리끈 밖으로 삐쳐 있었고, 미처 대님을 묶지 못한 발목에서는 걸을 때마다 바짓자락이 펄럭였다. 환은 연과 눈이 마주치자 나지막이 속삭이듯 말했다.

"오늘은 너의 재주를 보자꾸나."

환의 목소리는 나지막하지만 감히 거스를 수 없을 정도로 권위적이고 위압적이기까지 했다.

"예, 그리하지요. 도련님, 들어가시지요."

환은 그제야 만족한 듯 고개를 끄덕거리더니 팔을 들어 연을 앞세웠다.

"오호라, 연화라! 내 너를 가질 수도 있었거늘…… 아쉽구나."

이른 아침부터 차를 따르는 연의 곁에 앉은 환은 욕정이 달아올라 감추지 않고 입에 침을 흘리며 바라보고 있었다. 연이 환의 잔에 차를 따르고 난 후에 일어나 은조의 곁으로 가려 하자 환이 연의 손목을 낚아채 곁으로 끌어당기는 바람에 연은 환의 품으로 안겨 버렸다. 환은 그런 연을 앉히고 화통하게 웃어 젖혔다. 연은 망설임없이 상 위에 놓아둔 찬물 사발을 환에게 들이부었다. 환이 놀란 것은 말할 것도 없고 더 놀란 것은 은조였다.

"도대체 이게 무슨 짓이냐?"

"이…… 이년이!"

"연화 네가 어찌 이런 짓을 할 수 있단 말이냐? 도저히 믿을 수가 없구나."

"도련님, 이년은 아직 머리를 올린 기녀는 아닌 것입니다. 아무리 도련님의 친구라 해도 수청을 들 수는 없는 일이지요."

은조는 환과는 다르게 단정히 의관을 갖추고 있었다.

"네 행동 하나하나가 월향관의 누가 된다는 것을 네가 정녕 모른단 말이냐?"

"이년은 잘못한 것이 없습니다."

연은 고집스럽게 입을 다물고 있었다. 그런 연을 내려다보는 은조는 잠시 할 말을 잃었다. 감정이라고는 조금도 느껴지지 않았다.

"네 이년을!"

"그만두시게, 환이! 연은 물러가 네가 무슨 잘못을 했는지, 또 앞으로 또 이런 일이 생길 때면 네가 어찌해야 할는지 잘 생각해 보거라. 그리고…… 오늘 하루 근신하고 있거라."

전혀 타협의 여지가 없는 냉엄한 목소리로 은조는 덧붙였다.

"또다시 이런 일이 생긴다 해도 이년은 조금 전처럼 할 것입니다."

제 할 말을 다 했는지 연은 찬바람을 횅하니 일으키며 나가 버렸다.

"저! 저런 고얀 것이 있는가!"

"어찌 아직 머리도 올리지 않은 내 제자에게 그리 처신하는 겐가!"

"기생 따위를 가르치는 것도 제자고 스승인가?"

"뭐라!"

"왜? 내 말이 틀렸는가?"

"말이 지나치네. 내가 비록 지금은 자네와 손을 잡고 일을 하고 있으나, 그렇다고 이 은조가 죽은 것은 아닐세! 조심하게!"

"헛! 고얀! 난 그만 가겠네!"

환은 쌩 찬바람을 일으키며 가버렸다.

연도 하루 종일 조용히 앉아 근신하고 있다가 돌아가 버렸다.

그날 밤, 은조는 모두 돌아가고 난 뒤에 홀로 술잔을 기울이고 있었다. 초련만이 남아 술시중을 들고 있었다.

그윽한 사향이 감도는 방 안, 사방의 벽은 커다란 체경으로 빈틈없이 채워져 있어 사방에서 비쳐 보였다. 은조는 자리에 앉았고, 그의 앞에는 초련이 그와 마주하고 있었다. 방 안의 정적은 오래 가지 않았다. 가야금을 앞에 둔 은조가 줄을 고르기 시작했다.

"초련, 오랜만에 너의 춤을 보고 싶구나."

은조의 말은 건조했다. 둔탁한 그의 목소리에 초련의 얼굴이 살풋이 교태스럽게 웃는다. 초련은 일어서서 문을 병풍으로 가린 후, 은조의 가야금 가락에 맞춰 저고리부터 하나씩 벗기 시작했다. 수줍은 듯 봉긋한 가슴 선이 드러났고, 백설 같은 흰 피부가 조금씩 밖으로 드러나기 시작했다. 그러나 은조의 눈에는 전혀 흔들림이 없었다. 은조는 지금 자신의 마음속에서 불처럼 끓어오르는 연에 대한 새빨간 야수 같은 욕심을 바라보고 있었다.

자신을 뚫어지게 바라보면서도 아무런 느낌도 느껴지지 않는 은조의 얼굴을 살핀 초련은 순간 오기가 발동했다. 연화가 기방에 들어온 후 단 한 번도 자신의 곁에 가까이 오지 않은 은조이었다. 초련은 그동안 은조에게 바친 순정이 아까워서라도 은조의 사랑을 되찾고 싶었다. 언제나 그랬다. 은조는 초련을 안기는 했지만 결코 온몸이 부서져라 안아주는 것은 아니었다. 그저 번뇌를 잠시 잊으려는 듯, 가슴속에 들끓는 한을 잠시 식히려는 듯 안고는 내던져 버리는 것이었다.

마음을 가다듬고 마지막 가린 단속곳마저 벗어 던져 버렸다. 나비 촛대 아래 드러난 초련의 나신은 아름다웠다. 쭉 뻗은 종아리는 군살 하나 없었고, 둥글게 받쳐 올라간 엉덩이와 풍만하게 출렁이는 가슴은 탐스러웠다.

점점 춤에 빠져드는 초련의 몸이 제 흥에 겨워 달아올라 분홍빛으로 물들었다. 하지만 그런 초련의 춤을 보는 은조의 눈빛은 점점 차가워지고 있었다. 연으로 가득 찬 은조의 가슴에 이제 초련이 들어설 자리는 없었다. 두 사람이 바라보는 곳이 달라서 안타까웠다. 안타까움으로 밤이 깊어갔다.

"어느새 꼭 일 년이 된 것이냐?"

"네, 사부님."

연이 기방과 암자에서 기거한 지 꼭 일 년이 되었을 때, 아직 완전히 이해한 것은 아니었으나 몸으로 비급을 모두 익혔다. 사부는 이제 자신의 명이 다했음을 느끼고 있었고 서둘러 연에게서 비급의 완성이 이루어지기를 바랐다. 사부는 연과 함께 몸과 마음을 씻은 후에 정진을 하는 토굴 속으로 들어갔다. 사부의 토굴은 언제나 차가운 한기가 어려 있었다. 토굴 깊숙이 들어가자 몇 군데 등불이 타고 있을 뿐 아무것도 없었다. 등잔 불빛은 공기의 흐름을 타며 움직였다.

"앉거라."

"사부님, 무엇을 하시려는 것입니까?"

"나의 몸은 이제 사라질 것이다. 그러나 아주 죽는 것은 아니다. 먼지가 되어, 바람이 되어 너의 곁에 있을 것이다."

"사부님, 그럼 미천한 이것은 어찌해야 합니까?"

연이 놀라 무릎을 꿇고 물었다. 사부는 다시 조용히 손짓해 연을 앉게 하고는 말했다.

"너는 누구냐?"

"세손저하를 지키는 무사이옵니다."

"그것이 너의 운명임을 알겠느냐?"

"그것이 저의 운명임을 느낄 수 있습니다."

"오로지 사심없이 무사로만 살아라. 그 약속을 지킬 수 있겠느냐?"

"지키겠습니다."

"너는 처음부터 그분의 수호무사로 하늘이 선택했다."

"예, 사부님."

"나는 이제 죽어 너를 위해 너의 비급을 완성시켜 줄 것이다. 나에게서 나오는 사리는 이 주머니에 모아 네가 지니고 다니거라. 그리고 이것을 너에게 주겠다."

"이것이 무엇입니까, 사부님?"

"나 역시 나의 사부에게 전해 받은 만년설삼(萬年雪蔘: 극한지에서 자라는 인삼의 일종. 만 년 묵은 설삼은 영성이 생겨 보통 사람이 먹으면 불로장생의 영약이 되고 무림인들이 먹으면 엄청난 내공을 얻을 수 있다고 한다)이다."

"이것을 왜 사부님께서 드시지 않으십니까? 이런 전설로만 내려오는 명약을요?"

"내가 먹을 수 있는 명약은 아니다. 다 주인이 있는 법."

"사부님……."

"너에게 주겠다. 이제 이리 가까이 오거라. 시작하자."

"사부님……."

노승은 연의 정수리에 손을 얹어 자신의 모든 내공을 부어주었다. 그리고는 기운이 쇠진한 것인지, 희미하게 웃으며 마지막 인사를 하였다.

"두려워할 것은 아무것도 없다. 다만 언제나 너의 길을 결정할 때 힘이 들지도 모른다."

"그럴 때는 어찌해야 하는 것입니까?"

"네 마음의 소리를 들어라."

사부의 눈에 담긴 굳은 의지가 더 이상 사부를 막을 수 없게 하였다. 사부의 눈은 곧 평화로워 보였다. 연의 부축을 받으며 토굴을 나온 사부는 토굴 뒤에 쌓아둔 나무 단에 불을 붙이고 스스로 올라가 누웠다. 불꽃은 푸른빛을 일으키며 끝없이 타올랐다. 하늘의 모든 별이 더욱 강한 빛을 발하는 것 같았고 멀리 저 하늘 끝에서 별이 길게 꼬리를 늘어뜨리며 떨어져 갔다. 이틀을 타고 있을 동안 연은 꼼짝 않고 지키고 앉아 기도하고 있었다. 어쩌면 연 또한 자신의 운명을 받아들이는 기도를 하고 있는지도 몰랐다. 잿더미 속에서 사리 백여덟 개를 가려내어 삼

베 주머니에 담아 곱게 가슴에 품어 안았다. 나머지 가루는 수습하여 강에 뿌렸다. 흘러가는 그 물결에 대고 다시금 무사로 살아가겠다고 다짐하는 연이었다.

　암자를 내려와 그 산을 한참 바라보고는 돌아서는 연의 마음 속으로 사부의 전음이 들려왔다.

　『연아…… 보이지 않는다고 모든 것이 사라지는 것은 아니다.』

　"연아!"

　연이 돌아보며 하얗게 웃어 보인다.

　『마마, 평안하시옵니까?』

　"연아, 내 그대가 그리워 죽을 것 같았노라. 오래전부터 그대를 사모(思慕)하였노라."

　그처럼 마음속에 맺어두었던 말을 뱉어내고 나니 연이 밝게 웃으며 와락 안겨온다. 새초롬하던 연이 도란도란 속삭이고 손도 제대로 잡아보지 못하고 오매불망(寤寐不忘)했던 연을 그렇게 꼬옥 안을 수 있었다. 하얀 눈이 쌓인 허허벌판이었다. 앞을 보아도 뒤를 보아도 세상은 온통 하얀 눈의 세상이었다. 세손의 품에 안겨 있던 연이 어쩐 일인지 세손의 품에서 빠져나가 고운 쓰개를 쓰고는 사뿐히 걸어가고 있다. 뒤를 쫓아가는 세손의 발자국은 새하얀 눈밭에 뽀드득 뽀드득 소리를 내며 그 발자국을 남기나 앞서 걸어가는 연은 눈밭에 그 흔적조차 없다. 어느새 연의 무공이 답설무흔(踏雪無痕)의 경지에 이르렀던가……. 연은 눈을 밟아도 흔적이 남지 않을 정도로 몸을 가볍게 해서 빠르게 답설무흔(踏雪無痕)의 경공을 펼치며 사라져 갔다.

"연아!"

자리를 박차고 일어난 세손은 온몸에 진땀을 흘리고 있었다. 자리옷이 땀에 흠뻑 젖어 있었다. 불길한 꿈이었다. 연을 보지 못한 지 일 년이 넘었다. 사부는 기다리면 돌아올 것이라 말하고 있었지만, 그리움에 마음은 여위어가고 있었다. 꼭 연에게 무슨 일이 생긴 것만 같았다.

"마마, 어인 일이시옵니까? 자리가 불편하신 것입니까?"

윤이 다가와 걱정스럽게 흰 목면 수건으로 세손의 이마를 눌러 닦는다.

'이상하다. 어인 일일까?'

세손은 불안한 마음에 도포를 입고는 빗으로 머리를 빗어 옥동곳으로 흘러내리는 상투를 고정하고 당초문을 새긴 양각한 뿔로 만든 상투관을 단정히 쓰고 앉아 팔걸이를 손바닥으로 탁탁 치다가 발밑에 미동도 없이 앉아 번을 서던 윤에게 일렀다.

"윤은 작은 사부님을 드시게 하라."

윤은 심상치 않음을 느끼곤 달려가 작은 사부 서명섭에게 기별하였다. 서명섭은 이제나저제나 세손이 연이 어찌 되었는지 궁금해 하문할 것이라 생각한지라 아무런 말 없이 의관을 정제하고 윤의 뒤를 따라 동궁으로 들었다. 세손은 언제나처럼 단정

하게 정좌하고 앉아 있었으나 얼굴엔 근심스러운 빛이 가득하
였다.

"윤아."

"명하소서, 마마."

윤이 읍하고 대답하였다. 세손은 불안한 기색을 감추지 못하
고 걱정스럽게 말한다.

"내 사부님께 긴히 여쭐 일이 있으니 너는 나가 주위를 물리
라."

"분부대로 행하겠나이다."

윤이 나가 상궁, 나인들과 내관을 물리자 주위는 적막하리만
큼 고요해졌다. 세손은 마음에 준비를 한 듯 일어나 스승에게
예를 올려 절했다. 학습 전에 절을 받는 것도 아니고 갑작스레
절을 하는지라 서명섭은 손사래를 치며 맞절로 답하고 머리를
조아리며 세손을 올려다보았다. 올 것이 오고 말았구나 싶은 서
명섭이었다.

"마마, 어인 일이시옵니까?"

"사부님, 부디 어리석은 제자에게 바른길을 일러주소서."

"음……."

서명섭은 세손이 왜 이러는 것인지 너무 잘 알고 있었다. 연
을 은애하는 마음이 이제 극에 다 달았으리라. 다시 심각하게
고심하게 되는 서명섭이었다.

"마마……."

"사부님, 연이 여인인 것을 알고 있습니다."

서명섭의 입에서 작은 한숨이 절로 나왔으나 상궤에서 벗어날 수는 없는 일이었다. 다만 듣고 있을 뿐이었다.

"동궁마마…… 연을 마음에 두고 계시옵니까?"

"이제는 저를 어찌할 수가 없습니다. 사부님, 이러면 아니 된다 하면서도…… 연을 연모하옵니다. 사모하옵니다. 은애하옵니다."

사부의 질문에 신음 소리를 내는 세손의 두 눈에 피가 솟구치듯 눈물이 끊임없이 흘러나왔다. 목 안에서 창자를 끌고 올라오듯 깊고 고통스러운 고백이 비명처럼 터져 나왔다. 그런 세손을 그저 아무 말 없이 바라보는 사부였다. 그 비통한 고백이 무엇인지 알고 있는 사부였다. 왜 원손의 탄생이 늦어지는 것인지도 짐작하는 그였다. 하지만 또한 연과 세손은 안 되는 것도 잘 알고 있는 그였다. 곧기가 칼 같은 세손의 성정에 저처럼 비통한 고백을 줄줄 쏟아낸 것이라면 큰일이었다. 그것은 이미 주워 담아서 다독거릴 수 없는 마음이었다. 이미 연에게로 둑이 터져버린 막을 수 없는 도도한 물줄기였다. 서명섭은 일어나 절하고 아뢰었다.

"마마, 멀지 않은 날에 연을 데려다 놓겠사옵니다."

세손의 눈이 번쩍하고 빛났다. 고귀하고 기품있는 얼굴이 다시 빛을 되찾기 시작했다.

"참말입니까, 사부님?"

"하오나 마마…… 한 가지 소신의 청을 들어주소서."

"말씀하시지요, 사부님."

"연을 이 다음에라도 후궁으로 들이시지는 말아주소서."

"예?"

"소신과 약조하실 수 있겠사옵니까, 마마?"

사부의 눈빛이 무서웠다. 하지만 후궁으로 들이지 않고서야 연을 어찌 곁에 둘 것인가. 세손의 표정은 난감하였다.

"마마, 생각할 시간을 드릴 것이옵니다. 그것을 약조하지 않으시면 연은 결코 궁으로 돌아오지 못할 것이옵니다."

사부가 냉정히 잘라 아뢰고 일어나 뒤로 물러나 나가려 하자 세손은 신음처럼, 탄식처럼 대답하였다.

"약조하겠습니다, 사부님. 연을 후궁으로 들이지는 않겠사옵니다."

뒤돌아 방문을 열려고 하던 그 손이 멈추며 사부는 다시 세손을 향해 읍하고 아뢰었다.

"기다리시면 돌아올 것입니다."

사부의 약속을 믿으며 세손은 기다릴 수밖에 없었다. 꿈속에서 언뜻 만나본 연의 모습을 두고두고 그려볼 수밖에 없었다. 잠시 마루 끝에 서서 올려다본 하늘엔 차디찬 달이 걸렸다. 한 자락 지나는 바람에도 혹시나 하고 돌아보는 세손이었다.

아직 계절은 겨울의 몸뚱이 한가운데 머물러 있었다. 대지의 기운이 유난히 차가운 날이었다. 겨울바람이 구중궁궐, 낙엽들을 춤추게 하고는 휘몰아갔다. 궐 밖에서 날이 든 둘째 사부의 해동청, 호연(胡燕)이 굵은 서명섭의 팔뚝에 내려앉았다. 또다시 기습이 있을 모양이었다. 끝도 없는 공격이었지만 호연이 가져오는 발목에 묶인 연통으로 그 위기를 급급히 넘기는 그들이었다. 통을 열고 작게 돌돌 말린 서찰을 꺼낸 서명섭은 그것을 펴 읽는 동안 점점 얼굴이 굳어졌다.

[오늘 기습에 대비할 것. 끝 머리를 올립니다.]

"어느새 머리를 올린단 말이더냐?"

서명섭은 시름에 잠겼다. 어느새 해가 바뀌어 새해가 되었다. 세손의 나이 스물이 되었으니 연도 열일곱이 되었다. 수는 연을 잃고 죽었다 살아난 뒤로 묵묵히 연이 돌아오기만을 기다리는 눈치였으나 그의 집안에서는 김 대감의 여식과 혼사를 서두르는 중이었다. 서명섭은 종이를 입 안으로 밀어 넣어 질근질근 씹어 삼키며 생각에 잠겼다. 그리고 곧 준비하겠다는 답신을 보내기 위해 필묵을 들었다.

수와 용 세자익위사들의 수하들은 그 차가운 날씨에도 웃통을 벗어 던지고 편을 갈라 격구에 열중하고 있었다. 한편에서는 어진 수하들이 어진의 호령을 받으며 기합 소리 높여 태극권(太極拳)을 수련하고 있었다. 어진의 태극 권법에는 부드러운 원형의 수법에 놀랄 만큼 강맹한 힘이 숨겨져 있었다. 윤은 세손을 따라 시강원에 나가 있었다. 용이 눈빛을 빛내며 수에게 은밀하게 속삭였다.

"저들의 공격이 오늘 있다 하네."

"오늘도 자네더러 마마의 번을 서라 하시던가?"

"그리 명하였다네."

"음……."

"이상하지 않은가? 사부님께서 저쪽에 있는 첩자에게 연락을 받으신다 하더라도 그 공격이 있는 날마다 어찌 그대를 빼버리는 것인가?"

"글쎄, 하지만 지난번에도 자네는 특이한 점을 보지 못하였다 하지 않았는가."

"그렇게는 하였네만, 그 싸움이 있는 멀지 않은 어둠 속에서 누군가 우리를 지켜보고 있는 듯한 느낌을 받았네."

"그랬던가."

"역모의 기회를 노리는 자들이니 그들의 최정예는 궁술이나 검술에 탁월한 고수 몇몇일 걸세. 그럼에도 불구하고 그곳에 잠입해 정보를 빼낼 수 있다면 그자가 누구이겠는가?"

"연일 것이야."

"살아 있는 것일세. 그리고 그곳에 훌륭하게 잠입한 것일세."

윤의 수하들이 보이는 것으로 보아 세손이 시강원에서 돌아오는 모양이었다. 수는 정신을 차리고 검을 점검했다. 정강이 각반

속의 여러 개의 비수도 제자리에 있는지 점검했다. 비수를 쓰지 않기를 바라지만, 일단 쓰게 되면 정확하게 상대방의 급소를 꿰뚫어야 했다. 정정당당히 앞에서 맞서서 검으로 승부하기를 즐기는 수였으나 만약의 사태란 언제나 존재하는 법이었다. 수는 오늘 계속 자신을 따돌리는 사부의 의중을 무시하고 윤과 함께 번을 서기로 마음먹었다. 수는 용에게 손을 잡고 부탁했다.

"자네가 몸이 아팠다고 나중에 아뢰주게."

"그리함세."

세손을 호위하는 세자익위사들과 내관 나인들의 모습이 보이고 그 뒤를 간편한 의관으로 갈아입은 세손이 나타났다. 오늘은 세자익위사 소속 호위군사들의 활쏘기 시합을 벌일 예정이었다. 저들은 늘 하던 대로 야밤에 공격하는 습관을 버리고 대담하게도 오늘은 대낮에 공격해 올 모양이었다. 점점 대담해지고 잔인해 져 가고 있는 저들이었다. 활쏘기는 누구나 즐기는 흥미로운 구경거리였다. 조마다 다섯 명씩 세 조로 나눠 그들은 열 번씩 오십 발을 쏘아 어느 조가 가장 우위인지를 가리는 것이었다. 세손의 곁에는 혹시 어디선가 날아올 화살에 대비해 방패를 든 무사들을 배치시켰다. 한발한발 쏠 때마다 열기는 더욱 높아졌다.

먼저 세손이 시범을 보이기 위해 사대에서 자세를 잡고 살을 메기고 있었다. 그는 숨을 멈추고 날카로운 범[虎]의 눈으로 과녁을 노려보았다.

슈웅!

"명중이옵니다!"

빨간 후기(候騎)가 올라가더니 고시무신(告示武臣)이 북소리를 내며 소리쳤다. 다시 두 번째 화살을 쏘았고 두 번째 화살도 정확하게 과녁을 꿰뚫었다.

턱!

화살이 과녁을 뚫는 소리가 났다. 그때였다. 수의 눈에 명중을 알리는 후기의 올라가는 속도가 약간 지체되는 느낌이었다. 수는 몸을 날려 세손을 쓰러뜨림과 동시에 몸을 날려 과녁을 향해 달려갔다. 머리 위로 화살이 쉭! 소리를 내며 날아갔다. 아찔한 순간이었다. 어느새 이곳까지 잠입하였단 말인가.

"마마를 보호하라!"

"방패를!"

수는 소리치며 곧바로 달려갔으나 어느새 과녁 뒤쪽에서 한 무리의 검은 복면을 한 살수들이 달아나고 있었다. 과녁 뒤에는 이미 반항하다 고개를 땅에 처박고 쓰러진 기수가 보였다. 수는 망설임없이 그들의 뒤를 쫓았다. 그들은 날듯이 도망치고 있었다. 숲길로 접어들었을 때 한 무리의 살수들이 죽어 널브러져 있는 것이 보였다. 수는 걸음을 멈추고 찬찬히 그들을 살펴보았다. 그들은 모두 깃대에 매화를 수놓은 손으로 쏘는 짧은 화살인 매화수전(梅花手箭)에 당했다. 그들은 그 자리에서 하얗게 눈을 치뜨고 절명한 것이 틀림없었다.

이들이 모두 살아서 공격해 왔다면 어찌 되었을까. 수는 아찔한 생각에 고개를 저었다.

대단한 고수였다. 최고수들만이 펼칠 수 있는 암기였다. 연이 사라진 지 고작 일 년 남짓 이런 정도로 무공이 급성장하였단 말인가. 그 순간이었다. 수는 보고 말았다. 멀리 보이는 폭포에서 쏟아지는 넓은 소를 무력답수(無力踏水)를 펼치며 물을 밟고 둥둥 떠 날아가는 복면의 그자를…… 그 경공은 절정의 경신법을 익히면 이르는 경지라 들어왔었다. 그자는 분명 연이었다. 수는 망연자실해져 서 있었다.

'제 어미처럼 기생이 되겠습니다. 그리고 더 뛰어난 살수가 되겠습니다.'

연의 절규하던 목소리가 뇌리에서 쟁쟁하게 울려 퍼지고 있었다.

[누가 곤륜산 옥을 깎아
직녀의 얼레빗 만들었나.
전우 가고 아니 오니
시름에 겨워 푸른 하늘로 내던졌네.]

연이 자리에 앉아 화선지에 황진이의 시를 한 수 적어보고 있을 때에 사부의 기별을 가지고 해동청 호연이 날아왔다. 은조나 환의 눈에 뜨이지 않도록 조심하는 터였으므로 연의 손놀림은 민첩했다. 임무를 마친 호연은 곧장 솟구쳐 어두운 밤하늘로 날아올랐다. 연이 월향관에 들어와 자리를 잡은 지 일 년, 어미인 매향의 피를 받아서인지 일 년 남짓 산사와 이곳을 오가며 학습을 하여 며칠 있으면 이제 머리를 올리고 기생이 될 예정이었다. 머리를 누가 올려줄 것인지가 문제였다. 기생방 관례에 따르면 덕망있고 그 값을 제일 많이 치르는 사내가 임자였다. 머리를 올리고 나면 양반가의 부녀자들과 달리 치맛자락을 오른쪽으로 돌리는 여인의 삶이 시작될 것이었다.

월향관의 뒷방에 기거하는 연은 자리에서 일어나 정원으로 내려가 밤하늘에 걸린 달을 보며 시름에 잠겨 서성였다. 연의 모습은 서 있는 그대로도 교태스러웠다. 몸매가 마치 버들잎처럼 고왔고 맵시있었다. 연은 고쟁이 위에 속바지를 입고 단속곳을 입고 일곱 층 무지기를 입어 아래를 부풀렸다. 그리고는 속곳이 치마 밑으로 노출되도록 입었다. 또 저고리 길이를 유난히 짧게 하여 흰 치마허리가 드러나게 입었는데, 이 치마허리에는 갖가지 화려한 수가 놓여 있었다. 치마는 겉치마 밑에 허리치마를 여러 겹 입어서 가슴보다 둔부를 한층 부풀려 강조했다. 기녀의 속성이 돋보이는 이 옷은 속곳을 겹겹이 껴입어 남자들의 장난으로부터 자신을 보호하려는 폐쇄적인 의도와 의도적으로 속옷을 치마 밑으로 보이려는 노출심리를 동시에 내보이는 이율배반적인 심리를 가지고 있다. 이 옷의 심리를 한껏 의도적으

로 이용해 속곳을 십여 겹 껴입어 둔부를 부풀리고 속곳을 노출
시켰다. 그리고는 같은 비단으로 미색 바탕의 자주색 삼회장저
고리를 입었다. 어깨와 가느다란 팔을 조일 만큼 좁은 일자형
배래인데다 겨드랑이가 보이도록 도련을 깊이 판 작은 저고리
였다. 팔을 치켜 들 때마다 속살이 뽀얗게 드러나 보였다. 분을
얇게 바르고 작은 입술에 붉은 연지를 발랐다.

　서성이는 한 송이 연꽃처럼 화려한 연을 흠모의 눈으로 바라
보는 이가 있었다. 꿈틀, 은조의 이마에 힘이 실렸다. 그는 어딘
가 다녀온 모양인지 달빛 아래 숨을 거칠게 헐떡이며 다가오고
있었다. 그의 눈빛이 거칠게 번들거렸다. 연의 눈동자가 커다래
졌다.

　"어인 일이십니까, 도련님?"

　"연화야, 너 이리 좀 들어오너라."

　은조는 한 손으로는 연의 손을 붙들고 다른 한 손으로는 연의
얼굴을 움켜쥐었다. 연은 뜨거운 은조의 눈길을 할 일 없이 온
전히 받아내는 것이 불편했다. 붉은 연지를 바른 연의 입술이
바르르 떨었다. 은조의 뜨거운 눈동자가 연을 바라보고 있었다.
연을 바라보는 그의 눈 속에서는 고통이 묻어나왔다.

　"무슨 일이십니까? 이 손 좀 놓으시지요."

　"내가 너의 머리를 올려줄 것이다."

　"그리하소서. 허나, 기방의 법도를 따라야 될 것입니다."

　"누군가 네게 우리는 상상할 수도 없을 정도의 거금을 내놓고

갔다."

"거금을 내어놓은 자가 인덕도 있는 선비라고 합니까?"

"내가 얼굴을 직접 보지 못했으나 기품이 있어 보인다고 한다. 하지만 그자가 너를 사랑해서 가지려 하는 것은 아닌 게다. 다만 네 처음이 가지고 싶을 뿐이겠지."

"누군들 다를는지요? 거리에 꽃은 먼저 꺾는 자가 임자라 하신 분이 앞에 서 계시지 않습니까?"

은조의 눈동자는 너무나 괴로워 보였다. 늘 곁에 있으면서도 손 내밀면 차갑게 뿌리치는 연이었다. 이제 내일이면 머리를 올린다고 한다. 적은 돈 같으면 은조가 치르고 머리를 올려주려고 했다. 허나, 저녁 무렵 조용히 혼자 다녀간 그자는 월향관 두 채 값을 건네고 갔다고 했다. 은조로서는 속수무책이었다.

"너를 사모하고 있다."

"거리의 꽃은 정을 두어서는 아니 되옵니다."

한동안 두 사람은 그렇게 잠시 마주 보고 서 있었다. 서늘한 은조의 눈길이 느껴져 왔다. 두 손으로 연의 얼굴을 감싸고 은조의 얼굴이 점점 다가왔다. 연은 그런 은조를 차갑게 밀어내며 노리개 곁에 매어진 칠보 장식의 은장도를 빼어 들었다.

"천한 것이라 기생에 대한 예조차 갖추지 못하시겠다면 이년 이리 비참하게 살아 무엇하리요."

연의 목덜미에서 예리한 은장도가 반짝이고 있었다.

九. 달빛 그리움

바다 위에 떠오른 밝은 달을
하늘가의 그대도 바라보겠지
연인들은 기긴 밤을 원망하며
밤새도록 그리움에 사무치리라
촛불 끄고 휘영한 달빛 즐길 제
걸친 옷은 이슬에 젖어들었지
두 손 모아 달빛 드릴 수 없으니
돌아가 꿈길에서 만나보리라
—장구령

아직은 바람이 차갑게 느껴지는 날씨였다. 하얗게 눈이 덮인 산 위에 하얀 솜구름까지 덮여 있다. 서로 어우러져 어느 것이 눈이고 어느 것이 구름인지 분간할 길 없이 곱다. 어제 내린 눈이 아직 녹지 않아 뜨락에 그대로 남아 있어 세상은 눈빛에 반사되어 더욱 밝았다. 하지만 오늘의 차가운 바람도 수의 더운 가슴만은 빗겨간 듯했다. 저녁 노을빛에 물드는 햇살이 면경에 부딪쳐 방이 온통 붉은 노을빛으로 부서지고 있었다. 수는 들뜬 얼굴로 면경을 들여다보며 흑립을 이리저리 대어보다가 다시 옥로립(정수리에 옥로를 단 갓)을 대어보다가 아차한다. 수의 얼굴이 가볍게 홍조를 띠고 있었다.

"아, 이런 차림으로 가서는 아니 되지."

군복을 입고 갈 곳이 아닌 것이라 생각하니 수 자신도 기가 막혀 부랴부랴 옷을 갈아입었다. 연이 마련해 준 산호 동곳으로 상투를 고정시키고 호박 풍잠에 흑립을 쓰고 자수정 갓끈으로 치장한 뒤 옥색 도포에 쑥색 실띠로 허리를 묶어 맵시를 냈더니 자신의 모습이 어느 정도 마음에 들었다. 연이 마음에 들어할 것인가…… 그리 차려입으니 수는 잘난 사내가 틀림없었다. 이제 피가 끓는 열아홉이니 사내로는 빛이 나기 시작하는 나이였다. 하지만 모든 것이 처음이라 가슴이 뛰는 것을 누를 수는 없었다. 혼례를 올리는 날이라 하여 이리 가슴이 뛰지는 않을 것이었다.

수는 그날 연을 본 뒤 장안의 기생집을 모두 수소문해 연을 찾아내었다. 그러나 다급하게도 연이 이번에 머리를 올린다는 것이었다. 수는 그동안 한 푼도 쓰지 않고 모아둔 녹봉을 모두 가져다 주고 연의 머리 올리는 하룻밤을 샀다. 어떻게 하든지 급한 대로 연의 머리를 올리고는 연을 데리고 다른 세상으로 갈 생각이었다. 이제 수는 죽은 줄 알았던 연을 찾았다는 생각과 연과의 첫날밤을 함께할 생각으로 가슴이 터질 것처럼 설레었다.

"연아, 조금만 기다려 다오. 내 곧 가서 너를 만날 것이니……. 나는 네가 아무리 비천해지더라도 너와 함께하는 것을 주저하지 않을 것이다. 연아, 내가 어느 다른 세상으로 가더라도 너를 데리고 가리라."

수는 다시 면경을 들여다보며 싱긋 웃어 보였다. 그렇게 들뜬
수가 차비를 하고 방을 나서는 참이었다. 막 문을 열려고 손이
가는 참에 들어서는 이가 있었다. 뜻밖에도 큰 사부 이명집이었
다. 수의 얼굴에 놀란 빛이 스쳐 갔다.

"어디 가던 참이더냐?"

수는 일이 잘못될세라 얼른 받아 답하였다.

"저, 사가에 어머님께서 편찮으시다고 기별이 온지라……."

"수야."

"예, 사부님."

"가더라도 나와 바둑이나 한 수 두고 가거라."

순간 수의 얼굴에 낭패가 스쳐 갔다. 여기서 시간을 지체하는
것은 좋지 않은 일이었다.

"그것이 사부님, 지금 급히 달려가 보아야 하는지라……."

"바둑판을 가지고 오너라."

"예, 사부님……."

급히 나가야 한다는 수의 말에 사부의 눈빛이 달라졌다. 수는
바둑판을 가져다 두고 바둑판에 흑 돌 세 점을 미리 놓았다. 그
리고 다시 무릎 위에 단정히 손을 가져다 놓았다. 긴장과 걱정
으로 흑 돌을 쥔 수의 손끝이 파르르 떨렸다.

또닥, 또닥.

바둑돌 놓는 소리가 맑게 퍼졌다. 온통 생각이 연에게 가 있

는 수를 나무라듯 탁! 소리를 내며 흰 돌이 바둑판 위에 놓여졌다.

"수야."

"예, 사부님."

"너는 여인에게 가장 큰 힘을 주는 것인지 무엇인지 아느냐?"

"......?"

"그럼, 여인은 사모하는 지아비를 위해 기꺼이 목숨을 버린다. 아니 그러냐?"

"그러하옵니다."

"그럼…… 여인에게는 은애하는 지아비가 우선이겠느냐, 나라가 우선이겠느냐?"

"사부님……?"

수는 사부의 질문 속에 뼈가 있음을 알았다. 불길한 예감이 머리 속을 스쳐 지나갔다. 갑자기 냉엄하고 잔혹한 세상에 연과 자신이 벌거벗고 서 있는 느낌이 들었다. 머리 속에서는 연의 목소리가 메아리쳐 오고 있었다.

"아니 두느냐?"

"음……."

신음처럼 비명이 터져 나오는 수였다. 바둑이 끝난 것은 한참 시각이 늦은 뒤였다. 급히 월향관으로 달려갔을 때는 이미 문은 굳게 달혔고 초저녁부터 걸려 있던 홍등도 막 월향의 손에 의해 내려졌다.

"어찌 된 일이오?"

"너무 늦었소."

"내가 어제 값을 치렀잖소."

"더 많은 값을 치른 분이 계시지요. 그분이 지금 머리를 올리고 계시옵니다. 나으리의 돈은 돌려 드리지요."

"이럴 수는 없소! 아니 되오!"

"썩 돌아가시오."

"연아! 어찌하느냐? 연아! 이제 나는 어찌해야 하느냐? 나는 너 하나밖에 없는데 어찌하느냐! 연아!"

수의 눈에서 피눈물이 쏟아졌다. 입술을 깊이 깨물어 피가 흘렀다.

세손은 늘 하던 대로 저녁 수라를 들고는 자리에 앉아 지필묵을 가져다 놓고 시를 짓고 있었다. 백성들은 보위에 오를 준비를 하는 것이 좋을 것 같다고 할지 모르나 한순간 숨 쉴 틈도 없이 끊임없이 위협받고 있으니, 몸도 마음도 끊임없이 지치는 일이었다. 품은 원통함이 많으니 속은 언제나 부글부글 끓었다. 자연 그 속을 가라앉히자니 지필묵을 가까이 할 수밖에 없었다. 그날도 울적함을 지필묵으로 달래고 있는 중이었는데 둘째 사부가 조용히 들어와 읍하고 은밀히 아뢰었다.

"마마."

"사부님, 어인 일이십니까?"

"마마, 오늘 밤 미행을 가시지요. 소신이 준비하였나이다."

"예? 아…… 그러지요."

"그럼……."

세손은 잠시 의아하게 생각했으나 필경 곡절이 있을 것이라 생각되어 사부가 하는 대로 맡겨두고 있었다. 사부는 자신은 사대부 차림을 하고 세손은 마치 자신의 아랫것처럼 차려입혔다. 은밀히 열어둔 인경문으로 세손은 고개를 푹 숙이고 사부의 뒤를 따라 대궐을 나섰다. 코끝을 스치는 바람이 차가웠다. 입김이 호호 날리는 날씨였다. 사부의 발걸음이 서두르고 있으니 당연 세손의 걸음걸이도 빨라졌다. 일단 미행 길에서는 궐내의 말을 쓰지 않는 것이 법도였다. 위험에 노출될 경우를 대비하는 것이었다.

"어디로 가시는 겝니까?"

"오늘 소인이 약속을 지키려 합니다. 부디 저와의 약조를 잊지 마소서."

"무슨……?"

"오늘 연이 기녀가 되어 머리를 올리는 날입니다. 연의 머리를 올려주고 아니 올려주고는 알아서 하실 것이나 소인과의 약조는 잊지 마소서."

"아! 어찌 연이 기녀가 되었단 말이요?"

"그곳이 저들의 기거지이온지라 그 안방에서 은밀한 이야기가 오가는 모양입니다."

"그리하여 연이 나로 인해 기녀가 되었단 말인가?"

"연의 뜻이옵니다."

"음……."

"들어가셔서 절대로 말씀을 하셔서는 아니 되옵니다."

"어찌 그리하라는 것이오?"

"연은 그런 모습을 마마께 보이고 싶지 않을 것입니다. 모른
척하소서."

"어찌 이런 일이……."

쌍나비 촛대에 불꽃이 밝았다. 월향관에 홍등이 높게 내걸렸
다. 머리를 올리는 기녀가 있는 터라 오늘 하루는 손님을 받지
않는다. 월향관을 모두 비운지라 주변은 적막하고 고요하였다.
늙은 기모 월향은 속이 터져 죽을 지경이었다. 알다가도 모를
일이 생겼기 때문이다.

연은 모든 준비를 마치고 마지막 단장을 하던 중이었다. 분을
얇게 바르고 작은 입술에 붉은 연을 발랐다. 그리고 머리엔 기
름을 바르고 참빗으로 눌러 이마에 한 올 흐트러짐없이 각지게
빗은 후에 검은 머리채를 곧게 뒤로 모아 총총하게 땋아 자주색
댕기로 묶어 낭자를 만들고 트레머리를 하여 선물로 들여온 금
나비 장식들과 떨잠을 총총 꽂고 옥비녀를 꽂았다. 치마허리에
는 나비 노리개를 차고 사향을 넣은 작은 향낭과 용무늬가 새겨
진 은장도를 함께 찼다. 마지막으로 어미의 이름을 따르겠다 고

집하여 매향이라는 기명과 날짜를 붉은 실로 수놓은 비단 버선을 신었다.

"어머니, 다 되었습니다. 그분은 오셨습니까?"

"그것이 일이 묘하다만, 곧 오실 것이다."

"어찌 그러시어요?"

"글쎄, 네가 무에 그리 대단한 기생이 될 것이라고, 이 야단들인지? 어제는 환이 와서 집 한 채 값을 쥐어주더니, 내 아들 은조도 저리 동하여 야단이고, 그리고 저녁나절에는 귀신에 홀린 듯 훤한 장부가 나타나 가진 것 전부를 내놓겠다 하고 월향관 두 채 값을 주고 가더니, 오늘은 예전에 기방에 자주 드나들던 서생이 사라진 지 십수 년 만에 떡하니 나타나 네 머리를 올리는 데 매향관 세 채 값에다 이리 많은 패물을 너에게 주라 이르더니, 그뿐이더냐? 어기면 매향관을 날려 버린다 으름장까지 놓는구나."

월향이 들고 온 보석함에는 금봉채, 옥비녀, 은죽절, 밀화장도, 옥장도, 자적댕기, 도투락댕기가 고운 빛을 내며 빼곡히 들어 있었다. 연의 얼굴이 창백해지고 있었다. 갑자기 이 모든 것이 덧없고 더럭 겁이 났다. 어인 일인지 이 마지막 순간에 수없이 많은 생각이 오가는 것인지 알 수 없었다. 이미 예전의 연은 죽었다 다짐하여도 속에서 스멀스멀 기어나오는 슬픔을 어찌할 수가 없었다.

"내가 일러준 방술 고대로만 하면 되느니. 들이쉰 숨을 아래로 내려 음기를 자궁에 고루 모은 뒤, 깊이 빨아들이는 마음으로 아래로 흘리거라. 절대 소리 지르거나 경거망동하지 마라."

"예⋯⋯."

"금침에 목면을 깔아두는 것을 잊지 마라."

"예⋯⋯."

"그리고 하나 더."

"무엇입니까?"

"눈을 가리고 보지 말라고 한다. 이상스럽기도 하지. 허나, 차라리 잘된 일이다. 알아 무얼 할꼬, 정을 주면 큰일인 게지."

연은 곧 잘 차려진 술상을 앞에 놓고 비단 금침 위에 단정히 앉아 흰 목면 수건으로 눈을 동여매었다. 어차피 뜨라 해도 뜨고 싶지도 않은 눈이었고, 보라 해도 보고 싶지 않은 얼굴이었다. 이상한 일이었다. 어찌 눈을 가리니, 그 캄캄한 어둠 속에서 조그만 불빛으로 맨 처음 떠오르는 얼굴이 세손의 장난기 어린 어린 시절의 얼굴인지⋯⋯. 든든하고 사내다운 수가 아니고 어찌 벙싯벙싯 웃던 어린 세손의 얼굴인지 눈물이 주르륵 흘렀다.

'마마, 평안하시온지요. 연은 이제 기녀가 되어 머리를 올린답니다. 꽃 피면 비바람도 심하게 분다지요? 인생 백 년이라지만 이별 없는 날이 몇이나 될까요? 마마, 소녀가 마마와 함께 말을 타고 바닷가 모래밭을 온종일 달려보고 싶다 하였지요. 언제쯤에나 마마 곁으로 돌아가 그곳을 달려보는지요. 과연 소녀가 마마 곁에서 말을 달릴 수나 있는 것인지요? 그런 날이 올는지요⋯⋯.'

스르륵 문이 열리는 소리가 들렸다. 사부와 같이 들어온 세손이었다. 두 사람은 서로 옷을 바꾸어 입고 사부는 다시 문을 열고 나갔다. 아랫것들의 차림으로 다시 문 앞에서 밤을 새워 호위를 해야 할 것이었다. 세손은 병풍을 옮겨 문을 가리고 조용히 연의 곁에 다가가 앉았다. 숨을 멈추고 가만히 앉아 오래도록 연을 아래에서부터 천천히 바라보았다. 쌍나비 촛불에 어리어 마음의 정인의 얼굴이 곱게 빛난다. 얼마나 그리워했던 너였던가. 터질 듯 뛰놀고 심장이 요동치는 소리를 아는지 모르는지 눈을 가린 채 가녀린 손만 쥐었다 폈다 하더니 고요히 말한다.

"뉘시온지, 묵향이 이리 짙은 것을 보니 곁에 계시옵니다."

"……."

"술을 한 잔 주시겠습니까. 이 몸이 번뇌를 잊고자 함이옵니다."

"……."

세손은 연의 볼에서 끝없이 흘러내리는 눈물을 바라보며 가슴이 에었다. 속내 같아서는 당장이라도 연을 부둥켜 안고 일어나 이곳을 뛰쳐나가 대궐로 돌아가고 싶은 마음이었다. 허나, 그러면 이 도도하고 고결한 여인의 자존심은 어찌 될 것인가. 세손의 눈에서도 눈물이 흘렀다.

'너를 데려갈 것이다. 내가 꼭, 데려갈 것이다. 조금만…… 기다려 다오.'

세손은 연의 손을 꼭 잡고 술잔에 술을 부었다. 연이 술이 약한 것을 아는 세손이었으나 몇 잔을 거푸 부어주었다. 연은 금세 볼이 타는 듯 붉어졌다. 그런 연을 바라보며 세손은 번민에 싸였다. 내가 과연 이렇게 아무것도 모르는 연을 가져야 할 것인가.

연의 의식이 가물가물하는 모양이었다. 술기운에 열이 묻어 나는 작은 숨이 쉴 새 없이 고운 입술 사이로 새어나왔다. 세손이 연의 옷고름을 가만히 잡아당겼다. 옷고름이 스르륵 풀어졌다. 가만히 다가가 저고리를 벗겨내고 다시 속저고리도 벗겨냈다. 분홍빛의 고운 어깨가 고스란히 드러났다. 세손은 두 팔로 연을 안아 자리에 반듯이 뉘었다. 연의 입술이며 손끝이 파르르 경련을 일으켰다. 세손은 뽀얀 연의 몸을 눈이 부셔하며 바라보고 있었다. 손을 들어 연의 뺨을 살살 어루만졌다. 연의 얼굴을 가만히 들여다보니 슬픈 빛도 없고, 부끄러운 빛도 없이 모든 것을 체념한 모습이었다. 눈을 가렸으나 처염한 그 얼굴에는 살짝 찬바람마저 이는 듯하다. 치마허리 사이로 떨리는 자신의 손가락을 넣어 보드라운 연의 봉긋한 가슴을 움켜쥐어 꺼내놓았다. 쌍나비 촛대의 불꽃이 세손의 마음처럼 파스락 불꽃 소리를 일으켰다. 세손의 피가 끓었다. 세손은 치밀어 오르는 충동을 못 이겼다. 연분홍 작고 귀여운 젖꼭지를 손끝으로 가만히 만져보자 연의 몸도 같이 파르르 떨려온다. 세손은 술잔에 술을 붓고 손가락 끝에 술을 찍어 연의 분홍빛 고운 가슴에 애(愛)라고 썼다. 예민한 부분을 자극했는지라 몸이 떨리면서도 연은 여전히 입술을 깨물며 지그시 입술을 물었다. 세손은 다른 쪽 가슴에도 술을 손끝에 적셔 애(愛)라고 썼다.

[황하 물이 천상에서 내려오는 것을
힘차게 쏟아진 물은 바다에 이르러
다시는 돌아오지 않는다.
그대 보지 않았느뇨.
대궐 같은 집에서 거울에 비친
백발을 슬퍼하는 사람을.
아침에는 청실 같던 검은 머리가
저녁에는 눈같이 희어졌다네.
인생이란 모든 일이 뜻대로 될 때
마땅히 화락을 즐겨야 하리.
금 술잔 손에 잡으면
헛되이 보내지 말라.
하늘에 네게 재능을 준 것은
반드시 쓰일 데가 있기 때문이니
천금을 뿌려서 다 쓰고 나면
또다시 언제고 돌아오리라.
양고기 삶고 소를 잡아서
잠시 동안 즐겁게 마셔야 하리.

한 번에 삼백 잔은 마셔야 하리.

—만전 춘별사.]

'아느냐, 연아? 너를 내 마음에 들여놓은 후, 나는 매일매일 너를 들여다보았다. 나는…… 나는 말이다. 연아…… 이제껏 너무나 오랫동안 너를 기다려 왔구나. 내 너를 결코 놓지 않을 것이다. 연아…… 은애한다. 오늘 내가 이 세상에서 가장 행복한 너의 지아비가 되니 내 너를 평생 나의 연으로 알고 살아갈 것이다. 처음도, 끝도, 나는 언제나 너뿐이다.'

결심한 듯 세손이 겹겹이 겹쳐 입은 치마와 속곳들도 벗겨내고 나니 술기운에 붉게 달아오른 연의 나신이 드러났다. 마지막으로 연의 버선을 벗겨내고는 그 발바닥에도 술에 적신 글자를 써주었다. 연은 아무런 반응도 없었다. 손 하나 뿌리치지도 않고 몸 한번 비틀어주지도 않는다. 세손에게 안겨 아무런 앙탈도 없다. 연은 석상처럼 굳은 몸으로 누군지도 모르는 사내를 눈물로 맞아들이고 있었다. 핫핫한 세손의 뺨이 싸늘한 연의 볼에 닿았다. 돌부처인 양 아무런 느낌도 없는 듯하다. 세손은 안타까웠다. 연의 연약한 몸은 아무 저항도 없이 바람 부는 대로 흔들려지는 수양버들 가지처럼 세손이 움직이는 대로 이리저리 흔들렸다.

못 보던 사이 연의 피부는 몹시 고와져 매끄럽기가 비단결 같았다. 세손은 고운 연의 귓불을 잘근잘근 물어보다가 혀끝으로 간질여 보다가 하였다. 세손의 손이 연의 젖가슴을 부드럽게 감싸 쥐고 조심조심 연분홍 젖꼭지를 입 안 가득 물고 빨아들였다. 정성껏 맛나게 아기처럼 빨아들이고 있었다.

"음……."

더는 참을 수 없었던지 연의 입이 열리고 작은 신음 소리가 새어나왔다. 연은 정신이 하얘지며 아득해졌다. 세손의 입술과 혀가 연의 입술을 열고 들어갔다. 입 안에 들어온 세손의 혀는 연의 입 안을 훑어가며 맛보고 있었다. 연의 입술이 이리 부드러웠던가. 세상에 이리 부드러운 그 무엇도 있었더란 말이냐…… 묶어둔 연의 눈에서 눈물이 흘렀다. 그 볼에 입맞추니 눈물조차 따뜻했다. 세손은 촛불을 껐다. 연의 눈에 묶인 목면 수건을 풀었으나 연은 결코 눈을 뜨지 못했다. 세손이 연의 손을 자신의 손으로 마주 잡았다. 세손의 입술이 연약한 연의 목덜미로 내려오자 연은 잡힌 손을 빼기 위해 몸을 비틀었다. 세손는 손을 내려 연의 마지막 속곳을 아래로 걷어냈다. 배꼽을 타고 내려가는 뜨거운 입술이 덜덜 떨고 있는 연의 무릎을 벌리고 들어갔다. 은밀하고 예민한 미지의 그곳을 세손의 뜨거운 혀끝이 밀고 들어갔다. 부드럽게 혀끝으로 예민한 꽃잎을 핥아갈 때마다 연은 입술을 깨물었다. 세손이 몸을 돌려 연의 다리 사이로 밀고 들어가 잔뜩 커져 성난 자신의 일부를 밀어 넣었다. 연은 고통으로 몸을 떨었다. 세손도 처음이라 서툰지라 그런 연의 입술에 입맞추며 더욱 성난 물건으로 연의 꽃잎을 열었다.

허벅지 사이로 빨간 빛 물이 흘러 흰 목면 수건에 스며들었다.

"아!"

세손은 다시 불을 붙이고 자신의 품에서 잠이 든 연을 바라보았다. 어찌어찌 하다 보니 처음인 연을 몇 번이고 거듭 안았던 모양이다. 무공이 그리 높은 연도 세손의 젊음에는 별수없었는지 완전히 지쳐 잠들었다. 연의 가슴까지 이불을 덮어주고 감은 눈두덩이에 가만히 입맞춤하고 옷을 입고 조용히 일어나 나오려 하는데 붉은 핏자국이 찍힌 연의 목면 수건이 눈에 띄었다. 조심스럽게 접어 가슴에 깊숙이 집어넣었다.

검푸른 하늘 저편에 복숭앗빛으로 둥글게 떠오른 달. 환한 그 달을 올려다보며 사부는 씽긋 미소 지었다. 차가운 공기에 달빛도 더욱 투명했다. 한 겹, 또 한 겹 연과 세손이 마음을 소중히 모으는 사이에 밤은 깊어가고, 투명한 달빛이 밤을 지킨다.

사부는 그렇게 그 밤 내내 마루 끝에 섰다가 섬돌을 딛고 내려가서 대문 앞 넓은 뜰의 연못가를 서성이다가 화롯불을 내놓은 대청마루에 올라 오도카니 앉아 밤을 새우고 말았다.

새벽녘에 나오는 세손과 급히 따르는 자가 없나 살펴가며 대궐로 돌아오며 사부는 씽긋 미소 짓고 있었다.

'그것이 참, 그동안 어찌 참으셨누?'

기방은 잔치 분위기였다. 새로운 기생 하나가 나타났는데 고것의 춤사위의 모습이 한 마리 기러기 같고 학과 같아서 술맛이 살살 녹아들게 한다고 한다. 오늘이 머리를 올린 후 첫 손님 받는 자리란다. 소문은 고만고만한 바닥에 쭉 퍼져 내로라하는 한량들은 모두 한 번 보기를 원했다. 연은 저들의 회합이 이곳에서 이루어지는 것은 알았으나 살수들을 양성하는 본거지는 캐지 못했다. 아마도 저들은 지금도 그럴 것이고 세손이 보위에 오르신다 해도 그 공격을 멈추지 않을 것이었다. 세손이 끊임없이 공격을 받고 위협을 받아야 하는 운명을 가진 것처럼 어느새 연도 그 공격을 막아내야 하고 그분을 지켜야 하는 것이 운명이 되어버렸다.

연은 첫날밤을 지내고 다음날 새벽 머리를 빗으며 생각했다. 자신에게 마음 같은 것이 있다면, 차곡차곡 접어둔 연모의 마음이 남아 있다면 고이 접어 간직해 두었던 그 마음마저도 모두 펼쳐내 모두 다 사락사락 잘라내 버리리라. 그렇게 다짐하고 또 다짐했다. 그래서인지 기방으로 불려 들어온 연은 그 눈이 텅 비어 있었다. 매향이라는 기명처럼 한 떨기 차가운 매화꽃같이 신비로운 그녀를 바라보는 환과 은조의 욕정은 끓었다.

"매향이라 하옵니다."

"오호라, 매향! 우리 또 만나는구나. 그렇지? 내가 오늘은 기필코 너를 안아볼 것이다."

머리를 올리고 난 뒤 그 자태가 한껏 물오른 꽃처럼 육감적인 기생 매향이다. 환의 얼굴은 표정없이 고요히 절하는 연의 자태

를 보자 따가운 뙤약볕에 서 있다 온 사람 모양으로 얼굴이 벌
겋게 달아오르고 이마에서는 구슬땀을 흘리면서도 입은 웃고
있었다. 곁에 앉은 은조는 환이 욕정에 달아올라 감추지 않고
입에 침을 흘리는 것을 언짢은 듯이 바라보고 있었다. 연이 절
하고 난 후에 일어나 은조의 곁으로 가려하자 환이 저번처럼 연
의 손목을 낚아채 곁으로 끌어당기는 바람에 연은 또다시 환의
품으로 안겨 버렸다. 환은 그런 연을 안고 화통하게 웃어 젖
혔다. 그런 환을 바라보는 은조는 언짢은 기색이었으나 연은 아
무렇지도 않은 듯 가만히 환의 품에서 환을 바라보았다.

"감격스럽군! 정말 아름답지 않은가, 은조?"

"무엇이 그리 급하신 겝니까?"

감정이라고는 조금도 느껴지지 않는 냉랭한 음성으로 연이
말했다. 은조는 술잔으로 눈을 떨구었다.

"너를 보고 급해지지 않을 사내가 있겠느냐?"

"놀 줄 아는 한량이신 줄 알았습니다."

"그래, 내 놀 줄 아는 한량이지. 그렇지만 너를 꺾고 싶은 마
음이 급한 것을 어찌하겠느냐? 아마 그러하기는 은조도 마찬가
지일걸? 아니 그런가?"

은조의 얼굴을 쏘아보는 환의 눈빛을 되받아치는 은조의 눈
빛이 뜨거웠다. 마침 초련이 들어와 환을 말리는 바람에 자리는
조금 가라앉았다.

"서방님! 며칠 전에 혼례도 올리신 분이 이 무슨 장난이시요?

이년이 가야금을 뜯을 터이니 매향의 춤 솜씨나 한번 보시자고요."

은조와 환의 팽팽한 눈빛이 조금 누그러들면서 환이 웃으며 고개를 끄덕이고는 연을 안고 있던 팔을 풀었다. 초련이 벽에 기대선 가야금을 조용히 뜯기 시작하자 연도 일어나 고요히 버선 발끝이 위로 움직이기 시작했다. 사뿐사뿐, 조용조용. 고요한 파문이 일듯이 어깨가 흐느낌처럼 날갯짓을 한다. 연은 노래를 하며 팔을 고요히 접었다 떨어내듯 펼쳤다. 어화둥둥, 훨훨 날듯 나비처럼 춤을 추었다. 땀에 젖은 흰 저고리와 물색 치마가 연이 돌 때마다 달라붙어 몸의 굴곡을 드러냈으나 그 모습은 안개 젖은 고운 기러기처럼 서럽기도 하고 아련하기도 하였다. 춤사위가 고와서 서러웠다. 무게가 느껴지지 않고 날아가는 듯 가벼운 그녀의 춤사위가 보는 이의 가슴에 애잔함을 불러일으켰다.

[한 나라 임금님 미녀를 좋아하여 만나고자 하였건만
용상에 오른 지 오래되도록 절세미인 얻지 못했네.
양씨 집 가문에 막 장성한 아가씨 있었건만
깊숙한 규방에 자라 아무도 몰랐었네.
타고난 미모는 스스로 저버리기 어려운 법
하루아침에 뽑혀 임금님 곁에 있게 되었네.
눈동자 굴리며 살짝 웃으면 온갖 아름다움 생겨나니

후궁인 미녀들 모두 빛을 잃네.

구름 같은 머리카락, 꽃다운 얼굴, 황금떨잠

부용꽃 방장에서 따뜻한 봄밤 지냈네.

봄밤은 짧아서 괴로워라. 해가 높이 떴구나.

그때부터 임금님은 아침 조회 그만두셨네.

—장한가.]

　슬픔에 젖어 파리하게 빛나는 고운 얼굴에서 비어 있는 눈만
이 커다랗게 빛나고 연의 붉은 입술에선 신음처럼 탄식처럼 고
운 노래가 흘렀다. 그 눈부시게 성숙한 연의 미모에 두 사내의
가슴이 뜨겁게 취했다. 초련은 날카로운 눈으로 은조를 힐끗 쳐
다보았다. 초련의 미모에는 세찬 바람과 거친 세월을 이겨낸 농
염함이 묻어나온다면, 연은 사뭇 달랐다. 연의 아름다움은 한
떨기 들꽃과 같고 찬 겨울 눈 속에서 잎을 마다하고 꽃눈을 틔
우는 매화꽃을 닮았다.

　연의 춤이 끝나고 앉으려 하자 이번에는 은조가 맹수의 본능
과 야수의 힘이 실린 눈빛과 힘으로 연을 낚아채 곁에 앉혔다.
그런 은조의 기분을 읽었는지 초련은 얼른 환의 곁으로 가 술병
을 들고 술잔을 채웠다. 막 환이 술잔에 술을 들이키려 할 때 문
밖에서 굵은 사내의 목소리가 들려온다.

　"서방님, 병조판서대감께서 찾으십니다."

　"알았다. 내 건너간다 말씀드려라."

환은 일어서며 연을 바라보고는 웃었다. 그리고는 초련에게 눈짓하며 일렀다.

"참 되는 일이 없군. 내 다녀올 것이다. 매향, 초련은 나를 따르라. 은조, 자네는 예 있게. 내게만 볼일이 있으신 모양이니."

"알겠네."

두 사람이 나가고 난 뒤에 연은 은조의 빈 잔을 채우려고 나가려 술병을 들었다. 동시에 은조의 손이 연의 손을 잡았다. 연은 천천히 작고 고운 얼굴을 들어 비어 있는 눈으로 은조를 바라보았다. 연의 붉은 입술이 매혹적으로 빛났다.

"내가 네 잔을 채워주마."

"……."

연은 잔을 들어 은조가 따르는 술을 받아 마셨다. 술이 입술을 적시고 목젖을 태우며 넘어가는데 술의 향을 의미하며 연의 그 모습을 음미하는 뜨거운 은조의 시선이 느껴졌다. 연은 그런 은조의 시선을 외면하듯 고개를 조금 돌리고 술잔을 느긋하게 비웠다.

"너에게 무엇을 주어야 너를 가질 수 있겠느냐?"

"아무것도…… 거리에 꽃에게 줄 것이 무에 있겠습니까?"

연은 자조 섞인 웃음을 웃으며 다시 술병을 잡았다. 은조의 손이 다시 연은 손을 두 손으로 감싸 잡았다. 연이 다시 눈을 들어 은조를 바라보았다.

"도련님께서는 이년을 꺾을 수는 있을 것이나…… 가질 수는 없을 것입니다."

감정이라고는 조금도 들어 있지 않은 차가운 목소리로 담담하고 단호하게 말하며 연은 은조의 손을 거칠게 뿌리쳤다. 그리고는 다시 은조의 잔에 술을 채우는 연에게 화가 나 은조가 거칠게 연을 자신의 가슴으로 끌어당겼다. 그 바람에 술상이 흔들렸고 잔이 떨어져 바닥을 굴렀다.

"너를 갖고 싶어."

은조는 자신의 품 안으로 쓰러진 연을 무릎에 누이고 한 손으로 연의 목을 감아쥐었다. 연의 눈은 아무런 반응도 없이 은조의 시선을 피하지 않고 응시하고 있었다. 은조는 가는 연의 목덜미를 쥔 손에 힘을 가하며 좀 더 거칠게 협박하듯 말했다.

"나는 지금 너를 죽일 수도 있다."

은조가 움켜쥔 목덜미가 붉게 번졌다. 연의 비어 있는 눈에서 한 방울 두 방울 이슬이 맺혀 떨어졌다. 은조는 연의 눈물을 보고 놀라 손을 풀고는 연을 일으켜 안았다. 후회로 인해 은조의 얼굴이 고통스러워 보였다.

"너를 아프게 할 생각은 아니었다. 너를 어쩌지 못하는 내게 화가 난 것이다."

연의 붉은 목덜미를 쓰다듬으며 은조의 입술이 부딪쳐 왔다. 은조는 붉고 달콤한 연의 입술을 핥았다. 금세 욕정이 치밀어 올라왔다. 하지만 연은 고개를 휙 돌려 버렸다.

"나를 한 번만 안아주면 안 되는 것인가……."

얼음처럼 차가운 연을 안으며 은조는 고통스러운 얼굴로 탄식하듯 말했다. 차디찬 연을 안고도 걷잡을 수 없이 타오르는 자신을 견딜 수 없는 은조였다.

"그만 놓아주시지요. 다른 손님방도 들어가 보아야 합니다. 이년 곁에 오지 마시옵소서. 이년은 꽃은 꽃이되 가시가 있는 꽃이옵니다."

은조의 눈썹이 꿈틀 움직였다. 어금니를 물어 분노를 억눌렀으나 결국 다음 말을 내뱉고 말았다.

"다음번에는 이렇게 내 품에서 빠져나갈 수는 없을 것이다."

연은 맑은 얼굴로 고개를 숙이며 일어서 나갔다. 저 먼 하늘 끝에 달이 차갑게 걸렸다. 차가운 바람이 연의 볼을 스쳐 갔다. 연은 흘러내리는 한줄기 눈물을 닦아내며 중얼거렸다.

"바람이 매워, 눈에 무언가가 들어간 것일까. 아프구나."

깊어가는 밤, 차디찬 달이 하늘 끝으로 기울고 홀로 눈물지으며 중얼거리는 연의 귓가로 사락사락 바람 소리만 맴돌아갔다.

귀를 기울여 병조판서 일행들이 모여 있는 방에서 흘러나오는 소리에 귀를 기울이니 저들의 작당하는 소리가 들려왔다.

"그래, 상처는 좀 어떤가?"

"그만합니다. 면목이 없습니다."

"좀 이상하단 말야."

"뭐가 말입니까?"

"우리가 기습할 것을 항시 미리 대비하고 있지 않은가?"

"그건 그렇습니다."

"어떻게 생각하나? 이쪽에 배신자가 있다고 생각하나?"

"그럴 리가 있습니까? 우리도 모두가 그 집안이 분명한 자들만 있는데……."

아마도 지난번 활터로 세자를 암살하러 떠났다가 살아 돌아온 자들임에 틀림없었다. 기방에도 사방에 깔린 적당들로 인해 연의 움직임이 여의치 않았다.

"환이, 자네 수하 두율이는 좀 어떤가?"

"하마터면 큰일날 뻔했습니다. 다행히 내장은 다치지 않은 것 같습니다. 생명에는 지장이 없다지만 상처가 덧나지 않도록 바깥출입을 하지 말라고 합니다."

"음, 그렇다면 사람을 좀 더 구해야 하지 않겠는가?"

"구한다고 해도 또 훈련을 시키려면 시간이 걸릴 터이니 이번에는 은조와 그 수하들을 보내시지요."

"그렇게 하도록 하지."

"저도 저희 안에 누군가 침입하였는지 살펴보도록 하겠습니다."

"집히는 자가 있는가?"

"아직은 잘 모르겠습니다."

"일단 의심스러운 자들을 끌고 가 문초해 봐."

"그렇게 하겠습니다."

"그리고 은밀하게, 이건 아주 은밀하게…… 세손익위사들의 집안과 접촉을 시도해 보고 그들을 끌어들이도록 해봐. 어차피 저들도 다 노론들 아닌가? 집안이 가문이 중요하지 않은 자들이 조선 땅에 어디 있는가……."

그제야 연은 밖으로 나왔다. 사방에 군사들이 물샐틈없이 경계를 강화한다고 해도 지금으로선 대궐 안에 누가 노론이고 누가 적인지 구분조차 할 수 없었다. 적들은 궁중나인과 환관, 그리고 상궁들까지 철저하게 끌어들이고는 숨을 죽이고 있었다. 게다가 강직한 세손은 여인들을 가까이 하지 않았으므로 성균관 유생들 몇몇을 제외하고는 아무런 세력 기반이 없었다.

심지어는 세손빈의 지지조차 받고 있는지 의심스러웠다. 연은 갈수록 좁혀 들어오는 저들의 포위망과 세자익위사들의 회유의 움직임까지 감지하고는 착잡한 마음이 되어 하늘을 올려다보았다. 이슬마저 아늑히 고개 누인 밤, 숨죽였던 별들이 들꽃처럼 눈을 뜨고, 그 고운 별빛들을 색실 삼아 꿈을 엮는다. 연이 눈에서는 못다 이룬 꿈이 깊어 눈물이 방울져 흘렀다. 깊은 외로움도 고요히 잠재우고, 고단했던 하루를 다독다독 위로하는 밤이었다.

"이 밤, 님은 어찌 잠드시는가. 내 생각 한 번이라도 하실는지…… 하늘이여, 언제까지 내 님께 시험을 주실 것입니까?"

연의 몸이 아득한 아래로 끝없이 날아간다. 가벼운 비단 조각한 자락이 된 듯 너울너울 미련없이 떨어져 간다. 이 생에서도…… 저 생에서도…… 다시는 태어나지 말게 하소서.

연의 절규가 메아리쳐지고 세손이 울며 소리치고 있었다.

'연아, 내가 바람처럼 달릴 것이다. 너 내 곁에 단단히 붙어와
야 하느니…… 내가 너를 보지 않아도 내 곁에 달리고 있어야
하느니라. 약조할 수 있겠니? 내가 가는 곳이면 이 세상 어디라
도 같이 갈 거지? 그렇지, 연아?'

세손은 잠결에 깨어나 곁에 번을 서는 수를 바라보다 문을 열
고 달빛을 바라보았다. 이 밤따라 달빛이 유난히도 맑았다. 먼
하늘 끝에 걸린 달 속에 연의 얼굴이 떠올라 가슴이 설렌다. 어
찌 된 일인지 연을 안은 후에 연에 대한 고갈증이 더욱 심해진
세손이었다. 연의 미소 같은 환한 달빛이 세손의 가슴을 가득
채웠다. 그러나 그 달빛을 함께 보는 수의 마음은 잃어버린 연
으로 인해 휑하고 황량하게 비어 있었다.

"잠을 못 이루시니, 어인 일이시옵니까?"

"내 그리운 이가 있어 그러느니……."

"어제오늘 빛이 밝으시기에 좋으신 일이 있으신가 생각하였
더니…… 소신이 잘못 뵌 것입니까?"

"좋은 일이야 있었느니…… 하지만 또 다른 욕심에 애를 태우
는구나."

"……."

"수야, 너는 어제도 오늘도 눈이 비어 있구나. 무엇을 잃었느
냐?"

"……어리석은 소인이 잃었다고 인정하지 않으니 잃은 것이 무엇인지 알 수 없으나 온통 마음은 빈 듯하옵니다."

"기운을 내거라. 잃은 것이 무엇이든 간에 그렇게 그대에게 간절히 필요한 것이라면 다시 얻어야 하지 않겠느냐? 무엇이더냐? 내가 도울 수 있는 일이면 도와주마."

"황공하옵니다, 동궁마마. 하오나 이것은 소신이 찾아야 할 것 같습니다. 그 누구도 그 여인을 대신할 수 없으니까요."

"네가 여인을 은애하는 것이구나? 하하! 우리는 어찌 이런 감정도 똑같은 시기에 같이한단 말이더냐?"

세손의 호탕한 웃음에 아연 수는 긴장이 되었다. 동궁마마도 누군가를 은애하고 있다 한다. 그럼 그 여인이 누구일까? 지난 일 년 연은 죽을 줄로만 알고 있고 세손빈께 대하는 태도도 여전하시고 궁궐의 여인은 처음부터 쳐다보지도 않는 세손인데…… 수는 그런 세손의 말이 왠지 마음에 걸렸다.

"수야, 일어나 말이나 달리자꾸나. 저 달 속에서 자꾸만 매화꽃이 나를 보고 웃는구나."

"아직 해가 뜨기 전인지라 그것이……."

"수야, 나는 늘 위험하다. 늘 위험한 것이 내가 타고난 운명이라고 언제나 아무것도 하지 않고 숨어 있을 수는 없는 것 아니겠느냐? 가자. 때로는 나도 은애하는 작은 들꽃 같은 여인을 위해 내 모든 안위를 걸어보기도 하고 싶구나."

"준비하겠습니다."

뉘라서 세손의 강단있는 고집을 꺾을 수 있겠는가. 수는 막아서는 일을 그만두고 세손의 말 혁을 준비시키기 위해 나갔다. 차디찬 바람이 궁궐의 뜰을 쓸고 가니, 그 바람이 더욱 매섭다. 달빛에 몸을 맡기니 어느새 마음은 다시 연에게로 간다. 뻔히 이제는 남의 여인이 되었고, 그것도 모자라 아무나 꺾을 수 있는 거리의 꽃이 되었음에도 질기게도 끊을 수 없는 자신의 마음을 가만히 들여다보았다.

어머니인 혜빈 홍씨가 급히 찾는다 기별이 온 터라 세손은 혜빈 홍씨의 처소로 들어서며 호흡을 가다듬었다. 사도세자를 잃고도 의연한 혜빈 홍씨였다. 자식을 지키기 위해 아직은 노론 전체와 맞서는 강단있는 혜빈이었다. 그런 혜빈이 보기에 세손은 한편으로는 딱하기 그지없었다. 궁궐이 어떤 곳인가. 세력을 넓혀야 누구든 살아남을 수 있는 곳이었다. 성군 세종대왕께서 그 많은 후궁을 두신 이유가 괜한 일이겠는가. 독불장군은 세상에 없다. 대왕께서는 그 많은 반대 세력을 그들의 딸을 볼모로 잡으므로써 쓸어안으신 것이었고, 그 기반 위에서 편안히 정사를 펼칠 수 있었던 것이다. 그런데 저 강직하고 올곧은 세손은 뉘가 그 아버지를 닮았다 아니할까 봐 휠 줄을 모른다. 외모도 죽은 사도세자를 닮았고, 곧기도 사도세자를 닮았다. 뿐만 아니라 사도세자보다 더 어려운 상황에서도 점점 더 투지를 불태우며 저리 강단있게 나가는 것을 보면, 자신이 나은 아드님임에도 그런 세손이 두려워졌다.

모든 것을 다 알고 있는 것만 같은 저 타는 듯한 눈빛은 볼 때마다 혜빈의 가슴을 서늘하게 했다. 혜빈은 요즈음 자식인 저 세손이 두려워 조금씩 자신의 변명을 적어두고 있었다.

정말 저렇게 아무런 말 없이 가만히 있다가 어느 날 칼을 빼어 들면 그 칼을 그 누구도 막을 수 없을 것 같았다. 혜빈은 알고 있었다, 어미인 자신에게조차 속을 내보이지 않는 세자를. 하지만 그렇기에 더욱 혜빈은 지아비인 사도세자를 버리고 세손을 선택했는지도 모른다. 시아버지인 영조 역시, 세손의 그릇이 범인의 그릇이었다면 그리 쉽게 사도세자를 버리지는 못했을지도 모른다고 생각했다.

'아십니까, 동궁? 이 어미가 결코 동궁을 저버릴 수 없는 이유를……. 동궁께서는 아버님이신 사도세자의 몫까지 다해 성군이 되셔야 합니다. 하지만 이 어미는 앞으로 다가올 일이 두렵기만 합니다. 이 어미의 집안을 가만두시지 않으시겠지요. 그러하더라도 이 어미는 동궁, 내 아들을 위해 목숨을 걸고 충성하겠습니다. 이 어미가 동궁의 방패가 되겠습니다, 세손…….'

모르는 바가 아니었다. 누구보다도 현재 혜빈 홍씨 자신의 목숨도 위험하다는 것을…… 저들은 노론 내에서 영향력있는 혜빈이 세손을 둘러싸고 있는 것이 가장 부담스러울 것이었다. 지금의 어린 중전도 혜빈에 대한 핍박이 극심했다. 곤경에 처해서도 믿고 의지할 수 있는 것도 세손이었으며, 그 누구보다도 가장 두려운 것도 세손이었다. 하지만 효성이 지극한 세손은 그런 일에 대비해 역시 자신의 사람들로 하여금 혜빈의 안위를 돌보게 하였다.

혜빈은 말없이 세손을 바라보다 한숨을 푹 쉬었다. 말은 하지 않으나 어머니의 마음을 읽어 내리는 세손이었다.

"어찌…… 안색이 창백하십니다, 어마마마."

"동궁, 오늘은 이 어미가 부탁을 드리려고 드시라 한 것입니다."

"어인 말씀이온지…… 어마마마."

"동궁…… 선대왕들께서 후궁을 많이 두신 것은 결코 여인이 좋아서라기보다는 그 지지 세력을 넓히기 위함이었고 손이 번성해야 그 군왕의 자리가 굳건한 탓이었습니다. 그런데 듣자 하니 동궁께서는 혼례를 올리신 후로도 이리 세손빈께 데면데면 하시니 이는 세손빈의 입장으로 보실 때에는 또 다른 소박이시옵니다. 모름지기 여인의 가슴에 한이 맺히게 해서는 아니 되는 것입니다. 뿐만 아니라, 여인들을 가까이 하시고 그 세력도 동궁자신의 것으로 하실 수 있어야 하는 것이옵니다."

"……."

"오늘 아침 문우 드실 때 뵈오니 세손의 안색이 홍조를 띠시던데 이는 필시 곡절이 있는 겝니다. 하오나 빈의 얼굴이 더 파리한 것을 보면 비는 아닌 것입니다. 누구입니까? 차라리 가까이 두소서. 그리고 그 정을 한 가닥만 세손빈에게 나누어주시요. 동궁, 이 어미의 부탁입니다. 내가 알게 되는 것을 세손빈이 모르실 리 있겠습니까? 게다가 제가 비께 듣기로 아직 서로 동뢰도 맺지 못했다지요. 그러니 비가 무슨 희망을 갖겠습니까? 동궁, 이 어미도 너무 궁금하오. 대체 누구랍니까? 답답합니다, 동궁."

세손은 차마 말은 하루 없고 민망하여 얼굴은 벌겋게 달아올랐다. 하지만 어머니인 혜빈이 느닷없이 불러서 이렇게까지 하는 것을 보면 보통 일은 아니다 싶었다.

"망극합니다, 어마마마. 소자의 얼굴에 그리 티가 났습니까?"

"나다마다요. 궐 안에 동궁의 얼굴을 아는 사람은 다 알지 않겠습니까? 그리 입가에 웃음이 잔뜩 걸렸습니다."

"소자가 알아서 하겠사오니 너무 심려 마옵소서."

"조만간 상감마마께 어서 원손을 안겨 드려야 하옵니다. 그것이 동궁의 안위와 직결되어 있음을 정녕 모르셔서 이리하시는 것입니까? 누구입니까? 그 아이라도 곁에 들이소서. 예? 동궁, 답답합니다."

"어마마마, 소자 처음으로 은애하는 여인이옵니다. 지켜주고 싶습니다. 이 혹독한 궁궐에 새처럼 가두어두고 싶지 않으나 결국은 제 곁에 둘 것입니다."

"정녕 그런 것이었습니다, 동궁."

"하오나 그 여인이 원하는 대로 해줄 것입니다. 소자가 보위에 오른다 해도 그 여인이 원하는 대로 해주고 싶습니다. 소자는 이 자리가 행복하지 않습니다. 그러나 사내대장부로 태어났을 때에는 하고 싶은 일만 할 수는 없다는 것을 알고 있습니다. 해야만 하는 일도 있겠지요. 이번 생에서는 소자는 그 해야만 하는 일을 하겠습니다. 백성들 모두가 원하는 성군이 되어 백성을 보살필 것입니다. 이생에서는 그들을 위해 살겠습니다. 어마마마, 소자는 소자의 가슴이 벅차도록 그렇게 가슴을 가득 채우는 여인을 얻었사옵니다. 그래서 감출 수 없이 벅차옵니다. 하지만 소자의 안위를 위해서 그 여인을 마음대로 하지는 않고 싶습니다. 어마마마, 소자는 이 생에서도 다음 생에서도, 그리고 또 다른 생에서도 그 여인을 곁에 두고 함께하고 싶습니다. 하오나 언제나 그 여인 앞에서는 그 어떤 자리도 아닌 그 여인의 곁에 나란히 앉는 그 여인의 지아비로 있고 싶을 뿐입니다."

"당치 않습니다. 보위에 오르시면 군왕은 무치의 자리입니다. 무엇도 가질 수 있고 무엇을 해도 흉이 되지 않습니다. 지금 그 여인 하나로 인해 동궁의 모든 마음과 정신이 뒤흔들리고 있음이요. 정신을 바로 하세요, 동궁!"

혜빈 홍씨는 세손의 말에 기가 막힌다는 듯이 나무랐다. 하지만 세손의 성정으로 보아 저 말이 모두 한 치의 거짓이 없는 진심임을 알기에 더욱 난감하고 기가 막혔다.

"소자의 마음은 변하지 않을 것입니다."

"그 여인 하나로 인해 지금 이곳에 들렀다 문밖에 기다리고 서 있는 저 여인을 적으로 돌릴 것입니까? 동궁, 이 어미의 부탁입니다. 동궁의 혼을 그리 **빼는** 여인이라면 그 아이가 결코 동궁에게 득이 되지는 못할 것이요."

세손은 놀라서 뒤를 휙 돌아보았다. 방문은 닫혀 있었으나 혜빈의 부름을 받고 달려온 세손빈의 그림자가 조용히 서 있는 것이 보였고 그 흐느낌이 전해져 왔다.

"설령 소자가 모르게 알아내신다 하여도 그 여인을 그냥 두시옵소서. 만약 그 여인에게 무슨 일이라도 생긴다면 소자는 아니 되옵니다. 그러니 알려고 하지 마옵소서. 이만 물러가겠습니다."

차갑고 단호하게 칼을 내리꽂듯이 말하는 세손에게서 도는 냉기에 혜빈 홍씨는 몸을 떨었다. 세손은 조용히 일어나 절하고 그 자리를 나왔다. 방문을 열고 나오니 비켜서 고개를 숙이고 서 있는 세손빈을 보고는 미안한 마음에 미소를 띠고 지나쳐 나오는데 섬돌에 놓인 목화신을 신는 세손의 곁에 버선발로 내려서는 세손빈이었다.

"마마께서 그리하신다 하여도 마마를 은애하는 신첩의 마음 변함이 없으니 예서 언제까지나 돌아오시기를 기다리고 있을 것이옵니다."

눈물이 뚝뚝 떨어지는 세손빈을 안타깝게 바라보는 세손이었으나 그 입에서 나오는 말은 냉혹한 한마디뿐이었다.

"그대에게는 할 말이 없는 저입니다."

세손은 조용히 발걸음도 흐트러뜨리지 않은 채 당당하게 사라져 갔다. 그런 세손의 뒷모습을 바라보는 세손빈은 그럼에도 연모의 정을 버리지 못하는 자신이 죽이고 싶도록 미워서 눈물을 흘렸다.

"야속하옵니다, 마마. 어찌 소첩에게 투기 말고 기다리라, 경거망동하지 말라, 그리 한말씀 하시지도 못하시는 것이옵니까? 어찌 이 생에서도, 다음 생에서도, 그리고 그 다음 생에서도 어찌 그 여인뿐이라 하시옵니까? 어찌 이리 야속하시옵니까?"

허나, 그리하고 자선당으로 돌아와 앉아 서책을 편 세손의 마음은 어지럽기만 하였다. 책장이 넘어가는 소리가 사락거리며 신경질적이고 날이 섰다. 자선당 안에도 씽씽 찬바람이 이니 온통 몇 시각이 넘도록 그런 모습으로 앉아 있는 세자를 보다 못한 윤이 달려가 둘째 사부에게 고했다.

"어제도, 그제도 계속 그리하신다!"

"예, 사부님. 어찌하옵니까?"

"알겠다. 내 준비해 갈 터인 즉! 너는 아무에게도 이를 알리지 마라."

"예, 사부님."

윤을 돌려보낸 뒤 둘째 사부는 새로 뽑아 들인 믿을 만한 수하 둘을 불러들여 심부름을 보냈다. 둘째 사부는 이런 일이 생길 것을 짐작하지 못한 바도 아니었으나 아직은 연을 불러들일 수도 없는 처지라 답답한 마음에 궁리궁리 끝에 묘책을 하나 생각해 낸 것이었다.

"이제 아이들 모양 시위를 하신다! 쯧! 첫 연정에 목을 매는 사내를 낸들 어찌할 것인가? 오늘은 이리한다지만 이미 불 지핀 저 마음을 어찌 막을꼬! 큰일이로고!"

"지난번 너를 머리 올리신 양반께서 오늘 너를 보고 싶으신 모양인지 너를 데리고 이른 봄나들이 가신다 한다. 준비하거라. 온천이라 하니 너도 하루를 푹 쉬고 오는 것도 좋을 듯싶구나. 그쪽에서 말과 사람을 보내왔구나."

연이 방에 앉아 분단장하는데 기생어미 월향이 탕약을 내온다. 필시 아기가 들어서는 것을 방지하는 탕약일 것이었다. 연은 아무 말도 않고 그 약을 받아 마셨다.

연은 기녀들이 쓰는 검지주색천에 둘러쳐진 육각형으로 된 전모를 쓰고 그쪽에서 보내온 말에 올라 길을 나섰다. 말 등에는 특이하게도 가야금이 아닌 거문고가 매달려 따라가고 있었다. 아직도 날이 찬데 무슨 소풍을 간단 말인가. 연은 의아해하면서도 그저 기생방에서 밖으로 나온 것이 마냥 좋아서 찬바람에 몸을 맡겼다. 고삐를 잡은 흔들리는 말에 몸을 맡기니 불현듯 연의 애마 묵이 생각났다. 그리움으로 목이 메었다. 바람이 연의 비단 치맛자락을 희롱하고 돌아가니 그 마음이 더욱 싱숭생숭하였다. 말은 또각또각 빠르게 달려갔다. 돌돌돌 물 흐르는 소리에 안개가 자욱 피듯이 더운 김이 사방에 흐르는 그곳에 도착하니 말을 앞서 달리던 장정이 조용히 고한다.

"예서부터는 눈을 가리고 뫼시라는 명을 받았습니다."

"또 눈을 가리는 것입니까?"

그자는 아무런 대답도 없이 고개만을 끄덕이고는 연의 육각 전모를 벗겨내고는 곧 깨끗한 목면 수건으로 눈을 가리고 연의 손목을 잡고 걸었다. 잠시 걷는가 하였더니 예의 묵향이 흘러오고 그 묵향이 짙은 부드러운 손이 연의 손목을 부여잡고 부드러운 향기와 따뜻한 습기가 가득한 풀밭 위를 걸어갔다. 연은 아무런 말없이 묵향이 가득한 그 사내가 이끄는 대로 걸어갔다.

세손은 김이 모락모락 올라오는 온천물 곁에 깔아둔 화문석 자리 위에 연을 앉혔다. 그리고는 넋을 잃고 연의 자태를 바라보았다. 지난 삼 일 동안 먹지도 않고 짜증난 듯 어린아이처럼 시위를 하여 간신히 다시 보는 연이었다. 이 마음을 고백할 수는 없어도 은애하는 마음을 전할 수는 있으리.

자신이 세손인 것을 알면 자존심 강한 연이 결코 용서하지 않을 것 같아서 두려운 세손이었다. 온천으로 몸을 씻으러 간다 속이고 나온 대궐이었다. 금쪽같은 하룻밤을 어찌 보내야 하나, 가슴이 떨리는 세손이었다. 세손은 갓 피어난 풀꽃 한 송이를 연의 머리에 꽂아주었다. 그리고는 연의 손바닥을 펴고는 조용히 손가락으로 글자를 만들어 써 보였다.

[곱구나.]

연이 가만히 손으로 제 머리에 꽂힌 꽃을 더듬어보고는 살풋 웃는다. 붉은 그 입술이 따사로운 햇살을 받아 유난히 빛깔이 곱다.

"묵향이 짙으신 나으리, 어찌 이내 얼어 있는 마음속 얼음을 녹이시는 것입니까? 말씀을 못하시는 모양이나 그 몸에서 풍기는 향은 이리 귀하군요."

세손은 다시 연의 손바닥에 글자를 만들어 썼다.

[내게 춤을 보여다오.]

연의 손을 놓고 세손은 자리에 앉아 차분히 거문고를 타기 시작하였다. 연은 그 물소리같이 청아하게 퍼지는 맑은 소리에 살풋 귀를 기울이다 소맷춤에 넣어든 부채를 빼어 펼쳤다. 날아갈 듯 부채를 활짝 펴 들고, 버선 발꿈치를 뒤로 붙이고 휘이휘이 돌아간다. 어화둥둥, 어화둥둥, 내 님의 어여쁜 사랑, 어화둥둥, 그 자리에서 나비처럼 아련히 날아오른다. 굽어지게 든 다리가 힘껏 치맛자락을 뿌리치며 돌아간다. 한 바퀴, 두 바퀴, 세 바퀴, 날아갈 듯 접어든 부채가 꽃이 피듯이 펼쳐진다. 고요히 버선 발끝이 위로 움직이며 치맛자락을 쳐낸다. 사뿐사뿐, 조용조용. 고운 어깨는 산들산들 흥에 겨워, 음에 겨워, 그 솔가운 어깨 고요한 파문이 일어 흐느낌처럼 날갯짓을 한다. 연은 노래를 하며 팔을 고요히 접었다 떨어내듯 펼쳐 내며 부채를 반달 모양

펼쳐 든다. 우아하게 치맛자락 휘돌리며 동그란 원을 만들고 치켜든 부채와 함께 천상 날아오를 선녀인 듯하다. 다시 오른손으로 딱 거두어들인 부채를 접어 그 부채 턱에 곱게 괴이고 다른 한 팔 펼쳐 들고 노래를 한다. 치마 밑으로 쏘옥 나온 하얀 외씨버선 까딱까딱 음에 맞추어 놀아난다. 어화둥둥.

[낭군께 권합니다.
귀 달린 금 술잔을.
가득 따르겠사오니
사양하지 마옵소서.

꽃 피면 비바람도
심하게 분다지요?

인생 백 년이라지만
이별없는 날이 몇이나 될까요?]

당나라 사람 우무릉의 시였다. 두 사람은 음률의 광휘에 젖어 하나가 되었다. 세손의 거문고와 연의 춤사위가 참으로 경이롭게 조화를 이루니 그 소리는 음양이 나뉘기 이전의 것이며, 시와 음악이 나뉘기 이전의 것이며, 덕과 예가 나뉘기 이전의 것이며, 육감이 나뉘기 이전의 것인 듯했다. 세손은 넋을 잃고 연을 바라보았다. 시에 넋을 불어넣을 줄 아는 저 여인이 사랑스러워서 마음이 아팠다. 날아갈 듯 가벼운 춤사위가 고와서 마음이 아팠다. 곁에 두고도 이렇게 그리운 저 여인을 은애하고 있어서 마음이 아팠다.

세손은 거문고를 켜면서 그런 연의 모습에 넋을 빼앗겨 버렸다. 세손은 연과 자신이 백아절현(伯牙絶絃)이라고 생각하였었다. 음악과 그림과 무기를 만드는 일과 거의 모든 학문에 박식한 세손이었으나 마음을 달래고자 특히 거문고와 퉁소를 가까이 하였다. 세자의 손가락이 현을 짚을 때마다 그 현이 내는 소리는 마치 세손의 마음의 소리를 내는 것처럼 들렸다. 슬플 때는 슬프디슬픈 음을, 쓸쓸할 때는 쓸쓸한 음을 마치 자신의 마음속의 고통을 건드리는 듯하였다. 지음(知音) 또는 백아절현(伯牙絶絃)이라는 말이 있다. 연은 어린 세손에게는 그런 존재였다.

열자(列子)의 탕문편(湯問篇)에 나오는 이야기이다. 춘추전국시대 원래 초나라 사람이지만 진(晉)나라에서 고관을 지낸 거문고의 달인 백아가 있었다. 백아에게는 자신의 음악을 정확하게 이해하는 절친한 친구 종자기(種子期)가 있었다. 백아가 거문고로 높은 산들을 표현하면 종자기는 '하늘 높이 우뚝 솟는 느낌은 마치 태산처럼 웅장하구나'라고 하고, 큰 강을 나타내면 '도도하게 흐르는 강물의 흐름이 마치 황허강 같구나'라고 맞장구를 쳐주기도 하였다. 또 두 사람이 놀러갔다가 갑자기 비가 쏟아져 이를 피하기 위해 동굴로 들어갔다. 백아는 동굴에서 빗소리에 맞추어 거문고를 당겼다. 처음에는 비가 내리는 곡조인 임우지곡(霖雨之曲)을, 다음에는 산이 무너지는 곡조인 붕산지곡(崩山之曲)을 연주하였다. 종자기는 그때마다 그 곡이 의미하는 바가 무엇인지를 조금도 다르지 않게 정확하게 알아맞혔다. 이렇듯 종자기는 백아가 무엇을 표현하려는 지를 정확히 이해하고 감상할 수 있는 능력을 가졌고, 백아와는 거문고를 매개로 서로 마음이 통하는, 음악 세계가 일치하는 사이였다. 그런데 종자기가 병으로 갑자기 세상을 등지자 백아는 너무나도 슬픈 나머지 그토록 애지중지하던 거문고 줄을 스스로 끊어버리고[伯牙絕絃] 죽을 때까지 다시는 거문고를 켜지 않았다고 한다. 백아는 자신의 음악을 알아주는 사람이 이 세상에는 더 이상 없다고 생각하였기 때문에 거문고 줄을 끊은 것이었다. 또한 깊은 속마음까지 서로를 알아주고 위하는 완벽한 우정. 줄여서 절현이라고도 하며, 백아파금(伯牙破琴)이라고도 한다. 세손은 연과 자신이 백아절현(伯牙絕絃)이다, 라고 생각하며 스스로를 위안하였었다.

세손의 손이 고운 연의 볼을 쓸어가자 그 손길 닿은 곳이 문득 뜨거워졌다. 금세 불이 날 것처럼 뜨거워졌다. 이것이 무슨 일일까. 연은 노래를 멈추었다. 얼음처럼 차가운 연을 녹이는 이것이 무엇일까. 그윽한 묵향에 가슴이 설렌다. 연은 고개를 숙였다. 세손이 다시 연의 손바닥을 펴 들고 손가락에 술을 찍어 글자를 만들어주었다.

[곱구나.]

연이 웃었다.

[어여쁘구나.]

다시 연의 붉은 입술이 수줍게 웃었다. 세손의 마음에 꽃밭에
는 연의 웃음을 따라 꽃이 흐드러지게 피어났다. 졸졸졸 마음의
냇물이 기쁜 노래를 불렀다. 볼을 쓰다듬던 세손의 손가락이 가
만가만 연의 입술을 스쳐 간다. 서두르지 않고 천천히 볼에 입
맞추었다. 더운 온천의 습기 탓인지 세손의 숨결이 가빠졌다.
연을 그리워하던 지난밤들이 사무쳐 쉬이 손 내밀지 못하는 세
손이었다. 기다리는 시간은 숨이 막힐 것처럼 가빴는데 연을 앞
에 두고 거칠게 품지 못하는 것은 이 여린 들꽃 같은 여인을 은
애하는 마음이 너무 아파서이었다.

『비단 속옷[羅襦]』 제2권으로…

지금까지 많은 사람들은 혜경궁 홍씨가 〈한중록〉을 저술한 정치적 의도를 읽지 못하고 그 내용을 전적인 사실로 받아들였기에 많은 오류를 범했다. 엄밀한 자료 해석과 검증 과정을 생략한 탓에 '영조의 이상 성격과 세자의 정신병 때문에 뒤주의 비극이 발생했다'는 홍씨의 의도적 변명에 말려든 것이다. 혜경궁 홍씨가 〈한중록〉을 서술한 때는 뒤주의 비극이 발생한 영조 38년(1762) 직후가 아니라 순조 5년(1805) 이후다. 즉 이십 후반의 청상과부로서 이 글을 쓴 것이 아니라 칠십 대의 노회한 정객으로서 〈한중록〉을 서술했다는 말이다. 홍씨가 〈한중록〉을 서술한 목적은 단 하나 '친정을 신원시키기 위해서'였다. 홍씨의 친정은 사도세자의 아들이자 자신의 아들인 정조가 즉위한 그날부터 급전직하 몰락의 길을 걷는다. 그 이유는 바로 사도세자를 죽인 주범이란 이유에서였다. 실제 그녀의 오빠 홍낙임은 정조를 축출하고 은전군을 추대하려는 역모에 관련된다. 정조가 죽고 손자 순조가 즉위한 후 그녀의 친정은 대리청정하던 영조의 계비 정순왕후 김씨에 의해 다시 한 번 단죄되었는데 그후 정순왕후 김씨가 죽자 비로소 가문의 신원에 나서서 〈한중록〉을 작성한 것이다. '현실은 살아남은 자의 것'이란 경구를 입증해 주는 사례이기도 하다. 현재 학계에서는 장헌세자(사도세자)의 재조명이 이루어지고 있다.

부록

—역사 평론가의 글 중에서

할아버지 영조의 탕평책을 이어받은 정조는 좀 더 적극적인 방법론을 구사한다. 영조가 신하를 통해 탕평을 추진하고자 했다면 정조는 임금이 직접 각 정당을 주도하는 능동적인 모습을 보였던 것이다. 그러나 무엇보다도 중요한 것은 우리가 지금껏 알고 있는 그릇된 당쟁사가 아닌 매우 수준 높은 붕당정치를 구현한 뛰어난 선조들이 있었다는 사실이다.

영조는 나경언의 고변이 있은지 29일 후인 영조 38년 윤 5월13일에 사도세자를 뒤주에 가두었고 세자는 여드레 동안 뒤주 속에서 신음하다 죽었다. 세자가 죽던 날 영조는 '13일의 일은 종사에 관한 것이다'라고 말했다. 개인적 비행이라면 종사까지 들먹였을 리가 없다. 또한 혜경궁 홍씨가 〈한중록〉에서 주장한 대로 세자의 정신병 때문이라면 솜씨있는 어의들을 동원해 치료하거나 사람이 없는 한적한 곳에 휴양을 시켰지 뒤주에 가두어 죽일 이유는 더욱 없는 것이다.

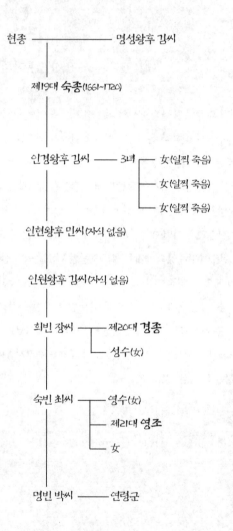

〈제 19대 숙종 가계도〉

현종 ——————— 명성왕후 김씨

제19대 **숙종**(1661~1720)

인경왕후 김씨 ——— 3녀 ┬— 女(일찍 죽음)

├— 女(일찍 죽음)

└— 女(일찍 죽음)

인현왕후 민씨 (자식 없음)

인원왕후 김씨 (자식 없음)

희빈 장씨 ——— 제20대 **경종**

└— 성수(女)

숙빈 최씨 ——— 영수(女)

├— 제21대 **영조**

└— 女

명빈 박씨 ——— 연령군

〈제 21대 영조 가계도〉

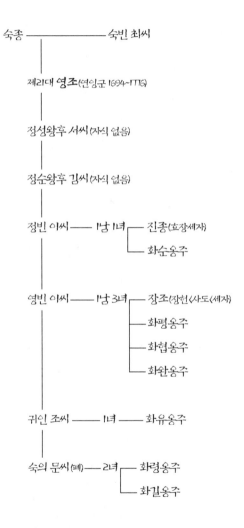

숙종 ——————— 숙빈 최씨
  |
제21대 **영조**(연잉군 1694~1776)
  |
정성왕후 서씨 (자식 없음)
  |
정순왕후 김씨 (자식 없음)
  |
정빈 이씨 —— 1남 1녀 ┬ 진종(효장세자)
  | └ 화순옹주
  |
영빈 이씨 —— 1남 3녀 ┬ 장조(장헌〈사도〉세자)
  | ├ 화평옹주
  | ├ 화협옹주
  | └ 화완옹주
  |
귀인 조씨 —— 1녀 —— 화유옹주
  |
숙의 문씨(폐) —— 2녀 ┬ 화령옹주
                     └ 화길옹주

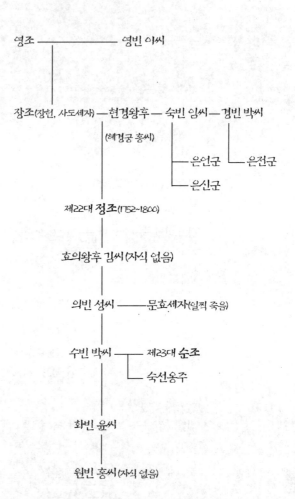

〈제 22대 정조 가계도〉

영조 ──────── 영빈 이씨

장조(장헌, 사도세자) ─ 현경왕후 ─ 숙빈 임씨 ─ 경빈 박씨

(혜경궁 홍씨)

── 은언군 ── 은전군

── 은신군

제22대 정조(1752~1800)

효의왕후 김씨 (자식 없음)

의빈 성씨 ──── 문효세자(일찍 죽음)

수빈 박씨 ── 제23대 순조

── 숙선옹주

화빈 윤씨

원빈 홍씨 (자식 없음)

— '비단 속옷'을 쓰면서 도움 자료로 한 글과 책들

영조와 정조의 나라—박광용 교수의 시대사 읽기 (푸른역사)

영원한 제국—이인화 (세계사)

사도세자의 고백—이덕일 (휴머니스트)

정조대왕의 꿈—유봉학 (신구문화사)

한중록—혜경궁 홍씨 (소담)

소설 정감록1.2.3—정다운 (밀알)

왕비열전—임중웅 (선영사)

나의 문화유산 답사기 1.2.3.—유홍준 (창작과 비평사)

금상의 피—박종화 (어문각)

조선왕조실록—영조, 정조, 순조편 (조선왕조 실록 CD—RDM)

정조의 화성행차 그 8일—한영우 (효형)

조선왕실의 의례와 생활—신명호 (돌베개)

우리가 정말 알아야할 우리 규방문화—허동화 (현암사)

조선의 뒷골목 풍경—강명관 (푸른역사)

궁중유물 1.2—이명희, 한석홍, 임원순 (대원사)

전통 남자 장신구—장숙환 (대원사)

심마니 한국사—전국역사교사모임 (역사넷)

한국생활사 박물관 〈조선생활관 1.2.3〉

—한국생활사박물관 편찬위원회(사계절)

종묘와 사직—김동욱, 김종섭(대원사)

한국의 궁궐— 이강근(대원사)

복식—조효순(대원사)

한국의 황제—이민원(대원사)

조선의 왕세자교육—김정호, 김문식(김영사)

환관과 궁녀—박영규(김영사)

조선의 무기와 갑옷—민승기(가람기획)

한국고전 시가선—임형택, 고미숙(창작과 비평사)

봄날 친구를 그리며—채심연 엮음(한길사)

당시—이원섭(정한)

귀신먹는 까치호랑이—김영재(들녘)

유운홍의 풍속화 기녀도, 신윤복의 기녀도

북풍표국 무협자료실

글동무 도움자료실의 한국의 무예, 무예도보통지